DE KAÏN SAMENZWERING

NICK THACKER

VOORWOORD

Dit boek is vanuit het Engels vertaald met behulp van een service, om lezers over de hele wereld geweldige verhalen te bieden. We hopen dat je ervan geniet, en vergeef eventuele taalfouten!

Als dank, bezoek nickthacker.com/dutch om een gratis thriller roman te downloaden!

PROLOOG
GARZA

EENENTWINTIG JAAR GELEDEN

Hij schreeuwde.

Hij had zijn best gedaan om te zwijgen, om niet toe te geven aan de druk, de pijn.

Hij had gefaald.

Vicente Garza's hoofd hing losjes in zijn nek. Hij had geen behoefte meer om te vechten. Geen behoefte meer om te doen alsof hij sterk was.

Hij voelde een traan neerdalen uit zijn ooghoek, dezelfde hoek waarin hij de man bezig zag met zijn vrouw. Tevergeefs. Hij had de flatline al een half uur geleden gehoord, en alleen omdat een van de assistenten het geluid had uitgezet, was de sinistere golf gestopt.

De man werkte, driftig rond het bed bewegend en aanrakend, tikkend, wat hij maar dacht dat zou kunnen werken. Een 'dokter', maar Vicente was er niet zeker van dat iemand in de Verenigde Staten hem zo zou noemen.

Het behandelingsplan was eenvoudig: de tumor met traditionele chirurgische methoden verwijderen en vervolgens de nieuwe experimentele lasertherapie gebruiken om het gebied af te sluiten, waardoor een kankervrije holte zou ontstaan. De laser zou het weefsel op die plaats effectief doden, maar - wat belangrijker is - het medicijn binnenin zou de kankercellen naar zich toe trekken, waarna ze meer van de laser-extractietechniek zouden toepassen.

Het was een behandeling die Vicente niet begreep. Eén die thuis niet eens in de buurt kwam van een goedgekeurde behandeling. Maar wat hij wel begreep was dat zijn vrouw stervende was.

Geen van de dokters wilde hem helpen. Het leger wilde dat hij accepteerde dat ze van hem zou worden weggenomen; zelfs zijn priester wenste dat hij aan de rouwverwerking zou beginnen. Begin de strijd van het verdriet, hadden ze gezegd.

Hij was er nog niet klaar voor. Zijn vrouw ademde nog, liep nog, praatte nog en hield nog van haar. Ze zorgde nog steeds voor hem en hun jonge dochter, Victoria. Zijn vrouw was nog steeds... in leven.

Waarom een strijd voeren die nog niet begonnen is?

Verdriet kan wachten, zei hij tegen zichzelf. We zullen de oplossing vinden.

En toen ontmoette hij de man die hem die oplossing had geboden.

Het gezin was op bezoek in Guadalajara, Mexico, de stad waar Garza's ouders vandaan kwamen. Zijn vrouw begon haar haar te verliezen door de chemotherapiebehandelingen die geen andere positieve effecten hadden, en ze verbleven in een hotel voor een korte vakantie voordat ze terug naar huis moesten voor meer doktersbezoeken en behandelingen.

Nadat Garza zijn vrouw in bed had geholpen en zijn dochter een kus op het voorhoofd had gegeven, was hij naar de bar geslopen en had daar een gesprek opgevangen tussen twee mannen uit Mexico City.

De ene was een farmaceutisch vertegenwoordiger die meer op een drugdealer leek, de andere een soort dokter. Zij bespraken op lage toon hoeveel zendingen van een speciaal nieuw geneesmiddel zij nog nodig zouden hebben om aan de staf van de dokter te bewijzen dat de behandeling doeltreffend was. De dokter was er zeker van dat een positief resultaat binnen een maand zou kunnen worden herhaald, de dealer was sceptischer - en wilde daarom de prijs van zijn medicijn kunstmatig opdrijven.

Garza luisterde mee zonder er veel aandacht aan te besteden, totdat de dokter dicht tegen zijn vriend aanleunde en zei: "Ik geloof dat de kanker volledig verdwenen is. De bijwerkingen zijn minimaal, maar daar kunnen we voor behandelen."

De tweede man knikte en gromde toen. "De prijs gaat nog steeds omhoog. Het duurt al te lang, en mijn leveranciers hebben steeds meer moeite om de ingrediënten te vinden."

De dokter deed zijn handpalmen omhoog, veinzend zich terug te trekken. "Oké, oké, ik begrijp het. Ik kan... eventueel de betaling met vijftien procent verhogen. Maar als -"

"Excuseer me," had Garza gezegd. "Het - het spijt me vreselijk dat ik stoor. Mag ik vragen waar u het over heeft?"

De twee mannen waren niet blij dat een vreemdeling zich plotseling in het gesprek mengde, maar Garza had snel geleerd dat de drug niet illegaal was, alleen niet getest. Toen hij wat verder doorvroeg, ontdekte hij dat "ongetest" gewoon betekende dat de behandeling niet voldoende en met gezag was bestudeerd en geanalyseerd door het vereiste kader van artsen.

Met andere woorden, zo spotte de arts, het had niet het tien jaar durende proces doorlopen van uit elkaar worden gehaald alleen om te ontdekken wat de arts al wist: dit geneesmiddel en behandelings-plan *werkte*. Hij had de menselijke proeven om het te bewijzen.

EENENTWINTIG JAAR GELEDEN

Garza wilde meedoen. Hij wist dat hij *alles* zou doen om het leven van zijn vrouw te redden, maar hij wilde eerst de resultaten zien. De dokter en zijn leverancier spraken af elkaar de volgende week in Mexico City te ontmoeten, en Garza zou de eerste helft van het benodigde geld in handen hebben: $250.000, in Amerikaanse biljetten. Het geheel van hun resterende spaargeld.

De behandelingen werkten... in het begin. Zijn vrouw werd sterker, en haar pijn was met minstens een kwart verminderd. Garza was opgetogen, verkocht hun huis en maakte het geld over naar Mexico, waar hij het graag overhandigde aan de dokter en zijn team.

En toen, na ongeveer zes maanden van regelmatige laserbehandeling, ging de gezondheid van zijn vrouw achteruit. Ze werd zwakker dan ze ooit geweest was, en haar wakkere uren werden gevuld met schreeuwen van pijn. De dokter wist niet zeker wat de oorzaak was en verzekerde Garza dat de behandeling elk moment zou aanslaan.

Die momenten waren allang voorbij, en Garza zat nu in een stoel tegen een groezelige, schemerig verlichte muur in de privé-operatiekamer van de dokter. Zijn vrouw lag roerloos op een brancard terwijl de dokter en zijn twee assistenten aan het werk waren.

Een vierde man stond in de hoek, nauwelijks zichtbaar in de schaduwen. Zonder zijn helderwitte priesterboord zou Garza vergeten hebben dat hij er was. De man was druk bezig met de kralen van zijn rozenkrans.

Tevergeefs, zonder twijfel. Garza grijnsde in zijn richting. *Nutteloos lichaam*, dacht hij. *En ik betaal voor zijn aanwezigheid.* Het was een verplichte uitgave op de lijst van "algemene gastvrijheid" van het kantoor om een professionele geestelijke aanwezig te laten zijn. Een vreemd, ouderwets ritueel, de religie van de massa door de strot van de enkeling duwen. Garza walgde van het opdringen van religie, maar hij walgde nog meer van de logistiek: in de tijd dat hij hier verbleef, had hij gemerkt dat de enige kamers waar deze oproepbare geestelijken aanwezig waren, de kamers waren van patiënten die geld hadden voor deze luxe.

Hij wist dat het voorbij was. Hij wist dat er niets was wat ze konden doen, niets wat de priester kon bidden dat haar terug zou brengen. Misschien was de kanker al te ver in haar lichaam uitgezaaid voor de nieuwe behandeling, misschien was er een bijwerking die de dokter nog niet had ontdekt.

Wat de reden ook was, Garza schreeuwde.

De dokter draaide zich om, met een schok op zijn gezicht, terwijl de priester zich nog verder terugtrok. "Meneer - meneer Garza, alstublieft," zei hij. "U moet kalmeren."

"Je hebt haar *vermoord!*"

"Meneer, wij - ik heb zoiets niet gedaan. Ze... ze heeft gewoon... de behandeling niet..."

De twee assistenten verlieten de kamer, omdat ze medicijnen moesten bijvullen. Maar Garza had hun ogen gezien - ze waren bang voor hem. *Doodsbang.*

En terecht. Garza's humeur was de laatste maanden verergerd, vooral omdat hij niet meer sliep en zijn dochter, nog maar zes jaar oud, niet voor zichzelf kon zorgen. Hij had geen tijd om uit te rusten, geen tijd om geen ouder te zijn, en hij voelde zich schuldig als hij ook maar een moment voor zichzelf nam.

Ik zit, terwijl ze stervende is, zou hij zichzelf vertellen.

Maar ze waren niet alleen bang voor zijn persoonlijkheid. Naast zijn opvliegendheid en verslechterende houding, was hij gebouwd als een tank. Jaren van special forces dienst en een post-militaire carrière in prive beveiliging had zijn lichaam gebeiteld in een krachtig, functioneel stuk wapentuig. Hij had vele mannen gedood - en enkele vrouwen - en dat had hem al lang niet meer geraakt.

Hij stond op, kalmeerde zichzelf, en ging naar de dokter toe. Behalve zijn dode vrouw, waren ze alleen in de kamer. Garza en de dokter en zijn goedbetaalde priester. Hij wist dat zijn vrouw zou wachten - hij kon later afscheid nemen. Op dit moment was het enige wat hij kon zien zijn eigen woede. Hij was gedupeerd, voor de gek gehouden door die idiote dokter en zijn geldgraaiende zakenpartner.

In een moment van zwakte had hij ingestemd met een no-win situatie, een oplichting. Hij kon het nu allemaal duidelijk zien. De dokter had niet de intentie - of zelfs de middelen - om zijn vrouw te redden. Het was een greep naar het geld. Zelfs de plaatselijke kerk was erbij betrokken. Hij vroeg zich af hoeveel geld er in de schatkist van de parochiekerk zou vloeien.

"Hoeveel van het geld krijg jij?" gromde Garza.

De ogen van de dokter verwijdden zich, twee kleine kraaloogjes achter even ronde brillenglazen. "Ik - ik weet niet waar u het over heeft -"

"Hoeveel?" brulde hij.

"Ik... Ik krijg 60 procent," stamelde hij.

Garza gierde het uit, zijn vuisten balden zich langs zijn zij en maakten zich los. *Victoria is daarbuiten,* herinnerde hij zichzelf. Ze was naar elke behandeling gekomen, wachtend in de lobby. Ze kon nergens anders terecht, maar Garza wilde haar niet in de kamer hebben. *Ze kan je horen.*

Hij schudde zijn hoofd. *Nee, dat kan ze niet.*

"60 procent van *mijn* geld, om mijn vrouw te vermoorden."

"Het is niet... het is niet zo," zei de dokter. "Ik zweer het!"

Garza viel aan voordat de dokter zelfs maar wist dat het eraan kwam. Een snelle vuiststoot naar de keel van de man, en hij struikelde achterover en viel op het bed. Garza sprong op, greep de schouders van de man en stuurde een knie naar het kruis van de dokter.

De priester rende naar de deur. Garza probeerde hem tegen te houden, hem te vangen en hem te laten boeten voor het misbruik dat hij ook van zijn familie had gemaakt, maar de dunnere man glipte door zijn greep. Garza liet hem lopen en richtte zijn aandacht weer op de dokter.

De dokter hijgde, het geluid kwam eruit als een keelachtige grom, en Garza liet hem vallen. Hij zat daar op de grond, op zijn knieën, en keek met smekende ogen naar Garza.

Garza greep naar het eerste ding dat hij kon vinden: de kleine handlaser. Hij onderzocht het even. Een enkele knop zette het apparaat aan en uit, en een knop aan de zijkant verhoogde het vermogen. Het liep via een stroomadapter die in de nabijgelegen muur was gestoken.

De ogen van de dokter verwijdden zich opnieuw en hij probeerde weer overeind te komen, maar Garza was er eerst.

Hij greep de armen van de man en voerde de zijne er achteraan, de kleinere dokter op zijn plaats houdend. Garza hield gemakkelijk zijn gewicht terwijl hij worstelde en schopte. Hij begon om hulp te roepen.

Garza stopte de laser in de geopende mond van de man, en drukte toen op de knop.

In het begin gebeurde er niets.

Garza gebruikte zijn duim en wijsvinger om het vermogen van de laser op het maximum te zetten, en hij voelde hoe de dokter zich begon te verslikken. Rook stroomde uit zijn mond, en Garza werd plotseling getroffen door een walgelijke golf van geur.

Brandend vlees.

Vicente Garza stond daar te huilen, de dokter schreeuwde in stilte in de laser die uit zijn mond stak.

Hij zou hier zo lang blijven staan als nodig was. Hij had er genoeg van zich oncontroleerbaar te voelen. Hij was klaar met het gevoel dat hij gefaald had.

Hij zou alles doen voor zijn vrouw in het leven, en nu, in haar dood, deed hij iets.

AKTE 1

CHAPTER 1

DERRICK

"AAN DE KANT."

De soldaat, in het zwart gekleed, compleet met zwarte keppel, keek naar zijn bevelhebber.

"Meneer?"

"Aan de kant," zei de man opnieuw. Zijn ogen waren verborgen achter een donkere zonnebril, zijn eigen hoofd droeg een soortgelijke zwarte keppel. De bestuurder had zich niet eens gerealiseerd dat de man de politielichten had gezien. Hij was stoïcijns, onbeweeglijk, en de bestuurder had er bijna spijt van dat hij vrijwillig onder zijn bevel was gaan rijden.

Sommige van de andere privates zouden op zijn minst gepraat hebben, dacht hij. *Of ons op z'n minst naar muziek laten luisteren.*

Maar Briggs was een standbeeld, een enkel spierbundel die, voor soldaat Jerrick Derrick, niet in staat was tot menselijke emotie. Jerrick Derrick, de man die zijn hele leven op de vlucht was geweest voor de spot die met zijn naam werd gedreven, had een betrekkelijk vreedzame plaats gevonden in de gelederen van Ravenshadow, een particuliere militaire aannemer die werd geleid door een man die hij als een mentor zag.

Maar hij voelde dat hij nog een lange weg te gaan had voordat hij de innerlijke werking van de groep begreep - wat gepast was, wat niet, en hoe ver ze zouden gaan om hun doelen te bereiken. Het was een nieuwe vorm van politiek die Jerrick nog niet eerder had meegemaakt.

"Maar meneer, als ze het zien -"

"Dat is een bevel, soldaat."

De jonge bestuurder knikte een keer, knarste met zijn tanden, en remde het voertuig af. De remmen piepten een beetje, de vochtige, vochtige lucht speelde ongetwijfeld een rol. De enorme troepentransportwagen maakte een bocht naar rechts, waarbij de banden aan de passagierskant een kuil net naast het asfalt vonden en erin smolten. Het chassis van de truck kraakte uit protest, en hij voelde hoe een deel van hun lading achterin verschoof.

Ze kwamen tot stilstand, een gesis weerklonk ergens diep in het motorcompartiment, en de bestuurder keek weer naar zijn bevelhebber. *Wat nu?* vroeg Derrick zich af.

De politieauto hield zijn sirene aan toen de agent uitstapte. Hij was mager, dik rond zijn middel, en zag eruit alsof hij beter een bureaustoel kon besturen dan een politiewagen.

Derrick bekeek de man vanuit zijn zijspiegel. Hij controleerde zijn riem, duwde een stukje hemd dat was losgeraakt naar binnen en slenterde toen naar de vrachtwagen. Hij had zijn hand op zijn pistool.

De agent liep naar de zijkant van de enorme truck, loensend in de middagzon, en maakte een beweging om het raam naar beneden te doen.

"Si?" Vroeg Derrick. Hij hoopte dat de politieman Engels kende - 'si' was zo ongeveer de omvang van zijn Spaans.

De agent mompelde iets in het Spaans. Derrick schudde zijn hoofd.

"Ga weg," mompelde Briggs.

"Wat?"

"Hij zei wegwezen. Dus ga weg."

Derrick was verward. "Maar we kunnen niet..."

"Ga weg, soldaat. Neem hem mee naar achteren. Hij wil zien wat we vervoeren."

Derrick wierp een blik omlaag op het geweer dat tussen hem en Briggs op de voorstoel van de truck stond. Briggs' eigen geweer had hij in zijn hand. Geen van beide was zichtbaar voor de politieagent.

Derrick deed de klink open en legde een been op de leuning. "Zal ik het hem laten zien?"

Hij keek naar Briggs gezicht voor een teken van enige emotie. *Is hij nerveus? Bang? Onwetend?* In plaats daarvan, knikte Briggs alleen maar. "Laat hem zien."

Derrick, met wijd open ogen, stapte uit de vrachtwagen en huppelde naar de hete asfaltweg. De officier was klein, ongeveer vijf centimeter korter dan Derrick, en hij keek met een argwanende blik op naar de soldaat.

"Amerikaan?" vroeg de officier. Natuurlijk was er niets openlijk 'Amerikaans' aan Derricks uniform - geheel zwart zei niets anders dan soldaat - maar de officier vermoedde duidelijk iets.

Derrick knikte.

De agent vroeg iets anders. Hij ving "donde" - *waar* - en "porque" - *waarom*. Nog iets over militaire zaken. Derrick haalde zijn schouders op.

"Su troca," zei de agent. Meer woorden. *Hij wil zien wat er in de truck zit.*

Derrick kon Briggs vanuit deze hoek niet zien. Hij hoopte dat hij niet op het punt stond om hem te laten arresteren. Derrick bewoog met een gedraaide nek naar de achterkant van de truck. De agent stak een hand uit en Derrick leidde de weg.

Er was een canvas zeil over de achterkant van de truck. Hij zag eruit als een gemoderniseerde wagen, zoals die in het oude westen werden gebruikt. Deze, echter, was vuil groen en ongeveer drie keer zo groot.

De agent stapte naar de achterkant van de vrachtwagen en Derrick kon de Spaanse insignes en de stad van herkomst van de man zien op een badge op zijn schouder. Hij herkende de naam van de stad niet, maar hij nam aan dat het een van de kleinere steden was die ze op weg hierheen waren gepasseerd.

En 'hier' leek voor Derrick 'nergens'. Derrick, geboren en getogen in Detroit, was gewend aan uitgestrekte stadsblokken, industriële complexen en huizen in de voorsteden zo ver als hij kon zien. Hij was gewend aan mensen.

Hier in het regenwoud te zijn, kruipend over met kuilen bezaaide wegen die niet meer waren onderhouden sinds ze dertig jaar geleden waren aangelegd, was het alsof je door een heel andere wereld reed.

Hij haalde scherp adem en keek naar de agent. De man had nog steeds zijn hand op zijn wapen, maar het was holster. Derrick maakte een mentale berekening. Een halve seconde om het los te maken, nog een om het eruit te halen, dan tussen de een en drie om de veiligheidspal eraf te halen en het te richten.

Derricks wapen lag onder de stoel in de cabine, maar hij wist dat hij nog steeds de overhand had. De agent had niet verwacht dat de jongeman zo snel kon trekken. Derrick wist dat hij de agent in minder dan twee seconden volledig kon bedwingen, zolang hij de afstand tussen hen maar onder de twee meter hield.

De agent ging naar de achterkant van de truck. Derrick sloot de afstand. De agent hief een hand op en begon het gordijn terug te trekken.

Briggs verscheen aan de andere kant van het voertuig. Hij had hem niet horen uitstappen; misschien stond zijn deur nog open.

Het doek was nu volledig opzij getrokken, en de agent gooide het omhoog en over de rand van het chassis van de vrachtwagen, waar het bleef liggen. Hij keek in de trailer.

Seconden gingen voorbij. De agent bewoog niet, zowel Briggs als Derrick stonden nu achter hem. De politieman had nog steeds zijn hand op zijn pistool, maar hij probeerde het niet te lossen.

Hij deed een langzame stap achteruit. Derrick bekeek hem aandachtig. Hij was ongetwijfeld verrast, op zijn zachtst gezegd. *In de war? Ontzet?*

De officier draaide zich eindelijk om, ook langzaam en methodisch, en keek Derrick aan. Hij zag dat Briggs zich bij hen gevoegd had. Hij slikte en tilde toen het pistool uit zijn holster.

Briggs was er, snel - te snel om echt te zijn - en hij had zijn hand al opgeheven. Derrick zou het gemist hebben als hij met zijn ogen geknipperd had. De oudere soldaat aarzelde niet. Hij vuurde.

De agent ging neer, een verfrommelde hoop aan de kant van de weg. Bloed, samengeklonterd rond zijn hoofd. Zijn mond, bewegend maar niet pratend. Zijn ogen, wijd en verbaasd en nog steeds proberend te begrijpen.

Briggs keek toe hoe de man stierf en keek toen op naar Derrick. "Laten we gaan."

Hij draaide zich om en liep terug naar de voorstoel.

Derrick knikte naar niemand in het bijzonder, zijn ogen gingen van de politieagent naar de achterkant van de truck.

Ogen ontmoetten de zijne. Twintig paar van hen. Mannen, vrouwen en kinderen. Allemaal vastgebonden, allemaal de mond gesnoerd. Hun bruine, zongebruinde gezichten waren stil, hun lichamen onbeweeglijk.

Ze keken naar hem zoals hij naar hen keek. Wachtend op iets. Ze wisten niet wat, en, om eerlijk te zijn, hij ook niet.

Dus er was niets te zeggen. Hij deed zijn werk, dat was het.

Hij trok de canvas klep weer over de achterkant van de transportwagen en liep terug naar de bestuurdersstoel. Hij zette zichzelf rechtop en stapte in, zette de truck in zijn versnelling en reed weg van de dode politieman en zijn politieauto.

Briggs keek uit het raam, stil en stoïcijns.

"JULES!" schreeuwde Ben. Toen lachte hij. *Ik schreeuw om iemand in een blokhut.*

De ruimte waar ze waren was klein, alleen een woonkamer en keuken en een aangrenzende slaapkamer. Maar het was het *andere* gedeelte, het nieuwe gedeelte, waar hij doorheen schreeuwde. De Civilian Special Operations had een nieuwe vleugel aan de cabine gebouwd, verbonden met de keuken, waar Ben stond. De vleugel had slaapkamers voor 10 personen, een grote commerciële keuken, en een kantoor op de tweede verdieping. Er was zelfs een geïmproviseerde lounge, die eigenlijk gewoon een slaapkamer was waar ze een televisie, bank en een paar bordspellen aan hadden toegevoegd.

Een vrouw verscheen in de gang, maar het was Julie niet.

"Weet je," zei ze. "We noemden haar altijd 'Jelly.' Heeft ze je dat ooit verteld?

Ben's mond was een harde lijn. "Nee. Nee, dat deed ze niet."

"Nou ja, hoe dan ook," zei de vrouw. "Jules' leek nooit... juist. Het paste gewoon niet, weet je?" Alexis Richardson stapte naar Ben toe en wilde zijn vlinderdas vastmaken. "Maak je geen zorgen, Harvey," zei ze. "Ik regel dit wel. Geen reden om Julie ermee lastig te vallen."

Ben maakte een zijwaartse beweging en dook buiten haar bereik.

"Nee, ik kan mijn eigen das knopen. Ik was niet... dat is niet wat ik nodig had."

"Nou, wat heb je nodig, schat?" vroeg Alexis. "Ik weet zeker dat ik je daarmee kan helpen."

Je bent geen professioneel opgeleide psycholoog, dacht Ben. *En ik betwijfel ten zeerste of je ervaring hebt met door trauma veroorzaakte angst.*

"Het is goed," zei hij. "Ik zal gewoon wachten."

Alexis haalde haar schouders op, maar draaide zich dankbaar om om te vertrekken. Hij zag hoe ze weer haar slaapkamer in dook, ongetwijfeld op zoek naar een andere plek om zich te nestelen.

Hun tijd hier was op z'n zachtst gezegd gespannen geweest. Voor Ben was zijn hut zijn plek van eenzaamheid. Het was een toevluchtsoord. Ergens waar hij *zich* kon verstoppen. De afgelopen week was een waas geweest - de bruiloft plannen, de logistiek regelen, en de uitnodigingen versturen naar de kleine groep genodigden.

Ben's ouders waren dood, maar Julie's ouders waren onmiddellijk naar Anchorage gevlogen en naar de hut gereden toen ze hoorden dat het huwelijk zou plaatsvinden. Allebei gepensioneerd, Alexis was lerares op een middelbare school en Warren een regionale piloot, hadden ze alles laten vallen om er te zijn voor hun dochter en haar aanstaande man.

Ze waren ook aardig genoeg. Warren was rustig en volgzaam, makkelijk in de omgang, en hij genoot ervan Ben's groeiende whiskey en rum collectie te proeven. Alexis was aangenaam, maar Ben was er niet zeker van dat ze wist hoe te ontspannen. Ze was of aan het schoonmaken, kleren aan het opvouwen - hij was verbaasd hoeveel outfits een vrouw nodig had voor een reis van een week - of aan het koken. Het koken vond hij leuk, maar alles bij elkaar gaf het hem het gevoel dat hij niet hard genoeg werkte. Hij en Julie konden 's avonds niet praten zonder dat Alexis zich ermee bemoeide en naar het een of ander vroeg.

Maar Julie was gelukkig. Ze had een goede relatie met haar ouders, en hoe vreemd het ook was om zo dicht bij een ander stel te zijn, hij wilde ook een relatie met hen. Het waren aardige, vriendelijke mensen, en Ben had het gevoel dat hij door hen een nieuwe kans had gekregen om een volwassen relatie met zijn ouders te hebben.

Hij liep terug door de keuken en de eetkamer naar de slaapkamer. Overal lagen kleren, die van Julie natuurlijk. Wat ze zou dragen voor de bruiloft, wat ze zou dragen tijdens de bruiloft - ze haatte het idee van een grote, vloeiende witte jurk - en wat ze zou dragen na de bruiloft. Toch begreep Ben niet waarom hij minstens zeven verschillende jurken op het bed zag liggen.

Hij plofte neer op de stoel en opende de laptop op het bureau. Gedachteloos klikkend door websites en nieuwsberichten, niets intrigerends vindend, stond hij op het punt hem weer te sluiten toen hij geklop op de deur hoorde.

"Hé, broer," zei Reggie's stem. "Hoe gaat het met je?"

Ben glimlachte. "Met welke hand heb je geklopt?"

Reggie keek even verward en lachte toen. "Het doet een beetje pijn, maar niet op de manier die je zou verwachten." Hij hield zijn armprothese omhoog voor onderzoek. De wond was bijna genezen, maar hij moest nog een zware fysiotherapie en training ondergaan om aan de nieuwe prothese te wennen.

Hij had zijn arm verloren in Peru, iets meer dan een maand geleden. Dankzij een fulltime dokter en verpleegster, betaald door de CSO, was zijn herstel snel en grotendeels zorgeloos verlopen, en Ben wist dat hij opgewonden was om met de meer geavanceerde protheses te gaan werken.

Hij liep naar het bed en schoof de jurken ruw opzij, ging toen op de rand van het bed zitten en wendde zich tot Ben.

"Hoe dan ook," zei Ben, "ik ben in orde. Het is... moeilijk."

"Ja, Alexis kan een handvol zijn, huh? Gisteravond daagde ze mij en Sarah uit en vroeg ons wanneer we kinderen zouden krijgen. *Kinderen.* Wie vraagt dat nou?"

Ben lachte. "Nee, dat is prima. Ik bedoel, je hebt gelijk. Dat is hard. Maar ik heb het over Julie. Hoe weet ik of ze er klaar voor is?"

Reggie grijnsde. "Ik denk dat je bedoelt, hoe weet je *dat je* er klaar voor bent."

"Ik ben er klaar voor," zei Ben. "Ik ben er nog nooit zo klaar voor geweest."

"Wat is dan het probleem? Je kunt alleen jezelf kennen. Maak je geen zorgen over haar, mijn man."

"Maar... ik *maak* me zorgen om haar."

Reggie pauzeerde, en stapte toen de kamer binnen. "Ah, ik begrijp het. Nou, ik denk dat je er maar op moet vertrouwen dat ze je de waarheid vertelt."

"Natuurlijk vertrouw ik haar."

"Dan moet je *jezelf* vertrouwen om te weten dat er niets meer is wat je kunt doen. Ben - kijk. Ik ben er geweest. Ik weet hoe je je nu voelt. Het is... vreemd. Proberen een goede indruk te maken en jongleren met wat je *denkt dat* zij voelt... Laat me je wat advies geven: je zult *nooit* echt weten wat zij voelt."

Ben trok een wenkbrauw op.

"Ik ben serieus. Ik bedoel, je kent haar beter dan wie dan ook - beter dan haar ouders. Maar je zult nooit *precies weten* wat ze voelt op een bepaald moment."

"Waarom?"

"Nou, omdat. Vrouwen zijn..." hij stopte. "Ben, hoeveel emoties kan je opnoemen? Uit je hoofd?"

"Uh, woede. Blijdschap. Vreugde. Is dat geluk? Ja. Oké, verwarring? Is dat een emotie?"

"Zeker."

"Wat is het nut?"

"Dus je hebt drie-en-een-half emoties genoemd. Julie is *misschien* boos over iets, maar de kans is groot dat ze *ambivalent is,* of boos, of verontrust, of geïrriteerd, of..."

"Heb het."

"Dus je vraagt je af of ze in de war is, of bang, of zichzelf probeert te begrijpen met dit... geheugen gedoe."

"Ja, precies."

"Ja, dat is ze. Honderd procent, man. *Natuurlijk* probeert ze het uit te zoeken. Maar dat wil helemaal niet zeggen dat ze *er* niet klaar voor is. Je hebt het over trouwen, man. Je praat er nu *al* jaren over. Je *weet dat* ze er klaar voor is. Maar dat betekent niet dat ze niet allerlei rare dingen voelt."

"Hebbes. Dus je zegt dat ze er klaar voor is, maar ze voelt gewoon al die dingen die vrouwen voelen, en dat is normaal?"

"Ben," zei Reggie. "Je bent een slimme jongen. Heel scherp. Maar soms ben je een beetje eenzijdig, weet je?"

"Uh..."

"Nee, ik zeg *niet* dat dat dingen zijn die 'vrouwen' voelen. *Ik zeg* dat het dingen zijn *die wij allemaal* voelen. Wij - kerels - zijn alleen niet gewend om ze allemaal te verwerken. Dus maken we er *hun* probleem van."

Reggie stond op voordat Ben kon antwoorden, liep naar Bens stoel en begon zijn stropdas vast te knopen. "Kom op, man, weet je niet hoe je zo'n das moet knopen? Je bent zo'n barbaar."

JULIE WAS DOOR het dolle heen. Ze had de smartwatch allang afgedaan, na de derde keer dat die haar vertelde dat haar hartslag verhoogd was en dat het 'nuttig zou zijn om een minuutje adem te halen'.

Neem een minuut om adem te halen, mijn -

"Jelly!"

Ze draaide haar hoofd nog verwilderder om, tot ze zich herinnerde dat haar vader en moeder hier ook waren. Het was vreemd dat ze in hetzelfde huis verbleven - een huis dat ze deelde met de man met wie ze op het punt stond te trouwen.

"Jelly, ben je hier?" Het hoofd van haar moeder kwam om de hoek kijken, naar de zitkamer. "Waarom verstop je je hier?" vroeg ze.

"Ik *verstop me* niet, mam," zei Julie. "Dit is de enige kamer met een passpiegel.

"Oh," zei haar moeder, niet eens proberend haar bezorgdheid te verbergen. "Ben - ben je in orde?"

"Ik ben in orde, mam. Ik doe mijn haar. Wil je helpen?"

Alexis Richardson's ogen lichtten op alsof Julie haar net had verteld dat ze haar meest favoriete persoon op aarde was. "Ik zou alles doen, Jelly. Wat heb je nodig?"

"Wijn. Heel veel. Pak wat je kunt dragen, en een glas - twee glazen, sorry - en breng het hier."

"Oh," zei Alexis opnieuw, deze keer neerslachtig. Ze liep mokkend weg, en Julie hoorde haar flats tegen de vloer van de gang van de aanbouwvleugel smakken.

Ze schudde haar hoofd. *Waarom moet ze* er altijd *zo zijn?* Julie wist dat ze overdreef, maar haar moeder leek altijd alles voor elkaar te hebben - alles uitgedacht, op zijn plaats, klaar. Ze stopte nooit. Ze vroeg zich af hoe haar vader dat kon verdragen.

En waar is Ben?

Ze had minder dan een uur, en ze had nog niet eens haar jurk aangetrokken. Ze wilde haar haar precies goed hebben - het was het enige kenmerk van zichzelf dat ze ijdel vond, en het was belangrijk dat het er precies zo uitzag als ze zich had voorgesteld. Het probleem was dat ze *zich* niet echt iets meer dan "perfect" had voorgesteld. *Wat was perfect? Wat betekent dat eigenlijk?*

Ze voelde zich plotseling bang, alsof ze iemand nodig had die haar gewoon zei dat ze moest gaan zitten en zich ontspannen, en dat ze - wie het ook waren - gewoon met haar haar zouden gaan rommelen tot *ze* vonden dat het perfect zat.

Maar ze had niemand, tenminste niet op die manier. Haar bruidsmeisje zou Dr. Sarah Lindgren zijn, de vrouw die ze de laatste maanden goed had leren kennen, en een vrouw die ze nu met haar leven vertrouwde. Maar iemand haar leven toevertrouwen was heel wat anders dan *dat* leven samen *doorbrengen*.

Haar schoolvrienden en kennissen waren allemaal weg, verspreid over de wereld, op weg naar hun volwassen leven. Geen van hen was erg close met haar geweest, maar dat was net zo goed haar schuld als die van hen. Ze had zich tijdens haar schooljaren toegelegd op wiskunde en informatica, en haar briljantheid en intelligentie omgezet in ervaring met programmeren en datasystemen. Dat was uitgemond in een carrière bij de afdeling Biologisch Dreigings Onderzoek van het CDC, en vervolgens in een nieuwe carrière bij het pas opgerichte CSO.

Haar werk was... vaag. Ze maakte deel uit van een team dat zich bezighield met het oplossen van mysteries, het vinden van verborgen schatten en in het algemeen het werken tussen de gaten in het systeem. Dingen die te verboden waren voor hun eigen regering, maar te groot om door de plaatselijke politie te worden aangepakt, waren het soort missies dat de CSO ondernam.

Julie rommelde wat met een pluk haar achter op haar hoofd en besloot toen dat het geen zin had. *Ik kijk straks wel een filmpje op YouTube of zo,* dacht ze. Ze stond op, wilde weggaan en werd bij de deur opgewacht door haar moeder, met twee flessen wijn - een rode en een witte - en twee glazen.

Julie begon te huilen. Haar moeder liep de kamer in, pakte haar hand en zette haar weer voor de spiegel. Ze schonk twee glazen rode wijn in, zo hoog dat de glazen bijna omvielen toen ze ze droeg, en gaf er een aan Julie. Daarna zette ze het hare neer, draaide Julie's hoofd naar de spiegel en begon aan haar haar te werken.

"Dank je, mam," fluisterde Julie.

Haar moeder glimlachte, een lief, wetend ding. "Wist je dat ik bijna niet met je vader getrouwd was?"

Julie's ogen werden groot en ze nam een lange, diepe slok wijn.

"Het is waar."

"Ik dacht - ik dacht dat hij de 'enige' was. Dat zei je altijd."

"Oh, hij was - en is - de enige voor mij. Dat is nooit veranderd. Maar toen ik me klaarmaakte voor mijn bruiloft, maanden van tevoren, vroeg hij constant of alles goed met me was. Zo lief, zo aardig. Gewoon... altijd zeker weten dat ik in orde was."

"Dat is... waarom je het bijna afzegde?"

"Nou, ik denk niet dat ik het ooit zou hebben afgeblazen, maar ik worstelde ermee, zeker. Ik bedoel, hoe moest ik weten dat hij de ware voor me was?"

"Ja, maar je *wist het* gewoon, toch?"

"Ik wist het, maar dat betekende niet dat er geen twijfels waren."

"Ik twijfel nergens aan, mam."

"Ik zeg niet dat je dat bent," zei Alexis. "*Wat* ik zeg is dat ik zoveel van mezelf in jou zie."

"En zo veel van papa in Ben?"

"Nee, helemaal niet. Ik zeg alleen dat ik je ken - ik weet hoe je bent, en hoe koppig je kunt zijn."

Julie rolde met haar ogen. *Geen goede peptalk, mam.*

"Maar dat is een goede zaak. En je hebt een man gevonden die dat respecteert, en begrijpt. Hij weet dat *je* je eigen beslissingen wilt nemen. Hij weet dat *je* een stem nodig hebt, en hij geeft je die."

"Hij... ja, dat doet hij," zei Julie. "Dat is precies hoe hij is."

"Nou, dan is er geen reden om te twijfelen. Het komt wel goed met jullie twee."

Ze glimlachte opnieuw, en Julie nam nog een slokje. Ze wierp een blik op haar haar in de spiegel terwijl ze dat deed. Een Franse vlecht viel van de ene kant op de bovenkant van haar hoofd naar de andere, een diagonaal ontwerp dat net achter haar linkerschouder viel.

Ze slikte en verslikte zich. Ze reikte omhoog en pakte Alexis' hand. "Mam, het is perfect."

CISCO CABRERA STAPTE van de achterkant van de enorme truck en werd onmiddellijk in een rij gezet. Zijn mond en nek deden pijn van de prop die om zijn hoofd was gebonden, maar hij voelde niets van zijn eigen pijn. In plaats daarvan voelde hij mee met de anderen - zijn moeder en vader, en zijn jonge zusje met haar baby. Hij wilde iets doen, maar deze mannen, de blanken in zwarte uniformen, waren machtig.

Ze waren 's nachts het dorp binnengekomen, toen iedereen sliep. Het was een kleine, hechte gemeenschap, van wie velen al generaties lang in hetzelfde dorp woonden. Ze visten, verbouwden maïs en yucca, en het dorp had een redelijk winstgevend bedrijf dat een deel van hun producten verwerkte tot bier en distillaten.

Ze hadden geen enkele verdediging, en tegen de tijd dat Cisco besefte wat er gebeurde, was het te laat. Zijn huis was het laatste dat de mannen waren binnengegaan, en ze hadden snel zijn hele familie vastgebonden en de mond gesnoerd, inclusief zijn twee jaar oude nichtje. Niemand vocht terug - wat zou het nut zijn?

Na een reis van twee uur werden ze van de vrachtwagen getrokken en liepen nu door een grote deuropening. Deze stond op de zijkant van een berg, de gapende muil van de deur verdween in het zwarte niets. Het was in dit gat waar ze heen werden geleid.

Aan het eind van een lange, brede tunnel verschenen meer mannen die hen uit elkaar trokken. Cisco en zijn vader werden de ene kant op geleid, zijn moeder en zus met haar kind de andere. In een kamer, donker en vochtig. De lucht rook naar aarde, dezelfde grond die hij al zo'n drieëndertig jaar elk jaar had bewerkt.

Er kwam een man op hem af. Groter dan Cisco, met een zwart uniform aan. "Nombre?" blafte hij.

Cisco heeft hem zijn naam verteld.

"Años?

Hij heeft het hem verteld. Vroeg waar ze waren, en wat ze met hen gingen doen. De man negeerde hem, of begreep het niet, en schreef Cisco's naam op een stuk papier en ging toen naar Cisco's vader en begon opnieuw.

Het duurde een half uur om alle mannen in de kamer te ondervragen, en toen werden ze naar een andere kamer gebracht, drie tegelijk. Cisco was de laatste van een stel van drie in deze kamer, dus hij werd gescheiden van zijn vader. Hij werd gewogen op een weegschaal, zijn borstkas en torso werden opgemeten, daarna werd hem een snelle reeks vragen gesteld. Hij probeerde er zoveel mogelijk te beantwoorden, maar een paar begreep hij niet. Het leek ze niet te kunnen schelen.

Toen ze in deze kamer klaar waren, werden ze weer gesplitst - drie deuropeningen, één voor elk van hen. Cisco stapte door de zijne en vond een bed en een stoel, en wat medische instrumenten op een dienblad in een kleine ingebouwde kast. Aan het plafond hing een enkele schemerlamp. Hij liep erheen en ging in de stoel zitten. Zijn handen waren nog steeds vastgebonden, dus het was ongemakkelijk. Hij probeerde te bewegen, zich te concentreren, maar merkte dat hij uitgeput was. Hij had al uren niet gegeten, en ook geen water gedronken. Hij ging weer zitten.

Hij wist niet hoe lang hij in de kleine kamer had gewacht. Vijf minuten of vijf uur. De tijd had hier stilgestaan. Hij wilde weten hoe het met zijn vader ging, en wat ze met zijn moeder en zus hadden gedaan. Of ze voor zijn nichtje zorgden. Hij voelde kou, maar rilde niet; hij wist dat het van binnenuit kwam, niet van de temperatuur van de kamer.

Eindelijk ging de deur open. Cisco schoot overeind, zowel geschrokken als opgewonden dat er iets gebeurde. Er kwam een man binnen, met een witte jas aan, gevolgd door nog twee zwart geklede mannen. De man met de witte jas keek Cisco aan, bekeek hem vanaf de andere kant van de kamer, en zei iets onder zijn adem tegen de andere mannen. Deze twee mannen stapten naar voren, pakten Cisco's armen vast en duwden hem op het bed.

Hij probeerde terug te vechten - wetend dat het tevergeefs was, maar niet langer hopend dat er een positieve uitkomst zou zijn voor al deze moeite. Ze werkten nauwelijks om hem vastgepind te houden, en hielden zijn toch al gebonden armen op het bed. Hij schopte met zijn benen, maar er was niemand dichtbij genoeg om hem te raken.

De man in het wit stapte naar voren en hield een lange, scherpe naald omhoog. Er spoot vloeistof uit het uiteinde. Cisco had altijd al een hekel gehad aan naalden. Als jongen had hij wel eens een injectie gehad, in de grote stad in de buurt, maar bijna niemand in zijn dorp vond moderne geneeskunde noodzakelijk, en zijn ouders lieten het onderwerp vallen nadat hij wekenlang onophoudelijk had geklaagd.

De man - een dokter, vermoedde hij - stak de naald in Cisco's arm. Hij voelde het koude staal, de pulserende warmte van de vloeistof, de lege leegte van gevoel toen het door hem heen stroomde. Het bewoog, *verving* hem. Hij voelde zich rauw, alsof hij geen emotie had, en toen... niets.

Hij kon de drie mannen nog zien, maar er was geen gehechtheid of onthechting aan hen. Het waren verschijningen. Wraiths. Zwevend boven zijn hoofd.

Ze hielden zijn armen niet meer vast, maar dat maakte niet uit. Hij kon ze niet bewegen, ook al waren ze niet meer op zijn rug gebonden. Hij keek toe hoe ze vertrokken en dacht er niet aan. Of hij dacht er aan op een soort erkennende manier, maar niet met een doel. Ze waren weg, hij was alleen.

Hij dacht er niet aan om weg te gaan - hij wilde niet. Hij wilde niets doen. Maar hij leefde. Was dat goed? Was het de bedoeling dat het schot hem doodde?

Nee. Waarom zouden ze al die moeite doen?

En toen, alsof hij zijn eigen gedachten halverwege stopte, realiseerde hij zich dat het hem niet kon schelen. Hij was totaal zelfgenoegzaam, totaal apathisch.

Hij legde zijn hoofd weer op het bed, hard en plat en geen kussen om het op te laten rusten. Hij sloot zijn ogen, maar hij wilde niet slapen. Hij wilde niets doen.

Hij keek omhoog naar het plafond, de kleine grijze vierkantjes keken naar hem.

Hij bleef zo tot ze hem de volgende dag kwamen halen.

CHAPTER 5

BEN

ARCHIBALD QUINONES, een Jezuïtische priester, leidde het huwelijk. De omgeving was idyllisch: de voortuin van het huisje was omgetoverd tot een prachtige, pittoreske trouwlocatie, door middel van witte klapstoeltjes, linten en wat een metrische ton bloemen moet zijn geweest.

De bomen omzoomden het gebied net voorbij waar Archie onder het traliewerk stond, waar Ben had gewacht tot Julie arm in arm met haar vader door het gangpad zou lopen.

Ze was adembenemend, en Ben kon zich nauwelijks concentreren op de geloften die Archie aflegde. Toen het tijd was voor het uitwisselen van de ringen, gaven Reggie en Sarah, zelf ook een prachtig paar, ze glimlachend aan hun vrienden.

Toen kusten ze elkaar, en de verzamelde menigte juichte. Mevrouw E stond naast haar man op een gemonteerd televisiescherm. Meneer E, die piekfijn gekleed achter zijn eigen bureau in zijn huis zat, klapte samen met alle anderen.

Ben en Julie liepen het gangpad op en verdwenen in hun hut, waar ze zich omkleedden en een paar minuten later weer tevoorschijn kwamen, klaar om te vieren. De bruiloftsruimte voor de hut zou ook dienst doen als feestzaal, en ingehuurde teams waren al bezig met het opzetten van een witte tent over het terrein.

Ben, die met Julie meeliep, liep rond de tent en schudde iedereen de hand. Het duurde niet lang, want er waren minder dan vijftien mensen aanwezig. Toen ze aan het eind van de rij kwamen, zag Ben de laatste persoon die hen wilde feliciteren.

"Victoria," zei hij. "Bedankt voor je komst."

Victoria Reyes glimlachte. "Ik zou het voor geen goud willen missen. Bedankt dat ik mocht komen."

Ben wilde zich net omdraaien toen hij haar hand op zijn arm voelde.

"Ben," zei ze, haar stem laag.

Oh, nee. Hij hoefde haar niet goed te kennen om te weten dat toon niet iets was wat ze gebruikte voor opwindend nieuws.

"Ga je terug naar Peru?"

Ben's adem stokte in zijn keel. Hij deed een stap achteruit, en Julie legde haar hand op zijn rug. Victoria stapte naar voren en bleef voor hen staan.

"Ik... heb er niet echt over nagedacht," zei Ben.

Victoria glimlachte, maar ze had een afstandelijke blik in haar ogen. "Ik weet niet of ik dat geloof."

Ben zuchtte. "Oké, prima. Ja. We hebben het erover gehad. Garza - je vader - wat hij daar ook van plan was, het is nog niet voorbij."

"Ik weet het," zei ze.

Julie kwam binnen. "Maar we hebben nog geen details. Het is nog steeds... de bruiloft heeft de laatste maand in beslag genomen, en Reggie is aan het genezen en zo."

Victoria knikte. Van ergens achter hem hoorde Ben muziek door het PA-systeem schallen dat aan de rand van de tent was opgesteld.

"Hij moet gestopt worden."

Ben keek omhoog naar de tent en toen omlaag naar de grond. "Luister, Victoria. Ik weet hoe je je voelt. En ik denk...

"U weet niet hoe ik me voel," zei ze, haar stem plotseling trillerig. Alexis en Warren Richardson, die met mevrouw E aan het praten waren, keken om. "Hij is *mijn vader*. Hij *moet* gestopt worden."

"Vic," zei Julie, terwijl ze de hand van de vrouw pakte. "Hij *zal* gestopt worden. Dat beloof ik je. Maar... deze dingen kosten tijd. We moeten plannen, en we moeten..."

"Ik heb het uitgevonden," zei Victoria. "De Tempel van Salomo. Het is de Hall of Records, de opslagplaats voor de verzamelde wijsheid van de Ouden. Het is in..."

"Peru," zei Ben. "Tussen de twee pilaren. De berg."

Victoria leek geschokt, toen onder de indruk. "Ja, precies."

Toen zij de laatste keer in Peru waren geweest, waren er twee tempels geweest - twee identieke oude stenen tempels, elk met een verhoogd podium erin en een ronde stenen tafel - een 'pilaar' - erop. De pilaren waren afbeeldingen van de pilaren die buiten de eerste Tempel van Salomo stonden, gebouwd door een van de vroege Vrijmetselaars genaamd Hiram Abiff.

Reggie en Sarah waren ontvoerd, vastgebonden aan een van de pilaren, en een guillotine was boven hun polsen geplaatst.

Ben en zijn team hadden de pilaar gevonden, maar het was de verkeerde.

Reggie had zijn hele arm verloren om Sarah te beschermen, en Ben was bij de verkeerde pilaar geweest. De herinnering achtervolgde hem, maar hij wist dat het niets was vergeleken met de achtervolgende herinneringen waarmee Julie werd geconfronteerd.

Herinneringen die Victoria's vader, Vicente "The Hawk" Garza, betroffen.

"Ik ben er ook achter gekomen. Toen we Peru de laatste keer verlieten. Het is logisch, geografisch, en ik wed dat de verhoudingen ook kloppen. De '33' vermenigvuldiger en zo."

"Dat is zo. Alles wijst erop dat de berg - althans ergens daarbinnen - de laatste rustplaats is van de Hall of Records. En ik wil erheen."

"Victoria," zei Ben zacht. "Dat hele gebied zal krioelen met Ravenshadow troepen. Je vader zal er nog steeds zijn - hij *won* dat gevecht, weet je nog? We kwamen er maar net levend uit, maar hij schakelde een van ons team uit en een heleboel van de Guild Rite jongens. Er is geen kans dat hij het onverdedigd laat, en ik wed dat hij zelfs alle operaties naar Peru heeft verplaatst - hij zal daar een leger hebben, als hij dat al niet heeft."

"Maar hij weet misschien niets over de berg, en wat er in zit. Dat is waarom we moeten gaan. Ik spreek vloeiend Spaans, en als we nu gaan kan ik..."

"*Dat komt wel.* Geef... het gewoon wat tijd."

"We *hebben* misschien geen tijd," zei Victoria, duidelijk gefrustreerd. Maar ze ging er niet verder op in. Ze draaide zich om en liep weg. Ben zag haar de hut binnengaan en linksaf slaan. Ze hadden de keuken en de kleine eettafel van de hut ingericht als de bar - zelfbediening en altijd open. Hij wist niet zeker of Victoria Reyes dronk, maar ze verscheen niet meer in de deuropening.

Ben en Julie bleven even in de cabine staan kijken, totdat Alexis hen naar haar gesprek met mevrouw E dirigeerde.

"Mrs. E vertelt me dat jullie twee naar Antarctica zijn geweest? Jelly, je hebt me niet verteld dat je er geweest bent. Wat een geweldige reis! Was het een cruise?

CHAPTER 6

BEN

BEN ZAT OP het bed in de kamer. De lichten waren uit, maar er was veel licht dat van buiten naar binnen scheen. Het feest ging tekeer, als je twintig mensen die dansten op oldies en disco als "tekeer" kan beschouwen.

Ben was alleen, en hij nipte uit een glas bourbon dat Reggie hem had gegeven. Het was goed - een beetje ziltig, maar zacht en vol karamel. Hij keek naar de beentjes van de whisky die langs de binnenkant van het glas met ijs naar beneden gleden, ook een geschenk. De pompende tonen van de muziek kwamen binnen, maar verder was het stil. Vredig, bijna.

Ik ben getrouwd.

Het was vreemd. Surrealistisch. Hij had er nooit aan getwijfeld dat Juliette Richardson de vrouw was met wie hij de rest van zijn leven wilde delen, maar hij wist niet echt wat *de rest van zijn leven* inhield. Hoe kon hij zich de volgende jaren van zijn leven voorstellen als hij zich de *laatste* jaren nauwelijks had kunnen voorstellen?

Hij nam nog een slok, en een donkere gedaante verscheen in de deuropening van zijn kamer.

Ben was onmiddellijk zeer alert, en hij schoof opzij op het bed, gooide zijn drankje op het bureau en greep de geladen Glock eronder vandaan. Hij stond nu met zijn gezicht naar de deuropening, de Glock perfect in balans in zijn greep en gericht op de deur.

"Christus, man, sorry." De gedaante stak zijn armen omhoog en deed een stap achteruit. De stem was jong, van een man, waarschijnlijk ergens in de twintig. Ben ademde snel, maar hij deed niets om het te vertragen.

"Wie ben jij in godsnaam?"

"Kunnen we... praten?"

"We zijn nu aan het praten."

"Man, je *bent* op het randje. Ze zeiden me dat je dat zou zijn. Het is... nog steeds vreemd, dat wel."

De man stopte met praten en zijn gezicht ving een beetje van het licht op dat door de muren weerkaatste. Ben zag er iets van. Hij liet het pistool vallen, maar legde het niet neer. "Je komt me bekend voor."

"Ik kijk - Harvey, ben je serieus? *Vertrouwd?*"

De man liep achteruit de woonkamer in en legde eindelijk zijn armen neer. "Kom op, man. Laten we praten. Oh, en gefeliciteerd."

Ben volgde hem naar de woonkamer, waar genoeg licht was om het gezicht van de jongen te zien. Ben stopte, staarde. Deed een dubbele take.

"Zach?"

De jongen grijnsde. "In levende lijve. Hoe gaat het met je, Harvey?"

"Ik - ik uh, noem me nu 'Ben'."

"Nou, ik heet Pete nu. Zoiets. Ik ben nog aan het beslissen."

"Pete."

"Ja... lang verhaal."

"Nou, *Pete*. Het is uh, goed je te zien." Bens ogen dwaalden af naar beneden. Hij wenste nu dat hij het glas bourbon vasthield in plaats van het pistool. Dan zou hij het beter kunnen gebruiken. "Ik... uh, sorry dat ik je niet heb uitgenodigd."

Pete of Zach wuifden het weg. "Maak je er geen zorgen over. Ze hadden me toch niet kunnen vinden."

"Werk je voor de regering of zo?" vroeg Ben.

"Ik wou dat het zo cool was," zei Zach. "Maar nee. Ik had gewoon verandering nodig. Ik werkte voor een zaak, en... nu niet meer. Ik werk nu ergens anders, en doe scheikunde dingen."

"Jij - was best goed in dat soort dingen, toch?"

Zach spotte. "Ik was *negen*, Ben. Ik denk niet dat iemand goed is in iets als hij negen is."

De laatste keer dat ze elkaar hadden gezien, was Ben negentien geweest, zijn broertje negen. Ze waren op een kampeertocht, alleen de Bennett mannen. Johnson Bennett, hun vader, wilde wat tijd in de natuur met zijn jongens terwijl hun moeder de stad uit was.

Die reis was op een verschrikkelijke manier geëindigd. Zach was opgenomen in het ziekenhuis en hun vader was gestorven. Een aanval van een grizzly, een bizar ongeluk. Ben had er al jaren niet meer aan gedacht. Hij was er open over geweest tegen Julie, maar hij had het verhaal verteld op een staccato, afstandelijke manier. Alleen de feiten. Hij had Reggie en de anderen nog minder verteld.

"Fair enough. Dus, je vindt het nieuwe leven leuk?"

"Het is... anders. Een goed leven als ieder ander, denk ik. De baan betaalt goed. En jij?

"En ik dan?"

"Jouw *baan*. Die rare vent op de TV zei dat je deel uitmaakte van de CSO?

"Ja. Dat is Mr. E."

"Is hij zo vreemd als hij lijkt?"

"Vreemder. Ik heb hem zelfs nooit persoonlijk ontmoet."

Zach lachte. "Ik heb je vrouw ook ontmoet."

Ben trok een wenkbrauw op.

"Je slaat uit je competitie. Ze is perfect, Har - Ben. Goed gedaan."

"Bedankt. Zach, wat doe jij hier?"

Zach haalde adem. Hij had hem overrompeld. Ben voelde zich onmiddellijk slecht.

"Sorry, ik bedoel... ik ben het niet gewend - dit is raar."

"Ja," zei Zach.

"Kan ik iets te drinken voor je halen?"

"Ik drink niet."

"Ik heb water. Drink je dat?"

Zach glimlachte. "Ik zag een seltzer water buiten staan. Ik pak er een op de weg naar buiten."

"Ga je weg?"

"Ik had niet verwacht te blijven. Ik heb een kamer in Anchorage voor de nacht. Geen probleem."

"We hebben ruimte hier. Meer dan genoeg ruimte, en meer dan genoeg eten. En ook meer dan genoeg sodawater."

"Bedankt, Ben. Ik waardeer het. Het zou goed zijn om bij te praten, maar ik wil me niet opdringen."

"Dat ben je niet. We hebben net een vleugel gebouwd waar tien mensen kunnen slapen, en we hebben hier een bank. Blijf tenminste een nacht. Ik wil dat je iedereen ontmoet."

Zach liep naar Ben toe en omhelsde hem. Ben wist niet goed wat hij met het pistool in zijn hand aan moest, dus hield hij het stevig vast en klopte zijn broertje op de rug met de kolf ervan.

CHAPTER 7

GARZA

VICENTE GARZA IJSBEERDE buiten de geïmproviseerde ziekenhuiskamer. Ze waren in een verlaten mijn, maar Garza zou het niet geweten hebben door alleen maar rond te kijken. De muren waren maagdelijk wit, gespoten met twee lagen verf. De gangen waren helder, verlicht door fluorescerende armaturen die allemaal op volgorde waren aangesloten en werden aangedreven door de enorme generatoren die zijn team in een nabijgelegen kamer had laten opstellen.

Als oprichter en voorzitter van Ravenshadow Security, LLC, was Garza op zoek naar een offshore locatie om zijn groeiende leger van beveiligingsprofessionals naartoe te verhuizen. De belastingen en overheidscontrole in de Verenigde Staten waren de afgelopen tien jaar alleen maar erger geworden, en Garza wilde er weg. Hij werkte nog steeds voor veel Amerikaanse bedrijven, maar zijn vestigingsplaats was verre van belangrijk voor zijn cliënten. Zij wilden anonimiteit en subtiliteit, en ze respecteerden zijn wens voor hetzelfde.

De mijn die hij in Peru had gekocht was structureel gezond en had weinig bouwkundige ondersteuning nodig. Zijn team had de nodige infrastructuur aangelegd, een paar lagen verf op de nieuwe muren geplakt en het een thuis genoemd. Het was er opmerkelijk schoon - geen spoor van mijnbouwapparatuur of kolen of wat dan ook. Nu bood het nieuwe hoofdkwartier van Ravenshadow onderdak aan tweehonderd man, compleet met een commerciële keuken en twee recreatiezalen. Zijn werk aan de Ravenshadow-bemanning had langzaam vruchten afgeworpen, en daar kon hij nu de vruchten van plukken.

De aankoop van land in Peru was in het begin een moeizame zaak geweest, maar de prijs was onvergelijkbaar met alles wat hij elders zou kunnen vinden. Het internationale bedrijf dat eigenaar was van de mijn en de rechten op het omliggende land stond op het punt een faillissementsaanvraag in te dienen bij de Peruaanse recht-bank, en hij had hen een hoop geld en verdriet bespaard door een laag bod te doen op alles. Zijn bank had niet eens een oogje dichtge-knepen bij de aankoop van het eigendom, wetende dat Garza meer dan goed was voor het bedrag - hij had er altijd een punt van gemaakt om nooit een betaling te missen die rechtmatig verschuldigd was.

Zijn doel op lange termijn was om al zijn activiteiten te verplaatsen van de Verenigde Staten, uit Philadelphia, naar Peru. Het was tot nu toe een belastingparadijs voor zijn bedrijf gebleken, en hij begon al zijdelingse afspraken te maken met sommige militaire functionarissen in het gebied - een prestatie die veel gemakkelijker was in de minder stabiele economische omgeving van Zuid-Amerika.

Hij stopte met ijsberen en keek door het rechthoekige raam in de deur. Dr. Prichard was nog steeds iets aan het onderzoeken op de monitoren, zijn gezicht gemaskeerd in een uitdrukking van verwar-ring en blauw gekleurd door het LED scherm. Garza klopte twee keer snel achter elkaar, wachtte niet op antwoord van Prichard en stormde naar binnen.

"Nou?" vroeg hij.

Dr. Prichard's wenkbrauwen gingen omhoog en toen omlaag, terwijl hij opkeek. "Oh, juist... sorry. De... administratie is compleet."

"*En?*"

"Het was succesvol."

Garza zuchtte. "Heb je het medicijn *succesvol* toegediend, of was de werking van het medicijn succesvol toen je het toediende?"

"Oh, juist. Uh, nou, dat ben ik nu aan het uitzoeken. Weet je, zonder Dr. -"

"Ik heb geen tijd om een andere dokter aan boord te nemen, Prichard," zei Garza. Hij kende de klacht goed. Dr. Prichard had de afgelopen maand gepleit voor het inhuren van een andere arts, na de brute dood van zijn collega Dr. Ruth Jenner. "Het zal weken duren om iemand te *vinden* die bereid is de reis te maken, om nog maar te zwijgen over de maanden van opleiding die u en ik zullen moeten geven."

"Ja, maar -"

"Ik begrijp de redenering, Dr. Prichard," zei Garza. "Maar ik werk tegen een veel andere druk in dan u. Vraag het alstublieft niet nog eens."

Prichards wenkbrauwen dansten weer, maar hij knikte snel en stond op. De stoel deinsde achteruit toen hij opstond, en hij zocht met moeite zijn houvast. Ergens in de afgelopen maand, dacht Garza, was de man vervallen tot een gekke-wetenschappersroutine. Het was vervelend, maar Prichard was de beste die hij had.

"Juist," zei Prichard, terwijl hij een gesprek voortzette dat zich blijkbaar alleen in zijn hoofd had ontwikkeld, "dus toen ik de behandeling een uur geleden toediende, had de proefpersoon aanvankelijk nogal nadelige effecten."

"In het begin?"

"Ja."

Garza kneep zijn wijsvinger tussen zijn duim en ringvinger, en probeerde zichzelf af te leiden van zijn ergernis door zichzelf fysieke pijn te bezorgen. "*Hoe lang* waren deze bijwerkingen?"

"Oh - juist. Wel, uh, vijf minuten?"

"En dan?"

"En toen verdwenen de bijwerkingen van de dosering en leidde tot een stabielere toestand bij de proefpersoon."

"Ik begrijp het. Resultaten?"

"Wel," zei Dr. Prichard, "ik geloof dat de resultaten veelbelovend zijn. Uh, hier." Hij verschoof zich naar de hoek van de kamer, naast het bed waar de patiënte, een oudere Peruaanse vrouw, lag te slapen. Hij ging aan het hoofdeinde van het bed staan en tikte op de arm van de vrouw.

Haar ogen openden zich langzaam, flikkerden, en richtten zich toen op Garza en Prichard. Toen ze de blik van de dokter ontmoetten, werden ze wijder, een blik van angst kwam over hen. Ze verstijfde, haar polsen schoten omhoog, maar de vinyl bindingen die ze aan haar zijden op hun plaats hielden deden hun werk. Na een paar seconden tevergeefs vechten, viel ze verslagen terug op het bed.

"De effecten zijn subtiel, zoals je ongetwijfeld hebt gemerkt. Ze is nog steeds dezelfde persoon - haar persoonlijkheid blijft onveranderd."

"En we zullen in staat zijn om een versie van het medicijn te maken die succesvol door de lucht verspreid kan worden?"

"Ja, ik geloof het wel, maar het zal..."

"Maar het werkte?" vroeg Garza.

"Oh, ja," antwoordde Prichard. "Heel veel zelfs. Ze is *veel* meer bereid om overreding van buitenaf te accepteren dan ze zou doen zonder de medicatie.

"Ik begrijp het. Bewijs het maar."

Dr. Prichard keek met zijn ogen naar Garza en toen weer naar de patiënt. "Wel... uh, ziet u... de dosering is maar een deel van het totale behandelplan dat ik heb -"

"Bewijs het," zei Garza opnieuw.

"Goed. Oké." Prichard schraapte zijn keel en snoof toen. Het personeel dat Garza had aangenomen moest Spaans spreken en verstaan, en hij en Dr. Prichard waren geen uitzondering. Met een vloeiende, gladde stem, riep Prichard zachtjes naar de persoon in het bed. "Mevrouw, uh, Patiënt 84, weet u wie ik ben?"

Patiënt 84 knikte.

"Goed. Als u nu uw rechterarm wilt optillen."

De rechterarm van de bejaarde vrouw ging een paar centimeter de lucht in tot hij werd opgevangen door de riem.

"Goed, dank u. Patiënt 84, til alstublieft uw linkerarm op."

Dat deed ze.

Garza stapte naar voren. "Zal ze op me reageren?"

"Dr. Prichard schudde zijn hoofd. "Ik - ik geloof het niet, meneer. De behandeling - het resterende deel van het medicijn, althans, het is - bedoeld om te worden toegediend in de loop van -"

"Patiënt 84," zei Garza in het Spaans, "weet je wie ik ben?"

De vrouw fronste haar wenkbrauwen, maar bleef naar Garza kijken. Ze schudde haar hoofd.

"Oké, dat is goed," zei Garza. "Patiënt 84, knik met uw hoofd."

Het onderwerp leek eerst verward, maar uiteindelijk knikte ze.

"Heel goed. Nu wil ik graag dat Dr. Prichard uw riemen afdoet."

Prichard begon tegen te spreken, maar Garza stak een hand op. Prichard gaf toe, boog zich over de vrouw en verwijderde de riemen die haar aan het bed vasthielden.

"Patiënt 84, neem de scalpel van Dr. Prichard."

Dr. Prichard stribbelde tegen. "Maar ik *heb* niet eens een..."

"Genoeg," zei Garza. Hij greep in zijn zak en haalde er een medisch scalpel uit, waarvan de metalen vlijmscherpe rand glom. Hij overhandigde het aan Prichard. "Patiënt 84, neem de scalpel alstublieft."

Met trillende hand nam patiënte 84 het mes uit Prichards hand. Ze hield het voor zich uit, boven haar borst, met de punt naar boven. Als er al een idee in haar ogen was dat ze wist wat ze vasthield, kon Garza het niet zien.

"Patiënt 84," vervolgde Garza, "ga alstublieft rechtop zitten."

De vrouw voldeed onmiddellijk.

"Dr. Prichard, dit is opmerkelijk."

"J - ja, meneer. Het serum is van uw eigen ontdekking, de borrachero."

Garza knikte. De Colombiaanse plant borrachero, die, wanneer op een bepaalde manier verwerkt, een drug produceerde die leek op scopolamine, "buradanga" genaamd. Het veroorzaakte korte-termijn geheugenverlies, hallucinaties, en - als een hoog genoeg dosis werd toegediend - een verlies van vrije wil. Door ook enkele additieven toe te voegen, waaronder de plant *datura stramonium,* of "Jimson weed", had Garza's team een serum gecreëerd waarvan hij hoopte dat het een bijna zombie-achtige staat van robotachtige meegaandheid in zijn proefpersonen kon teweegbrengen.

"Heel goed. Patiënt 84," zei Garza, "draai de scalpel om en leg de punt ervan op uw pols."

"Garza," zei Prichard. "De volledige dosering is niet -"

"Doe het."

De ogen van de vrouw leken groot te worden, met een vurige woede erachter, maar ze deed wat haar gezegd werd. Hij zag hoe de punt van het lemmet neerkwam op het vermoeide, verweerde vlees van de pols van de oude vrouw, en ze draaide haar handpalmen om toen het viel. Het lemmet kwam terecht op haar onderarm, tussen het spaakbeen en de ellepijp.

Garza aarzelde niet. "Patiënt 84, snijd met de scalpel een lijn van de onderkant van uw handpalm naar uw elleboog. Doe het nu."

De patient keek op naar Garza, haar ogen smekend. Maar haar hand was al in beweging, de scalpel scheurde door het vlees alsof het een koksmes was dat door een stuk vers vlees sneed. Bloed sijpelde uit de nieuw gevormde scheur, eerst langzaam, toen toenemend in volume totdat de arm van de vrouw volledig bedekt was met karmozijnrood.

Garza keek gefascineerd toe. Hij had altijd al belangstelling gehad voor medische procedures en menselijke anatomie, maar hij had nooit de tijd genomen om een van beide te leren. Toch stond hij aan de scène gekluisterd.

"Garza?"

Garza hield een vinger naar zijn lippen om zijn werknemer het zwijgen op te leggen.

De vrouw begon zwaar te ademen, haar interne emoties vochten tegen de chemische hersenbeschadiging die haar bewustzijn had verteerd. Haar ogen vielen op haar arm, en Garza kon zien dat ze niet in staat was te verwerken wat er gebeurde. Haar omgeving was totaal vreemd voor haar, en haar gezichtsuitdrukking weerspiegelde dat nu.

Garza keek in trance toe hoe Patiënt 84 langzaam en pijnlijk doodbloedde, haar stijgende hartslag en inwendige temperatuurschommelingen zorgden ervoor dat de monitor van Dr. Prichard begon te piepen. Het onophoudelijke lawaai werd Garza eindelijk teveel en hij draaide zich om, de kamer uit.

"Laat een schoonmaakploeg komen om dit op te ruimen," zei Garza over zijn schouder toen hij de hagelwitte gang weer binnenging.

"WAT DENK JIJ?" Vroeg ze aan Ben. Julie zat tegenover hem op een van de witte klapstoeltjes die nog onder de trouwtent stonden. Ze was aan het friemelen en probeerde de korte jurk goed over haar benen te leggen. *Dit is de reden waarom ik me niet opdoe,* dacht ze.

"Ik wil er helemaal niet aan denken," zei Ben, terwijl hij zijn glas naar zijn mond hief en een slok nam. "We zijn net *getrouwd,* Jules. Kunnen we niet gewoon van de avond genieten?"

Reggie en Sarah liepen naar hen toe, en Julie kon zien dat ze bij hen in de buurt zouden gaan zitten.

Ze glimlachte. "Ja, ik weet het. Het is gewoon..." Ze leunde dicht tegen Ben aan en fluisterde. "Dit kan onze *kans* zijn, Ben."

"We hadden een kans om hem te doden, al vier keer. We faalden."

"Nee, ik heb het over de Hall of Records."

"Denk je echt dat het daar is?"

"Ik denk dat er *iets is,*" zei ze. Reggie trok een stoel voor Sarah en daarna een voor zichzelf. Zijn arm zat in het gips, wat hem blijkbaar een beetje verlichting bood van de spanning. "Garza weet er misschien niets van, maar jij en Victoria kwamen tot dezelfde conclusie - de Tempel van Salomo, de pilaren - het is er allemaal."

Ben knikte. "Maar toch, het is in het hart van Ravenshadow's basis. Als ze daar nog zijn, zullen ze ons doden. En je herinnert je de...

"De reuzen," zei Reggie. "Ja, die klootzakken waren iets anders."

Toen ze in Peru waren, hadden ze ontdekt dat Garza aan iets sinisters werkte: het nabootsen van de bijbelse Nephilim, reuzen uit de oudheid die ooit op aarde rondzwierven. Door een bot af te breken, het dan te helen en het opnieuw in te stellen met toevoeging van een giststam, zou het bot veel sneller groeien dan voorheen mogelijk was.

Het had geleid tot de oprichting van een klein leger van groteske, massieve soldaten - mannen van de Ravenshadow groep die zich vrijwillig hadden aangemeld.

Of, zoals Reggie, vrijwilliger was *geweest*.

"Ze waren ziek en stervende," zei Julie. "Hun botten konden hun eigen gewicht niet aan. Garza zei het zelf, weet je nog? Er is een goede kans dat ze allemaal weg zijn als we daar aankomen."

"Of er is een kans dat hij er nu honderd heeft."

Sarah was stil, maar ze keek naar Reggie. Ze keken elkaar even aan en toen wendde Reggie zich weer tot Ben en Julie. "Ik denk niet dat het slim is, Julie," zei hij.

Julie voelde haar maag ineenkrimpen. Reggie was een getraind soldaat, een ex-sluipschutter die al heel wat gevechten en bloedvergieten had meegemaakt. Naast Ben was er niemand aan wie ze haar leven meer toevertrouwde, en als hij vond dat de missie gevaarlijk was, wist ze dat ze er goed aan zou doen zijn advies op te volgen.

"Met mijn arm," ging hij verder, "en onze... geschiedenis, lijkt het me beter dat we het afwachten. Kijken of hij weer opduikt."

"We hebben misschien geen tijd," zei Julie, zich realiserend dat haar stem was gestegen en door de hele tent klonk. Er liepen mensen door elkaar heen - een handvol werknemers die ze hadden ingehuurd om tafels te bedienen en schoon te maken, haar ouders, mevrouw E, die haar man op het televisiescherm ronddraaide. Haar moeder keek bezorgd om zich heen. Julie gaf haar een duim omhoog en ging weer verder met het gesprek.

"Ik snap het," zei ze. "Hij is sterker dan wij. Meer voorbereid. Maar is dit niet *precies* wat wij zouden moeten doen? Is de Civilian Special Operations niet een groep die de projecten op zich moet nemen die te gevaarlijk zijn voor de kleine politie en te riskant of politiek gedreven voor de regering?"

"Julie," zei Ben, "dit is anders. We hebben het over een man die een *leger* heeft opgebouwd. Mogelijk één met kerels die *twee keer zo groot zijn als wij*. En hij is goed gefinancierd. De katholieke kerk steunt hem, en het zou me niet verbazen als hij ook de regeringen van een paar derdewereldlanden in de palm van zijn hand heeft." Hij pauzeerde. Nam een slok. "Ik zie niet in hoe we iets kunnen doen. Niet door onszelf."

"We hebben vier, misschien viereneenhalf mensen die willen vechten," zei Reggie.

Zij en Ben keken naar Reggie, die alleen maar zijn schouders ophaalde en zijn prothese omhoog hield.

"Dus wat doen we?" vroeg Julie. "Je hebt Victoria verteld dat we zeker iets zouden gaan doen."

"Dat deed ik," zuchtte Ben. "Maar dat was deels omdat ik *hiervan* wilde genieten - de bruiloft. En deels omdat, in mijn boek, iemand anders bellen om het af te handelen iets doen *is*."

"Wie zou je bellen?" vroeg Julie.

"Ik weet het niet - Mr. E heeft connecties bij de Joint Chiefs. Misschien kunnen ze wat regelen met de verschillende takken, en - "

"Je weet verdomd goed dat het leger van de VS niet naar Peru vliegt om een huurling uit te schakelen. Niet zonder reden."

"Dus geven we ze een reden," zei Ben. "We zeggen dat de Hall of Records er is, maar dat we bang zijn dat hij bewaakt wordt."

"...en dan bellen ze de Peruaanse regering, die een klein team sturen om het te onderzoeken. Denk je dat Garza zich daar niet al op heeft voorbereid?"

Ben stond op. "Jules, waar je het over hebt - wat je aanbeveelt... het is *krankzinnig*. We zijn daar al een keer geweest, om deze jongens terug te halen. We werden bijna vermoord op zes manieren tot zondag. Teruggaan? Het is een doodvonnis."

Reggie knikte. "Het spijt me, Julie," zei hij. "Daar ben ik het mee eens."

"Waar zijn we het over eens?" hoorde Julie een stem zeggen. Ze keek op en zag Archibald Quinones, die van achter Ben aan kwam lopen.

Reggie lichtte hem snel in. De oudere man, die nog steeds zijn Jezuïtische priestergewaad en kraag droeg, knikte mee. Toen hij klaar was, leunde hij voorover naar de groep.

"Nou, als het op een of andere manier helpt, ik heb misschien wat informatie."

Ze staarden allemaal naar Archie.

"Victoria Reyes heeft me een uur geleden apart genomen. Ze zei dat ze al met je gesproken had, Harvey."

Ben knikte.

"Ze zei dat je niet met haar mee wilde doen."

"Bij haar?"

Archie knikte. "Ja. Ze vertelde me dat ze teruggaat naar Peru. Om haar vader te vinden en hem over te halen haar de berg te laten onderzoeken waar volgens haar de Hall of Records ligt. Ze nodigde me uit, voor mijn 'historische kennis' van het gebied."

Julie's mond viel open.

"En ze zei dat ze morgenochtend vertrekt, met of zonder mij."

"GAAT ZE *WEG?*" Vroeg Ben. "Naar Peru?"

"Morgen, ja," zei Archie.

"Meent ze dat?"

"Ze leek heel serieus, Harvey."

Reggie stond ook op en keek Archie aan. "Ze zal gedood worden, man. Waarom heb je niet geprobeerd haar te stoppen?"

"Ik denk niet dat dat waar is," zei hij. "Misschien, maar ik vind het waarschijnlijker dat haar vader genade zal hebben."

"Mercy?" vroeg Julie. "Voor Vicente Garza? Hij zal haar *martelen.*"

De groep zat een ogenblik in stilte, tot Ben weer sprak. "We kunnen niet gaan," zei hij. "Het is nog steeds een zelfmoordmissie."

"We gingen de vorige keer voor Reggie en Sarah," zei Julie. "Bedoel je dat we..."

"*Ze* heeft haar besluit genomen!" Zei Ben, bijna schreeuwend. "Als ze sterft, zijn mijn handen schoon."

Julie staarde hem aan, maar Ben deinsde niet terug. *Het is de waarheid,* zei hij tegen zichzelf. *Het is niet mijn schuld.*

"Harvey," zei Archie. "Er is meer."

Ben rolde met zijn ogen. "Dat meen je niet."

"Ik kreeg dit artikel toegestuurd - het gaat over een Peruaans dorp dat dicht bij ons land ligt, het land waar Garza op zat."

Hij haalde het artikel op zijn telefoon tevoorschijn en hield het voor Ben en de anderen te zien. Ben las zwijgend de kop en wachtte toen tot Archie het uit het Spaans had vertaald.

"Er staat '20 dorpelingen vermist in de buurt van Chachapoyas Valley,"

"En heeft dat iets te maken met Garza of Ravenshadow?" vroeg Ben.

"In het artikel staat dat een boer die vaak handel dreef met dit dorp, hen bezocht om vast te stellen dat ze allemaal op mysterieuze wijze waren verdwenen. Er lag nog eten op tafel, er waren rokende vuurkorven, er was zelfs een laptop open met een half opgeladen accu.

"De boer vertelde de politie dat het *El Muki* was, vanwege de nabijheid van het gebergte, en -"

"*El Muki?* "vroeg Reggie.

"Het is een Peruaanse legende, een bijgeloof. Een lichtgetinte man met rossige trekken en een witte baard die in de mijnen van de Andes leeft. Hij lokt mensen naar zijn mijn om voor hem te werken en belooft grote rijkdom. Ze komen nooit meer terug."

"Nou," zei Julie. "Dat klinkt realistisch."

"Hoe het ook mag *klinken*," zei Archie, "de boer die het geloofde, stierf de volgende dag."

"Serieus?" Vroeg Reggie.

"Hij klaagde over hartpijn, ging naar een vriend die dokter was, en stierf in de armen van de dokter."

"Vergif?" Vroeg Ben.

"Zeer waarschijnlijk, hoewel de autoriteiten in die regio geen andere details vrijgeven. Het lijkt waarschijnlijk dat wat deze man ook wist, iemand niet wilde dat hij het aan iemand vertelde."

Ben rekte zich uit, en zwenkte toen met zijn drankje. "Het is een interessant verhaal, maar het blijft een legende. We weten niet dat -"

"We weten dat Garza daar is," zei Julie. "Waarom kan dit niet zijn werk zijn?"

"Omdat we het niet *weten*," zei Ben. "We gaan er niet zomaar van uit dat hij achter elke misdaad in Peru zit. Een heel dorp ontvoeren, een oude boer vermoorden? Kom op, Jules. Het is belachelijk."

"Wat als het niet zo is?"

Ben had daar geen antwoord op. Om eerlijk te zijn, hij wilde dat het waar was. Hij wilde een reden om terug te gaan, om af te maken wat ze in Philadelphia waren begonnen. Ze waren "De Havik" tegengekomen op de Bahama's, toen weer in Egypte, en tenslotte in Peru, waar ze bijna allemaal waren vermoord. Ben wilde niets liever dan de man een kogel door de schedel jagen voor wat hij hem had aangedaan, maar vooral voor wat hij Julie had aangedaan.

Hij keek naar haar, zijn bruid. Juliette Alexandria Bennett. Het klonk vreemd in zijn hoofd. Hij was er zeker van dat het met de tijd makkelijker zou worden, maar voor nu leek het vreemd. Ze ontmoette zijn ogen, en hij realiseerde zich plotseling iets.

Oh, Julie.

"Gaat het?" vroeg hij. Hij voelde de blikken van Reggie, Sarah, en Archie op hem gericht. Het was een vreemde vraag, maar hij was belangrijk.

"Ik ben in orde, waarom?"

"Ik wil - ik wil zeker weten dat je -"

"Ik ben *in orde*, Ben."

"Oké." Hij stak zijn handen omhoog. "Sorry. Het zijn een paar gekke dagen geweest, en met dit alles - het is gewoon veel, dat is alles."

"Nee," zei ze. "Het spijt me. Ik had niet moeten snauwen. Wat... wat bedoelde je? Waarom vraag je me dat?"

Ben keek rond naar zijn vrienden, zijn team. Reggie was er geweest. Archie en Sarah hadden de verhalen van hem of Ben gekregen. Samen was het een gedeelde herinnering, die ze allemaal probeerden te onderdrukken.

Maar ze wisten dat er een tijd zou komen. Ze wisten dat Julie het zich uiteindelijk ook zou herinneren.

"Jules," zei Ben. "Waarom wil je naar Peru? Waarom moet je dit met Garza afmaken?"

Ze beet op haar lip.

"Julie, je mag het zeggen." Hij zag een traan in haar oog vormen, maar zijn eigen ogen begonnen wazig te worden. Hij veegde ze af en nam toen haar handen in de zijne. "Ik hou van je. Ik - *wij* - *zijn* er allemaal voor je."

Ze keek hem aan en haalde toen diep adem. "Ik herinner het me. Ik weet nog wat hij met me gedaan heeft."

EDMUND

PATER EDMUND CANISIUS trok zijn kraag strak en bekeek zichzelf in de spiegel. Zijn neus en wangen vertoonden levervlekken, maar hij streek er een respectabele hoeveelheid make-up uit het kleine make-updoosje overheen en bekeek het opnieuw. Hij moest er zo uitzien - zelfverzekerd, jong, deskundig.

Hij was zelfverzekerd, en een expert, maar zijn jeugd had hem dertig jaar geleden verlaten. Dat maakte niet uit. De dealers op deze conventie gaven veel meer de voorkeur aan ervaring, wijsheid en wederzijds respect dan aan jeugdige ijver. Hij zou indruk maken, al was het alleen maar om zijn naam.

Het was waar: hij had al van een paar online nieuwsbronnen gehoord dat hij aanwezig zou zijn op de *Conferencia Episcopal Peruana Internacional* - de Peruaanse Internationale Bisschoppelijke Conferentie. Een viering van een week lang van het Peruaanse katholicisme, de nieuwste ideeën van de kerk, en een bijeenkomst van enkele van de beste Zuid-Amerikaanse katholieke stemmen. Het was een jaarlijkse conventie, die gewoonlijk de meest uitgesproken en populaire sprekers en katholieken van het hele continent bijeenbracht.

Maar zelden kwamen de aanwezigen helemaal uit het Vaticaan.

Pater Edmund Canisius was een in Italië geboren jezuïet die de rangen van de katholieke kerk had beklommen en deel was gaan uitmaken van het administratieve en wetgevende team van de Heilige Stoel. Hij was een gezaghebbend figuur, zowel gerespecteerd als gevreesd, maar zijn broeders zochten hem vaak op vanwege zijn ervaring en kennis van zowel wereldse als heilige zaken.

Zijn taak in Peru was eenvoudig: een ontmoeting met het hoofd van de Orland Group, een particuliere defensie-aannemer die in het land zou exposeren voor een andere conventie die samenviel met de CEPI. Het aanbod overhandigen om hun laatste ontwikkeling te kopen, zodra het klaar was.

Het probleem was dat hij geen idee had wat hij kocht. Niemand van zijn kantoor had het nodig gevonden hem in te lichten over wat ze precies kochten.

Hij oefende zijn toonhoogte: zichzelf voorstellen, handen schudden, glimlachen op een manier die zelfverzekerd was maar niet arrogant. Zijn hoofd hoog houden, kin omhoog, maar niet neerbuigend.

Zijn taak was niet het moeilijke deel; de uitdaging zou liggen in het onderhandelen met Orland zonder precies te weten wat het te bieden had. Erger nog, de Orland Groep was een geheimzinnige bende. Ze hadden de neiging nogal geheimzinnig te doen, zeker als het om nieuwe contacten ging.

Canisius was bezorgd dat hun relatie op de verkeerde voet zou beginnen. Hij hoopte dat zijn superieuren van tevoren hadden gebeld en de eerste contacten en uitwisselingen hadden gelegd. Het zou veel gemakkelijker zijn als ze dat hadden gedaan, maar het was niet te zeggen wat zijn kantoor zou doen; de Kerk was ongeveer even geheimzinnig over hun werk als de Orland Groep.

Hij wist dat deze deal enorm was, dat kon hij zien aan de hoeveelheid geld die ze hem lieten rondgaan. Wat hij niet *wist* - wat hij nooit zou weten - is wat de werkelijke ruil zou zijn. Geld voor... wat? Zijn onderzoek naar de Orland Group had alleen maar vage antwoorden opgeleverd, bedrijfstaal en taal die gericht was op aandeelhouders. Het was de typische ingeblikte informatie die hij kon verwachten van de publieke pagina's van elke grote conglomeratie: totale inkomsten in dollars, algemene O&O bedragen, technische wegversperringen.

Maar het was niet zijn taak om het te weten. Het was om de deal te regelen en naar huis te komen. Ze hadden hem nodig omdat het in het verhaal paste: een Vaticaanse priester op een werkvakantie in Peru, die een Katholieke conventie bijwoont. Het zou natuurlijk sensationeel zijn: veel plaatselijke bewoners zouden moeilijk kunnen begrijpen waarom een hoge priester als hij zijn tijd zou doorbrengen op een regionale conferentie. Die cover stories waren al geschreven en voorbereid.

Nee, hij was de perfecte kandidaat voor zijn team om een andere reden: zijn intuïtie en vermogen om een persoon te lezen. Hij had een bewezen track-record voor het bepalen van de betrouwbaarheid van een ander persoon, na slechts een paar minuten met hem gesproken te hebben. Het was zowel een talent, door God aan hem gegeven, als een geoefende vaardigheid. Een kunst die hij koesterde en beoefende.

Ze hadden Vader Canisius nodig om te bepalen of hun investering hier, met de Orland Groep, zou slagen of niet.

Ze hadden hem nodig om hun bezittingen veilig te stellen.

Hij wiebelde nog eens met zijn klerikraag en controleerde zijn make-up nog eens. Hij vond alles bevredigend, deed de lichtschakelaar uit en stapte de badkamer van het hotel uit.

CHAPTER 11

BEN

"BEN, HEB JE EVEN?"

Ben's gedachten gingen met honderd mijl per uur. Ten eerste, het nieuws van Victoria Reyes dat ze naar Peru zou gaan. Ten tweede, het nieuws over de verdwenen dorpelingen en de dode boer. Dan, alsof dat nog niet genoeg was, Julie's onthulling dat ze zich herinnerde wat er gebeurd was. Dat ze zich herinnerde wat Vicente Garza haar had aangedaan.

"Ja, maatje, wat is er?" vroeg hij. Hij stapte naar Reggie toe, die net voor de deur van de hut stond te wachten. Hoewel er niet veel mensen op de bruiloft waren geweest, voelde het voor Ben toch als te veel. Te veel gesprekken om te voeren, te veel handen om te schudden.

"Over Julie," zei Reggie. "Komt het goed met haar?"

Ben haalde zijn schouders op. "Ja. Ik bedoel, ik denk. Ik ben geen, je weet wel..."

"Een psychiater?"

"Juist, ik ben geen psychiater."

"Denk je dat ze er een moet zien?"

"Geen idee. Waarschijnlijk. Moeilijk te zeggen. Ik heb nooit, en God weet dat ik kon gebruik maken van een."

"Ik wel," zei Reggie. "Ze zijn niet allemaal slecht. Meestal best goed, eigenlijk. Misschien de moeite waard om te gaan, gewoon om te zien."

Ben snoof. Keek naar beneden naar zijn drankje, dat aan het slinken was. Reggie greep ernaar, en Ben gaf het aan hem. "Ja," zei hij. "Misschien doe ik dat wel."

Reggie vulde hun drankjes aan met de bourbon die hij Ben voor de bruiloft had gegeven, en deed er een groot ijsblokje bovenop.

"Sorry dat het niet goed gebouwd is," zei Reggie.

"Huh?"

"Het drankje - het wordt verondersteld om ijs-eerst te zijn. Dan likeur."

Ben grinnikte. "Ja, alsof mij dat wat kan schelen."

Reggie grijnsde. "Nou, weet je... dat is een beetje de manier waarop we de dingen hier doen. In deze kleine groep."

"Wat bedoel je daar nu weer mee?"

"Weet je," zei Reggie. "Er is een goede en een slechte manier om dingen te doen. Als je je vrienden wilt vinden die ontvoerd zijn, bel je de politie. Dat is de *juiste* manier."

"Ik vond mijn manier beter."

"Oh, vertrouw me," zei Reggie. "Ik ook." Zijn grijns strekte zich uit over zijn hele gezicht. Ben had die grijns al lang niet meer gezien - het was een kenmerk van Reggie, en hij had het de laatste tijd moeilijk om hem te laten zien.

"Wat is je punt?"

"Nou, ik denk dat de CSO, per *definitie*, dingen... een beetje anders doet. We doen de drank erin en leggen *dan* het blokje erop."

"Oké..."

"Dus ik zeg dat de 'juiste' manier om met deze situatie met Garza om te gaan... de manier waarop we het *zouden moeten* doen, is om het te negeren. Peru is niet echt dichtbij, en Garza is daar behoorlijk goed beschermd. Verdomme, wie we ook bellen, hij heeft niet eens *jurisdictie*.

"Juist, dat is mijn punt," zei Ben. "Dat is wat ik probeerde te vertellen -"

"*Tenzij* we iemand niet volgens het boekje hebben gebeld."

Ben keek hem bevreemd aan.

"Kijk, Ben. Ik ben uit het leger geschopt, maar ik was goed. *Heel* goed. Ik heb wat hoofden laten draaien, en die hoofden zijn nu opgeklommen door de rangen. Ze hebben me in de gaten gehouden, en ik denk - ik weet het niet *zeker*, maar ik *denk* - dat ik wel om een gunst of twee kan vragen."

"Wat betekent dat?"

"Nou, *we* kunnen niet naar Peru gaan. Niet alleen. De CSO, het is - zoals je zei - een zelfmoordmissie. We zijn nu beter getraind dan we ooit zijn geweest, maar we zijn nog steeds een handjevol mensen. Niet eens een team. Tegen Garza, die een leger van Ravenshadow grunts heeft die alles doen wat hij zegt, en -"

"Reuzen. Mogelijk."

"Juist. Maar als we een *team* hadden, een groep soldaten, een chirurgisch korps..."

"Ken je mensen die dat zouden doen?"

"Ik ken mensen die *misschien* iets kunnen regelen. Mr. E misschien ook, maar zijn woord zou ons tenminste helpen. Er is een man waar ik vroeger voor gewerkt heb - Sturdivant. Een carrière leger man. Hij heeft nu de leiding over veel meer, inclusief dingen zoals dit."

"Denk je dat ze er klaar voor zijn? Wie deze soldaten ook zijn?"

"Ik weet dat ze dat zouden doen, Ben. Dat is wat ze doen - Rangers, 75th. Ze zijn getraind. Degenen die ik ken hebben ook de Ranger School doorlopen. Ik denk dat we wel een vuurteam of squad met ons mee kunnen krijgen."

"Reggie..."

"Ben je bang?"

"Natuurlijk ben ik bang!" Zei Ben. "Ik ben net getrouwd. Ik voel me net een *kind*, Reggie. Ik ben niet opgeleid zoals jij, zoals Mrs. E."

"Je weet dat mijn arm eraf gehakt is de laatste keer dat ik ging, Ben?"

Ben keek hem ziedend aan.

"Weet je wat me op de been hield?"

"Adrenaline?" Vroeg Ben.

"Ja, natuurlijk," zei Reggie. "Dat was er een deel van. Adrenaline krijgt de goede pers, maar als er zoiets gebeurt, als je *arm wordt afgehakt door een excentrieke gek, dan* ben je bang. Angst, Ben, verhoogt de bloedstroom, zet je in beweging. Het warmt melkzuur op, wat ons helpt te focussen. En het produceert *cortisol.* Dat helpt bij het stollen van het bloed. Het helpt je om door te gaan. Het menselijk lichaam bouwt chemicaliën op die ons helpen te vechten als we *doodsbang zijn.*"

Ben slikte een slok van de bourbon. Hij smaakte nu warm, ook al had het ijsblokje zich vastgezet en de drank al gekoeld.

"Ik zeg dat we moeten gaan *omdat* we bang zijn. We kennen die kerel beter dan *wie ook.* We kennen zijn sterktes, zijn zwaktes, we hebben eerder tegen hem gevochten."

"Ja, maar we hebben hem nog niet gedood."

"En hij heeft *ons* ook nog niet vermoord."

Goed punt, dacht Ben. Toch was hij niet zeker. Rotzooien met een vent als Vicente Garza, in een onbekend land, leek nog steeds een zelfmoordmissie. Met of zonder de Army Rangers.

"Ik moet er over nadenken, man," zei Ben.

"Nou, denk snel. Victoria zei dat ze morgen vertrekt."

"SOLDAAT 147, opstaan alstublieft.

Het hoge gejank leek te verdwijnen toen Vicente Garza zich richtte op de machine die voor hem stond.

Garza wachtte, de operator keek naar hem voor de volgende order. Garza knikte, en de operator herhaalde de instructie.

"Soldaat 147 - Cisco Cabrera - gaat u staan.

Door het glas zag Garza het open pakhuis dat zich voor en iets onder hem bevond. De muren waren hoog opgestapeld met houten kratten, kisten met uitrusting, en losse onderdelen van pakken en technische apparatuur. Het midden, de "demonstratie verdieping" zoals ze het noemden, was leeg, op een enkele man na, gehuld in een kakofonie van techniek. Zijn hoofd draaide en zijn lichaam volgde zijn voorbeeld, het zeurende geluid kwam terug in Garza's aandacht.

Hij stond op. Het bleek moeilijk te zijn, want de beweging had vier hele seconden geduurd. Maar 147 stond nu aan de andere kant van het glas en staarde wezenloos naar Garza en de telefoniste, en ook naar de drie mannen achter hen.

"Gebruik hun namen niet," zei Garza. "Het verbindt hen opnieuw met hun onbeantwoorde herinneringen." Dat was de theorie, in ieder geval. Vicente Garza was er niet helemaal zeker van *wat* het zou veroorzaken in hun geest, maar hij wilde niet het risico lopen dat zijn proefpersonen plotseling allemaal van gedachten zouden veranderen en zouden besluiten zijn experimenten te verwerpen.

"Heb het. Yessir. Orders?"

"Zeg hem dat hij naar voren moet lopen."

"Soldaat 147, loop naar het hokje."

De uitdrukking van de man bleef leeg, zijn ogen stoïcijns en onbeweeglijk, en hij stapte naar voren. De techniek om hem heen klonk en rammelde, maar het lichaam bewoog, langzaam althans.

"Het werkt, sir."

Garza staarde, zwijgend.

Nog twee stappen, en het lichaam viel zijwaarts. Het kwartton wegende apparaat rond 147 stuiterde op de betonnen vloer van het pakhuis en kwam toen tot rust. 147 staarde nog steeds naar buiten in de ruimte tussen de gepantserde "schouders" van het pak, zijn ogen nog steeds uitdrukkingsloos en dood.

Drie technici renden naar de begane grond en begonnen het pak weer omhoog te trekken. Garza hoorde het rapport door de kleine speakers aan de muur. "- De gyroscoop is misschien kapot, of werkt niet goed." "Het kan ook gewoon een steunlas zijn. Iets geknapt, misschien?"

Garza wendde zich tot de andere mannen in de kamer bij hem. "Hoe lang?"

"Om het pak te repareren? Wel, het hangt ervan af of het..."

"Hoe lang voordat we volledig operationeel zijn?" blafte hij.

"Meneer, het is echt een kwestie van hoeveel vakken zijn voorbereid op -"

"Dagen? Maanden?"

De man haalde zijn schouders op, en zijn collega sprong in. "Mijn schatting is twee weken."

De andere twee mannen, een werktuigbouwkundig ingenieur en een specialist in robotica, keken met open mond naar hun collega. Ze begonnen ruzie te maken.

"Goed," zei Garza. "Ik wil volledig operationele prototypes

binnen een week. Daarna verdubbelen we de productie. Huur zoveel mensen in als je nodig hebt om dit voor elkaar te krijgen. Ik verloor een *zeer* lucratief contract, en ik ben niet van plan om nog een te verliezen."

De mannen knikten in tandem en verlieten toen de kamer. Hij nam aan dat ze onmiddellijk aan het werk zouden gaan - twee weken was een hele opgave, en zelfs Garza was pessimistisch over de haalbaarheid ervan.

Het moet wel, dacht hij. *Twee jaar en twintig miljoen dollar, en ik heb niets om te laten zien.*

Hij was van plan om een ander project aan het licht te brengen, lang voor dit project. Een project dat de wereld en de geschiedenis van de mensheid zou hebben veranderd. Een project dat, zo besefte hij nu, vanaf het begin gedoemd was te mislukken. Hij had zich niet gerealiseerd hoeveel andere facties om de controle over zijn onderzoek hadden gestreden, en toen het op zijn project of zijn leven aankwam, had hij voor het laatste gekozen.

Dus dit was het. Zijn beste kans op een permanente plaats in de annalen van de geschiedenis. Niet dat het om roem ging, of zelfs fortuin. Hij had een beetje van beide, althans in sommige kringen. Maar hij wilde de *prestatie*. Weten dat hij het gedaan had. Weten dat hij iets wonderbaarlijks had gecreëerd.

"Klaar voor ronde vier, meneer," mompelde de operator.

"Hetzelfde, loop het terug."

De operator knikte, en sprak toen in de microfoon. "Soldaat 147, sta op."

147 stond, deze keer in drie seconden.

"147, loop alsjeblieft naar het hokje."

Het exoskeletpak en de man binnenin marcheerden langzaam naar het hokje. Hij stopte een paar meter voor het glas. Door de hoogte en grootte van het pak stonden 147 en Garza nu op ooghoogte. Garza keek naar de jongeman in het pak en keek naar zijn ogen. *Weet hij het?* vroeg hij zich af. *Kan het hem iets schelen?*

Zijn artsen hadden uitgelegd dat de proefpersonen geen van

beide moesten doen, maar Garza was altijd sceptisch tegenover artsen geweest.

"Orders, sir?"

"Zeg hem dat hij een rondje om het pakhuis moet lopen, rustig aan met 5 mijl per uur."

De operator drukte op de zendknop van de microfoon en stond op het punt te spreken, toen Garza iets zag flikkeren in 147's ogen. Ze... kwamen tot leven. Alsof de man plots ontwaakt was uit een droom. Niets anders bewoog of veranderde.

"Hou dat vast," zei Garza. Hij keek toe. Op het gezicht van de jongeman was niets te zien. Blanco, lege uitdrukking, zoals altijd. "Vitale monitoring?" Vroeg Garza.

"Hartslag verhoogd, bloeddruk binnen normaal bereik, verder niets -"

"Geef het bevel opnieuw," zei Garza.

"Yessir." De operator deed het, en Garza wachtte. Er gebeurde niets.

Drie seconden lang keek Garza naar de jongen.

"Nogmaals, soldaat 147, alstublieft -"

147's arm rees, de zuigers en hydraulische koppelingen van het exoskelet vatten en duwden als kunstmatige spieren. De reusachtige arm reikte bijna tot aan het glas, een parallelle lijn met de vloer.

"Meneer..."

"Hou dat vast."

147's gezicht was nog steeds leeg, en Garza keek toe. Nog drie seconden gingen voorbij, en toen... *daar*.

De ogen van het kind flikkerden weer, deze keer met een onmiskenbare woede. Garza's ogen verwijdden zich en hij greep naar de noodstopknop die op het bedieningspaneel voor hem was gemonteerd. Het was te laat.

Soldaat 147's arm vloog naar achteren, voortgedreven door de tegengestelde stuwkracht van de lancering. De kleine aan de pols bevestigde raket sloeg tegen het glas en er doorheen, de controlekamer in.

Garza viel op de grond en was er bijna voordat de explosie hem omhulde. Hij bedekte zijn hoofd met zijn armen en voelde de verzengende hitte van vuur en glas zijn kleren en haar wegschrapen.

En toen, binnen een halve seconde, was het voorbij.

Hij stond op en hield zich voorzichtig vast aan de rand van het bureau voor het controlepaneel. De achterkant van zijn shirt en broek waren verbrand, een paar tweedegraads brandplekken op zijn huid begonnen al op te zwellen en uitslag te geven. Hij keek naar de plek waar de operator had gezeten. Er bleef niets anders over dan een verkoolde schil, een stuk van de stoel en een stuk van het raam dat op de een of andere manier intact de explosie had overleefd.

Garza draaide zich naar de vloer van het pakhuis. Rook gulpte van ergens onder het raam, waardoor zijn zicht gedeeltelijk werd belemmerd. Hij zag het pak op de grond liggen, op zijn rug, ongeveer halverwege de kamer. Zijn mannen omsingelden het onderwerp, de geweren gericht en wachtend op zijn bevel. Ze sloten zich aan, verkleinden de cirkel rond het pak en maakten zich klaar om het te beschieten met genoeg kogels om een massief blok beton in een halve minuut te vernietigen.

En toen zag Garza 147's ogen. Hij lag op de grond, gedeeltelijk verpletterd onder het gewicht van zijn eigen pak.

Ze staart hem nog steeds aan. Lege, levenloze ogen.

Ik zie hem nog steeds.

Garza stak een hand op, en de mannen op de vloer ontspanden.

Hij had geen microfoon, maar die was ook niet meer nodig; hij schreeuwde door de rook.

"Repareer het pak, en stuur 147 terug naar de ziekenzaal. Maak hem beter."

"Sir?" riep een van zijn mannen terug.

"We zullen hem als model gebruiken. Neem een MRI en voer de reeks tests uit. Ik wil weten waar hij van gemaakt is."

CHAPTER 13

JULIE

IK BEN GETROUWD, dacht ze. *Juliette Alexandria Bennett. JAB.* Ze glimlachte in de spiegel, duwde haar haar in de rondte en dan een lok ervan over haar oor. *Getrouwd met Ben.*

Ze was alleen in de hut, want de rest van het gezelschap was nog buiten, met elkaar aan het praten en aan het dansen. Ben en Reggie hadden ergens ruzie over gemaakt toen ze was weggeslopen. Ze bekeek haar gezicht in de spiegel, om te zien of het uitdrukte hoe ze zich van binnen voelde.

Ben ik oud? vroeg ze zich af. Het was twee jaar en tien maanden geleden dat ze Ben had ontmoet, en die bijna drie jaar waren een absolute wervelwind geweest. Van hun tijd in Yellowstone, tot trektochten door het Amazone regenwoud en een onderzoeksstation in Antarctica tot hun tijd in Alaska, ze waren samen geweest. Ze hadden zich nooit afgevraagd of ze wel of niet samen *moesten* zijn. Bij Ben zijn voelde *goed*.

Toch had ze niets om hem mee te vergelijken. Ze had geen ervaring met langdurige relaties - toen ze Ben ontmoette was ze drieëndertig jaar oud, maar ze had net zo goed een tiener kunnen zijn. Al haar kennis over relaties had ze opgedaan op de middelbare school en in de eerste jaren van haar studie, voordat ze serieus aan de slag ging met informatica en cryptografie. Ze had een paar afspraakjes gehad, maar niets was blijven hangen. Haar ervaring met mannen haalde ze vooral uit de pagina's van het zeldzame *Cosmopolitan* magazine dat ze in de supermarkt oppikte.

Niet dat ze ongelukkig was met Ben - ze had geen sterkere, vriendelijkere man kunnen treffen, al had ze het geprobeerd. Hij was koppig, maar het kwam niet eens in de buurt van haar eigen koppigheid, en hij liet haar vaak winnen. Hij had haar goedkeuring niet nodig om zich zelfverzekerd te voelen, hoewel hij die vaak toch zocht. Dat vond ze zo leuk aan hem.

Dus ze kon er niet achter komen wat ze voelde. *Ben is perfect, je bent in orde*, bleef ze zichzelf vertellen. *Je vrienden zijn hier, en ze zijn hier voor jou.*

Maar toch... iets in hun gesprek had haar bewust gemaakt van hoe ze zich echt voelde. Er was iets dat haar riep, diep binnenin haar. Het was een paar maanden geleden begonnen als een simpele holle angst, niet iets wat ze gewend was maar ook niet iets wat ze niet aankon. Toen die bezorgdheid uitgroeide tot een verharde bal van depressie en vervolgens angst, voelde ze dat haar onderbewustzijn haar iets probeerde te vertellen.

Dat iets had zich de afgelopen maand in haar dromen herhaald. Meer nachten dan ze kon tellen werd ze wakker met koud zweet, en ze wist dat ze het probleem moest aanpakken: *wat was hiervan de oorzaak?*

Het was een herinnering, ze wist het, maar ze kon niet precies plaatsen *welke* herinnering. Iets wat met Ben te maken had? Het CSO team?

Uiteindelijk werd het haar een paar avonden geleden duidelijk, nadat zij en Ben verslag hadden uitgebracht over hun reis naar Peru. Iets in de manier waarop Ben Vicente Garza's naam had gezegd - iets in de manier waarop hij naar haar *keek* toen hij het zei - bracht haar op de hoogte.

Het had de volgende dag geduurd om het te ontrafelen, maar uiteindelijk wist ze het: Garza was de man in de droom. De man in haar nachtmerrie. Zij was de vrouw, door hem gedwongen, om haar vriend te vermoorden.

Joshua Jefferson stierf omwille van mij.

Nee. Dat wilde ze zichzelf niet laten geloven. *Hij stierf vanwege* hem. *Door Garza.*

Haar trouwdag was gevuld met vreugde en leven, maar er was dood in haar. Dat wist ze nu, en ze kon niet anders *dan* het voelen. Het sijpelde over al haar kernemoties, bezoedelde haar vreugde en geluk en liefde voor Ben met een zwart, angstaanjagend besef.

Een besef dat dit niet zou eindigen.

Ze was niet van plan om *er* gewoon *overheen te komen.*

Ze kon zich er niet uit praten, redeneren of geloven - er moest iets *gebeuren.* Fysiek, door haar.

Ze keek in de spiegel en haar spiegelbeeld vertelde haar meer over wat ze nodig had dan haar eigen onderbewustzijn. Ze moest *handelen.*

Ze veegde de traan weg die zich op haar wang had verzameld en wierp hem in de gootsteen, waarna ze haar handen begon te wassen. Julie's gezicht was nog ongerept, de make-up die ze zelden droeg verborg nog steeds al haar onvolkomenheden, alle ijdele gebreken die ze zo graag haatte.

Niets van dat alles deed er nu toe - ze had te maken met een onvolkomenheid in haar, iets dat daar was *neergezet.* Iets dat er niet hoorde.

Ze moest er vanaf, en in het laatste uur, had ze eindelijk een manier gevonden om dat te doen.

Ze hoopte dat Ben haar kon vergeven.

CHAPTER 14

BEN

BEN WAS DE volgende dag vroeg op. De wekker was nog niet afgegaan, en hij verbaasde zich erover dat hij zich uitgerust voelde, ook al waren hij en Reggie veel te laat opgebleven en hadden ze iets te veel gedronken. En toen was Ben naar de slaapkamer gestrompeld, had op Julie gewacht en was in slaap gevallen.

Zij was nu ook weg, haar plek in het bed was leeg. Hij zag dat de badkamerdeur gesloten was en koos voor de badkamer op de gang in de nieuwe CSO suite. Hij stond op, rekte zich uit en liep om de cabine heen naar de gang.

Na het douchen en scheren besloot Ben zich te melden bij iemand die hij de vorige dag nog helemaal niet had gesproken. Hij liep de kleine vergaderzaal binnen en drukte op een knop van het apparaat dat op de tafel stond. Ongeveer een minuut later ging het televisiescherm aan en verscheen er een magere man voor hem.

"Mr. E," zei Ben. "We hebben gisteren niet de kans gehad om te praten."

De man glimlachte terug naar hem. "Nee, ik ben bang van niet. Mijn verontschuldigingen - maar gefeliciteerd, Harvey. Ik ben heel blij voor jou en Juliette."

Ben knikte. "Bedankt. Ik, uh, wilde je nog iets anders vragen."

"Vicente Garza?"

Hij knikte weer. "Hij moet gestopt worden, maar -"

"Maar u gelooft niet dat u de man bent om het te doen?"

"Ja," zei Ben. "Zoiets als dat."

Mr. E, de oprichter van de Civilian Special Operations, en de weldoener van het team, staarde terug naar Ben. Even had Ben het gevoel dat ze dezelfde kamer deelden, alsof meneer E in levenden lijve aanwezig was. Hij had de man nooit persoonlijk ontmoet - Mr. E was teruggetrokken en ziekelijk, en hij gaf de voorkeur aan zijn eigen studeerkamer in zijn huis in Michigan. Voor zover Ben wist, verliet de man nooit zijn huis. Hij had genoeg geld, dankzij een aandeel in een van de grootste wereldwijde communicatiebedrijven en andere aanverwante investeringen, dus het was heel goed mogelijk dat hij gewoon hulp inhuurde om voor hem te winkelen, schoon te maken en te koken.

Zijn vrouw, mevrouw E, was al even raadselachtig en alles wat Ben van haar wist was dat ze een goed getrainde vechter was, gespecialiseerd in gevechten van man tegen man, en dat ze - dacht hij - van Russische afkomst was. Ze vormden een vreemd koppel, maar ze waren allebei sympathiek en loyaal.

"Harvey," zei Mr. E. "Ik begrijp je angst. Je bent hier niet voor opgeleid. Je was een parkwachter, een man die alleen troost wilde vinden in de wereld om hem heen, en niets anders."

"Ja..."

"Maar nu ben je hier. Kijk om je heen, Harvey. *Jij* hebt dit helpen maken. Zeker, ik heb ervoor betaald, maar zonder jou had ik niets om in te investeren. Jij denkt dat er organisaties zijn die gespecialiseerd zijn in dit soort werk, en je hebt het mis. Er zijn zeker organisaties - regeringen, politiekorpsen, privé-militairen - die gespecialiseerd zijn in het vinden van kwade en corrupte machten en het verwijderen daarvan. Maar zij zijn of te groot of te klein, te openlijk of heimelijk, te politiek gezind of aan niemand verantwoording verschuldigd. Er is weinig tussenin. Er zijn *geen* krachten die werken voor het *algemeen* welzijn en die geen verantwoording hoeven af te leggen aan een politiek gedreven bekrompen entiteit.

"Denk aan Agent Etienne Sharpe bij Interpol. Hij diende bij de Gilde Rite terwijl hij voor Interpol werkte. Geen van beiden had enig idee van wat de ander deed. Politiediensten zijn onderbemand, militairen zijn opgeblazen door bureaucratie, particuliere beveiliging is onbetrouwbaar. Daar komt nog bij dat de meeste organisaties alleen iets doen als ze er veel voor over hebben. Harvey, dit zijn de redenen waarom een organisatie van *burgers*, mannen en vrouwen die alleen geïnteresseerd zijn in het ontdekken van de oude waarheden en mysteries die anderen ertoe kunnen brengen hun toevlucht te nemen tot het kwaad, moest worden opgericht. Daarom bestaat de CSO, daarom werd jij gerekruteerd en leid jij haar nu."

Ben knikte mee. Hij had de argumenten al eerder gehoord, dat regeringen te opgeblazen en corrupt waren om iets filantropisch te bereiken, en hij had hetzelfde gehoord van Agent Sharpe bij Interpol. Hij was toegetreden tot de Guild Rite, een vrijmetselaar-achtige broederschap die beweerde een oude stamboom te hebben, vanwege zijn interesse in het rechtzetten van misstanden in de wereld. Veel van zijn broeders waren nu slechts verkoolde resten in de Chachapoyas Vallei in Peru. Hoewel er veel meer leden waren over de hele wereld, beweerde Sharpe dat zij meestal verspreid waren, en dat hun idealen en doelen elkaar niet altijd overlapten.

Zo was het ook met vele andere organisaties die te groot waren geworden om nog te kunnen manoeuvreren.

"Maar... het lijkt nog steeds niet het juiste voor *mij te zijn*."

"Waarom? Omdat je geen soldaat bent? Een briljant tacticus? Nee, Harvey, dat is niet waarom jij de perfecte keuze bent voor deze rol. Je bent waar je bent omdat je *hier* bent."

"Omdat ik op het juiste moment op de juiste plaats was?"

Mr. E schudde zijn hoofd. "Nee, omdat je steeds terugkwam. Je hebt gezien hoe je vrienden werden vermoord, onschuldige mensen vermoord en gemarteld, en je hebt je gehaast om te helpen. Je vocht terug, waar de meesten zouden terugdeinzen en zich verstoppen."

"Maar... ik wil me nu verstoppen. Ik wil *niet* 'binnenstormen en helpen'."

"En dat is precies waarom jij de juiste man voor de job bent."

Ben zuchtte. Hij kneep zijn ogen dicht. Hij wilde hier nu niet aan denken, maar tegelijkertijd vroeg hij zich af wat hem ertoe had gebracht deze kamer binnen te lopen? Wat had hem ertoe aangezet om op die knop te drukken, om hun vriend en bondgenoot te begroeten?

Hij had het gevoel dat Mr. E gelijk had - dat had de man meestal.

"Waarom kom je nooit naar hier?" flapte Ben eruit. "Waarom kom je niet kijken wat je hebt gebouwd?"

Mr. E pauzeerde. Pakte de rugleuning van de stoel vast waar hij achter stond. "Ik wou dat ik het kon, Harvey. Echt waar. Ik mis mijn vrouw, en het zou me veel plezier doen jullie allemaal persoonlijk te ontmoeten. Maar, zoals jullie waarschijnlijk weten, gaat mijn gezondheid... achteruit. Dat is al een hele tijd zo. Mijn huis is nu meer een ziekenhuis, en ik geloof dat dat de enige reden is dat ik nog leef."

"Kanker?" Vroeg Ben.

"Ja, sommige. Maar de oorzaak van die kanker is iets anders. Iets waar de dokters niet zo bekend mee zijn. Het is een ziekte, een slopende ziekte, en ze weten niet hoe die zich ontwikkeld heeft. Daarom weten ze niet zeker of mijn leven over een jaar of over tien zal eindigen. Ze hebben meer vragen dan antwoorden."

Ben voelde een gevoel van spijt voor de man. Hij moet leven in de angst dat elke dag zijn laatste kan zijn.

"Mijn ziekte is de reden dat ik de leiding van mijn bedrijf heb opgegeven. Niet omdat mijn gezondheid dat verhinderde, maar omdat ik besefte dat een bedrijf leiden niet was waarvoor ik op deze planeet was gezet. Nee, Harvey, het was iets anders - iets groters."

"De CSO?"

"Misschien. Alleen de tijd zal het leren. Maar ik geloof dat het een stap in de goede richting is. Als ik ook maar een beetje goed kan doen, een beetje kwaad kan uitroeien, dan heb ik gedaan wat ik moest doen."

"Ik begrijp het," zei Ben.

"Doe je dat?"

"Wat betekent dat?"

"Ik vraag je of je *echt* ziet waar ik het over heb."

"Ik... Ik denk het." Ben voelde zich plotseling weer kind, een negentienjarige die tijdens een kampeertocht door het bos rende en iets diepzinnigs over het leven probeerde te begrijpen, maar er niet in slaagde.

"Ben," zei Mr. E, hem verassend met het gebruik van zijn bijnaam. "Nu is het tijd om te beslissen waar je voor vecht."

"Oké..." zei hij. Hij begreep nog steeds niet wat meneer E hem probeerde te vertellen. Hij wilde net zijn mond opendoen om te protesteren toen Reggie de kamer binnenstormde.

"Ben," zei Reggie hijgend. "Julie is weg."

AKTE 2

CHAPTER 15

GARZA

DE OCHTENDZON LEEK op de grond te drukken, en dat gecombineerd met de hoge vochtigheidsgraad gaf Garza het gevoel dat hij een heet, vochtig washandje in zijn nek had. De zachtjes oplopende temperatuur van de tunnel die van zijn basis in de berg naar de wijde vallei leidde, had hem niet helemaal voorbereid op de nazomerhitte. En ook al was het oktober, hij kon het nog steeds niet opbrengen om toe te geven dat het herfst was.

In dit deel van Peru leek de zomer een constante te zijn, slechts onderbroken door enkele weken voor de rest van de "seizoenen". Tot nu toe was er geen dag geweest dat hij liever buiten was geweest.

Hij veegde een groeiende hoeveelheid zweet van zijn voorhoofd met de mouw van zijn fatigues. Voor deze veldoefeningen wilde Garza er altijd uitzien als zijn mannen. Buiten het speelveld zou hij er misschien wat op achteruit gaan, maar het hielp hem om zich verbonden te voelen met zijn team. Vandaag echter twijfelde hij aan zijn wens om erbij te horen en vroeg zich af hoeveel comfortabeler hij zich zou voelen in een t-shirt en korte broek.

"Ga in positie staan," zei hij, zijn stem klonk gemakkelijk door de keelmicrofoon die hij om zijn nek droeg. De dubbele sensor microfoon en oortelefoon set was een nieuwe toevoeging voor zijn team. Zij hadden meegeholpen het product te ontwerpen, en enkele van zijn mannen waren momenteel bezig met het testen van de nieuwe waterdichte onderwater zend-en-ontvangtechnologie. Tot nu toe had de frequentie niet gestoord met de andere uiterst belangrijke frequentie: die welke Garza's belangrijkste experiment begeleidde, en die welke ze hier vandaag aan het testen waren.

"*Bevestigd, sir,*" zei zijn teamleider. "*TTE?*"

Garza was niet zeker van de exacte tijd tot de aanval. Hij wilde het verrassingselement creëren, dus had hij de computers op de basis opdracht gegeven om vijftien minuten te wachten tot hij boven was, en daarna een willekeurige tijd voordat de test begon.

"Onbekend. Hakken omhoog. Het zal niet lang duren."

"*Bevestiging van alleen verf rondes?*" vroeg een andere man.

"Correct."

Garza liep naar de hoge metalen toren die de bouwploeg had neergezet. Hij was gebouwd bovenop een van de oude stenen gebouwen die de vorige bewoners van de vallei hier hadden achtergelaten. Het grootste deel van het gebouw was verdwenen - de zware stenen waren in de aarde weggezakt of helemaal weggevallen - en wat overbleef was een driehoekige stenen muur. Hij beklom de ladder en liep naar de rand van de uitkijkpost, de hele vallei open onder hem. Zijn toren stond aan de rand van de vallei zelf, tussen een paar bomen die tegen de voet van de berg stonden.

"In positie," zei hij.

Het duurde maar drie en een halve minuut. De technici in de berg sloegen alarm, toen Garza de metalen doos zag die zich opende in het veld voor hem, ongeveer een voetbalveld verderop. Twee Ravenshadow-eenheden, in volledige tactische uitrusting en met een veiligheidsbril op, kwamen aan weerszijden op de kist af, hun geweren gericht op de zwaaiende deur.

Ze stopten kort, op zo'n 50 meter afstand, en hij zag de leider van elke eenheid bevelen geven.

De deur van de kist ging volledig open en de machine binnenin stapte naar buiten. Een exoskelet met een subject erin, dat het voort-stuwt op zijn twee versterkte poten.

"Schakel in," hoorde hij de stem van een technicus in zijn oor zeggen. De machine draaide onmiddellijk naar links en begon een zinderende hoeveelheid Simunition verfkogels af te vuren op zijn doelwit. Zes roterende geschutskoepels op het op de schouder gemonteerde, gemodificeerde M134 minigun van de machine vuurden tactische verfkogels af met een snelheid van 5.000 kogels per minuut. In minder dan een seconde waren drie van de mannen van de eenheid "dood", met zeer pijnlijke, zeer felgekleurde "wonden" op hun borst.

"Stop," zei de technicus. Het subject in het exoskelet stopte de machine, in afwachting van verdere orders.

"Oké," zei Garza, terwijl hij zijn opwinding probeerde te verbergen. "Dat duurde niet lang. Teams Eén en Twee, terugtrekken en hergroeperen. We raken hem weer over precies één minuut."

De teams verspreidden zich en zochten dekking achter bomen en rotsblokken aan de rand van de vallei. Het subject in het exoskelet keek naar Garza met koude, dode ogen.

Toen één minuut voorbij was, gaf de technicus in Garza's oor de volgende reeks orders aan het subject en het exoskelet. *"Initieer hitte opsporing, val alle vijanden aan."*

De wapens van de mannen kwamen tot leven, hopend dat de lange-afstandsaanval verwoestend genoeg zou zijn om het exoskelet te verwarren. Maar het pak reageerde onmiddellijk, zakte op zijn knieën en hurkte, veranderde in een kleiner doelwit. Tegelijkertijd maakten miniatuurre-flectoren over het hele pak een driehoeksmeting en bepaalden onmiddel-lijk de locaties van de schutters. Die gegevens werden met de snelheid van het licht naar de centrale verwerkingseenheid van het pak gestuurd, die de doelbestellingen doorgaf aan de zeventien individuele kanonnen over het pantser van het pak. Die wapens begonnen te schieten minder dan een kwartseconde nadat de eenheden zelf begonnen te schieten.

De Ravenshadow-mannen waren niet ingelicht over de verwoestende nauwkeurigheid van de opsporings- en verdedigingstechnologie die Garza in het exoskelet had ingebouwd. Zijn tests van de effectiviteit van het pak tegen nietsvermoedende vijanden moesten zo nauwkeurig mogelijk zijn, dus roteerde hij vaak zijn testeenheden in het veld, zodat al zijn mannen voor het eerst ervaring opdeden met nieuwe bouwsels. Hij wist dat zijn mannen praatten, verhalen uitwisselden over wat ze hier aan het bouwen waren, maar hij herinnerde zich ook hoe het was om een jonge soldaat te zijn. Veel speculaties, veel overdrijving, en veel scepsis.

Het waren professionals, en hij was niet bezorgd over wat zij wisten van het project. Hen in het ongewisse laten was gewoon een manier om zijn experimenten zo zuiver en gestroomlijnd mogelijk te houden.

En dit experiment was zeker indrukwekkend. Toch moest hij nog een laatste gegeven weten.

"Schakel over op echte kogels," zei hij in zijn keelmicrofoon.

"*Meneer?*" vroeg de technicus. "*Levende kogels zullen waarschijnlijk het onderwerp raken in de...*"

"Ik ben me bewust van het effect van echte munitie, soldaat," zei hij. "Weet je een andere manier om het structurele uithoudingsvermogen van het pak te testen?"

Hij wist het antwoord al. Het exoskelet was precies dat - het was niets meer dan een hoop metalen en elektrische componenten zonder een levende mens erin. De robottechnologie was de laatste decennia snel vooruitgegaan, maar legers over de hele wereld waren nog jaren verwijderd van volledig functionele robotwapens die *geen* directe menselijke leiding nodig hadden.

Garza hoopte dat hij niet alleen het exoskeletpak kon bouwen, maar ook een leger van soldaten die bereid waren het te dragen.

"Tijdschriften uitwisselen," zei hij. "En val onmiddellijk aan. Let op dat het onderwerp terug zal vuren met Simunitie kogels, maar gedraag je alsjeblieft alsof je in gevecht bent met een echte vijandige strijdkracht."

Hij moest weten hoe lang het pak stand zou houden tegen twee vijandige infanterie-eenheden die van tegenovergestelde fronten naderden, maar hij was niet van plan zijn eigen Ravenshadow strijdkrachten op te offeren voor een test.

Hij keek naar de persoon in het pak, terwijl hij een vergrootglas aan de zijkant van zijn tactische zonnebril overhaalde dat zijn gezichtsveld digitaal vergrootte. Het gezicht van de proefpersoon kwam in beeld, de ogen en de kille blik verraadden niets van haar interne emoties. Garza kende de effecten van het antistimulans goed; hij wist dat de proefpersoon nog steeds alles voelde, nog steeds aan het verwerken was, nog steeds *aan het denken was*. Ze konden alleen... niet handelen naar die gedachten. Hun geest was overmeesterd, veranderd in een volgzame computerprocessor, klaar om externe input te ontvangen.

Deze proefpersoon, een jonge vrouw, had goed gereageerd op de dosering en had laten zien dat ze de aanhangsels van het pak gemakkelijk kon bedienen terwijl ze gedrogeerd was. De jongere, beweeglijkere proefpersonen hadden de neiging zo te zijn - geen verrassing voor Garza of zijn artsen.

Hij zette de vergroting weer uit en nam zijn bril af. Hij wilde de strijd met zijn eigen, ongewijzigde ogen zien.

"Val aan als je klaar bent," zei hij.

PATER EDMUND CANISIUS wenste dat hij de kraag en het nauwsluitende gewaad kon verliezen. Hij wilde zich ontspannen, dit hele gedoe vergeten. Hij was moe van de poppenkast, de schijn, en wilde niets liever dan teruggaan naar zijn luxe onderkomen en een uurtje weken in het enorme bad, zijn lectuur inhalen.

Hij verschoof in zijn stoel. *Nee, er is werk te doen.* Hij duwde de gedachten aan luiheid weg en herinnerde zich waarom hij hier was. Hij geloofde in de missie van zijn kerk, *de* kerk. Hij geloofde in zijn team in het Vaticaan, en hij geloofde in zichzelf. Hij wist dat hij de beste was voor deze baan, ook al wist hij niet precies *waarom* hij er de beste voor was.

Canisius schoof een koud, hard kloddertje boter rond een even koud en hard stuk brood. Hij had het brood met geweld van het brood gerukt, klaar om het in zijn mond te duwen - hij overlaadde zich vaak als hij zich ongeduldig of angstig voelde - maar herstelde zich snel en legde het weer neer op zijn bord. Hij snoof even en keek toen om zich heen.

Niemand kijkt naar me, herinnerde hij zichzelf. *Niemand geeft erom dat ik hier ben.*

Gedurende zijn hele verblijf in Peru, vanaf het moment dat hij uit het vliegtuig was gestapt en op de tarmac werd opgewacht door Peruaanse journalisten en verslaggevers, tot het moment dat hij zijn hotel had verlaten om naar dit restaurant te worden gereden, was hij overspoeld door mensen. Handtekeningen van beroemdheden, zegeningen van gelovigen en citaten van mensen wier carrière op niets anders was gebaseerd dan op het najagen van een nieuw onderwerp.

Tot hij in zijn stoel ging zitten. In dit restaurant, het *belangrijkste* Peruaanse luxe-restaurant op rijafstand van de hotelwijk, voelde hij zich eindelijk alleen. De andere mannen en vrouwen hier waren zoals hij - belangrijk, rijk. Ze hadden zijn zegen of aandacht niet nodig, en ze waren meer dan blij om hem aan zijn eigen zaken over te laten.

Hij slaakte een zucht van opluchting. *Ontspan*, zei hij weer tegen zichzelf. *Jij bent de juiste man voor deze baan. Wat het ook mag zijn, ze hebben jou met een reden gekozen.*

Hij schraapte zijn keel toen een groep van drie mannen en twee vrouwen zijn tafel naderden, allen gekleed in elegante japonnen en smokings. *Ben ik te weinig gekleed?* vroeg hij zich af.

Maakt niet uit. In zijn werk bestond er niet zoiets als te weinig kledij. Het kledij van de geestelijkheid dragen was altijd in de mode, en hij droeg het met trots, slim.

Maar het gezelschap keerde op het laatste moment en ging naar een andere tafel, achter in het restaurant. Hij zag de leider zwaaien naar een echtpaar dat al aan de grote bankettafel had plaatsgenomen.

Hij keerde terug naar zijn brood, friemelde met het koude stalen mes aan het onvergeeflijke stuk boter, en wilde net een hap nemen toen iemand zijn naam zei.

"Vader Canisius?" vroeg een vrouwenstem.

Hij keek op en hapte naar adem. Hij moest zijn zenuwen bedwingen en ook zijn reactie toen hij een *zeer* aantrekkelijke vrouw zag, misschien vijftien of twintig jaar jonger dan hij. Een ander kenmerk van zijn werk was dat hij niet vaak te maken had met vrouwen die zo gekleed waren als zij.

De vrouw droeg wat hij alleen maar kon omschrijven als een "balzaaljurk", een smaragdgroene jurk met lovertjes die om haar gewelfde lichaam plooide. Een enkele riem droeg de jurk omhoog en over een schouder; de andere was ontbloot. Haar haar was golvend, donkerbruin met rode strepen waarvan hij niet zeker wist of het natuurlijk was of geverfd. Haar ogen waren snel, scherp en alert, en haar hele aanwezigheid schreeuwde om controle.

Hij ging rechter op zijn stoel zitten, schraapte onwillekeurig zijn keel en veegde zijn handen af aan zijn benen.

"Ik - uh, neem me niet kwalijk," zei hij, terwijl hij overeind kwam. "Mijn verontschuldigingen, ik wacht op iemand."

Hij stak een hand uit, verwachtend dat zij de hare er sierlijk in zou leggen, zoals de nette vrouwen van zijn generatie geleerd was. In plaats daarvan pakte ze de zijne stevig vast en schudde ze hem een keer, zonder het oogcontact los te laten. Haar glimlach kwam uit de zijkant van haar mond, een hoek van haar lip kroop omhoog.

"Vader Canisius," zei ze opnieuw. "Mijn naam is Rebecca St. Clair. Ik hoor bij de Orland Groep."

Hij kon zijn verbazing niet verbergen. *Hadden ze een vrouw gestuurd?* "Oh," zei hij. "Ik verontschuldig me, dan. Ik dacht dat ik wachtte op, uh..." hij stopte toen hij zich zijn dwaasheid realiseerde.

"Voor een man?" zei St. Clair, terwijl hij de stoel tegenover die van Canisius naar voren trok en plaatsnam.

"Nou, uh, ik -"

Ze glimlachte, maar hij kon het vuur in haar ogen zien. "Alsjeblieft," zei ze. "Geen probleem. Het zou niet de eerste keer zijn."

Hij legde het brood terug op tafel - hij had zich niet gerealiseerd dat hij het de hele tijd had vastgehouden - en ging toen weer zitten. "Nou, ik wil niet oneerbiedig zijn. In mijn vak is het een beetje een broederschap.

Ze glimlachte weer, en deze keer leek ze het echt te geloven. "Maakt niet uit. Het spijt me dat ik te laat ben," ging ze verder. "Deze hele reis is een wervelwind van logistieke nachtmerries geweest. Na onze ontmoeting moet ik op een gala in de stad zijn - ik hoop dat we het niet hoeven in te korten."

Hij tikte op zijn mondhoeken met zijn zware stoffen servet voor hij sprak. "Ik moet toegeven dat ik in mijn eigen logistieke opwinding niet in staat was de brief te lezen over onze ontmoeting hier.

Ze wuifde het weg. "Je werd niet verondersteld het te weten. Denk er niets van - het spreekt niet over uw intelligentie of bekwaamheid, vader. Het is slechts een voorzorgsmaatregel. Deze ontmoetingen kunnen nogal delicaat zijn."

Hij knikte, maar wist dat de verwarring van zijn gezicht af te lezen was. *Ben ik echt de juiste man voor deze baan?* Hij had nauwelijks informatie gekregen. Voornamelijk cijfers, voor welke prijs ze de deal hoopten te sluiten, een paar aanwijzingen, en toen was hem verteld dat hij zich klaar moest maken. Dat al het andere duidelijk zou worden tijdens de vergadering.

"Hoe dan ook," zei St. Clair, terwijl ze in een kleine clutch greep die ze had vastgehouden. "Als u het niet erg vindt, ik zal niet eten. Laat u er alstublieft niet door weerhouden, en weet dat mijn gezelschap de rekening vriendelijk zal aanvaarden."

"Dank u voor dat," zei hij. "Kunt u... mij iets vertellen over waar we over onderhandelen?"

Ze keek hem onderzoekend aan, alsof ze iets overwoog. "Vader, dit zal niet echt een onderhandeling worden. De prijs is al bijna vastgesteld."

"Waarom dan -"

"We zijn hier om de papieren te tekenen en handen te schudden, en die twee gebeurtenissen zullen plaatsvinden in de loop van twee afzonderlijke vergaderingen. Aangezien we elkaar al de hand hebben geschud, geloof ik dat onze vergadering nu is verdaagd."

"Waarom hebben ze dan..."

"Dit soort deals hebben vaak het neveneffect van 'lekken', zoals ik graag zeg. Hetzij van de ene partij, hetzij van de andere. Mijn organisatie is openbaar, wat een zekere mate van openheid impliceert. Transparantie." Ze trok een wenkbrauw op, alsof ze zei, *net als bij jou.* "Maar dit soort deals neigen altijd meer naar de privé-kant van de zaak, en ik heb veel werknemers die heel hard werken om de details aan die kant te houden. Daarom is het van het grootste belang dat we beiden onze zaken discreet, kort en duidelijk doen. En, het spreekt voor zich, onze overeenkomst is volledig bindend en mondeling van aard."

"Een contract dat niet zal worden ondertekend?" vroeg hij.

"Mondeling sluit een handtekening niet uit - het zal gewoon virtueel gebeuren, via een versleutelde digitale verbinding die onze mondelinge aanvaarding vastlegt als de handtekening zelf, zodra we beiden tevreden zijn met de uiteindelijke voorwaarden." Ze haalde haar hand uit de tas en onthulde een enkel vel papier, ongeveer zo groot als een indexkaart. Zij bood het niet aan Vader Canisius aan. "Nu, ik geloof dat de overeenkomst waar onze belanghebbenden op uitkwamen een ruil was van tweeëndertig punt twee drie miljoen dollar bij succesvolle onderhandelingen hier, en een extra bedrag van precies drie keer dat bij succesvolle levering van de eerste prototypen."

Prototypes? Leveringen? Hij wenste dat hij zijn maagzuurremmers niet in het hotel had laten liggen. "Uh, ja," mompelde hij. "Dat is het aantal - prijs - mijn medewerkers hebben voorbereid."

"Goed dan."

Hij wachtte.

"Ik geloof dat we hier klaar zijn."

Deze keer probeerde hij niet eens zijn schok te verbergen. "Het - het spijt me, mevrouw St. Clair. Dit, dit alles - hoe we het ook moeten noemen - heeft geen zin voor mij. Ik heb de halve wereld afgereisd voor een ontmoeting met een..."

"U bent hierheen gereisd om zaken te doen met de Orland Groep, en dat doet u."

"Mag ik vragen wat de aard van *uw* werk is bij de Orland Groep, mevrouw St. Clair?" Hij was het beu om zich geslagen te voelen - onderbroken te worden - door deze vrouw.

"Natuurlijk," zei ze. "Ik had u een kaartje moeten geven voordat ik ging zitten. Ik ben niet gewend om niet herkend te worden, een gevoel dat u vast goed kent."

Hij knikte, en voelde zich op dit moment een beetje verzadigd.

De vrouw greep terug in haar tas en haalde er een ander stuk papier uit, ditmaal van karton en in de onmiskenbare vorm van een visitekaartje. Ze gaf het aan hem. Op de voorkant stond het logo van de Orland Group en verder niets, en ze draaide het om naar de achterkant.

Hij voelde de zelfvoldane grijns, waarvan hij wist dat ze in zijn richting wees, toen hij de andere kant las.

Het had haar naam, Rebecca St. Clair, in hoofdletters op één regel, dan een email adres.

Daaronder, gescheiden door een witregel, stond een enkel woord.

President.

CHAPTER 17

BEN

DE OCHTEND VLOOG VOORBIJ. In minder dan een uur tijd had Ben schone kleren, wat toiletspullen en Julies laptop ingepakt. Hij was er niet zeker van of hij de kleren of hygiënische spullen wel zou kunnen gebruiken, maar hij wilde in ieder geval een andere manier hebben om de rest van het CSO team te bereiken dan alleen zijn telefoon.

Julie's auto was weg, maar niemand had haar zien vertrekken. Victoria's eigen huurauto was ook verdwenen, waaruit Ben afleidde dat Julie precies had gedaan waar hij bang voor was: ze was met Victoria Reyes meegegaan naar Peru. Op dit moment zou Julie halverwege Anchorage zijn. Zijn vrees werd bevestigd toen hij een briefje van Julie op het nachtkastje zag liggen.

Ben, het is begonnen. *Ik weet hoe dit je gaat laten voelen. Het spijt me. Ik wilde niet dat het zo zou beginnen, maar ik dacht dat het de enige manier was. Ik hoop dat je me kunt vergeven, maar ik hoop echt dat je met me meegaat. - Ik hou van je, Jules.*

Hij hield het briefje met een trillende hand vast. *Dit kan niet echt zijn,* dacht hij. *Dit kan niet waar zijn.*

Hij stopte het briefje in zijn zak en gooide de plunjezak over zijn schouder. Reggie wachtte op hem in de woonkamer.

"Klaar?" vroeg hij.

Reggie knikte en wiebelde met zijn armprothese. "Ja. En Archie is een paar minuten geleden vertrokken. Moet de huurauto terugbrengen en zo. Sorry, man. Ik had geen idee...

"Het is goed," zei Ben. "Niet jouw schuld."

Mevr. E kwam de kamer binnen. "Ik sprak met Julie's ouders in de CSO vleugel. Ze zijn overstuur, maar ze begrijpen dat dit haar werk is."

"*Dit* is niet haar *taak*," zei Ben. "Ons vertellen waar ze heen gaat en het met ons bespreken is haar *werk*.

"Harvey," zei mevrouw E. "Ik begrijp het. We gaan achter haar aan, oké?"

"Ja, broeder," zei Reggie. "Misschien is ze over een kwartier in Anchorage, maar dan moet ze haar ticket halen, wachten op TSA, al die leuke dingen."

Mevr. E's ogen vielen op de vloer, en Ben merkte het meteen. "Wat weet u?"

Ze tilde haar hoofd op. Haar gezicht was op Ben's ooghoogte. Rug-aan-rug was de vrouw even lang als hij, bijna even lang als Reggie. "Ik... uh..."

"Geweldig," zei Ben. "Zeg je me nu dat ze *niet* naar het vliegveld gaat?"

"Nee, dat is ze wel. Alleen niet..."

"Alleen geen commerciële vlucht," zei Reggie. "Heb je een *privévliegtuig voor* haar?"

"Zij *en* Victoria," zei mevrouw E. "Maar onze eigen kaartjes zijn al gekocht. Ik, Archibald, jij, en Reggie. Archie vliegt morgen, en hij zal ons daar ontmoeten of in Iquitos blijven en van daaruit steun bieden."

Ze wilde doorgaan, maar moet de blik op Ben's gezicht gezien hebben. "Harvey, ik -"

"Heb *jij* dit gedaan? Je hebt me verraden - ons allemaal!"

"Alsjeblieft, Harvey. Begrijp alsjeblieft dat mijn man en - "

Ben wist het meteen. "*Hij* zat hier achter, nietwaar? Die kleine toespraak van hem, het één-op-één gesprek dat ik met hem had. Hij probeerde me van de richel af te praten. Om me te laten instemmen dat dit allemaal een goed idee was. Maar hij had al plannen. Hij *wist al dat* Julie zou gaan, en hij hielp haar daarbij."

"Harvey, ik ben echt -"

"Laat maar, E," zei Ben. Hij draaide zich om en stampte de woonkamer uit, de kille ochtend in. Hij liep snel naar zijn SUV, gooide de plunjezak over de console en op de achterbank en startte de motor nog voor hij helemaal op zijn stoel was gaan zitten.

Reggie was er binnen een seconde, en hij trok de deur open en gleed naar binnen.

"Je bent niet ingepakt," zei Ben.

"Technisch gezien jij ook niet."

"Ik heb het over..."

"Ik weet het, man," zei Reggie. "En ik dacht dat het niet uitmaakte. Mr. E heeft een privéjet voor ze klaarstaan. Dat betekent dat hij al plannen heeft. Misschien niet lang, maar lang genoeg dat we ons geen zorgen hoeven te maken over inpakken."

"Denk je dat hij ook *kleren* voor ons heeft?"

"Ben, dit wordt een invasie in militaire stijl. Chirurgisch. Nauwkeurig. Tactisch. Hij zal volledige uitrusting hebben, in al onze maten, wapens, en een team."

"Een *team?*"

"Weet je nog waar ik je over vertelde? De contacten die ik heb?"

"*Zit jij* hier ook achter? Ik kan niet geloven..."

"Ben, relax. Nee, dat doe ik niet," zei Reggie. "Eerlijk gezegd... Ik had geen idee. Maar meneer E kent mijn contacten. Hij weet hoe hij ze aan boord moet krijgen, en hij heeft genoeg van zijn *eigen contacten*. Ik twijfel er niet aan dat hij een groep Special Forces klaar heeft staan in Peru."

"Geweldig," zei Ben. "Gewoon geweldig. We hebben geen tijd om zelf iets te plannen, om hierover na te denken."

"Er is niet veel tijd, Ben. Je kent Garza. Hij gaat zodra hij zich bedreigd voelt. Zodra hij klaar is met waar hij ook mee bezig is daar beneden."

"Ik weet het, maar het geeft ons nog steeds geen tijd -"

"En, als ik het me goed herinner, is het een *lange* vlucht van Alaska naar Peru. We hebben *genoeg* tijd om te bedenken wat jij en ik kunnen bedenken en het een plan kunnen noemen."

Ben zuchtte en haalde voor het eerst die ochtend diep adem. Dat moest hij vaker doen - even stoppen en *ademhalen*. Julie was weg, maar hij wist waar ze was en waar ze heen ging. En deze keer had ze de steun van haar team. De CSO was in het offensief, en plande een aanval op een bekende vijand die niet wist dat ze kwamen.

Die vijand had hen al eerder verslagen, maar nu zouden ze *ook* de hulp krijgen van een andere getrainde strijdkracht - Special Forces, echte Groene Baretten, die met hen samenwerken.

Hoopte hij.

EDMUND ZAT IN ZIJN STOEL, wetend dat de schok en het ongeloof nog steeds op zijn gezicht te lezen waren. Hij straalde onzekerheid en onveiligheid uit. Hij hield niet van dat gevoel, noch waardeerde hij het dat iemand anders hem kwetsbaar liet voelen.

"Wacht," zei hij.

Rebecca St. Clair was begonnen weg te lopen, maar ze draaide zich een paar meter van de tafel om en keek op pater Canisius neer.

"Ik moet zeggen... ik had iemand als u niet verwacht."

"Een vrouw?"

"Iemand zo *zelfverzekerd*. Het bracht me van de wijs."

"Ik krijg dat vaak," zei ze. "Hoewel het jammer is dat er niet meer mensen zijn die zoveel *vertrouwen hebben* in jouw werk."

Canisius glimlachte, negeerde de opmerking, en ging toen verder. "Ik heb alleen het gevoel dat ik op deze interactie jammerlijk ondervoorbereid ben geweest. En dat is niet omdat ik het niet geprobeerd heb - mijn superieuren of ondergeschikten hebben mij niet ingelicht, en het onderzoek dat ik naar uw bedrijf persoonlijk heb gedaan, heeft bijna niets over uw bedrijf opgeleverd."

"De Orland Group is beroemd vaag te zijn," antwoordde St.

Clair. "En dat is met opzet, om zowel onze belangen als onze aandeelhouders te beschermen."

"Wat me zegt dat de deal die ik hier vandaag sluit een beetje finesse vereist."

"Een beetje, ja," zei ze met dezelfde glimlach die hem eerst had afgeschrikt.

"En uw vertrouwen, uw hele persoonlijkheid, zegt me dat deze deal niet alleen afhangt van uw bereidheid om met *mij te* onderhandelen."

Ze liep terug en nam weer plaats. "Een scherpzinnig oordeel, vader. U hebt gelijk - deze deal is zo goed als rond."

"Dan moet ik nogmaals vragen - waarom stuurde je mij om je hand te schudden? Als de papieren al zo goed als getekend zijn, en mijn aanwezigheid hier geen doel heeft, dan..."

"Dat is het juist," zei ze, hem onderbrekend. "Uw aanwezigheid hier *is* het doel. De deal wordt gesloten, maar een man van uw kaliber brengt meer teweeg dan de deal alleen - en uw aanwezigheid is, geloof het of niet, een boodschap die sneller zal worden ontvangen dan het nieuws van de deal."

Canisius was nog steeds erg in de war, maar hij probeerde het niet te laten merken. *Een deal waarvoor een kardinaal de halve wereld over moet vliegen, alleen voor de schijn? Een onderhandeling die al is afgerond voordat ik aankom?*

"Publiciteit," zei hij, bijna onder zijn adem. "Ze hebben mijn naam nodig, mijn gezicht. Dit is voor de publiciteit."

"Correct," zei ze.

"Waarom vertel je het me dan niet gewoon? Waarom dit allemaal geheim houden? Als Orland Group mijn gezicht en naam in het openbaar moet laten zien om te helpen met branding, dan..."

"Niet de Orland Groep, Vader," zei St. Clair. "De publiciteit is nodig voor *uw* kant van de onderhandeling."

Vader Canisius schudde zijn hoofd, en begreep het nog steeds niet. "En u kunt me niet zeggen waarover we precies 'onderhandelen'?"

"Nee," zei ze. "Niet *echt*."

Zijn oren spitsten zich. *Niet echt. Misschien dan, subtiel?* "Orland Group, van wat ik kan opmaken uit de minimale informatie op uw website en uit een paar andere openbare deals, werkt met defensie aannemers?"

"We werken met veel aannemers, in veel verschillende sectoren."

"Toch was een van uw grootste klanten vorig jaar het Australische leger."

"Ja, we doen zaken over de hele wereld."

Hij glimlachte. *Ze gaat dit niet gemakkelijk maken,* dacht hij. "Juist. Wel, we zijn in Peru. Ogenschijnlijk om ons te presenteren op deze conferentie - een conferentie bedoeld om de veiligheid te bevorderen voor parochie omgevingen en gemeenschappen. "

Ze knikte. "Ik ga over een paar minuten naar een gala, georganiseerd door de organisatoren van de conferentie."

"Dus dan is deze deal - een uitwisseling van veel geld voor ... iets, is tussen een bedrijf dat werkt met buitenlandse militairen en regeringen en een organisatie die al lang geïnteresseerd is in het verbeteren van hun eigen veiligheid."

"Dat is niet onnauwkeurig," zei ze. Vader Canisius keek toe terwijl ze haar telefoon uit haar tas haalde en de tijd controleerde. "Ik moet gaan, vader. Het spijt me dat we deze discussie niet kunnen voortzetten."

Hij stond op en strekte zijn arm opzij, alsof hij haar toestond te vertrekken. Hij had meer vragen, maar op dit moment was er te veel om over na te denken. Te veel variabelen die veronderstellingen vereisten die hij niet bereid was te maken. Hij had meer informatie nodig, maar die zou hij niet van deze vrouw krijgen.

"Natuurlijk," zei hij. "Ik heb u lang genoeg opgehouden. Geniet van uw avond."

Ze liet hem alleen aan tafel, en de ober verscheen aan zijn zijde. Hij bestelde een Peruaanse snapper waar het restaurant wereldberoemd om was - *pescado sudado* - en een glas rode wijn, en hij bleef rustig zitten en dacht na over de uitwisseling terwijl hij op het eten wachtte.

Hij dacht na over wat hij wist. Orland Group was een conglomeraat dat in wezen een defensieaannemer was. In een van de weinige artikelen die hij kon vinden en waarin de activiteiten van het bedrijf in detail werden beschreven, had hij ontdekt dat de Orland Group een deal had gesloten tussen de Australische marine en een leverancier die hen beloofde binnen drie jaar een operationeel afweersysteem voor railguns voor haar vloot te hebben.

In een ander persbericht waren de details achtergehouden, maar was de Orland Group opnieuw als tussenpersoon opgetreden, waarbij een niet nader genoemde koper in contact werd gebracht met een wapenleverancier in Praag.

Hij had geen kennis van defensiecontracten, militaire strategie, of wapenlogistiek, en hij wist dat zijn kantoor in het Vaticaan dat ook wist.

Verder had hij geen idee wat het Vaticaan - de katholieke kerk, in wezen - wilde of nodig had aan wapens of verdediging van welke aard dan ook. Hij was zich niet bewust van een dreigende bedreiging voor de Kerk, en hij was er absoluut zeker van dat er geen *fysieke* dreiging in de buurt was die enige vorm van militaire manoeuvre zou vereisen. Zeker geen echte *prototypes* van iets dat met verdediging te maken had.

Het is niet zo dat de katholieke kerk in de aankoop van tanks zat.

En hij had *geen idee* waarom wat hij ook aan het kopen was van de Orland Group miljoenen dollars moest kosten, en waarom - als het zo geheim moest blijven - zijn organisatie een van haar meest herkenbare en zichtbare kardinalen had gestuurd.

Het was een oxymoron: een geheime verkoop tussen een defensieaannemer en de katholieke kerk, en de twee die de deal moesten sluiten waren publieke figuren.

Hij nam een slokje wijn toen de ober terugkwam met zijn vis. Pater Edmund Canisius was een nieuwsgierig man, en hij hield van puzzels. Hij had de kans gekregen er een op te lossen, en hij was van plan dat te doen.

De ober vroeg of hij nog iets nodig had, en pater Canisius wuifde hem weg, erop gebrand weer alleen te zitten met zijn gedachten.

DE EENHEID IN HET NOORDEN, links van hem, opende als eerste het vuur. Hun kogels ketsten af op het pantser van het pak en lieten vonken rondvliegen, maar het pak reageerde perfect en stuurde een volley van verfkogels terug in de richting van de wachtende soldaten. De soldaten, die nu wisten hoe het pak zou reageren, zochten snel dekking en Garza kon zien dat niemand was geraakt.

De zuidelijke eenheid vuurde nu, gebruik makend van de opening. Het pak aarzelde nauwelijks, en het subject binnenin draaide het exoskelet rond op dikke, met legeringen versterkte benen terwijl het bovenste deel van het pak zijn salvo vuur op de nieuwe doelen richtte. Twee mannen van die eenheid werden geraakt, maar ze gingen niet neer. De verfkogels leken hun borst te hebben geraakt, maar de soldaten vochten zich er doorheen.

De kogelregen vloog alle kanten op, maar Garza zag dat de eenheden een half dozijn passen naar het westen waren opgeschoven, om kruisvuur te voorkomen en een van hun eigen teamgenoten te raken met de echte kogels. Het effect was echter dat het subject nu op beide eenheden tegelijk kon vuren door zelf een paar stappen achteruit te gaan. Dat deed het, en manoeuvreerde de mechanische soldaat waar het in stond naar de doos waar het uit tevoorschijn was gekomen.

Tot dusver ging de strijd gelijk op. Voor elke kogel die het pak raakte, werden er drie naar de soldaten gestuurd. Garza zag twee van de mannen van de noordelijke eenheid vallen, en nog eens twee mannen met felle verf op hun borst.

Het gepraat op de radio werd intenser toen de soldaten zich de defensieve mogelijkheden van het pak realiseerden. *"... klootzak is moeilijk te doden..."*

"Begrepen. Munitieregels?" vroeg een andere man.

"Gebruik ze als je ze hebt, soldaat."

Garza zag hoe een van de mannen rechts van hem achter een rotsblok dook en zich met een sprong een weg baande naar het subject en de doos. Hij werd in zijn linkerarm geraakt, de gele vlek was van verre zichtbaar, maar hij herstelde zich snel en hees een klein voorwerp in de richting van de doos en het wachtende exoskelet.

De granaat ontplofte een paar seconden later, en Garza was onder de indruk van de nauwkeurigheid van de jongeman. Vuur en vuil vlogen rond het pak omhoog, de metalen doos vloog in de tegenovergestelde richting.

Even stopte het vuren van beide kanten terwijl de soldaten probeerden te begrijpen wat er gebeurd was. Rook viel neer, en Garza zag het exoskelet op zijn plaats staan. Het subject staarde recht voor zich uit, een bloeduitstorting over haar voorhoofd. Garza hield zijn hoofd schuin, wachtend.

"Shit!"

Plotseling kwam het pak tot leven, het subject stuurde de benen snel vooruit. De bovenste helft draaide terwijl het rende, de op de schouder gemonteerde draaikoepel spoot kogels in volle ladingen van twee seconden elk - noord, dan zuid, dan weer noord.

Garza zag onmiddellijk wat de proefpersoon had gedaan en glimlachte. *Indrukwekkend,* dacht hij. Het was niet echt het *subject,* maar de *technologie* die haar controleerde van binnenin de berg. Toch was het precies wat Garza in die situatie gedaan zou hebben.

Door naar voren te sprinten, had het subject het exoskelet teruggeplaatst binnen de hoek van gegarandeerd kruisvuur - geen van Garza's soldaten zou die kansen nemen; hij had ze getraind dat niet te doen. Geen van zijn mannen zou zich als schaamteloze helden gedragen tenzij hij het beval. Ze zaten gebunkerd, volledig afgesneden van het opzetten van een tegenaanval.

Het pak bleef vuren, draaide rond en raakte iedereen die van achter zijn dekking durfde te kijken. Nog drie mannen "vielen", hun helmen bedekt met gele verf. Ze zouden vanavond aan de eettafel het lachertje van hun eenheid zijn.

Garza wachtte nog een paar seconden, wetende dat het magazijn van het pak snel leeg zou zijn. Ze hadden de kogels van het Minigun lichter en kleiner gemaakt, maar geen wapen kan eeuwig vuren. Tussen de toenemende hitte en de afnemende hoeveelheid munitie in de kamers, naderde het pak het einde van zijn doeltreffendheid op het slagveld.

Een van de soldaten blafte een vraag over de comm. *"Wat nu, sir? Als we aanvallen, verliezen we waarschijnlijk onze teams."*

Garza knikte. "Correct. Maar ik wil zien of je dit ding aan de grond kunt krijgen."

"Begrepen. Alle eenheden, ga naar munitie. Drie en vier, dekkingsvuur."

Er klonken bevestigingen en geklik over de comm, en Garza sloeg zijn armen over elkaar. Zijn mannen waren hier meer dan klaar voor. Ze hadden erger gezien. Als hij hen op de hoogte had gebracht van wat ze hier vandaag zouden tegenkomen, zouden ze elk een beetje zwaarder bepakt zijn geweest.

Maar dat deed er niet toe - Garza moest weten hoeveel het zou kosten om een van zijn creaties neer te halen.

Drie granaten vlogen synchroon door de lucht, elk binnen een meter van de verdachte. De verdachte reageerde snel, trok zich terug en draaide zich in de andere richting, maar het was te laat.

De drie ontploffingen, kort gevolgd door een vierde, stuurden het pak en de inzittende de lucht in. Het kwam hard neer en raakte een hoek van de metalen doos. Een van de "armen" van het pak scheurde volledig af, het rotator cuff gewricht knalde eruit. Een vijfde ontploffing vernielde een van de benen.

Het pak deed zijn best om te compenseren, en Garza zag hoe het probeerde rechtop te gaan zitten en te vuren, maar het wapensysteem was volledig vernietigd. Het hoofd van het subject in het pak hing, maar de op de schouder gemonteerde geschutskoepel schoot nog steeds kogels af, hoewel geen enkele in de buurt van de soldaten werd geraakt.

Een laatste granaat ging met een boog omhoog en over de metalen doos, en landde dicht genoeg bij het exoskelet dat de machine bovenop het metalen explosief viel, net voordat het tot ontploffing kwam.

Het pak, het bloed van het subject en de gele verf vlogen alle kanten op, zich vermengend met het vuil en het witte rookgordijn dat nog steeds uit het gebied opsteeg. Garza hoorde de technicus in zijn oor. *"Onderwerp 34 beëindigd. Ik ben gecompromitteerd."*

"Affirmatief," zei Garza. "Teams, terugtrekken. Dat is genoeg voor vandaag. De camerabeelden zullen vanavond op elk van jullie tablets staan, als jullie je prestaties willen bekijken. Technisch, laat de algemene analyse naar de mijne sturen."

"Yessir."

CHAPTER 20

BEN

ZE WERDEN OP het vliegveld begroet door een man met een bordje met Ben's naam erop. Ze waren door de commerciële ingang gereden, mevrouw E volgend in haar eigen voertuig. Ze werden naar een vliegtuighangar geleid, waar ze parkeerden en naar de wachtende jetliner liepen.

"Lijkt me zonde," mompelde Ben terwijl hij achter mevrouw E aanliep.

"Wat?" Vroeg Reggie.

"Twee jets hebben. Heeft Mr E die geregeld? Waarom *zei* hij niet gewoon dat Julie en Victoria weggingen, zodat we allemaal samen konden gaan?

"Juist," zei Reggie, grijnzend. "En dat had je goed gevonden?"

Ben schudde zijn hoofd. "Nee. Maar ik ben *hier* ook niet blij mee."

Mevr. E draaide zich om bij de trap. "En we hoefden niet te betalen voor de jets," zei ze. "De andere was eigendom van het bedrijf, en werd de komende dagen niet gebruikt. Deze -" ze wees naar boven - "is eigendom van het Amerikaanse leger."

"Het leger?"

"Ja, het leger, om precies te zijn."

"En hoe heb je ze overtuigd om je een luxe prive-jet te geven?"

"Het kwam met het team."

Ben fronste zijn wenkbrauwen en keek omhoog naar het vliegtuig. "Het team?"

"Mevrouw," zei een man. Hij was in de deuropening van de jet verschenen en gluurde op hen neer. Hij stak een hand uit, en mevrouw E nam die aan, hoewel ze even lang was als hij en haar spieren net zo uitgesproken. Ben vroeg zich af wie van hen zou winnen in een vuistgevecht.

"Dank u," zei ze, blozend.

De man was gekleed in legerpak en droeg een groene baret. Op zijn rechterborstzak was de naam "Beale" geplakt.

"Kapitein Beale," zei hij. "Welkom aan boord."

Ben beklom de trap achter Reggie en Mrs. E en was gevloerd toen hij binnen zag. Het hele vliegtuig was gestript, de luxe lederen stoelen waren de enige overblijfselen van de vorige staat van het vliegtuig. Draden liepen door de romp op de vloer en het plafond, en sommige ramen waren verduisterd, televisieschermen en computer-monitors waren ervoor in de plaats geplaatst.

"Dit... is niet wat ik verwachtte," zei Ben.

"We houden niet van gastvrijheid tijdens de vlucht," zei een andere man, deze keer van achter Ben. "Sergeant Jeffers, leuk u te ontmoeten."

Ben draaide zich om en zag de grootste persoon die hij ooit in zijn leven had gezien. De zwarte man was gemakkelijk 1,80 m, en zijn borst en schouders strekten zich uit van de ene kant van de gang tot de andere. Zijn lichaam was rechthoekig en gemaakt van pure spieren, en Ben vroeg zich af of hij wel in staat was het gangpad op en neer te bewegen of dat hij daar de hele vlucht zou blijven staan.

"Het is een snellere manier om je te verplaatsen," zei Beale. "Chirurgisch, precies, en het geeft niet veel problemen als we op commerciële vliegvelden moeten landen. Sorry voor de rommel."

De 'rommel' was, besefte Ben nu, technische uitrusting en communicatieapparatuur, en het was helemaal geen rommel. Hoewel het interieur van het vliegtuig zelf was gedecimeerd, had het leger de luxe vervangen door utilitaire precisie. Er waren stapels laptops naast een open serverrek, opslagrekken daarachter tegen de muur aan bakboordzijde, en de bagagebakken bovenin waren leeggehaald en vervangen door meer rekken voor uitrusting. Geweren en munitie lagen netjes opgestapeld in een hoek tegenover de deur waardoor ze waren binnengekomen.

Beale schoof opzij in een gangpad en nodigde hen aan boord. "Jeffers en ik komen van Elmendorf-Jefferson; we zien de anderen in Fort Carson, Colorado.

"Hoeveel?" vroeg Reggie. "Volledig A-team?"

"Opsplitsen - Jeffers, ik, en vier anderen zijn de operatoren. We doen de introducties en briefing daar. Er is mij verteld dat we haast hebben. Zullen we?"

Ben en Reggie knikten, en Ben koos een stoel bij het raam, een van de weinige die in die helft van het vliegtuig beschikbaar waren. Mevrouw E koos een stoel aan het gangpad, dichter bij het midden van het vliegtuig, in de buurt van wat Ben veronderstelde dat de commandopost van de eenheid was.

"Is dit allemaal voor jullie?" vroeg Reggie voordat hij in de gangpadstoel naast Ben ging zitten.

"We delen het met een paar andere teams, maar tegenwoordig zijn wij het meest."

"Verdomme. Soms wou ik dat ik binnen was gebleven."

"Je was 75ste, ja?" vroeg Jeffers.

Reggie knikte. "Scherpschutter. Ranger School, al die jazz. "

"Ook strafontslag," zei Beale. "Ik heb je dossier gelezen."

Reggie knikte, zijn kaak opgetrokken. Ben keek en luisterde vanuit zijn stoel. "Soms word je gestraft als je het juiste doet. En dossiers vertellen niet echt het echte verhaal, of wel?"

Beale snoof en keek over Reggie's hoofd. Er was een lange pauze voor hij terugkeek naar Ben en Reggie. "Nee, man. Dat doen ze niet. Dat snap ik; waar verhaal."

Het vliegtuig vertrok uit de hangar en Ben gespte onwillekeurig zijn riem vast. Hij had altijd al een hekel aan vliegen gehad, maar hij was er de laatste tijd aan gewend geraakt, want een huisje in Alaska en werken in alle uithoeken van de wereld ging niet goed samen. Hij keek naar de passerende lijnvliegtuigen en kleine propellervliegtuigen. Van de laatste waren er veel meer, wat gebruikelijk was in deze tijd van het jaar. Bos- en zweefvliegtuigen domineerden het luchtruim gedurende de helft van het jaar, omdat jagers, pelsjagers, ontdekkingsreizigers en avonturiers het luchtruim kozen.

"Ik dacht dat je die kerels kende," zei Ben tegen Reggie toen het vliegtuig begon te taxiën.

"Nope. Het zijn Special Forces, dat wel. Groene baretten. De beste in hun vak."

"Dus we zijn in goede handen?"

Reggie haalde zijn schouders op. "Er is altijd wel ergens een rotte appel, maar deze jongens lijken in orde. Ze zijn slim, ervaren, en ze zijn gewend om met burgers te werken."

"Is dat zo?"

Jeffers had het gesprek afgeluisterd en leunde over de stoel. "Zeker weten. Wij zijn 'strijder diplomaten'. We gaan naar binnen en werken met de grondtroepen. Voornamelijk trainen en de vrede bewaren."

"Nou," zei Ben, "ik ben er niet zo zeker van dat er veel 'vredeshandhaving' zal zijn waar wij heengaan."

Jeffers glimlachte en keek uit zijn eigen raam. "Dat is wat ik hoopte. Ik ben het zat politieagent te spelen."

CHAPTER 21

BEN

JULIE'S COMPUTER, die op Ben's schoot zat, pingde met een inkomend bericht. *Archibald Quinones, stond* er in de melding. Het was in haar video conferencing app, en het betekende dat hun vriend Archie op zijn eigen vliegtuig was gestapt en contact wilde.

Hij beantwoordde de oproep. "Archie," zei hij, nors.

Archie kwam meteen ter zake. *"Ben, ik hoop dat je weet dat ik er bij Juliette op heb aangedrongen om te wachten, om eerst met jou te overleggen.*

"Nou, je weet hoe streng ze is over dingen. Wat je haar gisteren vertelde heeft haar van streek gemaakt, en..."

"Jij was erbij, Harvey," zei Archie. *"Je hebt het allemaal zelf gehoord. Julie's beslissing was haar eigen, en ik keur het niet goed. Maar ik hoop ook dat je weet dat ik er voor je ben. Ik ben aan boord van mijn eigen vlucht, en ik zal in Peru zijn, waar je me ook nodig hebt. Ik zal beginnen zoals ik altijd doe, met onderzoek en het nieuws volgen, in de hoop dat ik iets kan bieden.*

Ben knikte en haalde toen diep adem. Hij zag dat Reggie vanaf de andere stoel toekeek. *Hij zit in ons team,* dacht Ben. *En ik vertrouw hem wel.* "Sorry, Archie," zei hij. 'Ik weet het. Ik wilde niet beschuldigen. En ja, het zal geweldig zijn om je daar bij ons te hebben. Ik haat het dat het onder deze omstandigheden is, maar ik ben blij dat je ons steunt."

"Dat doe ik, en ik meen het. Je hebt genoeg hulp in het veld met de soldaten waar je bij bent, dus ik zal me in een kantoor vestigen, met een solide internetverbinding. Mijn onderzoek zal tot uw beschikking staan."

Jeffers stond in het gangpad en toen hij langsliep, meende Ben een grijns op het gezicht van de man te zien.

"Dank je, Archie. Nu we het er toch over hebben, is er nog nieuws?"

"Eigenlijk wel, ja. Op de website van een park in de buurt van de Chachapoyas-vallei was een mededeling geplaatst waarin stond dat er 'talrijke schoten' waren gehoord van ergens in de buurt. Het was een waarschuwing dat het afvuren van een vuurwapen in het park illegaal is."

"Het had Ravenshadow kunnen zijn."

"Ja, misschien, maar ik denk niet dat er iets meer is wat we kunnen doen om het te onderzoeken. Er is echter iets anders dat er misschien mee te maken heeft. In Lima, volgende week, is er een conventie. De Conferencia Episcopal Peruana Internacional - de Peruaanse Internationale Episcopale Conferentie. Het is een jaarlijkse bijeenkomst van lokale en regionale katholieke leiders om vernieuwingen in de kerk te bespreken.

Reggie lachte naast Ben. "Vernieuwingen? In de kerk?"

Ben kon niet zien of Archie beledigd was, maar de grijszwarte wenkbrauwen van de man dansten op het scherm. *"Ja, Vernieuwingen. De Kerk heeft altijd gehoopt een baken te zijn voor de verlorenen, en zij erkennen dat de wereld aan hen voorbij zal gaan als zij niets doen om dat te erkennen."*

"Oké," zei Ben. "Dus het is een conferentie over innovatie in de kerk. Wat heeft dat met ons of Ravenshadow te maken?"

"Nou," zei Archie, *"en dit is pure speculatie, maar het congresthema van dit jaar lijkt gericht te zijn op innovaties die specifiek te maken hebben met veiligheid. Met de toename van openbare schiet-*

partijen over de hele wereld, vooral in kerkelijke settings, heeft de conferentie sprekers en exposanten uitgenodigd die gespecialiseerd zijn in het creëren van preventieve maatregelen, verdedigingen en beveiligingsoplossingen voor openbare bijeenkomsten."

"Interessant, maar -"

"Toen ik de lijst van exposanten en sprekers doorlas, zag ik op hun website een bericht staan dat niemand minder dan pater Edmund Canisius aanwezig zou zijn.

Reggie zuchtte. "Archie, kom op, je weet dat mijn 'huidige kerkleiding trivia' verouderd is."

"Hij is een Jezuïtische ambtenaar die werkt in het Vaticaan, voor de Heilige Stoel als een van de beheerders."

"En het is vreemd dat hij op deze conferentie zou zijn?"

"Zeer," zei Archie. "Hij is een hoge ambtenaar in de kerk en heeft ongetwijfeld een lange lijst van mensen onder hem die hij liever zou sturen. Bovendien is de conferentie zelf nauwelijks een internationale aangelegenheid - zij schijnt elk jaar misschien 2000 deelnemers te trekken, mogelijk minder. En zoals ik al zei, het is regionaal; de meeste aanwezigen zijn geestelijken en leken uit plaatselijke parochies en gemeenschappen in Peru".

"Ik heb het," zei Ben. "Dus er is een kleine lokale conferentie die op een of andere manier een hoge piet uit Rome heeft aangetrokken. Denk je dat hij daar is om te leren over veiligheid en verdediging tegen een actieve schutter?"

"Ik weet het niet. Ik heb eigenlijk geen idee wat zijn doel zou zijn om zoiets bij te wonen, maar het voelt voor mij vreemd aan. Veel van de mannen die op dit niveau voor de Heilige Stoel werken zijn slechts boegbeelden - zij hebben vele jaren in dienst gezeten, en hun beloning is de benoeming in een zeer eervolle functie. Hun ondergeschikten zijn degenen die het systeem runnen."

"Dus hij zou er niet alleen zijn om bij te wonen, tenzij hij een eigenaardig belang heeft in de veiligheid van de lokale Peruaanse kerk."

"Precies. Dus ik zal blijven rondneuzen, maar hij heeft een rode *vlag voor mij gehesen. Ik denk dat er meer aan de hand is dan je op het eerste gezicht zou zeggen."*

"We vertrouwen op je instinct, Archie. Hij is een Jezuïet, en we hebben ervaring met hoe die jongens zijn - niet kwaad bedoeld."

Archibald Quinones was ook een Jezuïet. Als lid van de katholieke broederschap had Archie zijn leven gewijd aan de Kerk en haar geschiedenis. En de laatste keer dat ze in Peru waren, waren ze gestuit op een oude en voortdurende strijd die woedde tussen de Kerk - voornamelijk een sekte van Jezuïeten binnen de Katholieke Kerk - en de Rite van het Gilde. Beide partijen wilden het geheim van het ware verleden van de Kerk achterhalen, waarbij de ene partij hoopte het voor altijd geheim te kunnen houden en de andere partij hoopte het aan de wereld te kunnen openbaren.

Archie had niets te maken met het verraad van de Jezuïeten aan de Kerk, maar hij was toch een belangrijke aanwinst. Hij had geschiedenis gedoceerd aan de universiteit, en zijn scherpe geest en oneindige diepte van kennis van het verleden van de kerk hadden zich keer op keer bewezen.

"Dank je, Harvey. Ik zal blijven zoeken. Ik zal een e-mail sturen met alle updates die ik heb, maar ik vermoed dat jij en ik buiten communicatiebereik zullen blijven als je landt. We hebben allebei lange vluchten voor de boeg, dus ik wens je een veilige reis en een goede nachtrust."

Ben was niet zeker van een goede nachtrust, wetende dat zijn nieuwe vrouw weg was, rechtstreeks op weg naar hun gezworen vijand, en het feit dat hij in een vliegtuig zat. Maar hij wenste Archie hetzelfde en sloot de verbinding.

Reggie sliep al en begon te snurken.

JULIE

JULIE WERD WAKKER, bang, vermoeider dan toen ze in slaap was gevallen. Ze controleerde de tijd op haar telefoon.

Ze had bijna twaalf uur geslapen. Zij en Victoria stonden op het punt te landen in Peru, waar ze eindelijk de moed zou opbrengen Ben te bellen. Hij moest de waarheid weten, dat ze er bijna kapot van was geweest toen ze besloot zonder hem te vertrekken. Maar hij moest ook begrijpen dat het niet eens een beslissing was geweest - tenminste niet een bewuste. Ze had zich aangetrokken gevoeld tot Peru, tot Garza, en haar nachtmerries over de man hadden er alleen maar voor gezorgd dat haar geest alle andere mogelijkheden afsloot.

Ik ga hem vermoorden.

Ze was al dagen wakker geworden met die gedachte in haar hoofd, en ze wist dat het de waarheid was. De *echte* waarheid.

Ze wist niet precies hoe ze dit doel gingen bereiken - twee vrouwen in een vreemd land op zoek naar een man die een getrainde moordenaar was en een leger van andere moordenaars bezat. Ze hadden geen plan, geen realistisch doel, maar Julie wist dat ze erbij moest zijn.

Victoria Reyes, Garza's van haar vervreemde dochter, voelde hetzelfde. Zij en Victoria hadden weinig gepraat tijdens de vlucht, en

Julie vroeg zich af of de professor oude geschiedenis zich even ambivalent voelde als zij. Ze moesten in Peru zijn, maar Julie vond het vreselijk om Ben en de anderen achter te laten.

Hij komt wel, dacht ze. *Hij neemt de eerstvolgende vlucht. Mr. E heeft het me beloofd.*

Haar korte gesprek met Mr. E was geëindigd in 'agree to disagree'. Mr. E vond dat Julie de zaak verder moest bespreken met Ben en Reggie, een plan van aanpak moest bedenken en dat plan vervolgens moest uitvoeren. Julie vond echter dat als er iemand op aarde was die haar koppigheid kon uitdagen, het Ben was. Mr. E had met tegenzin ingestemd om de kosten en logistiek voor haar en Victoria's reis naar Peru te regelen, met het voorbehoud dat als ze eenmaal in het land waren, ze op Ben en de anderen moesten wachten. Ze was onmiddellijk akkoord gegaan.

Ze had het gevoel dat ze de juiste beslissing had genomen. Ben, wist ze, zou het zo lang mogelijk hebben volgehouden, en tegen die tijd zou het te laat kunnen zijn. Garza had dan misschien het land al verlaten, of in ieder geval zijn uitvalsbasis verplaatst van het oude tempelcomplex in de Chachapoyas Vallei.

Maar in haar hart wist ze ook dat Ben gelijk had. Hij had gelijk dat hij bang was, bang voor een nieuwe confrontatie met Garza en het Ravenshadow-team. Ze hadden elkaar bijna een jaar lang ontweken, en hun confrontaties met het huurlingenleger waren elke keer uitgelopen op een ramp - en de dood. Het was geen klein wonder dat zij en haar nieuwe man nog leefden.

Maar dat wonder had zich niet uitgestrekt tot de eerste leider van de CSO, hun vriend en mentor Joshua Jefferson. Garza had de man in koelen bloede vermoord, op de meest brute manier mogelijk. Julie had Victoria ingelicht kort nadat ze aan boord van het vliegtuig waren gegaan, en uitgelegd dat haar vader Julie had gedrogeerd, haar had gedwongen Jefferson met een geladen pistool onder ogen te komen in een omgebouwde gymzaal in Philadelphia, en haar toen had gezegd de trekker over te halen.

En ze had het gedaan.

Ze was toen natuurlijk niet bij haar volle verstand geweest, maar dat had haar niet geholpen tegen de nachtmerrieachtige realiteit van wat ze had gedaan. Ze herinnerde zich, via haar dromen en flashbacks, Joshua's levenloze lichaam dat op de grond viel, in elkaar vouwend alsof het niet langer vlees en been was, maar slechts een stel vodden. Haar reactie op de droom - op de herinnering - was afschuw; op dat moment was haar reactie koude, lege verbijstering geweest.

Toen de drugs uitgewerkt waren, herinnerde ze zich niets meer van de vorige 24 uur. Haar geest was leeg over de gebeurtenissen in de gymzaal, en het had haar onderbewustzijn bijna een jaar gekost om diezelfde herinneringen naar de voorgrond van haar bewustzijn te brengen. Toen ze dat eindelijk had gedaan, ontdekte ze dat Ben en de anderen in stilte op dat moment hadden gewacht. Ze hadden zich erop voorbereid. Ze hadden tijd gehad om het verdriet, de woede, de pijn en het begrip van wat het allemaal betekende te verwerken.

Julie, daarentegen, had dat niet. Ze had *geen* tijd gehad om haar nieuwe realiteit te verwerken, en dat maakte haar bijna net zo kwaad als wat die realiteit was. Ze hadden *gewacht* tot ze het zou begrijpen, maar ze hadden haar niet de tijd gegeven om dat te doen.

Dus had ze het heft in eigen handen genomen. Ze wisten waar Garza en Ravenshadow waren, ze wisten dat hij plannen had, en ze wisten dat hij zou verhuizen zodra die plannen waren verwezenlijkt. Wat ze niet wisten, was wat die plannen precies inhielden.

De laatste keer dat ze elkaar ontmoetten, had Garza hen een deel van dat plan onthuld: de creatie van letterlijke reuzen. Mannen die waren geïnjecteerd met een giststam die een snelle botgroei veroorzaakte, waarna hun skelet herhaaldelijk - en op brute wijze - werd gebroken en opnieuw werd ingesteld. Het resultaat was een groep mannen die zo angstaanjagend groot waren dat ze hun eigen gewicht niet meer konden dragen. Hun gezichten waren ingevallen, hun huid was zo strak gespannen dat ze het opgaf en langs hun spieren begon te glijden. Garza zelf had toegegeven dat de meesten van hen niet langer dan een jaar zouden leven, maar hij was bezig dat proces te perfectioneren toen ze hem hadden gevonden.

Wat was zijn lange termijn project dan? vroeg Julie zich af. *Werkte hij aan meer reuzen? Was dat wel een duurzaam doel?* Immers, hoewel het 'reuzen' project een indrukwekkende - zij het gruwelijke - prestatie was geweest, zou Garza op een gegeven moment geen vrijwilligers meer hebben. Bovendien zouden soldaten die maar een paar minuten per keer konden vechten en binnen een jaar dood zouden zijn, van geen enkel nut zijn voor een vooruitdenkende dictator.

Ze schudde de gedachte van zich af. Maakt niet *uit. We komen er wel achter wat hij van plan is, en dan stoppen we hem. Ik zal hem stoppen.*

Ze voelde dat haar ogen begonnen te tranen terwijl ze uit het raam keek. Ze was zo ver van huis. Zo ver van Ben. Gisteren was ze nog zo zeker van zichzelf geweest, toen ze had besloten zonder de CSO groep te vertrekken. Nu wenste ze dat ze over de stoel heen kon reiken en in de hand van haar man kon knijpen.

Hij komt, zei ze tegen zichzelf. *Hij zal kwaad zijn als de hel, maar hij komt zeker.*

CHAPTER 23

BEN

BEN WAS ZO kwaad als de pest. *Hoe kon ze zomaar* weggaan *zonder ons?* Hij had het grootste deel van de afgelopen zestien uur doorgebracht in een cyclus van slapen, woedend zijn, uit het raam kijken, en dan weer slapen. Reggie was er op de een of andere manier in geslaagd de hele reis diep in slaap te blijven, en de twee soldaten aan boord die achterin het comm-gedeelte zaten te prutsen met hun spullen en techniek als hij zich omdraaide om naar hen te kijken.

Hij wist dat niemand in zijn team tegen hem samenspande. Reggie en Mr. E wilden het beste voor Julie en de CSO, en ze waren het er allemaal over eens - ook Ben - dat Garza en Ravenshadow gestopt moesten worden. Maar geen van hen was getrouwd met Julie. Ben had meer dan wie ook een band met de vrouw van wie hij hield, en daarom was hij terughoudender geweest in een frontale aanval op Garza.

Maar zijn gebrek aan actie had averechts gewerkt, en nu vlogen zij allen in afzonderlijke vliegtuigen naar Peru, in de hoop elkaar te ontmoeten en de zaken op de grond op een rijtje te zetten.

Het Ranger team was verdrievoudigd toen ze landden in Fort Carson, van Jeffers en Beale naar Jeffers, Beale en nog vier mannen.

Ben had hun namen niet meegekregen, maar ze waren prompt vertrokken en de zes Rangers zaten allemaal bij elkaar en dommelden binnen een paar minuten in. Ben had de hint begrepen en had geprobeerd wat te slapen voor de lange etappe naar Peru.

Zij waren nu op de grond, zojuist geland op een ongemerkte Peruaanse luchtmachtinstallatie in de buurt van Iquitos, en zij waren op weg naar de voertuigen die de Groene Baretten met de Peruaanse luchtmacht hadden geregeld voor hun vervoer.

Toen Ben ze zag, had hij meteen een flashback.

"Hou je niet van rijden in stijl, Bennett?" vroeg Jeffers. Ben had niet doorgehad dat hij te kort was gestopt.

"Nee, uh, het roept herinneringen op." Dit waren dezelfde jeeps die ze de vorige keer in Peru hadden gehuurd.

"Juist," zei Jeffers. "Onze briefing zei dat jullie, uh, *verloofd waren* hier beneden. Crazy shit, man. "

"Ja," zei Ben. "Ik denk dat dat er een woord voor is."

"Hoe dan ook, deze baby's zijn volgeladen met kit: 4x4, katrollen, alles. Gemodificeerd om op propaan te lopen, voor het geval het gevaarlijk wordt."

"En voor het geval het ergens gevaarlijk wordt waar je toegang hebt tot gigantische propaantanks," voegde Reggie eraan toe.

Jeffers wierp hem een blik toe die niet veel moeite kostte om te interpreteren, maar de man zei verder niets. Ben glimlachte, wetende dat als iemand hier iets wist over het aanpassen van voertuigen tot de droom van een overlevingsprediker, het Reggie was. Gareth Red was al een paar jaar bevriend met Ben, maar daarvoor had hij wat land in Brazilië bezeten, waar hij een bedrijf runde dat overlevingsstrategieën aanleerde en expedities organiseerde voor bedrijfs- en privé-verdedigingsgroepen.

Hij was een nerd in de kast, met een uitstekend gevoel voor geschiedenis en archeologie, maar zijn vaardigheden waren echt gericht op alles wat te maken had met in leven blijven, ongeacht de omgeving. Tot nu toe was hij succesvol geweest.

Hij zwaaide met zijn armprothese en wiebelde ermee, bewoog alle vijf vingers tegelijk, draaide toen zijn hand om en herhaalde het gebaar.

Ben knikte instemmend. "Daar word je aardig goed in," zei hij.

Reggie haalde zijn schouders op, strekte zijn arm uit en gebruikte zijn kunstbeen om de kooi boven de jeep te grijpen. Hij zwaaide naar binnen en begon toen zijn gordel om te doen. "Het is niet echt iets wat ik heb moeten oefenen," zei hij.

"Echt?"

"Echt waar. Het is myo-elektrisch, dus er zijn massa's kleine knooppunten die de elektronische impulsen van mijn hersenen lezen, die dan het signaal naar de microprocessoren sturen die het ledemaat bewegen. Ik doe hem in en stel hem in, maak hem vast rond mijn schouders, en ik ben klaar om te gaan.

Ben ging op de achterbank naast zijn vriend zitten. Reggie stak zijn nephand op en zwaaide perfect naar Spock, de Vulcaanse hand-groet. Zijn hand spleet uiteen tussen zijn middel- en ringvinger. Toen voegde hij er een zwaai aan toe, waarbij hij zijn knokkels op elke vinger één voor één boog, waardoor een soort robotachtige dans ontstond.

"Mooi," zei Ben.

"Wees niet jaloers. Het genezingsproces is nog gaande. Het doet pijn."

"Als de hel?"

"Erger."

Ben lachte. "Dat geloof ik. Maar toch, behoorlijk gaaf spul. Mr. E heeft je echt aan de haak geslagen, huh?"

Reggie knikte en knipoogde naar Ben. "Dit ding kost een half miljoen."

Ben spuwde bijna. *Een half miljoen dollar?*

De jeep kwam in beweging, bestuurd door Jeffers terwijl Beale iets op zijn telefoon controleerde. Van wat ze eerder hadden uitge-legd, waren ze nu ongeveer een half uur verwijderd van hun afgesproken ontmoetingspunt, waar ze hopelijk Julie en Victoria zouden ontmoeten.

Ben had twee keer geprobeerd haar te bellen nadat ze geland waren, maar de telefoontjes gingen direct naar de voicemail.

"Een half miljoen. Gek, toch? En dat is niet eens inclusief het verzekeringsgedeelte."

"Zijn we verzekerd?"

"Eigenlijk heb ik geen idee. Maar ik was in mevrouw E's kamer in de hut, op zoek naar de gebruiksaanwijzing, en ik zag een rekening op haar bureau."

"Heeft dat ding een *gebruiksaanwijzing?* "vroeg Ben.

"Als je iemand voor het eerst de hand schudt, wil je niet dat hun romige handpalm verandert in een hacky-sack.

"Is het zo sterk?"

"Sterker," zei Reggie, knikkend. "Titanium was vroeger een van de sterkste dingen die we hadden, maar onlangs hebben een paar sukkels van het MIT ontdekt hoe je een rastervormige structuur van grafeen kunt maken.

Ben keek hem wezenloos aan.

"Dat betekent dat het tien keer sterker is dan staal en ongeveer vijf keer lichter. En ze kunnen het effectief uitprinten met een 3D-printer."

"Wow," zei Ben. "Ik wist niet dat de dingen zo ver gevorderd waren."

Reggie knikte. "Ja, het is gek. Ik begin nu pas te begrijpen wat het allemaal betekent. Maar, op zijn minst, zal ik in staat zijn om handen te schudden als een normale kerel. En een trekker overhalen als het nodig is."

"Hopelijk zonder het af te breken."

"Ja, ze hebben een stuwkrachtgeleider geïnstalleerd die werkt als een krachtversterker. Uitgeschakeld is het effectief de kracht die ik eerst had. Zet het op 10 en het verplettert de hoofden van mannen alsof ze een meloen zijn."

Ben trok een wenkbrauw op.

"Nou, je weet wel. Zoiets als dat. Ik overdrijf misschien een beetje."

Ben lachte, en de jeep accelereerde de snelweg op.

CHAPTER 24

BEN

BEN WAS NERVEUS. Ze hadden hun ontmoetingspunt bereikt, en het Green Beret team was al bezig de kratten en plunjezakken uit de jeeps te halen en naar het één verdieping hoge gebouw te dragen. Het gebouw, een onopvallend gebouw met gebroken ramen en wat ooit een benzinepomp leek te zijn geweest, stond op een hoek net buiten het kleine stadje waar ze hadden besloten te stoppen.

Ben controleerde zijn telefoon. Hij was er zeker van dat Mr. E hen had uitgerust met GSM-ontgrendelde toestellen, maar hij had nog steeds niets van Julie gehoord. Hij had een paar keer in de lucht geprobeerd te bellen, en één keer op de grond, maar hij kreeg niets.

Is ze gek?

Ze had een enkele sms gestuurd nadat ze waren opgestegen van Fort Carson, om Ben te vertellen dat ze bij de briefing zou zijn. Hij had geantwoord met de vraag of ze wist waar het was, hoe laat ze elkaar zouden ontmoeten, en of ze in orde was.

Hij heeft niets gehoord als antwoord.

Dus hij voelde zich een beetje nerveus. *Angstig? Bang?* Hij wist dat hij nooit goed was geweest met emoties, vooral zijn eigen niet. Hij wilde haar zien, weten dat ze in orde was, maar tegelijkertijd wist hij dat hij boos op haar was omdat ze hem had laten zitten.

En voor het dwingen van ons allemaal om naar Peru te vliegen.

Hij volgde Reggie naar het donkere interieur van het versleten benzinestation. Er waren nog rekken op de begane grond, evenals een versleten kassa, maar er waren nergens producten te zien. De TL-armaturen boven zijn hoofd waren ingeslagen, en de lampen die niet helemaal ontbraken waren kapot.

Reggie liep door deze ruimte en sloeg net na de kassa linksaf, waar Ben een draaideur zag. Een van de Groene Baretten was zojuist deze secundaire kamer binnengegaan, en hij zag licht door de winkel schijnen vanuit deze kleinere kamer.

Hij ging naar binnen en zag in deze rechthoekige kamer het tegendeel van de rest van het benzinestation: een schone, helder verlichte ruimte, met in rijen opgestelde, niet afgebroken stoelen, allemaal met hun gezicht naar een van de korte muren rechts van Ben. Een projector was opgesteld op een paar melkkratten en straalde een leeg wit licht op de muur. Sergeant Beale stond met zijn handen op zijn rug naast de muur.

En in een van de stoelen, naar Ben starend, zat Julie.

Hij liep naar haar toe, en zij stond te huilen. "Ben," zei ze. "Het... spijt me zo."

"Het is al goed. Ik wilde alleen zeker weten dat alles goed met je was."

"Dat ben ik. En dat was ik ook. Maar ik... ik weet niet wat me bezielde. Dit alles, ik wilde niet dat het zo zou zijn..."

"Shh," zei hij. "Maak je er geen zorgen over."

"Je bent toch niet boos?"

"Ik... *was* kwaad." Hij probeerde te glimlachen. "Maar ik moest je gewoon zien. Met je praten."

"Ik dacht niet helder na," zei Julie. "Ik had het op zijn minst aan jou moeten vertellen, of de groep moeten raadplegen, en..."

"Je *hebt* die dingen gedaan, Jules," zei Ben. "En ik was koppig. We wisten allemaal dat dit moest gebeuren. Garza is *hier*, Julie. Je had gelijk. Hij is hier, en ik denk niet dat hij hier zal blijven. Niet voor lang."

"Ja..."

Reggie liep naar Julie toe en gaf haar een knuffel. "Waar is Victoria?"

Julie's ogen verwijdden zich snel, en toen viel haar gezicht.

"Wat?" Vroeg Ben.

"Ze is... niet hier."

"Is ze niet naar Peru gekomen?"

"Nee, dat deed ze," zei Julie. "Maar ze stapte uit het vliegtuig en nam een taxi. Ze vertelde me dat ze zaken moest regelen, en dat het haar speet, en...

"En jij denkt dat ze haar vader gaat vinden? Om bij Garza te komen?"

Julie knikte. "Er is geen andere 'zaak' die ze hier kan hebben."

Sergeant Jeffers hoorde dit, en liep naar de rij direct voor hen. "Dat kan een probleem zijn, mevrouw - sorry, mevrouw - Richardson."

"Ik - ik weet het. Maar ik kon haar niet tegenhouden. Ik was gewoon bang om iets te zeggen voordat we elkaar persoonlijk gesproken hadden."

Jeffers keek naar Beale, wiens uitdrukking totaal onleesbaar was.

"Het is goed," zei Ben. "We moeten alleen opschieten. Als Garza haar als pressiemiddel wil gebruiken, zal hij dat doen. Ze mag dan zijn dochter zijn, maar hij is nog steeds het monster dat we kennen. Hij is onvoorspelbaar, en hij zal alles doen om een voorsprong te behouden."

"Trouwens," zei een van de andere Groene Baretten, "zelfs als hij haar niets *doet*, weet hij tenminste dat we hier zijn."

"Dat is waar. Hij weet dat we samenwerkten van de laatste keer dat we hier waren."

Ze hadden Victoria ontmoet door een speling van het lot. De professor geschiedenis was ontvoerd door een duistere organisatie die verwant was aan de Vrijmetselarij, en ze hadden haar naar Peru gebracht om verder te gaan met het ontrafelen van de plannen van de Katholieke Kerk. Garza's groep had zich gevestigd in de nabijgelegen vallei, werkend vanuit een andere interpretatie van dezelfde informatie.

Het was een ongelukkig toeval geweest dat ze samen waren, maar ze hadden een vriendschap met de vrouw opgebouwd die nog lang na hun angstaanjagende ontmoeting hier had standgehouden.

"Laten we dan maar beginnen," zei Beale. De groep - vijf Groene Baretten en de vier CSO teamgenoten - gingen allemaal zitten en wachtten tot Beale zou beginnen. Hij begon met het pakken van een stapel papieren uit een koffer op de stoel voor hem, en hij nam één pakje van de stapel en overhandigde de rest aan Jeffers, die ze begon uit te delen.

Ben kreeg het zijne en zag dat de bovenste pagina niets anders was dan een voorblad, met weinig details over wat er in zat. Het pakket bestond in totaal uit vier pagina's, met een kaart en legenda op pagina twee en meer informatie over de missie daarna. Hij stond op het punt het door te bladeren en te beginnen lezen toen Beale hun aandacht op de voorkant van de kamer vestigde.

"IN DIT PAKKET vind je de details van de missie. Locaties, rendez-vous punten, timing. Alles staat erin, en ik zal je intelligentie niet beledigen door alles voor te lezen. Maar ik zal je het overzicht en de verdeling van de essentiële missie parameters geven.

"Ten eerste," ging hij verder, "wij zijn Groene Baretten. Kracht-vermeerderaars. Dat betekent dat we *kunnen* vechten, en we kunnen het goed doen. Maar als we worden opgeroepen, is dat omdat er een diplomatieke reden is om *niet te* vechten. Daarom zijn *jullie* allemaal hier." Hij keek op en maakte oogcontact met Ben en zijn team. "We willen *jullie* uitrusten om de taak te volbrengen die nodig is. We zijn hier voor jullie steun."

Ben knikte. *Tot zover alles goed.*

"Ten tweede kennen we deze Ravenshadow-groep niet. We hebben van ze gehoord, maar geen van ons heeft ervaring met hen. Nogmaals, jij wel. Dat is waarom je hier bent. Wij bieden ondersteu-ning, jij werkt samen met Vicente Garza en zijn mannen."

Reggie fronste, en Ben keek hem aan toen Beale verder ging.

"Op pagina twee ziet u een kaart. Deze regio, de Chachapoyas, is enigszins bekend bij de CSO-bemanning. Een groot deel van deze vallei is eigendom van dezelfde orde van Jezuïeten waar uw vriend,

Archibald Quinones, deel van uitmaakt, wat ook in ons voordeel werkt. Daarom zal de CSO als gids voor ons optreden, hoewel we natuurlijk GPS en satelliet-triangulatie zullen hebben om ons door de dichte jungle te helpen navigeren. Eenmaal daar verwachten we een grote vallei aan te treffen die zich over het algemeen van noord naar zuid uitstrekt, en een aantal oude structuren in het landschap die vermoedelijk zijn gebouwd door de oorspronkelijke bewoners van de regio."

Hij keek op en ontmoette Bens ogen. Ben wist dat hij niet zou toevoegen, *en wij geloven dat die oorspronkelijke bewoners reuzen waren*, ook al was dat precies wat Ben en Reggie in hun rapport hadden gezet. De 'reuzen', zo hadden ze ontdekt, waren eigenlijk gewoon afstammelingen van de oude bijbelse stam van Anakim - neven van de Nephilim - en hetzelfde ras van mensen dat had geleid tot de afstammelingen van een andere beroemde bijbelse reus: Goliath.

Hun geschiedenisles over het gebied suggereerde dat de oorspronkelijke Chachapoyas, die door de Spaanse conquistadores en de plaatselijke Inca-bevolking werden omschreven als "lichtgetint en teruggetrokken", ergens uit Europa waren gekomen, op een gegeven moment nadat wereldwijde overstromingen hun thuisland hadden gedecimeerd. Zij zochten hun toevlucht in de onbekende landen in het westen en kwamen zo in Zuid-Amerika terecht.

En hun verwanten waren ook verspreid over de postdiluviaanse wereld: de Azteken hadden Quetzalcoatl, de 'blanke man van de zee met de baard', de Sumeriërs hadden Enki, en de Indianen hadden hun eigen versies van de zondvloedlegende en scheppingsverhalen.

Ben en zijn team hadden bewijzen gevonden van deze verloren beschavingen, zowel in Egypte als in Griekenland, en zij hadden reden om aan te nemen dat de Chachapoyas zich in Peru hadden gevestigd om een oud geheim te beschermen, een geheim dat bijna was weggevaagd door de vloed: hun geschiedenis, de geschiedenis van de antediluviaanse wereld, bewaard in de oude Hall of Records.

Beale, voorspelbaar, trok zich daar niets van aan.

Ben keek op de bladzijde en zag een isolijnenkaart met de hoogten en geologische kenmerken van het gebied in de buurt. Hij herkende onmiddellijk de vallei, die zich uitstrekte van het ene uiteinde van de zijkant van een enorme berg naar het andere. Die berg was ground zero - waar Garza's team zich zou verbergen.

"Waar ik echter uw aandacht op wil vestigen, is deze donkere lijn die de bovenste helft van de berg in het midden van uw kaart omcirkelt. Het is een rivier, en hij is bevaarbaar. De mijn die in de berg is gebouwd gebruikte deze rivier, evenals een natuurlijke bron die uit het binnenste van de berg komt, als zijn belangrijkste waterbron."

"Dus het is een toegangspunt?"

"Het zou kunnen," zei Beale. "We weten het pas zeker als we het onder ogen zien, maar als die Ravenshadow-groep zo uitgerust en goed getraind is als we denken, lijkt het niet mogelijk om de voordeur uit te schieten en naar binnen te lopen."

"Juist," zei Jeffers. "Dus we hebben duikspullen nodig."

"Al voor gezorgd," zei een van de andere mannen.

Jeffers knikte en keek toen op naar de groep. "Nog vragen tot nu toe?"

Reggie's hand schoot omhoog.

"Mr. Red."

"Ja, uh, eerder zei je *interactie*. Niet *aangaan*. Ik neem aan dat dat met opzet is, maar -"

"Het is absoluut doelbewust. Zoals ik al zei, onze taak is niet om te *vechten*. Het is om een compromis en een voor alle partijen aanvaardbare conclusie te bereiken die de -"

"Onzin," zei Ben.

Beale keek zichtbaar geschokt. Blijkbaar had de soldaat niet veel ervaring met zijn team dat hem midden in een presentatie onderbrak. "Heb je iets te zeggen, Bennett?"

Ben stond op. "Ik ben hier niet gekomen om *een compromis te sluiten,* tenzij dat compromis inhoudt dat jij Garza doodt in plaats van ons."

"Mr. Bennett, ik begrijp uw frustratie -"

"Je begrijpt er *niets van*. Deze man - deze *egomaniak* - hij is niet alleen een gekke psychopaat die macht wil. Hij is een gestoorde psychopaat *met een leger*."

"We zijn van plan hun kamp te infiltreren en hem te verrassen, zodat we een één-op-één gesprek met hem kunnen hebben dat zal -"

"Dat zal hij niet zo leuk vinden, vermoed ik," zei Ben. "Hij neigt naar het 'eerst schieten, dan vragen stellen' soort kerel."

"Mr. Bennett," zei Beale. "U *zult* me *niet* meer onderbreken."

"Of wat?"

Beale trok een wenkbrauw op, en Ben dacht dat hij misschien zou moeten vechten met een goed getrainde Groene Baret. *Waarschijnlijk niet de beste manier om de dag te beginnen.*

"Of we dragen de controle over aan de Peruaanse regering en begeleiden u en uw team naar huis. In handboeien."

"Ik snap het," zei Ben. "Dus je pleit ervoor dat we allemaal naar binnen rennen met onze geweren, *niet* op ze schieten, en hopen dat Garza gewoon gaat zitten en een praatje met ons maakt?"

"Nee," zei Beale. "Ik pleit nergens voor. Ik *dwing* het af. Dit is *mijn* missie, en dit zijn *mijn* regels. Verder suggereer ik helemaal niet dat we gewapend zullen zijn."

"Doen we dat niet?" vroeg Reggie.

"Dat is juist," zei Beale. "*U* zult niet gewapend zijn. *Mijn* mannen wel. Als u naar pagina drie gaat, ziet u de lading voor deze missie. U en uw team, Mr. Bennett, zullen communicatie- en opsporingsapparatuur bij zich hebben, evenals noodkits, mochten we die nodig hebben."

"En geen wapens," zei Ben met opeengeklemde tanden.

"En geen wapens. Ik bewapen geen burgers."

Jeffers verschoof in zijn stoel, en de andere Groene Baret die eerder had gesproken leek voor een fractie van een seconde te grijnzen.

Dit is niet *goed,* dacht Ben. *Dit is helemaal niet goed.*

DE LAATSTE TWEE dagen waren een wervelwind voor Julie. In plaats van veel te slapen tijdens de belachelijk lange vluchten, lag ze wakker en dacht aan Ben. Ze vroeg zich af of ze wel de juiste beslissing had genomen, en ze had het gevoel dat ze een verschrikkelijke fout had gemaakt.

Victoria had haar bedrogen, door de CSO te gebruiken om haar vlucht naar Peru te financieren, zodat ze hen kon dumpen en achter haar vader aan kon gaan. Er was geen twijfel mogelijk voor Julie dat Victoria wraak wilde nemen, en zij voelde hetzelfde, maar de vrouw had bewezen een ongeleid projectiel te zijn.

En het voelde allemaal als Julie's schuld. Ze had de zaak willen forceren, om actie te forceren. Het plan had gewerkt, zoals ze wist dat het zou werken, en nu was het CSO team in Peru, bijna klaar om het op te nemen tegen hun oude tegenstander. Maar ze was teleurgesteld en ontzet toen ze ontdekte dat het contingent Groene Baretten haar team naar de achterbank had verbannen. Het waren burgers, en ze zouden nu gedwongen worden zich ook zo te gedragen.

Ze wilde het allemaal terugnemen, het allemaal laten verdwijnen, maar het probleem bleef: Vicente Garza was hier, en hij leefde.

Ze wist dat ze die kans niet kon laten lopen. Zij, net als de man zijn eigen dochter, wilde wraak voor wat hij haar had aangedaan.

Ze zag het gezicht van Joshua Jefferson in haar gedachten. Zijn knappe, jeugdige gezicht, kuiltjes en al. Zijn bruine, halflange haar viel over zijn rechteroog. Hij praatte, zei iets dat ze niet kon horen. Ze wilde haar hand uitsteken en zijn hand aanraken, hem vastpakken en dichterbij trekken en hem zeggen dat het haar speet.

Maar ze kon de doden niet terugbrengen.

En ze wilde dat Garza precies dat gevoel zou ervaren.

Ben volgde haar de kamer uit, het gedecimeerde benzinestation in, en wachtte toen tot de rest van de Groene Baretten en CSO-teams naar buiten waren gegaan. Ze hadden vijf minuten pauze, zowel om het rommelige toilet te gebruiken als om af te koelen, wat ironisch leek, gezien het feit dat het buiten bijna honderd graden was.

Ze ontmoette zijn ogen, en ze liep naar hem toe, klaar om te praten. Voordat ze haar mond open kon doen om zich weer te verontschuldigen, kwam sergeant Jeffers eraan. Ben stelde hen voor, en Jeffers glimlachte op hen neer vanaf zijn enorme, lange gestalte.

"Sorry voor dat."

"Voor wat?" Vroeg Ben.

"Voor Beale. Hij is een goede soldaat, en een groot leider. Ik ben al jaren bij hem, eigenlijk. Hij wordt alleen een beetje heet, dat is alles."

"Niets om je zorgen over te maken," zei Ben. "Ik was niet echt boos op hem, maar met de situatie. Ik weet dat hij gewoon zijn werk doet. We zijn het buitenbeentje, ik snap het. Hij wil zich geen zorgen maken dat we jullie allemaal in de rug schieten."

"Dat is het niet," zei Jeffers.

Ben fronste zijn wenkbrauwen.

"Hij zei 'Ik zal geen burgers bewapenen,' nietwaar?"

"Zoiets," zei Julie.

"Juist. Dus dat betekent *dat hij* je niet zal bewapenen. Het Amerikaanse leger zal er niets mee te maken hebben."

"Maar..."

"*Maar* dat betekent dat hij het niet in de gaten zal hebben als jullie *je* eigen... We hebben nog een halve dag voor we op weg gaan naar Bad Guy Mountain, en ik neem aan dat jullie niet allemaal de slaap nodig hebben."

"Wil je zeggen dat het hem niet kan schelen als we onze eigen wapens meenemen?"

Jeffers snoof en keek beide kanten op, alsof hij op het punt stond een drugsdeal aan te bieden. "Hij is een goede leider, zoals ik al zei. Een beetje 'volgens het boekje', als je het mij vraagt, maar niemand vraagt het mij."

"Hij zal niet overstuur zijn?" vroeg Julie.

Jeffers lachte. "Oh, dat zeg ik helemaal niet. Hij zal behoorlijk boos zijn dat je zijn orders niet hebt opgevolgd. Maar weet je wat? Jij werkt niet voor hem."

"We hebben nog steeds zijn hulp nodig. Jouw hulp."

"Ja, ik wed dat je dat doet. Het punt is, onze missie is Garza, niet jullie uit de problemen houden. En met jullie geschiedenis - jullie achtergrond - en met jongens als Red die met jullie werken, weet ik dat hij jullie veel meer vertrouwt dan veel andere nietsnutten in het korps. Dus hij voelt hetzelfde, echt waar. *We* hebben *jullie* hulp net zo hard nodig. Zijn handen zijn gebonden, dat wel. De mijne niet, dus ik vertel je hoe het is."

Julie keek naar Ben terwijl hij er een seconde over nadacht. "Weet jij ergens waar we, eh, *spullen* kunnen krijgen?"

Jeffers deed een stap terug en hief zijn armen, palm omhoog. "Whoa, whoa, hoe zie ik eruit, als een wapenhandelaar?"

Ben glimlachte.

"Ik zeg je niet *hoe je* het moet doen, ik zeg je alleen dat je *het moet doen*. Mijn mening. Neem het of laat het."

Julie glimlachte ook en stak Jeffers hand uit om te schudden. "Ik denk dat ik voor ons allen kan spreken als ik zeg dat we het *zeker zullen* nemen. En ik heb het gevoel dat onze vriend Gareth Red hier wel *iemand* kent die ondeugend genoeg is om ons voor een paar dagen aan de haak te slaan."

Jeffers deed alsof hij de twee een fakkel gaf en draaide zich om, zijn voeten stampten luid toen hij de winkel verliet. Julie voelde de grond trillen bij elk van zijn massieve voetstappen.

CHAPTER 27

BEN

DE JEEPS DIE ze hadden gehuurd waren voorzien van chauffeurs, en nu reed hun konvooi door het dichte woud van de Chachapoyas regio in Peru. Ben zat op de voorstoel naast de Peruaanse chauffeur, een man die zichzelf eenvoudig "Nacho" noemde. Julie en mevrouw E zaten achterin, terwijl Reggie besloten had om met twee van de Groene Baretten in de jeep te gaan zitten die vlak voor hen stond. In de eerste jeep van de rij zaten Beale, Jeffers en een andere soldaat, terwijl de jeep achteraan in de rij spullen vervoerde.

Scuba uitrusting, wapens en communicatie apparatuur waren hoog opgestapeld in de stoelen van de jeep, en het team had alles vastgesnoerd en getest op schokken voordat ze aan de drie uur durende tocht begonnen. Ze zouden door het stadje Mendoza rijden, dieper het Peruaanse Amazonegebied in, dan naar het zuidwesten afbuigen en in de richting gaan van de bergketen en de vallei waar ze een maand eerder hadden gevochten.

Ben greep de hendel boven zijn deur vast terwijl hij uit het raam keek. Apen kraaiden in de mistige lucht, de zware vochtigheid drong zelfs door het waterdichte vinyl van de wanden van de jeep. Hij herkende de weg niet en zag ook geen gebouwen of borden die hij kende, maar het kwam hem allemaal op de een of andere manier bekend voor.

Nu gingen ze terug naar de hel, in de hoop Garza en zijn leger te vinden en te berechten.

En deze keer, wist Ben, zou gerechtigheid komen in de vorm van een kogel door het hoofd. Hij was geen moordenaar - althans zo zou hij zichzelf nooit beschrijven - maar hij was gaan inzien dat er problemen in de wereld waren die opgelost moesten worden, problemen die alleen opgelost konden worden door ze uit te roeien en te vernietigen.

Vicente Garza was een van die problemen.

Hij klemde zijn andere hand om de greep van een enorm pistool dat Reggie hem eerder had gegeven. Tijdens hun vrije tijd had Reggie, die jaren in Zuid-Amerika had gewoond voordat hij Ben en Julie ontmoette, wat rondgebeld naar een paar van zijn vrienden die misschien een spoor in het gebied hadden.

Het kostte hem niet veel tijd om een man te vinden die een winkel in legeroverschotten bezat en legaal gebruikte Peruaanse militaire wapens verkocht die hij in de loop der jaren had verworven. Maar Reggie vertelde Ben dat de man *ook* dingen verzamelde die wat *moeilijker* te vinden waren - modernere wapens, van Brazilië tot Venezuela. In de verzend- en leveringsindustrie, zo legde Reggie uit, berekent elke logistiek technicus iets dat "krimp" heet, dat is het geheimzinnige vermogen van een bepaald percentage van de levering van een chauffeur om op mysterieuze wijze "weg te lopen" en te verdwijnen.

De man die Reggie ging ontmoeten was het type man dat vaak deze verdwenen voorwerpen "vond". In vertaling: hij had veel modern militair wapentuig te koop.

Dus toen Reggie voor hun vertrek naar het benzinestation terugkeerde met een plunjezak vol M16's, Glock-handwapens en munitie, verloor Beale bijna zijn verstand.

Hij schreeuwde een volle minuut tegen Reggie, die hem alleen maar toelachte door de bedreigingen heen. Uiteindelijk realiseerde

Beale zich wat er gebeurd was, begreep dat hij geen grond had om op te staan, en snauwde weg. Ben, Julie en Mevr. E wachtten geduldig aan de zijkant van de kamer tot Beale wegging, toen Reggie naar Ben en Julie liep en hen liet zien hoe ze de wapens moesten gebruiken.

Ben was er niet zeker van of het incident blijvende gevolgen zou hebben tussen de soldaten en de burgers, maar hij wist dat Jeffers gelijk had - de CSO was meer behulpzaam als ze bewapend waren en voorbereid op een gevecht. Ze zouden de soldaten volgen, maar Ben wilde nuttig zijn als het uit de hand zou lopen.

Beale's stem klonk over de radio van de jeep. *"Luister, beide teams. Laten we het plan doornemen nu we nog buiten bereik van de radio zijn. We moeten nog wat details gladstrijken."*

Ben zat te prutsen aan de knop van de oude stereo die ze achteraf hadden ingebouwd. De kabel die aan de voorkant hing, kraakte luidruchtig met statische elektriciteit, en veranderde toen in een schoner, luider signaal. *"We hebben de gegevens van onze satelliet scans. Er is inderdaad activiteit geweest in het valleigebied de afgelopen week, dus we denken dat dit de juiste locatie is. De scans tonen ook twee versterkte locaties - waarschijnlijk een soort bunkers of torentjes - op de wegen die in en uit de berg leiden. Deze mijnwegen zijn er altijd geweest, maar de bunkers lijken nieuwer te zijn. Dus dat betekent dat we geen frontale of geflankeerde benadering vanaf de weg kunnen verwachten."*

Een andere stem voegde zich erbij. *"Meneer, we hebben geen andere ingang. Ik dacht dat we het beste via de rivier konden gaan, totdat we dichtbij genoeg zijn om een toegangsschacht te zoeken?*

"Dat was het, maar we weten gewoon niet wat daar beneden is. We dachten dat de bron een schot zou zijn, de bron die in de berg begint. Het kan zijn dat de oorspronkelijke mijnwerkers hem hebben uitgebouwd en gebruikt als directe toegang tot de rivier, voor een stortkoker of zo, of het kan zijn dat de bron gewoon in de rivier sijpelt. Dat betekent dat het geen betrouwbare ingang is."

Alle soldaten hadden microfoons in hun keel die hun woorden opnamen zonder dat ze de transmissie handmatig hoefden te starten en te beëindigen, maar Beale had één ouderwetse handradio aan Bens jeep gegeven. Ben pakte de walkie-talkie en drukte op de knop aan de zijkant. "Bennet hier. Toen we in Antarctica waren, kroop ik door het ventilatiesysteem en de leidingen - deze plek moet ademen, toch? Dus er moeten toegangsschachten in de zijkant van de berg zijn uitgehakt?"

Beale's stem keerde terug. *"We hebben het gecontroleerd, en ze zijn er. Maar ze zijn te klein voor ons, en we hebben geen schema's - we weten niet zeker welke nog in gebruik zijn en welke ons alleen maar vast zullen zetten in een ingestorte mijnschacht."*

Ben huiverde als hij er alleen al aan dacht.

"Dus ik denk dat het de rivier is, dan? Naar beneden drijven en hopen dat we een weg naar binnen zien?" vroeg Ben.

"Affirmatief. Het is in ieder geval de enige optie die ons weghoudt van nieuwsgierige ogen. De Ravenshadow soldaten zullen de hoofdingangen bewaken. Er kunnen een paar patrouilles rond de omtrek zijn, maar de rivier snijdt naast een klif. Het landschap op de grond is behoorlijk onnavigeerbaar."

Jeffers' stem kwam over de lijn. *"Baas, je zei dat deze jongens hier al maanden zitten?"*

"Waarschijnlijk nog langer," zei Beale. *"Meer dan een jaar, waarschijnlijk."*

"Nou," zei Jeffers. *"Als hun leger zo belangrijk is als de jongens van de CSO het doen voorkomen, dan zijn dat heel wat mannen om tevreden te houden. Voedsel, water, een pot om in te pissen. Weet je waar ik heen wil?*

"Denk je dat er een toegangsschacht is die ze niet bewaken?"

"Ik denk dat ze op z'n minst een riool moeten hebben. Iets moderners, maar het kan ook gewoon een kanaal zijn waar ze water doorheen persen. Eentje die eindigt op een diepe plek in de rivier."

Ben dacht erover na. Afgezien van de overduidelijke onwetendheid over het milieu bij de bouw van zo'n systeem, *zou* het de gemakkelijkste manier zijn om het afval en puin van binnenuit de berg te verwijderen.

"Hou die gedachte vast," zei een van de soldaten als antwoord. *"Dit hier..."* hij leek rechtstreeks met Beale te spreken, dus Ben nam aan dat het een van de Groene Baretten was die bij hem in de voorste jeep zaten. *"We dachten dat het gewoon een anomalie was van de visualisatiesoftware. We gebruikten LIDAR en ground-penetrating radar, gecombineerd en gesuperponeerd op de topografische kaart van de berg om een beeld van de vallei en het omliggende gebied te bouwen. Soms synchroniseren die interfaces niet altijd en krijgen we... onvolkomenheden. Deze hier..."* zijn stem viel even weg en kwam toen terug, *"het lijkt alsof hij van de rivier naar het midden van de basis loopt. Het zou precies dat kunnen zijn."*

"Of het kan gewoon een onvolkomenheid zijn."

"Ja, dat is waar. Maar het zou echt een makkie zijn om binnen te komen, en in het ergste geval is er niets en laten we de chauffeurs ons stroomafwaarts oppikken en het opnieuw proberen."

"Daar kan ik niets tegenin brengen," zei Beale. *"Geweldig. Dat is het plan. We vallen net ten noorden van de berg aan, waar de rivier breed en kalm is. Onze uitrusting geeft ons iets meer dan een uur om erin te komen - we moeten de andere helft sparen voor het geval we het water moeten verlaten - en hopelijk kunnen we van daaruit komen waar we heen moeten."*

De soldaten meldden zich af, en Ben keek terug naar Julie.

Hopelijk werkt dit, dacht hij. Hij wist dat hij het niet hardop hoefde te zeggen.

Zij dacht hetzelfde.

GARZA'S GEDACHTEN dwaalden zelden af. Als stoïcijn had hij zich jarenlang geoefend in de technieken en trainingen van de oude Griekse filosofen, en hij was erin geslaagd de gedachten die in zijn hoofd opkwamen onder controle te houden. Het was een vaardigheid die hij talloze malen op het slagveld nodig had gehad, zowel in de bedrijfswereld als in het leger.

Maar zo nu en dan greep zijn geest terug naar een herinnering waarvan hij dacht dat die was weggestopt, een herinnering die zo diep in zijn archieven was weggestopt dat hij zich afvroeg of zijn stoïcijnse training niet eens kon voorkomen dat ze naar believen weer opdook.

Hij ging zitten en voelde de uitputting van zijn dagtaak al zijn tol eisen. Hij was al sinds vijf uur 's ochtends bezig, een gewoonte die hij al sinds het trainingskamp had. Hij had zijn ochtendwandeling gemaakt nadat hij met zijn mannen had ontbeten, daarna had hij een paar trainingsvragen beantwoord van zijn tweede-in-bevel, Morrison, en tenslotte had hij een telefoontje aangenomen van zijn koper, die op dat moment in het land was.

Maar dat was de normale gang van zaken. Na de lunch liep hij door zijn demonstratie-afdeling, waar hij de nieuwste pakken bekeek die zijn wetenschappers en ingenieurs hadden gebouwd. Hij had vijftien ingenieurs, drie scheikundigen, twee artsen en een handvol andere monteurs, technici en computerwetenschappers in dienst. Samen hadden de teams het ene na het andere mislukte ontwerp gemaakt, met klachten over een lage levensduur van de batterij, beperkingen in de energie-output, extreme stress voor de menselijke bedieners, of een combinatie van alle drie.

Zijn wapenexperts hadden moeite gehad om de kogels in de hulzen te krijgen en vervolgens in een magazijn dat in de hulzen van de Exos paste, maar uiteindelijk hadden zij het opgelost.

De eerste generatie Exosuits was een groot succes, en hij had zijn mannen - uiteraard in ploegen - toegestaan om vier dagen lang vakantie te nemen om uit te rusten en te herstellen voor de volgende fase.

Die volgende fase was de baanbrekende prestatie. Zijn magnum opus, het hoogtepunt van al het harde werk dat hij had gedaan met studeren en het vinden van het perfecte team van professionals. Zijn hele bedrijf verhuizen naar een land dat zijn werk niet zou hinderen had meer juridisch manoeuvreren gekost dan hem lief was, maar de deal was rond.

Hij was nu de eigenaar van het beste militaire exoskelet harnas op de planeet. Hij zou de wereld veranderen, maar in tegenstelling tot zijn concurrenten was hij niet alleen geïnteresseerd in het verkopen van de nieuwe technologie aan de hoogste bieder. Hij had talloze manieren om geld te verdienen en inkomsten te genereren, en in de kern was Ravenshadow nog steeds een beveiligingsbedrijf dat in het buitenland veel werk kon verdienen.

Nee, hij wilde meer. Hij wilde zowel het geld voor de technologie *als* de controle. Het zomaar verkopen was een recept voor een ramp. Het zou kunnen eindigen in de handen van een dictator in een derde-wereldland, of, nog erger, in de handen van een corrupte *eerste-wereld* regering's leger.

In plaats daarvan had hij een deal gesloten die bijna net zo indrukwekkend was als de technologie zelf. Een transactie in vier richtingen tussen een uiteindelijke koper en hem, de uiteindelijke verkoper. Maar hij had er ook voor gezorgd dat zijn deel de *makelaar* van die zelfde overeenkomst zou zijn, een manier om zowel meer winst uit de overeenkomst te halen als om zijn eigendom van de technologie veilig te stellen. Door aan de koper uit te leggen dat hij met een exclusieve makelaar werkte die een aansprakelijkheidslicentie voor de helft van de nieuwe technologie zou bezitten, kon hij verhinderen dat de technologie volledig als een merkgebonden artikel zou worden doorverkocht.

Door deze makelaar exclusieve toegang te geven tot wederverkooplicenties voor het volledige systeem, voorkwam hij dat de technologie zonder hem zou groeien of in de verkeerde handen zou vallen.

Kortom, van de twee cruciale componenten die zijn technologie deden werken, wilde hij de ene helft rechtstreeks verkopen en de andere helft in licentie geven.

En noch de verkoper, noch de andere betrokken partijen hoefden te weten dat hij *zowel* de koper *als* de makelaar was bij de deal. Door zijn legale activiteiten had hij deze feiten gemakkelijk door elkaar kunnen halen, en noch de koper, noch de derde partij die *dacht dat* zij de makelaar waren, kende de volledige details.

Het was een enorme, gecompliceerde puinhoop, maar in Garza's hoofd was het doodsimpel. Hij wilde de mogelijkheid behouden om de technologie te controleren. Hij wilde er zeker van zijn dat de toekomst van zijn Exosuits door *hem zou* worden bepaald, ongeacht wie dacht er controle over te hebben.

Dit alles was in Garza's gedachten toen hij tot rust kwam in de stoel. Maar dit waren allemaal dingen die hij in zijn hoofd had *toegelaten*.

Wat hij vandaag niet had verwacht was een gedachte van een ander type: een herinnering. Een die hij blijkbaar niet onder controle had om te voorkomen.

Zijn vrouw was er, net als zijn pasgeboren dochter, Victoria. Ze waren gelukkig. *Heel* gelukkig. Het soort gelukkig dat bijna pijn veroorzaakt. Misschien wel een van de laatste keren dat hij zich zo gevoeld had.

Hij voelde het hartzeer uit zijn maag omhoog kruipen, de pijn van de herinnering, de pijn van het verlies. In de herinnering, keek hij neer op Victoria. Zijn dochter. Zijn wereld.

Hij had zoveel voor haar gewild, maar hij had zich niet gerealiseerd wat het zou kosten. Het verlies van zijn vrouw, Victoria's moeder, had zijn kijk op het leven veranderd. Hij realiseerde zich, dat hoewel familie belangrijk was, het ook de oorzaak van hun verlies was. Zonder haar moeder, was Victoria weggedreven.

Zonder zijn vrouw, had Garza het laten gebeuren.

Zonder zo'n nabijheid had de pijn nooit mogen toeslaan. Als hij nooit deze levens had genomen en ze met zijn eigen leven had verweven, nooit de reis van het leven met dierbaren was aangegaan, zou hij nooit zijn teruggezet.

Hij had zijn zinnen gezet op iets dat hem nooit zou kunnen verlaten, iets dat niet menselijk was en hem geen pijn kon doen: zijn werk.

Hij had zich van Victoria afgekeerd na de dood van haar moeder, richtte zich op een nieuw begin, nieuwe prestaties.

Victoria was daar, in de armen van haar moeder. De herinnering had een speciale plaats in zijn gedachten, niet vanwege de liefde die hij voelde, maar omdat het een goed beeld was van hoe hij zich zowel zijn vrouw als zijn enige kind voorstelde: weg.

De herinnering was geen herinnering aan zijn tijd *met* zijn gezin, maar aan wat hij *zonder* hen had kunnen bereiken. Het was een levendige herinnering dat de wereld zou blijven draaien, wat er ook gebeurt. Het beste was om het te besteden aan iets dat een erfenis zou achterlaten.

JULIE

JULIE PAKTE BEN'S hand stevig vast toen ze op de oever stonden te wachten tot de soldaten de duikuitrusting zouden uitdelen. Ze hadden samen al een paar keer getraind, maar nog geen duikbrevet gehaald. Maar de grondbeginselen en de eerste oefeningen waren hun beider tweede natuur.

En omdat ze in een rivier zouden zijn, zouden ze niet diep genoeg zijn. Hun trimix van stikstof, helium en zuurstof werd op een verhouding gehouden die een ondiepe duik ten goede zou komen, want de enige reden waarom ze volledig onder water zouden moeten zijn, zou zijn om uit het zicht te blijven van Ravenshadow-patrouilles die van bovenaf op de rivier zouden kunnen neerkijken.

Toen Beale bij de twee aankwam, gaf hij ze elk een duikbril en wachtte terwijl twee van zijn mannen de duikflessen brachten en ze begonnen aan te sluiten. "Ik neem aan dat ik jullie geen les in duiken hoef te geven, of wel?" vroeg hij.

Ben schudde zijn hoofd. "We zijn goed. Al een paar keer gedaan."

"Goed dan. Alles wat je dan moet weten is dat we op de rug gemonteerde BCD's gebruiken, drijfvermogen controle apparaten, dus we zijn vrij voor ons. Op die manier zijn we ook wendbaarder. En er zijn geen pakken - droog of nat - dus zorg ervoor dat je eruit springt als je het koud krijgt; onderkoeling is geen grapje, en we stoppen niet om op te warmen."

Ze knikten.

"Ik denk... dat is het. Je weet hoe het gaat. Loop ons niet in de weg. Je moet controleren of het Ravenshadow is als we binnen zijn, en ons helpen Garza te vinden. Dat is alles. Het is geen bezichtigingsmissie, en als er iets misgaat met je tanks, lig je eruit. Kom uit het water en ga zelf terug naar de beschaving.

"Maak je geen zorgen," zei Julie, die zich een beetje begon te ergeren aan Beale's hooghartige houding en pretentieusheid. "We zullen je niet ophouden."

Beale onderzocht haar, en knikte toen een keer. "Oh," zei hij. "En vergeet niet. Je hebt een waterdichte communicator, maar er is geen manier om te zenden of te ontvangen terwijl we onder water zijn. Wacht tot we weer op het droge of uit het water zijn, en zet hem dan aan. Ze zijn op zicht, en ik ben het relais, dus als je meer dan 50 meter bij me vandaan bent, ben je incommunicado."

Julie en Ben knikten.

Hij draaide zich om en liep terug naar zijn groep. Mevrouw E, die haar zwembroek en zwemvliezen al aan had, waggelde naar hem toe. "Deze dingen zitten nogal strak," zei ze.

"Je bent niet de kleinste, E," antwoordde Ben. "Hier, laat me je helpen." Hij reikte achter haar en friemelde wat aan de riemen van haar tanks. Toen Julie zag dat Beale met een ander gesprek bezig was, nam Ben weer het woord. "Hij is een echte kerel, hè?"

Mrs. E glimlachte. "Hij is een soldaat. Niet gewend om met burgers te werken, voorspel ik."

"Ik dacht dat ze 'krachtvermeerderaars' waren, of zoiets," zei Ben.

Reggie's stem kwam van achter hen. "Dat zijn ze. Ze zijn alleen niet gewend aan hulp. Ze willen binnenvallen en de helden zijn. Of ze ruimen zelf de rotzooi op of ze trainen de lokale troepen hoe ze het moeten doen.

"Nou, hij hoeft er niet zo'n eikel over te zijn," mompelde Ben.

"Dat is hij niet. Hij wil ons alleen in leven houden, en hij heeft een miljoen dingen aan zijn hoofd."

"Dat is het niet," zei Julie. "Ik bedoel, ik begrijp dat allemaal - zo voelen *wij* ons ook. Victoria is daarbinnen, en ik wil er zeker van zijn dat we haar er veilig uit krijgen. We kennen allemaal het gevaar."

Reggie haalde zijn schouders op. "Ja, hij is niet echt een mensen-mens, maar ik wed dat hij meer dan capabel is om de missie af te maken. Vertrouw hem gewoon nog wat langer."

Julie zuchtte, controleerde haar niveaus en uitrusting op defecten en problemen, en liep tevreden naar de vuilnisbak om een set zwem-vliezen uit te zoeken. Ze had een paar maanden geleden met Ben getraind bij een duikschool, na hun verblijf op de Bahamas, en ze hadden een paar keer gesnorkeld. Al die keren hadden ze een stel zware siliconen zwemvliezen gekregen die nooit helemaal goed pasten.

Het paar dat ze uit deze bak pakte, leken zich echter precies aan haar blote voeten te vormen, ze pasten zich aan de contouren en vormen aan en vormden er een perfecte afsluiting omheen. Ze waren ook kleiner en lichter, en ze wist dat ze haar veel meer wendbaarheid zouden geven, ten koste van een beetje kracht.

Maar ze zouden stroomafwaarts reizen, althans voor dit deel van de reis. De rivier was log en traag, op sommige plaatsen diep, maar op de meeste plaatsen niet meer dan een meter of tien. Ze zouden kunnen profiteren van de krachtige maar langzame stroming, zodat die hen zonder al te veel inspanning voortduwt. Het zou hun energie- en zuurstofvoorraad ten goede komen en hun meer geven om te gebruiken voor de terugtocht stroomopwaarts.

"Oké, laten we gaan," zei Beale. Zijn soldaten waren bezig met het camoufleren van de materiaalbakken en jeeps, die ze ver genoeg van de weg in de bomen hadden geparkeerd zodat ze niet te zien zouden zijn.

Ben en Julie schuifelden naar de oever, waar Reggie en mevrouw E het water al aan het testen waren. Vogels en apen verspreidden zich in een opwelling van activiteit en lawaai, en keerden allemaal op een veilige afstand terug om de nieuwkomers te bekijken.

"Het is warm," riep Reggie glimlachend naar hen terug. "Er gaat niets boven een snelle duik in een comfortabele rivier om de dag te beginnen."

Julie wou dat ze zijn optimisme kon lenen, maar ze wist dat hun taak gigantisch zou worden, zo niet onmogelijk. Ze zouden Garza vinden, maar wat dan? Zou er tijd zijn voor de Groene Baretten om te onderhandelen? Zou Garza dat wel toestaan?

En waar was Victoria? Had zij hun missie al volbracht, en liepen ze nu alleen maar tegen een puinhoop aan?

"Kom op, Jules," zei Ben, zijn stem verwees haar aandacht naar het water, waar hij tot zijn middel stond. "Het is echt behoorlijk warm."

"Hoe is de bodem?" vroeg ze. Ze had altijd een hekel gehad aan het gevoel van meren en rivieren - de squishy, papperige puinhoop van planten en modder die broedde in de duisternis van de diepten. Ze huiverde zelfs toen ze het zei.

"Het is... een rivier. Nogal smerig, maar we lopen niet, we zwemmen."

Ze knikte en stapte in, haar ogen dichtknijpend. *Waarom kunnen we niet over een mooi, zonnig strand lopen in plaats van door een zijrivier van de Amazone te ploeteren?* Ze wilde zo snel mogelijk naar het midden van de stroom, zodat ze kon beginnen met watertrappelen.

"Moeten we ons ergens zorgen over maken?" vroeg een van de soldaten.

Jeffers, die al bezig was zijn masker en regulator over zijn hoofd te doen, antwoordde. "Nah, niets behalve piranha en krokodillen."

De ogen van de andere soldaat verwijdden zich. "S - serieus?"

Jeffers glimlachte, en Reggie antwoordde. "Nee, piranha's zullen ons niet lastig vallen, en alle grote krokodillen zijn veel lager - in Brazilië en het stroomgebied. Anaconda, ook. Ze zitten allemaal in het warmere, brakke water. Hierboven zijn het enkel apen en vogels.

Oh, en bloedzuigende insecten. Maar voor het geval we groter spul zien, heb ik een harpoen die door een stenen muur vliegt."

De soldaat schudde geërgerd zijn hoofd.

"Ook zij," zei Beale. Hij wierp zijn blik op de weg, die ze door de bomen nauwelijks konden zien. Julie volgde zijn blik en zag dat er twee voertuigen - SUV's - langzaam op hen af kwamen. De weg hier boog af in de richting van de rivier, en er zouden een paar seconden zijn waarin ze gemakkelijk opgemerkt zouden kunnen worden. "Iedereen, naar beneden. Onder water. Tel drie minuten en kom weer boven."

Julie moest zich haasten om haar ademautomaat en masker op te zetten en haar gezicht onder water te duwen. Ze vergat bijna dat ze ook allemaal gewapend waren, en haar geweer viel bijna van haar schouder. Ze rolde op haar rug en trok tegelijkertijd de riem aan, terwijl ze naar het heldere wateroppervlak keek.

Bomen en lianen zwaaiden boven het wateroppervlak en zij ging achteruit in de richting van het midden van de rivier waar Ben en de anderen wachtten, voorzichtig om onder water te blijven.

Het water voelde koel aan op haar huid, hoewel het binnen het bereik lag van wat zij als "warm" zou omschrijven, en het blokkeerde bijna al het geluid om haar heen. Rechts en links van haar klonk het gezoem van Ben en mevrouw E, die met hun digitale besturing rommelden en zich in positie brachten, en er was het geluid van een krijsende aap ergens ver weg, en er was -

Een motor.

Was het een van de SUV's? Waren ze gezien?

Ze wierp een blik in de richting van de kustlijn net toen haar zicht werd geblokkeerd door een enorme, zwarte gedaante.

CHAPTER 30

JULIE

BEALE.

Julie had bijna haar regulator uitgespuugd en begon op de man te schieten. Toen hij in haar gezichtsveld zwom, had ze zich net achter hem op de rand van het water gericht, waar ze dacht een van de SUV's te hebben gezien.

Hij bewoog, gebruikte zijn vingers en ogen om haar te vertellen wat er ging gebeuren.

Het probleem was dat ze geen idee had wat hij bedoelde.

Tenslotte wees hij met een geërgerde zwaai van zijn pols stroom-afwaarts en knikte. Toen stak hij zijn hand uit en trok Julie naar voren, waarna hij haar, alsof ze niets voor hem woog, die kant op wierp.

"Hé -" probeerde ze te zeggen, maar de woorden door haar regulator kwamen er alleen maar uit als belletjes en gedempt gegrom.

Ben, Reggie en mevrouw E waren al in beweging, en elk van hen had zijn geweer getrokken en gericht in de richting waarin ze zwommen. Julie besloot dat ook zij geen risico's wilde nemen, reikte over haar schouder en trok het geweer voor zich uit. Reggie had hen verteld dat hun wapens in principe waterdicht waren - hoewel ze niet per se goed zouden werken onder water - maar de munitie was dat niet. Als er vocht in de hulzen zou komen, zou het kogeltje kapot gaan. Hij had hen echter verteld dat dat hoogst onwaarschijnlijk was met moderne wapens.

Hun wapens waren dus perfect voor een amfibische aanval, mocht het zover komen. Ze konden op en uit het water springen en vrijwel onmiddellijk vuren nadat hun loop leeg was. Iedereen aan de kust zou verrast worden, en hopelijk zou dat genoeg zijn.

Toen zij vroeg waarom hij dat *hoopvol had* gezegd, legde hij uit dat als zij hun vijand niet met hun eerste vuurstoten zouden uitschakelen, zij als een makkelijk doelwit zouden zijn - met dit verschil dat eenden wat meer bedreven waren in het water dan in de strijd geklede mensen.

Ze hoopte dat het niet zover zou komen. Als de SUV's hen gezien *hadden*, hoopte ze dat ze op de plek zouden blijven waar ze het water ingingen.

Maar als de SUV's deel uitmaakten van Garza's groep, dan wist ze dat ze het zouden melden zodra ze hun verborgen jeeps en uitrusting hadden gevonden. Ze zouden weten dat ze een inval konden verwachten, en dat die zou gebeuren waarheen de schacht over het water zou leiden.

Ze schudde de gedachte van zich af en concentreerde zich op het donkere water voor haar. De rivier was hier smaller maar dieper geworden, en de donkere schaduwen van vissen in alle maten dansten in haar zicht, haar niet toestaand haar waakzaamheid te laten zakken.

Ze had Reggie ook horen uitleggen wat ze in deze zijrivieren konden verwachten. Ze wist maar al te goed wat voor beesten dat waren, en ze hoopte dat hij gelijk had dat de echt monsterlijke beesten in de warmere, troebelere wateren stroomafwaarts zouden blijven.

Toch was er iets verontrustends aan het doorkruisen van een donkere, koele rivier in de Peruaanse Amazone. Wezens waarvan ze niet wist dat ze bestonden, hielden haar nu in de gaten. Sommigen vroegen zich af hoe ze zou smaken als snack...

Ben was er plotseling en trok haar naar de kant. Ze liet zich door hem opzij trekken en stootte ternauwernood haar hoofd tegen een scherpe, uitstekende boomstam die vlak voor haar was ondergedompeld. Ze vroeg zich af hoe hij dat had kunnen zien, en besefte toen pas dat alle andere bemanningsleden hun duiklamp om hun pols gebruikten.

Zich dom voelend, zette zij de hare aan, verwachtend een reusachtige, hongerige anaconda vlak voor haar te zien wachten.

Maar er was geen wachtende anaconda. In plaats daarvan kwam het water rondom haar tot leven met bellen en suizende stromen supersonische lucht die door het water vlogen.

Ze schieten op ons, besefte ze. Ze voelde de paniek in haar keel opkomen, en ze probeerde het te onderdrukken. *Kalmeer, haal adem, zwem.*

Blijkbaar *hadden* de Ravenshadow mannen hen gezien, en in plaats van terug te keren naar hun basis en de rest van Garza's leger voor te bereiden, besloten ze het heft in eigen handen te nemen. Erger nog, Julie wist dat de mannen waarschijnlijk de bres al hadden geslagen en gewoon probeerden het probleem snel op te lossen. Ze hadden hun verrassingselement verloren. Als ze nu aan de aanval konden ontsnappen, zouden ze een wachtend Ravenshadow-leger ontmoeten.

Zij trok zich voorwaarts en omzeilde de scherpe boomstam, in de hoop dat deze een soort uitstel van het gevecht zou kunnen bieden. In plaats daarvan zag ze vanuit haar ooghoeken de boomstam in duizend stukken uiteen spatten door de kogels van de aanvalsgeweren. Ze overwoog haar eigen geweer te pakken en te proberen een paar van de vijandelijke soldaten uit te schakelen. Ze was een goede schutter, maar ze moest toegeven dat uit een troebele rivier komen, met een duikfles, masker en ademautomaat, haar geen goed zou doen.

Bovendien besefte ze dat ze de laatste in de rij was en dat de schoten vlak achter haar landden. Ze herinnerde zich de topografie van hun ingangspunt. De rivier kromde zich daar en veranderde van richting, waardoor het kleine schiereiland ontstond van waaruit de mannen nu schoten. Het gebied ten oosten en westen van dat schiereiland was echter volledig ondoordringbaar, het bos was gegroeid tot aan de rand van de rivier.

Tenzij de soldaten hen in de rivier volgden, hoefden Julie en haar groep alleen maar stroomafwaarts te gaan tot ze voldoende uit het zicht waren.

Meer schoten landden in het water, een van de luchtsporen streek tegen haar arm. *Te dichtbij.* Ze zwom sneller, bijna botsend tegen de vinnen van wie het ook was voor haar.

Het team zwom onder water, hard pompend, nog een kwartier lang. Op dat moment zag ze dat Reggie en Ben aan het watertrappelen waren en hun hoofd boven water hadden. Mevrouw E en de Groene Baretten kwamen ook allemaal boven, dus trok Julie zich terug en liet zich naar de oppervlakte komen. Toen haar hoofd brak, rukte ze haar ademautomaat uit en hapte naar lucht. Er was geen verschil tussen de lucht in hun tanks en de buitenlucht, maar iets aan de beperking van de duikuitrusting terwijl ze beschoten werd, gaf haar een claustrofobisch gevoel, ingesnoerd.

"Gaat het?" Vroeg Ben.

Ze huiverde toen zijn stem in haar oor klonk, zich niet realiserend dat haar communicator al aan stond. Ze rommelde even met het onderdeel van de headset, op zoek naar de volumeknop. Toen dat gelukt was, draaide ze hem tot ongeveer halverwege en keek toen op naar haar man.

Ze knikte, ademde gestaag maar grote teugen lucht in, en ze nam hun omgeving in zich op. Het regenwoud was ook hier tot aan de rand van het water gegroeid, en sommige bomen en vegetatie hingen zelfs boven het water. Links van haar zag ze dat een meter of tien terug een klif uit de boomtoppen oprees en majestueus de lucht in schoot. Hij moest honderden meters hoog zijn, en Julie wist dat dit de kant van de berg was die in de loop van duizenden jaren was uitgesleten door de trage, onophoudelijke stroming van de enorme rivier.

"We zijn er," zei Beale, terwijl hij zachtjes over het water riep vanaf zijn plek drie meter stroomafwaarts.

"Doen we dat?" Vroeg Reggie. "Lijkt snel."

"We hadden de stroom in ons voordeel," zei Jeffers. "En niet te vergeten een schop onder onze kont toen we begonnen.

"Dat is waar," zei een van de andere Groene Baretten. "Iedereen oké?"

Knikken alom, en Beale, tevreden, controleerde zijn duikcomputer en mat hun vooruitgang. "Ja, dit zou het moeten zijn. We nemen allemaal een kijkje, kijken of we de schacht kunnen vinden. Jeffers, Lang, jullie twee gaan als eerste naar binnen. Zoek het uit en breng verslag uit."

Iedereen bevestigde, en Julie dook weer onder water om de ingang van de tunnel te zoeken die hen hopelijk naar het hart van een berg zou leiden, en naar het midden van een leger dat klaarstond om hen te doden.

Ze kon niet veel zien, zelfs niet met de duiklamp, maar dat maakte niet uit. Nog geen vijf minuten later vond een van de Groene Baretten, een man van Aziatische afkomst genaamd Lang, de ingang. Beale riep iedereen bij elkaar terwijl Lang en Jeffers de schacht onderzochten. Het duurde nog tien minuten, maar ze kwamen terug en brachten de rest van het team op de hoogte.

"Oké, goed nieuws," zei Lang. "De tunnel is modern. Staalgewapend, beton, alles. Hij is zeker recent aangelegd."

"Perfect," zei Beale. "Slecht nieuws?"

"Het is lang," zei Jeffers. "We hebben ongeveer honderd, honderd-vijftig voet. Het is donker, maar alles wijst erop dat het behoorlijk stevig is."

"Dat is... slecht nieuws?" Vroeg een andere Groene Baret.

"Nee," zei Lang. "Het slechte nieuws is dat er een sterke stroming is, en die werd sterker naarmate we verder zwommen.

"En?" vroeg Reggie.

"Het betekent dat er iets is *dat* de stroom *opwekt*. Een ventilator, een compressor, iets. Het duwt het water erdoor zodat wat ze naar beneden gooien helemaal in de rivier terechtkomt."

"En je denkt niet dat we er doorheen kunnen zwemmen?"

"Niet in één stuk, nee," zei Jeffers.

"Maar er is maar één manier om daar achter te komen," zei Beale. "Twee aan twee, neem een zwemmaatje. Berg de wapens op, maar houd een extra wapen gereed. We weten niet waar we aan beginnen, maar dat heeft ons nog nooit vertraagd. Laten we dit ding eens gaan bekijken."

"Heb het."

"Begrepen."

Julie voelde Ben's aanwezigheid in het water naast haar. Hij was nonchalant aan het watertrappelen, de BCD hielp hem te blijven drijven. Hij duwde haar naar voren, in de richting van de ingang. "Duikmaatje?" vroeg hij.

Ze glimlachte. "Ik denk het, als jij de beste optie bent die ik heb."

Zij stond op het punt voorover te buigen om zijn wang te kussen toen het bos achter hen aan de andere oever tot leven kwam met het geluid van een motor.

"Shit," zei Beale. "Ze hebben ons gevonden."

"Ze wisten waar we heen gingen," zei Jeffers. "Ogen omhoog. We staan op het punt aangevallen te worden."

Kogels begonnen het water te bestoken nog voor Jeffers klaar was met spreken, en Julie dook verder het water in. *We zijn schietschijven hier,* besefte ze. *Ze hebben ons vastgepind tussen hen en de klif.*

"Nee," schreeuwde Beale. "We kunnen hier geen tegenaanval doen. De schacht is onze enige uitweg. Ga!"

Ze zag een paar Ravenshadow mannen in de bomen aan de andere kant van de oever, maar ze zag ook beweging rechts van haar. Ongeveer 15 meter stroomopwaarts, tussen de bomen door, bevond zich *een andere* groep soldaten, allen gewapend en op zoek naar iets om op te schieten.

Ze voelde hoe Ben aan haar doorweekte shirt trok, en ze stond toe dat hij haar onder water en in de relatieve veiligheid van de schacht trok.

Hier gaat niets, dacht ze terwijl meer kogels het water rond haar troffen, hun doffe pingelende geluid overstemd door haar eigen snelle ademhaling.

CHAPTER 31

GARZA

"SIR, we hebben een update over de indringers."

Garza draaide zich om en keek de soldaat aan, hoewel hij al wist wie het was. Hij zou de stem van de man overal herkennen. Kurt Jacobsen. Een van zijn luitenants; de enige man in dienst die ouder was dan Garza zelf. Ze hadden samen twee missies gediend, en hij had Kurt's vorderingen gevolgd nadat Garza het leger had verlaten om Ravenshadow te beginnen.

"Hé, Kurt," zei Garza, meteen afwijzend met de formaliteiten. Hij was op dit moment niet in de stemming voor formaliteiten. Gewoonlijk hielden het systeem, de structuur, de formaliteiten hem gezond, hielden hem veilig, maar nu wilde hij zijn haren uit zijn hoofd trekken en alles gewoon opblazen en verder gaan.

"Meneer, we hebben ze betrapt op een bos camera en hebben ze gevolgd via de satelliet. Hun voertuigen waren verborgen in het bos, leeg, en een van onze mannen zag ze de rivier in gaan."

Garza fronste zijn wenkbrauwen. "Weten we zeker dat dit niet gewoon een groep toeristen was?"

Kurt Jacobsen schudde zijn hoofd. "Dat zijn ze niet, meneer. Ze waren gewapend, aanvalsgeweren, en voorbereid op een duik. Dubbele tanks, ademautomaten, alles."

"Oké." Garza pauzeerde, terwijl hij het probleem door zijn hoofd liet gaan. Hij had nooit problemen gehad met strategisch denken - dat was de reden waarom Ravenshadow zo succesvol was, en hoe het zo snel gegroeid was in de loop der jaren. De meeste privé-verdedigingsbedrijven richtten zich op één klant per keer. Bescherm dit, voorkom dat, of een combinatie ervan.

Ravenshadow daarentegen was in Garza's ogen altijd een open speelveld van mogelijkheden geweest. Zeker, zij konden een bank in een derdewereldland beschermen tegen een vijandige corrupte overname door de regering, en omgekeerd: zij bevonden zich in de perfecte positie om een vijandige overname uit *te voeren* van een bank waar een regering niet langer mee wilde concurreren.

Maar Garza wilde altijd al meer dan alleen "betaald worden om te schrikken". Hij werd al lang geleid door het idee om iets te creëren dat echt waardevol is in de wereld - iets waarvan de wereld niet wist dat ze het nodig had. *Mensen weten niet wat ze willen totdat je het ze laat zien,* herinnerde hij zich een beroemde CEO die ooit zei.

Garza was er zeker van dat *wat* de wereld nodig had, *orde was.* Echte orde, het soort orde dat niet alleen vrede en harmonie bracht en de welgestelden in staat stelde op hun eigen manier welvarend te blijven, maar ook de intelligentsten in staat stelde oplossingen voor problemen te zoeken, niet gehinderd door overheidstoezicht of hebzucht van bedrijven.

Hij wilde de wereld laten zien dat met een beetje bescherming, met een zekere mate van afgemeten veiligheid, zij konden bloeien zonder angst voor vergelding. Zij konden schoonheid, fortuin, wereldveranderende wetenschap produceren, zonder bang te hoeven zijn dat het van hen gestolen zou worden.

De ruil was eenvoudig, maar noodzakelijk: Garza zou hun veiligheid kunnen garanderen, tegen een prijs. Ze moesten hem *vertrouwen.* Ze moesten *weten* dat hun bescherming in zijn handen was. Hij had Ravenshadow niet opgericht als een particulier beveiligingsbedrijf, maar als de jonge, ontluikende politiemacht van een gloednieuwe natie, een die in zo'n snel tempo zou uitgroeien tot nieuwe hoogten van succes dat de rest van de wereld geen andere keuze zou hebben dan op te letten en op te letten.

Het was een grote opdracht, maar Garza was opgewassen tegen de taak. Hij leidde Ravenshadow niet als een top-down bedrijf, maar als een democratische dictatuur - een voorbeeld van de grotere droom.

Kurt schraapte zijn keel. "Wij geloven, meneer, dat het een Amerikaans team is."

Garza's hoofd draaide zich om naar de bewakingsbeelden in de controlekamer en het observatorium. Hij stond achter een reeks monitors, elk bemand door een Ravenshadow-bemanningslid.

"En waarom denk je dat?" vroeg hij.

"Nou, meneer, we hebben de registratie van de jeeps opgezocht. Ze zijn door en door Peruaans, maar het spoor op de creditcard komt uit bij een IRS kantoor in Salt Lake City, Utah."

"BELASTINGDIENST?"

"Ja, meneer," zei Kurt. "En ik weet zeker dat de belastingdienst niet efficiënt genoeg is om jeeps te huren in een vreemd land."

Garza wachtte op de tweede helft van de clausule. ...of *jeeps huren in een vreemd land op zo'n korte termijn, zonder een mijl aan bureaucratisch papierwerk.*

Het kwam er niet van, en Kurt ging verder. "Ik heb voor mijn pensionering een tijdje met inlichtingenofficieren gewerkt," zei hij. "Een van de schoonste - en snelste - manieren om een creditcardaankoop als deze te laten 'verdwijnen' is er een echte aankoop van te maken, gewoon op de rekening van een andere lijn van een Amerikaanse organisatie."

"Denk je dat dit een Amerikaanse militaire eenheid is?" vroeg Garza.

"Ik wel, sir. Het ruikt naar het leger, mogelijk SpecOps. Als ik moest raden, is het Sturdivant."

De naam van Sturdivant deed Garza terugdeinzen. Hij likte zijn lippen en staarde naar Kurt. Hij had zijn plannen met niemand anders gedeeld dan zijn naaste team van rekruten en Kurt, dus voor

Kurt om de naam van de man te zeggen in een gesloten kamer met andere Ravenshadow werknemers was een ernstige overtreding.

"Je kunt maar beter gelijk hebben."

"Dat hoeft niet, meneer," zei Kurt. "We zullen ze snel genoeg kunnen identificeren, maar het probleem zal al lang opgelost zijn."

"Leg uit."

"Nou, meneer, als we te maken hebben met een Amerikaanse troepenmacht die wil infiltreren, hebben ze hun huiswerk gedaan. Ik denk dat ze dat hebben gedaan, en ik denk dat ze hebben besloten dat de enige ingang via het afvoersysteem is."

"De tunnel?" vroeg Garza. "We hebben een enorme ventilator-pomp geplaatst; hoe komen ze daar doorheen? Hij is net zo breed als de tunnel."

Toen Garza het land had gekocht en er zijn intrek had genomen, hadden ze verrassend weinig werk te doen om de plaats om te bouwen tot een hoofdkwartier voor zijn operatiebasis. Ze hadden een paar tunnels verbreed en elektriciteits- en waterleidingen aangelegd, en ze hadden de oude, door een bron gevoede mijnschacht omge-bouwd tot een afvoer- en afvoertunnel die de hele basis van stromend water kon voorzien en vervolgens het afval in de nabijgelegen rivier kon lozen.

"Klopt, maar nogmaals, als dat *niet* hun plan is, hoeven we ons geen zorgen te maken. Als dat zo is, zal het uitschakelen van de venti-lator een alarm in het controlestation veroorzaken."

"En u zei dat dit allang geregeld zou zijn voordat we ons er zorgen over hoeven te maken?"

"Dat deed ik, en ik meen het. Ik heb al een eenheid naar beneden gestuurd om ze te onderscheppen. Ze zijn er misschien niet voordat dit nieuwe team de tunnel in gaat, maar wij blokkeren hun vertrek-punt als ze problemen krijgen bij de pomp."

"Goed," zei Garza. "Maar ik wil een back-up. Stuur een paar teams naar beneden via de oorspronkelijke tunnels, en doe je best om ze in de demonstratie vloer te krijgen. Geen lawaai - dit is geen toestemming om aan te vallen, begrepen?"

"Ja, sir."

Garza ademde. "Bedankt, Kurt." Hij stak een hand uit en wachtte tot Kurt die zou schudden. Als ze al iets geworden waren in de loop der jaren, dan moest Garza toegeven dat het veel weg had van een vriendschap.

Kurt liet zijn greep los, draaide zich om en verliet de kamer.

Als hij ermee bezig is, wordt het geregeld, dacht Garza. *Zonder twijfel.*

Wie er ook infiltreerde in zijn basis zou Garza ontmoeten op de demonstratie verdieping.

DE TUNNEL WAS INDERDAAD DONKER. Hun duiklampen verlichtten hun pad nauwelijks, maar gelukkig stond er niets in de weg om hun voortgang te belemmeren.

Ben zwom zelfverzekerd, hield de afstand tussen Lang en de andere Groene Baret voor hem en Julie constant. Tot nu toe hadden ze zich goed gehouden tegen de soldaten, maar Ben wist dat ze nog niet echt op de proef waren gesteld. Aan het eind van de dag, *waren ze nog steeds burgers.*

Maar burgers die meer hebben meegemaakt dan de meeste soldaten.

Deze jongens waren taai, maar Ben wist dat zijn eigen ploeg al vaak tot het uiterste was gedreven en als overwinnaar uit de strijd was gekomen. De Ravenshadow-aanvallen van vandaag waren spontaan geweest, maar ook ongepland en ongecoördineerd, dus ze waren beide keren zonder problemen weggekomen. Ben kende Garza, en hij had het meer dan eens tegen de Ravenshadow mannen opgenomen.

Ze hadden twee keer geluk gehad. De geografie van de rivier en het bos rond hen hadden hen één keer gered, en het bestaan van een onderzeese afvalschacht had hen de tweede keer gered.

Ben wist dat het geluk op zou raken.

Zelfs nu wist hij dat Garza hem zou opwachten. Misschien had hij zijn mannen zelfs opdracht gegeven hen de tunnel in te volgen - ze konden op dit moment stroomafwaarts de schacht ingaan, en Ben had geen zin om uit te vinden hoe een gevecht onder water met professionele huurlingen zou verlopen.

Dus zwommen ze stroomopwaarts. Hij voelde de druk van de stroming toenemen, die tegen zijn gezicht en lichaam duwde, maar hij trok zich vooruit. Het was niet te veel om tegenin te zwemmen, maar hij vreesde dat Jeffers en Lang gelijk hadden: wat het ook was dat zoveel water voortstuwde, het moest wel enorm zijn.

Weer een paar minuten verstreken, en de stroom nam toe tot een snelheid die benauwend begon te voelen. Hij vroeg zich af of ze nog vooruitgingen, maar het was onmogelijk te zeggen. De afstand tussen zijn armen en de vinnen van de man voor hem was constant gebleven, en de druk van de stroming deed het *lijken* alsof ze in beweging waren.

Voor zover hij wist, zweefden ze gewoon in de ruimte, zonder vooruit of achteruit te gaan in de tunnel.

Hij begon de claustrofobie van de vernauwende ruimte te voelen en stelde zich voor hoe de muren langzaam naar binnen duwden. Hij was niet gevoelig voor claustrofobie, maar hij wist dat er een punt was waarop iedereen zich ongemakkelijk begon te voelen.

Net toen Ben dacht dat ze het moesten opgeven en omkeren, hun kansen nemend met de mannen van Ravenshadow, reikten de soldaten voor hem omhoog en trokken zichzelf uit het water. Hij voelde hoe hij zelf ook omhoog werd getrokken, de soldaten tilden hem onder zijn armen vandaan. Er was een richel, ongeveer een meter breed, waar ze op zaten.

Ben trok zichzelf overeind toen zijn handen de rand van de richel bereikten, en hij draaide zich om en hielp Julie ook uitstappen. Toen ze eenmaal allebei zaten, met hun rug tegen de wand van de tunnel, keek Ben om zich heen.

Bij het licht van hun duiklampen kon hij zien dat de tunnel aanzienlijk breder was geworden. Zij waren een soort voorkamer binnengegaan met richels langs elke wand, ongeveer een voet boven de waterlijn, ongetwijfeld voor onderhoudsdoeleinden.

En het object van dat onderhoud doemde links van Ben op. Een absoluut enorme ventilator zat halverwege uit het water, en strekte zich uit van de top van de meestal cirkelvormige schacht tot de bodem onder water. De bladen, gemaakt van een soort versterkt staal, waren een halve centimeter dik en gebogen, een kenmerk waarvan Ben wist dat het hielp het water in de juiste richting te duwen.

Er waren zes bladen, gelijkmatig verdeeld en verspreid vanuit de centrale hub van de ventilator. En ze draaiden. De zware machine zoemde terwijl ze draaide, en het water kolkte voor de turbine.

"Een propeller," zei Jeffers. "Shit."

De wieken bewogen snel, maar niet zo snel dat Ben niet door de tussenruimtes kon kijken terwijl ze ronddraaiden. De tunnel liep verder door, maar het leek erop dat de richels waarop ze zaten aan beide kanten van de schacht doorliepen. Hij nam aan dat ze rechtstreeks zouden leiden naar de onderhoudsdeur die verderop lag.

"Net zoals we dachten, zei Lang. Hij keek in de richting van Beale, die aan de andere kant van de schacht uit het water zat. "Enig idee?"

"Ja," zei Beale. "We draaien om en maken dat we hier wegkomen. Misschien langs de klif omhoog?"

Lang schudde zijn hoofd. "We moeten langs dit ding zien te komen. Er moet een uitknop zijn of zoiets."

"Die zullen er niet zijn," zei Reggie. "Niet hier beneden. De bediening zal verder in de tunnel zijn, *in* de basis. Het zou een behoorlijk veiligheidslek zijn als het van hieruit uitgezet kon worden."

"Wel," zei Mevr. E. "Kunnen we het opblazen?"

"Geen vernielingen," zei Beale. "We hebben niets dat klein genoeg is om het te doen, en we kunnen de integriteit van de tunnel niet riskeren. Er kan een hele berg op ons vallen."

Ben zuchtte en keek toen naar Julie. Ze haalde haar schouders op.

"Oké, voor het moment zijn we veilig. Laten we hier nog even over nadenken, en..."

Het geluid van geweerschoten galmde door de tunnel om hen heen. Een kogel ketste af op een van de metalen bladen.

"Shit!" Zei Jeffers. "Ze zijn hier."

Hij leunde voorover, zette zijn voet op de tegenoverliggende richel als hefboom, en begon terug te schieten.

Het lawaai in de kleine ruimte was oorverdovend, en Ben voelde meteen dat zijn oren begonnen te branden. Hij leunde ook voorover, om te zien wat hun opties waren.

De ingang van de tunnel werd verlicht door het felle daglicht dat van buiten naar binnen scheen, en hij zag de onmiskenbare gestalte van een man die er recht voor stond.

"ZE KOMEN NIET BINNEN," mompelde Jeffers tussen twee uitbarstingen door.

Beale voegde eraan toe. "Ik denk dat ze ons gewoon insluiten. Ze snijden waarschijnlijk ons vertrekplan af. Ze laten een ander team komen van de andere kant van de ventilator."

"Misschien zetten ze de ventilator uit voor ons? Om van die kant op ons te kunnen schieten?"

Beale schudde zijn hoofd. "Misschien, maar zo lang kunnen we niet wachten. We zijn dood als we tussen hen in komen te zitten." Hij keek om zich heen. "Heeft iemand een slim idee?"

"Wat dacht je van een pistool?" vroeg Julie.

"Kom je nog eens?"

"Een geweer," zei ze, terwijl ze het hare over haar schouder tevoorschijn haalde. "Steek de loop tegen het plafond waar het een paar meter plat is, heel dicht bij de voorkant van de ventilator, en laat dan de kolf naar binnen zwaaien. Het zou kunnen werken."

Beale was al in beweging, met een andere Groene Baret aan zijn zijde. Hij reikte Julie's geweer aan, en zij overhandigde het. Ben stond op het punt te protesteren - hij had liever dat ze hun eigen wapens gebruikten - maar hij wilde niet nog meer problemen veroorzaken dan ze al hadden.

Beale en de soldaat hielden het geweer stil, tilden het toen voorzichtig op en plaatsten de punt ervan tegen het vlakke deel van het plafond. Ze duwden het zo ver mogelijk naar rechts, waar er een maximale hefboomwerking zou zijn tegen het blad als het tegen de klok in draaide. Toen ze klaar waren, gaf Beale het bevel.

"Oké, langzaam, laat het vallen op drie. Maar maak je klaar om terug te springen als het begint te kauwen" Hij telde het snel uit, terwijl Jeffers en de Ravenshadow man aan het andere eind van de tunnel schoten uitwisselden, en toen de twee Groene Baretten het geweer zachtjes op zijn plaats duwden. Er ging slechts een fractie van een seconde voorbij voordat het eerste propellerblad het aanvalsgeweer raakte.

...toen het geweer in twee stukken uiteenviel, waarvan er een vonkte en naar de andere kant van de tunnel vloog achter de sprieten.

Beale en de soldaat vielen terug en krompen even ineen bij de terugslag. Toen de messen verder bewogen, nu weer ongehinderd, wendde Beale zich tot de rest van hen. "Dat was een ramp," zei hij. "Nog andere goede ideeën?"

Ben voelde de frustratie van de man, maar hij vond het niet leuk hoe hij zijn aanval op Julie had gericht. Het had misschien niet gewerkt, maar hij had niemand anders suggesties horen doen.

"Ik stel voor dat we ons een weg naar buiten vechten," zei de andere Groene Baret. "Ga terug naar de rivier en vermoord die klootzakken die op ons wachten."

"Die klootzakken zijn goed getraind," zei Beale. "En ze hebben een duidelijk schot op ons. En stroomafwaarts kunnen we niet manoeuvreren."

"Ik heb een idee, baas," zei een andere man. Beale en alle anderen draaiden zich om en keken hem aan. Hij haalde een klein handwapen uit een rugzak die hij had gedragen. "Een harpoengeweer," zei hij. "De voortstuwing is onder water snel genoeg dat ik het in een rots op de bodem van de rivier kan laten vastlopen. Uit het water en zo dichtbij? Ik wed dat ik het in het beton kan laten zinken. Het heeft een klein paraplu-dingetje dat het daar stabiel houdt. Misschien is dat genoeg."

"Oké," zei Beale. "Maar hoe zit het met de andere kant? Je kunt het ding niet gewoon vasthouden."

"Dat heb ik ook onder controle," zei hij.

"Ga ervoor."

De man van Ravenshadow en Jeffers hadden het vuren op elkaar even gestaakt, beiden voelden duidelijk dat het een verloren zaak was, en Ben was eindelijk in staat om te horen.

De soldaat strekte zijn benen over de kloof tussen de richels en richtte zijn harpoen op de muur aan de ene kant van de tunnel, net voorbij de bladen van de ventilator. Hij haalde adem, hield zich rustig en vuurde.

De harpoen schoot tussen de bladen door en stak vervolgens in het beton, precies zoals de man had gezegd. Toen zette hij een knop om, waardoor de spoel met staalvezels losliet. Deze vloog met een suizend geluid uit het harpoengeweer naar buiten, waarna de man het hele geweer aan de *andere* kant van de propeller gooide.

Het wapen ketste af op een van de draaiende bladen, maar vloog toen naar beneden in het water aan de andere kant van de propeller. Ben zag hoe het het water raakte en weer omhoog en uit het water schoot toen de bladen draaiden en de staaldraad strak trokken. Het spoelde terug op de propeller, de bladen kolkend en de lijn grijpend totdat het volledig gedraaid was en erin verstrengeld, en toen was er geen lijn meer om aan te trekken.

En de ventilator kwam abrupt tot stilstand.

"Ja!" schreeuwde de man.

Beale kwam in actie. "Vooruit, nu. Mijn team eerst. We weten niet hoe lang dit ding het zal houden."

"Waarom laat je de *burgers dan niet* eerst gaan?" vroeg Reggie.

Ben fronste zijn wenkbrauwen. *Ja, wat is er met deze kerel?*

"Want als het gaat mislukken, zal het vroeg mislukken. Ik heb veel liever dat een van ons erin betrokken raakt.

"Goed," zei Reggie. "Laten we dan maar gaan. Wij houden de Ravenshadow jongens tegen vanaf deze kant."

Beale knikte en gleed toen tussen de messen door. De rest van zijn mannen volgde, één aan elke kant, en Ben gebaarde Julie vooruit te gaan. Mevrouw E had een positie ingenomen om de ingang van de tunnel te bewaken, maar de mannen van Ravenshadow waren nog steeds niet teruggekeerd.

"Ga je gang," zei Ben. "Ik ben vlak achter je. Hoe sneller we binnen zijn, hoe sneller we..."

Ben hoorde een snerpend geluid, en hij wierp zijn ogen omhoog. Beale ontmoette Ben's ogen, net toen de propellerbladen weer begonnen te draaien. Hij had de ontgrendeling van het harpoengeweer ingedrukt, waardoor het reusachtige mechanisme vrij kon ronddraaien.

En Ben wist plotseling alles. Hij had het gevoeld, maar hij wilde het niet *toegeven*.

Ze waren verraden.

"Beale, wat de..."

"Het spijt me, Bennett," zei Beale, schreeuwend over het stijgende geluid van het gezoem van de ventilator, hoewel zijn stem duidelijk doorkwam in Bens headset. "Dingen zijn ingewikkelder dan je denkt. En jij - je team - jij bent een complicatie. Te riskant."

Julie trok zich los van Ben en spuugde door de messen. "Jij - jij klootzak -"

Julie's stem viel weg toen Ben haar arm vastpakte.

"Beale," zei Ben. De leider van de Groene Baretten richtte zich weer op Ben. "Waarom? Waarom hebben we ons helemaal hierheen gebracht?"

Beale aarzelde, maar haalde toen zijn schouders op en gaf antwoord. "Ik heb je de waarheid verteld. We hadden je nodig. Jij hebt ons hier gebracht, maar we kunnen niet riskeren dat we worden opgehouden."

"Ravenshadow wacht daar op ons!" schreeuwde Reggie. "Je laat ons hier achter om te sterven, klootzak."

"Blijf gewoon zitten. Hopelijk is dit allemaal snel voorbij."

"Blijf zitten"? Julie spotte. "Wat bedoel je daar nu weer mee?"

Ben keek naar de gezichten van de andere Groene Baretten. Lang, Jeffers, de mannen die hij een beetje had leren kennen en vertrouwen. Hun uitdrukkingen waren onleesbaar. *Misschien weten ze alles. Of ze tasten net zo in het duister als wij.*

Het deed er niet toe. Ze waren loyaal aan hun kapitein, en ze zouden zijn bevelen opvolgen.

"Het spijt me, jongens. Onze doelen liggen niet meer op één lijn. Ik kan het niet riskeren."

En daarmee draaide het Green Beret team zich om en liep via de richels naar de Ravenshadow basis, het CSO team achterlatend tussen een enorme propeller en een groep meedogenloze huurlingen.

JULIE ZAT NAAST mevrouw E op de richel. Het gezicht van de oudere vrouw was een masker, maar Julie kende haar lang genoeg om te weten dat ze verontwaardigd was. Julie wist echter niet zeker wat *precies* de bron van haar woede was. Waarschijnlijk was ze van streek over het verraad, maar Julie vroeg zich ook af of een deel ervan te wijten was aan het feit dat niemand van hen iets vermoed had.

Misschien was ze boos op zichzelf omdat ze niet beter wist.

Toch was Julie niet van plan om haar te troosten. Ze hadden werk te doen, en op dit moment was dat in leven blijven, en mogelijk hun weg uit de tunnel vechten.

"We hebben gezelschap," zei Reggie.

Zijn stem klonk door Julie's headset, maar het begon al te kraken en te vervagen. Beale's team raakte elke seconde verder weg, en als ze de communicatie met de Groene Baretten zouden verliezen, zouden ze volledig in het duister tasten.

Hij verhief zijn stem en zei het opnieuw, zonder twijfel de falende transmissie horend.

"Ravenshadow?" vroeg Ben.

"Yeah. Twee snorkels. Waarschijnlijk geen tijd gehad om te duiken, maar ze komen deze kant op."

"Kun je ze neerschieten?" Vroeg Ben. "Dat zal ons tenminste wat tijd geven."

Reggie reageerde door zijn geweer op te heffen en te richten op de twee dunne cilinders die langzaam naar hen toe kropen. Hij haalde de trekker over. Julie keek toe terwijl hij vuurde, zijn schoten centreerden zich langzaam in de tunnel en vonden hun doel. Hij vuurde drie schoten op de twee duikers af en wachtte toen.

Julie fronste haar wenkbrauwen. "Ze... bewegen nog steeds."

"Ja," zei Ben. "Het is alsof je ze niet eens hebt aangeraakt."

"Ik heb ze zeker geraakt. Meer dan eens. Wat de..."

Hij vuurde opnieuw, deze keer iets lager gericht. Julie zag dat alle kogels vlak voor de snorkels in het water terechtkwamen, maar toen het water en de mist waren opgetrokken, vervolgden ze hun weg door de tunnelschacht.

"Wie zijn die kerels in godsnaam?" vroeg Ben. "Robots?"

"Probeer nog eens," zei Julie met een lage stem. Ze voelde dat er paniek uitbrak in haar borst, maar probeerde het te negeren. *Er is iets vreemds aan die duikers,* dacht ze.

Ben en Reggie hieven hun geweren en gingen dicht bij elkaar op de richel staan, Ben leunde een beetje naar buiten en Reggie schrijlings over beide richels met een voet op elke richel. Mevr. E keek toe, wachtend, met Julie.

Beide geweren kwamen tot leven en ze zonden meerdere schoten in de richting van de zwemmende gedaanten. Ze waren nog halverwege de ingang, maar het leek Julie alsof ze begonnen te versnellen.

Ben trok een van zijn schoten een beetje naar rechts van de snorkel en plotseling lichtte de hele tunnel op in een flits van licht.

Een schokgolf, bijna onmiddellijk gevolgd door het geluid van een oorverdovende ontploffing, vulde Julie's oren. Ze schommelde zijwaarts op de richel, haar hoofd miste ternauwernood een impact met een van de snel bewegende propellerbladen. Een vloedgolf van water duwde zich tegen de stroom in en veroorzaakte een stortvloed van wit water die zich enkele seconden naar boven duwde en zich toen terugtrok.

Julie knipperde een paar keer, en leunde toen voorover om in de tunnel te kijken.

"Het is... weg. Allebei."

"Heilige moeder van God," zei Reggie. "Het waren geen *duikers*. Het waren *bommen*."

"Hoe is dat zelfs mogelijk?" vroeg Ben.

"Onderwater gestuurde slooptoestellen," zei hij. "Meestal gewoon in elkaar geflanst met wat je maar voorhanden hebt. Deze waren radiografisch bestuurd, met zo'n snorkel-periscoop ding. Het was eigenlijk een antenne."

"Ze *reden* ze naar ons toe?" vroeg Julie.

"Moet wel. Waarschijnlijk had hij een kleine radarscanner die zijn positie bijhield in een van hun auto's. Ik heb ze gezien gemaakt van granaten, RC boten, walkie-talkies - echt, alles wat geautomatiseerd is en ontploft. "

"Deze lijken... een *beetje* meer geavanceerd dan dat..." zei Ben.

"Niet echt," zei Reggie. "Het zijn gewoon half-afzinkbare RC boten waar ze een detonator op afstand op hebben aangesloten. Zoals C4, of iets dat van ergens anders af kan worden geactiveerd. Je schot heeft er een geraakt, maar de andere moet ook uitgeschakeld zijn. Waarschijnlijk heeft het ook de integriteit van de plaats beïnvloed - net genoeg om ons over de muren te smeren zonder de ventilator of de muren te beschadigen, of de berg om ons heen naar beneden te halen."

"Wel, wat ze ook zijn, er zijn er meer," zei Julie. Ze keek naar de ingang van de tunnelschacht en zag nog twee lange, magere gedaantes - waarvan ze gedacht hadden dat het snorkels waren - beginnen aan hun klim naar boven in de schacht.

"Dat meen je niet," zei Ben. "Ze kunnen gewoon met een paar tegelijk komen, ons op ze af laten schieten, zodat onze munitievoorraad uitgeput raakt."

"En ik heb niet eens een geweer," zei Julie. Ze moest weer denken aan het verraad van de soldaten. Haar lijst van mensen die ze moest confronteren was zojuist gegroeid.

Ben hief zijn geweer en maakte zich klaar om op de nieuwkomers te schieten, maar Reggie trok de loop van zijn geweer naar beneden.

"Wat is er?" Zei Ben.

"Ik denk dat we nu ver genoeg van de Groene Baretten zijn dat we buiten radio afstand zijn."

"Wat betekent?"

"Wat betekent dat het tijd is om naar de basis te gaan, kijken wat we missen."

Ben fronste zijn wenkbrauwen. Julie was ook in de war, tot ze zag wat Reggie aan het doen was.

CHAPTER 35

BEN

REGGIE HAD ZIJN rechterarm in de lucht geheven en zwaaide er zachtjes mee heen en weer. "Het is veel sterker dan deze messen," zei hij. "En ik denk dat ik kan doen wat Julie probeerde te doen met het geweer."

"Denk je... dat het veilig is?" vroeg mevrouw E.

"Wat is het ergste dat er kan gebeuren? Dat ik mijn arm verlies?" Hij grijnsde en liep over de richel in de richting van de ventilator. Hij hield zijn prothesearm omhoog en plaatste toen zijn gesloten vuist tegen het vlakke deel van het betonnen plafond. "Ik dacht er meteen aan," ging hij verder, "maar ik wilde hem bewaren voor... je weet wel, zoiets als dit."

"Zoiets als verraden worden en voor dood achtergelaten worden?" vroeg Julie.

"Ja. Ik was niet duidelijk over de details, maar ik had het gevoel dat dingen niet zouden gaan zoals gepland."

"Nou, ik ben blij dat je het gedaan hebt," vroeg Ben. "Maar als je je arm *weer* verliest, vergeef ik het mezelf nooit."

Reggie lachte. "Deze keer was het mijn keuze."

Zonder dralen stak hij zijn elleboog uit en in de draaiende cirkel van messen. De impact was bijna onmiddellijk, en het gekletter van metaal op metaal weerklonk in de kleine ruimte.

Maar de truc werkte. Reggie's arm bleef op zijn plaats, stopte de messen en opende openingen waartussen het team kon klimmen.

"Ga," zei Reggie. "Schiet op. Die kleine bomdrijvers halen ons in."

Ben wierp een blik achterom en merkte dat ze in feite sneller gingen dan voorheen. Over minder dan een minuut zouden ze bij de schroef zijn, en hoewel de toenemende stroming die tegen hen had geduwd hun voortgang zou hebben vertraagd, *was* er voorlopig geen stroming.

"Kun je het vasthouden?" vroeg Julie.

"Daar komen we nog wel achter. We kunnen beter snel zijn," antwoordde hij met een grijns.

Ben en Julie gleden door de opening, daarna mevrouw E, en tenslotte Reggie, die zijn lichaam zo kromde dat hij erdoor kon stappen. Hij draaide zijn elleboog en schouder terwijl hij dat deed, en eindigde op dezelfde plek aan de andere kant van de ventilator.

Toen hij klaar was, keek hij terug naar de anderen. "Hier gaat niets." Hij rukte zijn arm uit zijn positie tussen het plafond en het blad, en met een zware plof trok het los. De propeller kwam weer in beweging en draaide met elke omwenteling sneller en sneller, tot hij op volle snelheid draaide.

Deze keer stond het team echter aan de *goede* kant.

Of beter gezegd, ze stonden aan de kant waar ze wilden staan. Ben wist niet zeker of deze kant van de waaier hen in een betere of slechtere situatie bracht dan voorheen, maar ze waren - tot nu toe - intact, heel, en samen.

Laten we hopen dat het zo blijft, dacht hij.

Hij richtte zich op de volgende etappe van hun missie. De richels liepen door naar het binnenste van de berg, en hij zag nu dat de tunnel een lichte helling naar boven vertoonde. Er waren twee trappen aan elke kant van de schacht, en dan een lang stuk vlakke richel, en dan nog eens twee trappen. Zijn duiklamp was niet sterk genoeg om verder te kijken.

"Laten we gaan," zei hij.

"Komt in orde, baas," zei Reggie. "Wat doen we als we zien -"

"Behandel iedereen als de vijand, maar als je een Groene Baret ziet, geef hem dan tenminste de kans om het uit te leggen. Jeffers, bijvoorbeeld, heeft ons geholpen. We zouden ongewapend zijn zonder zijn tussenkomst. En Lang leek zelf ook niet zo slecht te zijn."

"Dat betekent niet dat ze ons niet ook achterlieten," mompelde Reggie onder zijn adem.

"Nee, dat is het zeker niet. Maar ze zijn ook tegen Garza en Ravenshadow. Voorlopig is het 'de vijand van onze vijand' en zo. Maar als ze op ons gaan schieten, zijn ze er geweest."

Reggie en Julie knikten, en mevrouw E staarde zwijgend voor zich uit. Reggie ging op weg op zijn richel, terwijl Julie, ongewapend, op weg ging langs de andere.

Mevrouw E wilde ook gaan lopen toen Ben aan haar elleboog trok. "Hé," zei hij, zachtjes. "Gaat het?"

Ze snoof en keek hem toen weer aan. "Ik ben in orde. Ik - Ben, het spijt me. Ik heb je in deze val gelokt, en ik had zo mijn vermoedens."

"Dit is niet jouw schuld," zei Ben. "Niemand had kunnen voorspellen -"

"*Ik* had het kunnen doen," schoot ze terug. "Ik *had het moeten* doen. Dit had nooit mogen gebeuren. Die mannen - de Groene Baretten. We hadden moeten voelen dat er iets mis was."

Ben knikte, maar stond op het punt om verder met haar in discussie te gaan, toen hij tot het besef kwam dat ze gelijk had. "Ja," zei hij. "Je hebt gelijk. Maar we hadden het *allemaal* moeten zien. Het is gewoon... er is iets anders. Iets met de manier waarop..."

Hij stopte, keek toen voor zich uit naar zijn teamgenoot en vrouw, en ging voorzichtig vooruit. *Ik moet het eerst uitwerken*, dacht hij. Terugkijkend naar mevrouw E, zei hij zacht: "Maak je geen zorgen. Ik bedenk wel iets, maar ik moet er nog even op kauwen. Laten we gewoon uit deze helse schacht gaan, oké?"

Ze knikte, haar gezicht toonde een totaal gebrek aan emotie, en toen begonnen ze aan de rechterkant de richel op te lopen.

Ben wilde met haar blijven praten, om zijn gedachten af te leiden van wat hij dacht dat een grote verandering in hun begrip van deze missie zou kunnen zijn. Maar hij wist dat ze niet zou toegeven; als mevrouw E vastbesloten was - in dit geval, om niet te praten - was er geen manier om haar op andere gedachten te brengen. Ze was net zo koppig als Ben, als ze dat wilde.

Maar nogmaals, dit ging niet over haar. Ben wist het - hij was niet boos op haar geweest voordat ze aan hem had toegegeven dat ze deze gebeurtenissen als haar schuld zag. Hij *kon het niet* zijn geweest. De CSO stond onder zijn leiding, en hij was zijn eigen vrouw hierheen gevolgd om de dood van hun vriend te wreken.

Niets van dit alles had vanaf het begin veel zin, en zelfs tot het punt waarop Beale en zijn groep hen verraadden en in de steek lieten, klopte het niet.

En dat was het nou net. *Het had zich niet opgestapeld. Tot nu.*

Ben liep achter de drie andere leden van zijn groep en zag toen dat Reggie bij een gesloten deur was. Julie zat vlak achter hem, en toen hij hen inhaalde stond Reggie tegenover hem, in afwachting van zijn bevel de deur te openen.

"Wacht," zei hij.

"Voor wat?"

"Ik - Ik wil iets vermelden."

Mevrouw E wierp hem een blik toe, maar hij ging toch verder. "We *voelden* allemaal dat er iets niet klopte met de soldaten. Beale wilde duidelijk niet dat we meegingen, maar hij liet ons toch."

"Omdat wij dit allemaal hebben opgezet."

Ben hield zijn hoofd zijdelings schuin. "Juist. Maar... deed hij dat?"

Julie fronste haar wenkbrauwen, stapte dichter naar haar man toe en legde haar hand op zijn onderarm. "Waar heb je het over? We hebben *ze* toch gebeld? Reggie wist hoe we met hen in contact konden komen?"

Reggie's ogen verwijdden zich en hij hief zijn armen, palmen omhoog. "Whoa, hey. Ik *kende* ze niet, ik kende alleen een paar van de jongens met wie ze werkten. Ik had geen idee...

"Hé broer," zei Ben. "Niemand beschuldigt je van iets. Maar de waarheid is dat ze ons verraden hebben, *nadat* ze ons hen geholpen hebben hier te komen. Waarom?"

"Waarom lieten ze ons helpen?"

"Ja, waarom niet gewoon weigeren om ons mee te laten gaan?" Zei Ben.

Reggie schraapte zijn keel. "Ze hadden onze hulp nodig, dat hebben ze ons verteld. Maar..."

Zijn stem viel weg.

"Ja," zei Ben. "Dat is mijn punt. Als ze ons niet mee wilden hebben, hadden ze onze oproep gewoon niet kunnen aannemen. Maar *dat deden ze wel*, en ze *kwamen*. Dat zegt me in ieder geval dat zij hier *ook* wilden zijn, maar dat ze *ons* hier niet wilden hebben."

Julie nam de draad weer op. "Maar ze konden ons dat niet laten weten," zei ze. "Ze konden ons niet ook hier laten komen, en erachter laten komen...

"Dat ze hier andere zaken hebben."

Ben beëindigde de gedachte alsof hij een punt zette achter een gesprek dat alleen in zijn hoofd had plaatsgevonden, met alleen zijn eigen gedachten. Hij stond op het punt om in te stemmen, om te vragen wat die 'andere zaken' precies waren, toen zijn headset tot leven kwam met een krakend geluid, waarna een stem - die van Beale - in zijn oor zoemde.

"*- blijf alert -*" dan een geweerschot, dan nog een. "*Ga, ga. Wegwezen! Jeffers, zorg dat je - lichaam ergens achter ligt. We kunnen ons niet - zien.*"

Er was een pauze van een halve minuut, en Ben en de anderen wachtten, proberend te beslissen of de aanval voorbij was. Wat er ook binnen de deur gebeurde, het gebeurde heel dicht bij hen - anders zouden de kleine communicators niet gewerkt hebben.

flarden van een ruzie in gebroken, gefluisterde stemmen. Degene die sprak was niet zo dicht bij hen als Beale was. Toen klonk Beale's stem weer, duidelijker. *"Sturdivant wil een update. Niets meer. Vanaf nu zijn we black ops, radiostilte."*

Nog een gekraak, toen viel de lijn weg.

Ben keek op naar de rest van zijn team. *Dit was niet alleen verraad.*

Dit was veel erger.

"KIJK," *zei Berndt. "Je moeder is nu boven, bij je vader. Jij hebt twee dagen gehad om dit allemaal te verwerken, van dichtbij. Zij heeft ongeveer tien minuten gehad. Ze zal wat tijd nodig hebben om de emoties te verwerken en de realiteit te laten bezinken, dus geef haar een beetje tijd. Maar niet te veel, oké? Laat haar niet te lang wachten. Ze zal je nodig hebben, heel hard. Ik ken je moeder niet, maar ik denk... Als je wegloopt en je hier voor verbergt, verbergt voor dat overlevings-schuldgevoel dat je hebt? Dat zal haar meer pijn doen dan wanneer jullie alle drie in die bergen zouden sterven."*

Ben had zich niet gerealiseerd dat hij die woorden uit het hoofd had geleerd. Hij had niet meer aan Dr. Berndt gedacht of aan dat moment in het ziekenhuis, uit het raam kijkend, sinds het allemaal gebeurd was.

Dat was zo'n beetje het punt. Hij *wilde* zich niets van die herinnering herinneren, dus had zijn geest dat gedaan en het geblokkeerd.

Maar, zoals hij in de vijfendertig jaar van zijn leven was gaan beseffen, het vermogen van de menselijke geest om informatie te onthouden en op te roepen met slechts het geringste duwtje was niets minder dan ongelooflijk.

Hier stond hij dan, in een afwateringstunnel buiten een berg vol mensen die hem ofwel wilden doden ofwel er niets om gaven, en het enige waar hij aan kon denken was *waarom*.

Waarom had hij *daar* net aan gedacht? Wat was er belangrijk aan de dood van zijn vader - zijn gevoel dat het zijn schuld was geweest - op dit moment?

Julie moet het in zijn ogen gezien hebben. "Wat is er, Ben?" vroeg ze.

Zij wachtten buiten de deur, in de hoop dat de Groene Baretten die al naar binnen waren gegaan, de basis binnendrongen, zich verder van hen verwijderden, zodat Bens team uiteindelijk naar binnen kon zonder onmiddellijk te worden aangehouden.

"Ik, uh... zat net te denken."

"Ja, die blik heb ik eerder gezien," zei Julie. "Je denkt aan je vader."

Hij wierp haar een scherpe blik toe en probeerde zich toen te herstellen. *Hoe kon ze dat nu intuïtief weten? Was het zo duidelijk?*

"Ja, broeder," zei Reggie. "Je draagt het op je gezicht. Altijd al gedaan."

"Waar heb je het over?"

Zelfs Mrs. E glimlachte en deed mee. "Weet je, Ben, toen ik je voor het eerst ontmoette, had je soms een bepaalde blik over je. Ik zag het en dacht bij mezelf, 'hmm, waarom denkt hij zo vaak aan zijn vader?'"

"Wat?" Vroeg Ben, terwijl hij achteruit stapte. "Nee - nee, dat is niet -"

Julie lachte. "Ben, het is goed. We maken het je moeilijk. Maar we weten allemaal wie je bent, waar je vandaan komt. Er is een *reden waarom* we hier zijn, en die reden ben *jij*. En omdat jij *jij bent*, is er een reden waarom je nu aan hem denkt."

Hij kon dat niet tegenspreken, dus stopte hij met proberen. "Oké," zei hij. "Goed dan. Ik was. Ik dacht aan hem. Toen hij stierf. Hoe ik... me voelde."

"Hoe voelde je je?"

"Alsof het mijn schuld was," zei hij snel, alsof het terloops noemen ervan de waarde ervan zou verminderen. "Maar dat is niet echt wat ik nu voel. Het is meer... het gaat over controle."

"Controle?"

"Ja, ik dacht altijd dat ik wegliep van mijn leven omdat ik *de controle wilde hebben*. En mijn vader verscheurd zien worden door een grizzly was een *oncontroleerbaar* gevoel."

"Ja, daar ben ik het mee eens," zei Reggie. Hij friemelde aan zijn headset. Ben luisterde zelf mee en probeerde te horen of ze al buiten bereik waren of niet. Ze hadden allemaal uitgezocht hoe ze de microfoonzender konden uitschakelen voordat ze praatten, om er zeker van te zijn dat hun eigen gesprekken niet zouden worden opgepikt.

"Maar toen begon ik te beseffen dat het misschien niet echt om *controle* ging. Of, eerder, dat het eigenlijk gaat over het niet uit controle willen zijn."

"Kunt u dat uitleggen?" vroeg mevrouw E.

"Nou, ja, misschien. Ik denk dat ik er niet echt om geef om *de baas te* zijn - zoals, ik *hoef* niet de baas te zijn. Maar ik *haat* het om geen controle te hebben."

"Wat is het verschil?" vroeg Reggie.

"Het verschil is dat hier komen, Garza proberen op te sporen, proberen dat doel te bereiken en er levend uit te komen, en jullie helpen in leven te blijven - ik hoef dat niet allemaal onder controle te hebben. Ik kan bepalen wat ik doe en wat ik denk, en dat is genoeg.

"Maar als ik verraden ben, voor dood achtergelaten, en gevangen tussen twee vijanden, voel ik me onbeheersbaar. Ik hoef *geen* controle te hebben, maar *dat* wil ik ook niet."

"Dat klinkt logisch," zei Julie. "Maar... wat doen we ermee? Wat betekent het?"

"Ja, man," zei Reggie. "Het is echt diep en zo, maar... waar heb je het in godsnaam over?"

Ben schudde zijn hoofd. "Ik weet het, ik weet het. Het klinkt gek. Krankzinnig dat het ertoe doet, maar het is zo. Mijn hele leven dacht ik dat ik de man was die de controle moest hebben, in ieder geval over mijn directe omgeving. Maar ik denk dat ik me realiseer dat ik daar niet om geef. Ik *kan* gewoon *niet* het gevoel hebben dat ik geen controle meer heb, of dat mijn situatie buiten iets ligt waar ik invloed op kan uitoefenen."

Reggie en de anderen keken hem wezenloos aan, alsof hij niet eens had geprobeerd de vraag te beantwoorden. *Ik leg het niet goed uit,* zei hij. Hij kneep in het gebied boven zijn neus en haalde toen adem.

Na nog een paar seconden, vatte hij zijn gedachten samen. "Kijk, dit is wat jullie moeten weten: Ik heb wat dingen te verwerken, en dat heeft van mij een slechte leider gemaakt. Trouwen, dan Julie die wegloopt om een gevecht aan te gaan wetende dat we allemaal zouden volgen. Dan... dit allemaal. Het is veel geweest. Maar ik beloof je: hoe *onbeheerst* we ons ook voelen, hoe uit balans we ook zijn, ik heb mijn leven opgebouwd rond het zorgen dat ik weer in balans kom.

"Dus... wat betekent dat?" vroeg Julie.

Ben zuchtte. "Het betekent dat ik levend van deze basis weg wil, meer dan ik ooit in mijn leven heb gewild.

"Ja, maar dat betekent..."

"Het betekent dat ik Garza meer dan ooit wil doden."

AKTE 3

BEN

DE BINNENKANT VAN de basis leek, op het eerste gezicht, niets anders dan een mijn. Ben moest bukken zodra hij binnen was, want het plafond van de gang waar ze zich bevonden toen ze de tunneldeur openden, viel op een lage hoogte. De lucht smaakte naar zwavel, oud stof en de muffe zoute adem van een grot.

Hij deed een paar stappen naar voren, erop vertrouwend dat zijn duiklamp genoeg van de gang zou verlichten om iets opmerkelijks te onthullen. De anderen volgden achter hem, en Reggie, de laatste in de rij, sloot de deur achter zich. Er waren ondiepe plassen op de vloer, de onvolkomenheden in de mijnschacht verzamelden de langzame druppels water van de vochtigheid in kleine poelen. Hij ontweek ze terwijl hij zich voortbewoog, met één arm voor zich en de andere op de muur naast hem.

Het was koud in de schacht, koeler dan zelfs de afwateringstunnel waar ze eerder waren geweest, en het voelde voor Ben alsof hij aan het speleologie was in een oud grottenstelsel. De wanden waren duidelijk door mensenhanden uitgehakt - de ruwe strepen die brokken zwarte rots hadden weggeslagen waren nog steeds zichtbaar, en hij zag zelfs boorgaten op bepaalde plekken, plekken waar de rots was getest op de edele metalen waar de mijnwerkers naar hadden gezocht.

Hij wist niet zeker hoe lang de mijn hier al lag, maar het dossier van Beale's team gaf aan dat de mijn actief was geweest tot eind jaren '70. Ben was geen expert in techniek of mijnbouw, maar volgens zijn schatting viel de mijn daarmee in de categorie 'modern'. Dit was geen oude, met de hand uitgehakte mijn. Hij vroeg zich af waarom de mijn überhaupt verlaten was: misschien was het te duur geweest om hem te exploiteren, of was hij uitgeput?

Toen ze allemaal in de gang waren, liep Ben naar de andere kant van de gang en vond een andere deur. Deze leek op de deur waardoor ze waren binnengekomen, maar was kleiner door de lagere hoogte van het plafond. Hij opende hem langzaam, voorzichtig om onnodig lawaai te vermijden. Toen hij helemaal open was, stapte hij naar binnen.

In een gang die, in tegenstelling tot de krappe ruimte waar hij net uit kwam, breed en hoog was. LED-lampjes waren om de drie meter aan het plafond bevestigd, en dat plafond was bezaaid met kabels en elektronische bedrading.

Toen de rest van het team de modernere gang binnenkwam, klikten hun communicators met een snel gekraak weer tot leven. Ben hoorde geen geklets over de ether, wat betekende dat ze waarschijnlijk binnen het bereik van Beale's omroep waren, maar de Groene Baretten spraken op dit moment niet. Toch stak Ben zijn hand op en zei tegen de anderen dat ze even moesten wachten, om er zeker van te zijn dat ze veilig verder konden gaan.

Voorwaarts betekende in dit geval een van de twee richtingen - links, dat leek kilometers lange, lege gang te bieden, of rechts - dat bood een T-splitsing een paar honderd meter verder.

"Heeft iemand enig idee welke kant ze opgingen?"

Hij zag Julie haar hoofd schudden, en Reggie antwoordde. "Negatief. Maar ze waren hier in gevecht met enkele Ravenshadow bewakers. Misschien zijn ze die kant op gegaan."

Hij koos ervoor om naar links te gaan. Ten eerste, het leek erop dat *weglopen* van het midden van de berg hen op de perimeter van de basis zou houden. Het zou hen een nooduitgang kunnen bieden, of op zijn minst een plek om te schuilen als het mis zou gaan. Ten tweede, hij dacht dat hij een deur zag zo'n 15 meter naar beneden.

Niemand maakte ruzie. Hij wees die kant op en begon toen te bewegen. In zijn hoofd doorliep hij het plan: *zoek een schuilplaats, maak dan een plan.*

Het was niet veel, maar hij wist dat hij niet in het midden van deze gang tussen de Groene Baretten en Garza's mannen wilde terechtkomen.

Hij liep naar de deur en overwoog hun opties. De bekabeling aan het plafond, stroom en verlichting en wat hij aannam dat CAT-6e - ethernet - kabels waren, betekende dat de Ravenshadow-bemanning de communicatie helemaal tot hier had laten lopen, van waar hun "hoofdkwartier" in de berg zich ook bevond tot wat deze buitenposten aan de uiteinden ook waren. Met andere woorden, het betekende dat ze met elkaar verbonden waren, en dat er waarschijnlijk geen plek was waar ze zich konden verbergen zonder dat de Ravenshadow soldaten hen konden vinden.

Eén ding tegelijk, dacht hij. *Een probleem tegelijk.*

Het grootste probleem was dat hij geen idee had waar hij was, waar Garza was, of waar Beale en zijn mannen waren. Hij moest Garza vinden, maar er waren te veel andere onbekenden die op hem wachtten in deze basis.

Het probleem dat hem ervan weerhield dat doel te bereiken, was dat hij hier was met zijn vrouw en vrienden, en hen in leven houden was veel belangrijker dan Garza te vinden en uit te roeien.

Het was de situatie waarin hij zich al meer dan eens bevond, en hij had nog geen manier gevonden om die op te lossen: door alleen te gaan, zou hij zijn mislukking bijna garanderen, maar door hen te laten helpen, bracht hij hen in gevaar.

Relax, probeerde hij zichzelf wijs te maken, *het zijn volwassenen. Ze hebben gekozen om mee te gaan, en ze kenden de risico's.*

De deur was niet op slot, en Ben keek door het rechthoekige raam toen hij hem opende.

De anderen waren vlak achter hem toen hij binnenkwam.

"Trappen," zei hij.

"Nou, omhoog of omlaag?" vroeg Reggie, terwijl hij de deur zwijgend achter zich sloot. Ze stonden op het bordes van het trappenhuis, en Ben zag minstens twee verdiepingen boven en onder hen - beide paden waren donker, alleen verlicht door een enkele lamp boven elk bordes, die een onheilspellende gouden gloed wierp die zich uitstrekte over elk stel trappen.

"Omhoog," zei Ben, zonder aarzeling.

"Weet je het zeker?" vroeg Julie.

Hij keek naar zijn vrouw. Hij wilde haar omhelzen, doen alsof dit allemaal een droom was, een afschuwelijke nachtmerrie waarin ze allebei terecht waren gekomen, en dat ze echt op vakantie waren om hun huwelijk te vieren.

Maar in plaats daarvan zag hij haar, de sterke, zelfverzekerde vrouw waar hij al zo lang van hield, en wist dat zijn beslissingen hier niet alleen door haar en de anderen werden gesteund - ze werden versterkt door hun aanwezigheid.

"Ik ben nooit zeker geweest van dit soort dingen," zei hij. "Maar het wordt tijd dat ik er zeker van ga zijn."

Ze keken elkaar een lang moment aan, tot Reggie de stilte verbrak. "Nou," zei hij. "Ik denk dat dat voor mij een goede reden is."

CHAPTER 38

JULIE

JULIE, Mrs. E en Reggie volgden Ben twee trappen op tot aan de top van de trap. Als dit het hoogste punt van de berg was, hadden ze het bereikt. Ben stopte, wachtend bij de deur.

Julie reikte naar Ben en legde haar hand op zijn schouder. "Laten we dit doen," fluisterde ze.

Hij knikte en duwde de deur open. Net als de deur beneden, was ook deze deur niet op slot. Of de Ravenshadow groep wist niet dat ze binnen waren, of ze waren niet bezorgd over de indringers.

Het was de laatste optie die Julie beangstigde. *Ze kunnen allemaal op ons zitten te wachten,* dacht ze. *Ons gewoon binnen laten lopen en ons op één plek verzamelen zodat ze kunnen...*

"Jules!" Reggie's stem brak in haar gedachten. "Kom op!"

Ze begon te joggen, zich realiserend dat zij de laatste was die over de drempel stapte. De anderen waren binnen, hun wapens getrokken en gericht op de gang.

En het was een gang, alleen... anders. In plaats van de uitgehakte mijnschachten waar ze doorheen waren gelopen, en de moderne industriële beton-en-metaal trap die ze hadden beklommen, was deze gang anders. Het leek alsof Julie terug in de tijd was gegaan. De steen was dezelfde als die waarmee de rest van de berg was gebouwd, maar de oppervlakken waren gebogen en glad in plaats van gekapt, alsof ze natuurlijk waren.

De rechthoekige vorm van de gang zelf leek door mensenhanden gemaakt, maar net niet. De rechte hoeken op de hoeken waren niet absoluut perfect; de lichte bochten en bogen in de muren doken en staken op onregelmatige manieren naar buiten. De hele schacht leek op een funhouse dat 3.000 jaar geleden was gebouwd.

"Vreemd," fluisterde ze terwijl ze naar voren stapte. "Het lijkt... oud. Ouder dan de rest van deze plek."

"Ja," zei Reggie. "Waarschijnlijk een van de eerste schachten die door de mijnwerkers werd uitgehakt."

"Denk je?" vroeg Ben. "Beale's jongens zeiden dat de Peruanen zo'n 200 jaar geleden begonnen met mijnbouw. Dit lijkt ouder dan dat."

"Zoals, *Atlantis* oud?" vroeg Reggie, met een spottende toon.

"Het hoeft niet zo oud te zijn," zei Julie. "Ik bedoel, niet noodzakelijk zo oud als Atlantis. We vonden bewijs van de Hall of Records in Egypte, en we hadden reden om te geloven dat het verplaatst was. En de laatste keer dat we hier waren..."

Ze maakte de zin niet af. Ze voelde zich dwaas - ze herinnerden zich *allemaal* de laatste keer dat ze hier waren geweest. De keren dat ze bijna gedood waren, weggevaagd door letterlijke reuzen, neergeschoten door het privéleger van Ravenshadow, of opgeblazen door de tank van de Guild Rite.

De herinnering deed haar huiveren, maar toen herinnerde ze zich de *echte* reden dat ze hier waren: Vicente Garza.

Wat voor hel ze ook had doorstaan, ze zou doorgaan tot Garza dood was. Het vinden van de Hall of Records lag meer in de lijn van het doel van de CSO, en het ontrafelen van de ware geschiedenis van de oude wereld was zeker opwindend, maar Julie kon zich op geen ander doel concentreren dan de wereld te bevrijden van de plaag die Garza en zijn persoonlijke leger was.

Ze bekeek de muren met belangstelling, maar het onderzoek zou moeten wachten.

"Maakt niet uit," zei ze. "Garza is hier, ergens. Laten we hem vinden."

Ben en mevrouw E knikten instemmend, en Reggie keerde zich weer naar de route. "Het lijkt erop dat het doodloopt ongeveer 30 voet omhoog. Dit is misschien een oude tunnel, maar Ravenshadow gebruikt hem. Er zitten licht- en stroomkabels aan het plafond."

Julie keek op en zag dat Reggie gelijk had. Bovendien liepen de twee leidingen naast elkaar in de richting van het doodlopende stuk en draaiden toen scherp naar rechts.

"Daar is vast een deur," zei ze. Ze begon te joggen, en merkte snel genoeg dat ze gelijk had. De oude gang eindigde, maar aan de rechtermuur was een modernere rechthoekige deur door de steen gehakt. Ze minderde vaart en gluurde om de hoek.

"Het is een andere kamer," zei ze. "Modern."

"Leeg?"

"Ja." Ze stapte de kamer binnen en draaide zich om, waardoor haar kleine duiklampje kon bewijzen dat ze alleen waren. Ze zag een lichtknopje aan de muur bij de deur, en zette het aan. De kamer baadde onmiddellijk in een oranje gloed.

En ze begreep onmiddellijk wat het was. Rijen computerservers, strak en zwart, stonden in 19-inch rekken onder schuine bureaus aan twee kanten van de vierkante ruimte. Het bureau zelf was uitgerust met meervoudige beeldschermen, variërend in grootte van een paar centimeter tot meer gestandaardiseerde breedbeeld HD-monitoren.

Een joystick van een videocontroller bevond zich naast een rollende bal, vergelijkbaar met die in oude arcadespelletjes, en beide waren bevestigd aan een van de bureaus die zich voor een monitor-console met vier panelen aan de muur bevonden. Zulke bureaus had ze ook al op de universiteit gezien, in de zendruimte van de nieuwszender op de campus, en in de videoproductiestudio's bij de afdeling computerinformatiesystemen waar ze het grootste deel van haar tijd doorbracht.

"Het is een video productie opstelling," zei ze. "Ik hoor het gezoem van de processors, dus het is aan en werkt, ook al staan de schermen op dit moment niet aan."

"Moet een soort observatieruimte zijn," zei Ben. "Misschien een veiligheidscontrolekamer?"

"Ik weet het niet," zei Reggie. "Lijkt me een beetje *onveilig* voor een beveiligingsstation. Dat zou waarschijnlijk achter gesloten en vergrendelde deuren in het centrum van de basis zijn, niet aan het eind van een gang op de top van de berg."

"Reggie en Julie hebben gelijk," zei Mevr. E. "Wat ze hier ook aan het doen zijn, het is voor observatie- en opnamedoeleinden, maar ik denk niet dat het met de veiligheid te maken heeft. Deze videoproductieruimtes zijn gewoonlijk apart gezet van waar het hoofdevenement is, voor isolatie en controledoeleinden. Daarom zijn er ook geen ramen."

"Is er een manier om erachter te komen wat ze observeren?" vroeg Ben. "Ik bedoel, zonder hen te laten weten dat we hier zijn."

Julie's headset kraakte. Ze was vergeten dat ze hem nog op had. Ze had de microfoon nog steeds uit staan, dus ze liepen geen gevaar dat Beale's bemanning hen zou horen, maar het betekende wel dat ze dichtbij waren.

De anderen hoorden het ook, ieder van hen reikte omhoog en friemelde aan hun oorclips.

"Om je vraag te beantwoorden," zei Julie. "Ja, ik denk dat ik in ieder geval een paar monitoren aan kan krijgen." Ze liep naar de grootste van hen en begon rond te kijken op het bureau. Het bureaublad was kaal, maar er zaten losse lades direct onder, boven de serverracks. "De monitoren staan waarschijnlijk allemaal aan, ze slapen gewoon. Ik heb een -"

"Een muis?" Reggie hield een draadloze computermuis omhoog en gaf hem aan Julie. "Aan jou de eer, Jules. Jij bent tenslotte de computerexpert."

Ze lachte. "Yeah, right. Mijn comp-sci graad en systeembeheer ervaring bij het CDC hebben allemaal tot dit moment geleid. Van het aanzetten van een bluetooth muis en het laten verbinden met een computer. "

Ze drukte op de aan-knop aan de onderkant van de muis en legde hem toen op het bureau. Binnen tien seconden ging een rood LED-lampje op de muis branden, en ging een computermonitor op het bureau voor Reggie aan

Ben glimlachte. "Nou, voor wat het waard is, daar zou ik niet aan gedacht hebben."

De computers moeten verbonden zijn geweest, want zodra de eerste computermonitor aanging, begonnen ook andere in de kamer tot leven te flikkeren.

Julie wilde net de pictogrammen op het bureaublad op het scherm voor haar bestuderen, toen haar ogen werden getrokken naar het scherm met meerdere panelen rechts van haar.

Haar ogen probeerden zich te concentreren op het beeld op het scherm, tot ze besefte dat het een video was die nog aan het bufferen was. Het beeld begon wazig, en werd toen langzaam scherp.

Ze fronste haar wenkbrauwen en keek er net zo lang naar tot het duidelijk was.

Toen viel haar kaak.

CHAPTER 39

BEN

BEN LIEP NAAR Julie's zijde en gluurde naar het computerscherm. Julie had het videobestand naar een andere monitor kunnen slepen die boven het bureaublad aan de muur was bevestigd. Het was een van de grotere monitoren, en de vier konden gemakkelijk de HD, full-color videobeelden zien.

Bens kleren waren bijna droog van hun duiktocht door de rivier, en hij schudde de pijpen van zijn broek uit en liet een paar druppels water op de stenen vloer vallen terwijl hij naar het computerscherm staarde.

Op het scherm zag Ben dat de camera hen de binnenkant van een grote ruimte liet zien. De vloer en de achterwand van de ruimte waren identiek aan die van de kamer waar ze zich nu bevonden - beige steen, uit de kern van de berg geschraapt door ofwel de oorspronkelijke mijnwerkers of door aannemers die door Ravenshadow waren ingehuurd toen zij de mijn overnamen.

Maar daar hield de gelijkenis op.

De ruimte waar ze naar keken was absoluut enorm. Ben schatte dat de ruimte minstens zo diep was als een voetbalveld lang was - een meter of driehonderd, en hij kon de linker- en rechtermuur niet zien, omdat de ruimte gewoon te groot was om binnen het kader van de camera te passen.

Hij dacht dat het misschien een truc was, een illusie die door de camera en het scherm met zijn ogen werd gespeeld, behalve een ander kenmerk van de kamer dat hem enig gevoel van schaal gaf.

In het midden van het met stenen ommuurde pakhuis stonden tientallen rijen tweevoetige machines naast elkaar, schouder aan schouder, naar de linkerkant van het scherm gericht. Het deed hem denken aan een scène uit een van de Star Wars-films, de rijen van duizenden stormtroopers die in de houding stonden, zich klaarmakend voor de strijd.

Alleen waren dit geen fictieve filmfiguren. Hij keek naar een *leger* van machines, elk in de vorm van een menselijke soldaat, met brede, brede schouders en een bolle rug waarvan hij aannam dat die de krachtbron van de machine vasthield, en dunne, korte benen met knievormige gewrichten waarvan hij wist dat ze hydraulisch werden aangedreven.

"Wat de..." fluisterde Reggie.

"Het is een soort leger," zei Ben. "Van machines."

"Exoskeletten," antwoordde Reggie. "Er moeten er honderden van zijn daar beneden."

"Denk je dat ze... werken?" vroeg Julie.

Reggie haalde z'n schouders op en Ben gaf geen antwoord. *Garza kennende, doen ze dat waarschijnlijk wel.*

Zijn ogen werden naar de linkerkant van het scherm getrokken toen ze beweging ontdekten. Kleine, vormeloze vormen - schaduwen - verschenen op enkele grote kratten en houten verzenddozen die in stapels op de rand van de vloer waren gestapeld.

"Wat is dat?" Zei mevrouw E, wijzend naar de schaduwen.

Waar de schaduwen een seconde geleden nog waren, waren ze nu verdwenen.

Julie fronste haar wenkbrauwen, maar Ben knikte. "Ja, ik zag het ook - daar!" hij prikte op het scherm, en net naast een van de dozen zag hij het.

Een voet.

Om precies te zijn, een *laars.* Een soldatenlaars.

"Beale's team," zei Reggie. "Het lijkt erop dat ze de lading meteen hebben gevonden. Bijna alsof ze precies wisten waar ze moesten zoeken."

"Te oordelen naar hun gesprek eerder, zou ik zeggen *dat* ze precies weten waar ze heen gaan. Of in ieder geval waar ze naar op zoek zijn."

Ben herinnerde zich hun woorden van de comms toen ze de bergbasis binnenkwamen.

Sturdivant wil een update.

"'Sturdivant wil een update,'" zei hij. "Dat was je oude baas, toch?"

"Hij was toen luitenant-kolonel, XO van onze brigade. Nu is hij waarschijnlijk kolonel, of brigadier generaal."

"Wat betekent?"

"Wat betekent dat hij de leiding heeft. Over een heleboel dingen."

"Strategisch soort dingen?"

Reggie knikte. "Ja, geheime zaken, waar generaals van hogerhand zich niet mee willen bemoeien, of zaken waar de Amerikaanse regering haar handen in onschuld wil wassen. Ze sturen het door naar iemand die weet hoe hij diplomatieke situaties delicaat moet aanpakken.

"Diplomatieke situaties, zoals het controleren van geheime militaire ontwikkelingen in een vreemd land zonder gepakt te worden?

"Ja," zei Reggie. "Dat soort dingen."

"Maar ik begrijp niet waarom ze hier in het geheim moeten zijn," zei mevrouw E. "Als ze op een of andere manier samenwerken met Garza..."

"Dat is het juist," zei Julie. "Zij mogen het *niet* zijn. Dat is de hele list - de reden dat ze met ons mee wilden gaan. Het houdt de illusie van anonimiteit in stand. Aannemelijke ontkenbaarheid. Ze zijn hier om Garza's werk te controleren, maar ze proberen waarschijnlijk door hem of zijn mannen *gezien te* worden."

"Nou, daar is het te laat voor," zei Reggie. "Ik ben er vrij zeker van dat die Ravenshadow jongens niet voor de lol met hun geweren schoten en kleine onderzeebootbommetjes in hun tunnel stuurden. "

"Nee," zei Ben. "Dat waren ze zeker niet. Ze hebben ons gezien, maar ze kunnen gewoon aannemen dat *wij het zijn*. Als in de CSO, plus een paar huurlingen. Geen reden voor hen om te vermoeden dat er ook een actieve geheime Amerikaanse militaire operatie hun muren doorbreekt."

"Dus ons meenemen was een manier om de list vol te houden,' zei Julie. "Zo kunnen ze ons de schuld geven, binnenkomen, weggaan en teruggaan naar Sturdivant met hun informatie over wat Ravenshadow hier doet.

"Klinkt logisch," zei Reggie. "Klinkt als het soort dingen die de Rangers en de Groene Baretten doen. Ze zijn getraind om te vechten, maar hun specialiteit is dit soort dingen. Infiltratie, heimelijke manoeuvres, en het extraheren van informatie. En te oordelen naar hun speciale kleine spionagevliegtuigje waarin we mochten meerijden, zijn ze behoorlijk goed in wat ze doen, en krijgen ze er een hoop echt cool speelgoed voor terug."

"Oké, dat vertelt ons *waarom* ze hier zijn, maar het vertelt ons niet het belangrijkere ding: *waar werkt* Garza aan? Het laatste wat we zagen was dat hij reuzen creëerde door ze te injecteren met gist en hun botten te breken."

Ben huiverde bij de herinnering. Het was gebeurd met Reggie, en ook met zijn vriendin, Sarah. Ze waren ontvoerd door Garza en meegenomen naar Peru, waar Garza's artsen hen hadden geïnjecteerd met een soort *albicans* gist dat een snelle botgroei veroorzaakte.

Zo was Reggie zijn arm kwijtgeraakt.

"Het lijkt me dat hij dat project heeft laten vallen," zei Reggie, starend naar het scherm. "Dat zijn niet bepaald reusachtige pakken. Maar ze zijn zeker bedoeld om door iemand gevuld te worden. Denk je dat hij zijn soldaten erin laat trainen?"

"Ik zie niet in waarom hij ze zo zou verspillen. Ze zijn al goed opgeleid, de meesten hebben een militaire achtergrond en zijn gelukkig in hun vel."

"Het zijn gewoon veel pakken om te vullen."

Toen hoorde Ben een hoge toon. Een enkel zoemend geluid, bijna onhoorbaar.

"Hoor je dat?"

"Ik wel," zei Julie.

"Ik kan niets horen," zei mevrouw E. "Wat is er?"

"Een heel hoog geluid," zei Ben. "En meestal verliezen we de hoge tonen als we ouder worden.

"Noem je mij oud?" vroeg mevrouw E, glimlachend.

Ben stak zijn handen omhoog. "Ik zeg alleen dat ik het kan horen. Dat is alles."

Julie en Reggie grijnsden, maar Julie knikte toen ze het woord nam. "Ik kan het zeker horen. Het komt waarschijnlijk van daar beneden, en we horen bloed dat helemaal hierheen komt."

"Wat is er?"

"Nou, kijk eens naar het scherm."

Ben deed dat, en hij zag weer beweging, dit keer aan de *rechterkant* van het scherm. De exoskeletpakken begonnen te bewegen, eerst langzaam. Hij zag een van hun armen draaien, toen een andere. Hij staarde naar het scherm, en duwde toen zijn gezicht dichterbij.

"Oh, mijn God," zei hij. "Ze zijn *al* binnen."

"Wie?"

"De mensen - wie ze ook zijn - ze zitten al *in* de pakken. Ze zijn allemaal vol. Elk van hen is *bemand*. Dat geluid dat we horen moet het geluid zijn van ze allemaal te activeren."

"Whoa," zei Reggie. "Dat is meer dan een beetje verontrustend. Het is alsof ze in een coma lagen. Totaal in slaap. We hadden het moeten merken, maar ze bewogen niet eens een klein beetje."

Ben voelde zijn bloed koud worden. *Dit is niet goed.* Net toen hij zijn bezorgdheid wilde uiten, klonk er een stem uit de verborgen luidsprekers in de kamer.

"*Hallo, Kapitein Beale. Het is een tijdje geleden.*"

"Dat is Garza," zei Julie.

"*Ik wil u persoonlijk welkom heten in het Ravenshadow hoofd-kwartier, en in mijn nieuwste project.*"

BEN STAARDE NOG steeds naar het scherm toen Garza's exoskeletten begonnen te bewegen. De golf begon aan de rechterkant van het scherm, en ging toen naar links. Uiteindelijk bewogen alle robots perfect synchroon, alsof ze door iets van buitenaf werden bestuurd in plaats van door de mensen in de pakken zelf.

Ze schoven en verschoven in perfecte formatie, sloten uiteindelijk hun rijen en deden toen een enkele stap voorwaarts. Ze stopten, wachtend.

Garza's stem klonk door de luidsprekers. Ben kon een van hen zien, een kleine cirkel van drie inch, verzonken in de bovenkant van het schuine gedeelte van het bureau links van hem.

"Dit is mijn nieuwste uitvinding," ging Garza verder. *"Hoewel ik jullie - het Amerikaanse leger - het meeste krediet moet geven. Jullie waren de oorspronkelijke leveranciers van de technologie. De HULC en de XOS 1 en 2 - ze werden gemaakt voor jullie gebruik, hoewel Lockheed Martin noch Sarcos ooit de vereisten voor energiebehoud konden achterhalen."*

Op het scherm stapte één man achter de kratten vandaan.
Beale.

Door zijn hoofddeksel, hoorde Ben zijn stem. *"Wat wil je, Garza?"*

"Wat wil ik?" Garza antwoordde. *"Ik ben niet degene die privé-eigendom betreedt en wapens in mijn gebouw brengt."*

"We zijn hier alleen om in te checken met onze -"

"Een telefoontje zou hebben volstaan."

"Wat ben je hier aan het bouwen, Garza? Dit is niet wat Sturdivant..."

"Sturdivant is niet mijn werkgever, Kapitein Beale. Hij is slechts een tussenpersoon. Hij heeft een lijst met eisen, ongetwijfeld een lijst die je op dit moment bij je hebt, en wees gerust, ik zal elk vakje op die lijst afvinken."

"Maar we moeten de technologie en het ondersteuningssysteem beoordelen, en verslag uitbrengen met -"

"Je zult niets van dat alles doen."

Er was een pauze, en Ben kon de mond van Beale nauwelijks zien bewegen op het scherm.

"Ze hebben van kanaal gewisseld," fluisterde Reggie. *"Dat is niet goed."*

"Het is een privé communicatie," voegde Mevr. E eraan toe. *"Wat betekent dat Beale iets bespreekt met zijn eigen mensen."*

"Zoals ik al zei - niet goed."

Beale's stem schakelde terug naar hun kanaal.

"Garza, we kunnen dit één op één afhandelen, in je kantoor. Laat je pakken terugtrekken en we zullen..."

"U bent hier niet om mij bevelen te geven," onderbrak Garza. *"Noch ben je hier om te onderhandelen. Je bent hier om mijn techno-logie te stelen."*

"Garza, we zijn niet..."

"Ik heb niet mijn hele bedrijf naar Peru verhuisd om gewoon weer geïnfiltreerd te worden door een illegale kracht," zei Garza. *"Ik waar-deer de implicaties niet. Ik zal je eens wat zeggen. Ik laat je team vertrekken, en we praten hier niet meer over."*

Weer een pauze, en toen kwam er een andere stem door Ben's headset. *"De deur is op slot, baas."*

Beale sprak met Garza. *"Heb je de deur achter ons op slot gedaan?"*

"Er is een andere uitgang aan de andere kant van de demonstratie verdieping." Zei Garza. *"Maar ik dacht dat je hier kwam voor een demonstratie?"*

"Garza..."

"Ik zal je laten gaan," ging Garza verder. *"Als je door mijn demonstratie komt."*

"Wat de..."

Een paar anderen op het kanaal - Beale's andere mannen, nog steeds verborgen achter de kratten en dozen - vloekten. Ben hoorde het duidelijke geluid van de mannen die hun geweren bewapenden.

"Ik zal het makkelijk maken. Je hebt precies tien seconden om naar de andere kant van de vloer te gaan. Ik zal een enkele Exo activeren voor de demonstratie, om geen van mijn andere prototypes te beschadigen."

De CSO groep keek naar de schermen, elk van hun gezichten vol van shock. Ben kon niet geloven wat hij net had gehoord.

"Denk je dat hij ermee doorgaat?" vroeg Reggie.

"Het is Vicente Garza," zei Julie, haar stem vol woede. "Hij legt aan niemand verantwoording af. Dit is pure arrogantie, en ik twijfel er niet aan -"

Haar zin werd onderbroken door het geluid van een claxon die door hun koptelefoons schalde, daarna het geluid van een computergestuurde vrouwenstem die de seconden aftelde.

"10..."

"9..."

"Shit!" Beale's mannen begonnen te kletsen, geen van hen nam de moeite om van kanaal te veranderen. Ben en zijn team konden alles horen.

"Ga naar de zijkanten, flankeer ze," zei Jeffers. *"We weten niet wie van die klootzakken geactiveerd wordt."*

Op het scherm splitste Beale's team van zes man zich in tweeën, drie man gingen naar de bovenkant van het scherm en drie naar de onderkant. De onderste drie verdwenen uit beeld, maar Ben kon duidelijk de drie soldaten op de bovenste helft van het scherm zien rennen, voluit sprintend langs de stenen muur.

"Zes..."

"Vijf..."

"Moeten we aanvallen? De mensen in de pakken uitschakelen?" vroeg een man.

"Negatief," zei Beale. *"Spaar je munitie, zoek dekking waar die kisten aan de andere kant zijn."*

Ben kon de dozen niet zien, maar hij nam aan dat er kratten en dozen langs de verste muur stonden, net als links op de computer-monitor.

"Drie..."

"Twee..."

"Shit! Beale, we gaan het niet redden..."

"Hou je kop en ga ergens achter staan!"

Jeffers' stem weer. *"Maak je klaar, jongens. Richt op de benen. Het hoofd is afgeschermd, maar als we het op de grond kunnen laten vallen..."*

"Een..."

Er klonk weer een claxon, en Ben zag dat Julie haar hand voor haar mond hield. Hij zoog een scherpe hap lucht naar binnen.

Garza gaat toch niet...

Een van de exoskeletten - Exos, zoals Garza ze had genoemd - in het midden van de groep machines kwam tot leven. Ben kon nauwe-lijks de donkergekleurde, zwartharige persoon zien die erin zat. Het draaide zich met een vloeiende beweging van drie stappen helemaal om en begon toen naar de tegenoverliggende muur te marcheren.

"De deur is nog open, jongens," zei een van Beale's soldaten. *"Het is nog ongeveer 15 meter, en we kunnen..."*

Een lichtflits vulde het scherm, voordat de camera tijd had om de belichtingsinstellingen aan te passen. Een seconde later hoorde Ben een luid *rat-tat-tat* geluid in zijn oren, en toen zag hij dat de Exo had gevuurd met een wapen dat hij nog niet eerder had gezien.

"Het zit op zijn schouder," zei Reggie. "Een soort machinegeweer, een soort mini geschutskoepel."

Het wapen ratelde weer, en Ben zag de kleine vonkjes van tracer kogels uit de Exo dansen. Het licht van de kogels stotterde over het scherm, ongetwijfeld omdat de vernieuwingsinstellingen van het scherm en de camera de snelle kogels niet konden bijhouden.

Hij hoorde het resultaat van het vuur door de microfoons van de soldaten zelf. Een man schreeuwde, een ander gromde alleen, een misselijkmakend, nat geluid van gorgelend bloed en lucht.

Nog een ronde van eenrichtingsvuur, en nog twee mannen schreeuwden.

"Shit!" Zei Jeffers. *"Lang is neer. Sir, we moeten..."*

Nog een vuurgevecht en Jeffers stem viel weg.

Er klonken nog een paar schoten uit de op de schouder gemonteerde geschutskoepel, en Ben dacht een paar schoten te horen van wie er nog over was van Beale's bemanning, daarna was het stil.

Het was voelbaar. Ben keek de kamer rond. De uitdrukking van mevrouw E was stoïcijns, maar hij kon de energie in haar voelen, het vuur achter haar ogen. Reggie was woedend, zijn lichaam schokte zachtjes.

Julie's gezicht was een abstract kunstwerk van emoties. Boosheid, woede, verdriet, verwarring. Misschien zelfs tevredenheid, de verwondering dat ze niet bij Beale's groep was toen het gebeurde.

"Zijn... jullie oké?"

Hoofden schudden. Julie keek hem aan. Hij wilde dat ze tegen hem zei - tegen hen allemaal - dat ze zich moesten omdraaien, de trap af moesten gaan om hun duikspullen te pakken en de weg te nemen die ze gekomen waren.

Hij wilde dat dit ophield, weggaan, naar huis rennen, bij de open haard zitten en zich niet druk maken over exoskeletten of corrupte soldaten of Garza.

Maar toen was er een speldenprikje van realisatie. Een kleine, microscopische openbaring die begon als een zaadje, en snel ontkiemde tot een volwaardig gevoel. Hij wist dat het de waarheid was, en hij had geprobeerd het in zichzelf te verbergen.

Hij wilde dat het *niet* waar was, maar hij wist dat Julie hetzelfde voelde. Dat deden ze allemaal.

Ze wachtten tot hij het bevel zou geven.

Ze opende haar mond, en sprak haar waarheid. *Zijn* waarheid.

"We moeten doorgaan," zei ze. "We moeten hem stoppen."

Ben knikte en wachtte toen tot de anderen akkoord gingen. Ze deden dat zonder aarzeling.

"Oké," zei hij. "Oké. Laten we gaan. De trap brengt ons naar dat niveau; we kunnen het pakhuis vinden en ons oriënteren. We weten niet waar Garza is, maar hij zal de basis niet verlaten tot hij weet dat Beale's bemanning dood is. Laten we gebruik maken van het verrassingselement zolang hij niet weet dat we..."

Ben werd onderbroken door het geluid van de luidsprekers die weer door de lucht kakelden.

Hij hoorde zijn naam, en zijn bloed koelde onmiddellijk af.

"Hallo, Harvey Bennett," zei Garza. *"Ik wilde ook niet dat je de demonstratie zou missen. Ik ben blij dat je ons observatiedek kon vinden. Hopelijk heb je iets kunnen zien?"*

De verklaring eindigde alsof het een vraag was, maar Garza's stem ging verder. *"Nu we klaar zijn met Beale, denk ik dat het verstandig is om af te maken wat we begonnen zijn - jij en ik. Hoe klinkt dat, Ben?*

Bens vuisten balden zich en zijn knokkels werden wit. *Hij weet dat we hier zijn.*

"Zeer interessante strategie, zou ik kunnen toevoegen. Onze afval- en circulatietunnel gebruiken? Heel goed spul. Maar ik moet het vragen: wat is nu in godsnaam je plan?

Ben sloot zijn ogen en boog zijn hoofd. *Dat is een goede vraag.*

Wat is verdomme nu het plan?

CHAPTER 41

GARZA

"MENEER?"

Garza stond met zijn rug naar de deur, zijn ogen gericht op het computerscherm op zijn bureau, waar hij de gebeurtenissen op de demonstratievloer had gadegeslagen. Hij stak zijn rechterhand omhoog en wuifde naar de soldaat om binnen te komen. Vicente Garza was in zijn privé-vertrek, dat voor hem nauwelijks een kamer was - geen ramen, geen kasten, en hij had geen eigen toilet. De kamer was in de steen gehouwen, net als de andere ruimten op de werkvloer van de mijn.

"Kom binnen," voegde hij eraan toe, zijn stem gespannen om een air van ergernis toe te voegen.

De laarzen van de soldaat klikten snel op de vloer, en hij voelde de jongeman aan zijn linkerzijde.

"Wat is er?"

"De, uh, indringers. Ze zijn nog steeds in het pakhuis, maar we denken dat ze dood zijn."

Garza knikte. "Hou ze daar. En hou de Exo onder stroom. Elke beweging zal ontdekt worden, en Beale's bemanning zal grondig uit beeld zijn."

"Yessir."

"En de andere indringers?"

De jongen pauzeerde, en begon toen abrupt met een voorgedragen beveiligingsprotocol. "We hebben de tweede groep ongeveer vier minuten na de eerste ontdekt, en we volgen ze sindsdien. Ze zijn nog steeds op het observatiedek op de bovenste verdieping, maar we denken dat ze via de trap naar beneden zullen gaan zoals ze gekomen zijn.

"Dat is waarschijnlijk de enige optie die ze denken te hebben. Zijn ze gewapend?

"We... uh, we weten het niet, meneer."

"Nou, zoek het uit."

Garza leunde achterover in zijn computerstoel en haalde twee handen door zijn zout-en-peper haar. Hij had het gevoel dat hij in de afgelopen vijf jaar vijftien jaar ouder was geworden. De laatste tijd had hij zelfs het gevoel dat zijn verouderingssnelheid verdrievoudigd was.

Hij voelde zich afgeleid, op het randje, en nerveus. Hij had maar twee koppen koffie gedronken - één minder dan gewoonlijk - maar hij had het gevoel dat hij precies wist waarom hij zich zo voelde.

"Ik ken deze man. Harvey Bennett. En zijn team. De Civilian Special Operations. Ze bemoeien zich nu al een paar jaar met ons werk, en het wordt tijd dat we het afhandelen zoals het hoort in Philadelphia."

"Yessir."

De soldaat stond als een schildwacht naast Garza. Hij was ongetwijfeld de jongen die de opdracht had gekregen Garza tevreden te houden, de jongen die de onfortuinlijke taak had het slechte nieuws te brengen dat zijn team had opgegraven.

Het irriteerde Garza dat zijn mannen - getrainde moordenaars, gewend bevelen op te volgen, de meesten met een militaire achtergrond - bang voor hem waren. Maar hij was niet het soort man om over zulke dingen te mokken. Hij was Ravenshadow niet begonnen om zijn leiderschap en charisma te testen. Hij wilde dat zijn mannen hem waardeerden, maar hun loyaliteit aan hem stond veel hoger op zijn lijst dan hun liefde voor hem.

"Zoon, wat is je naam?"

Er was een tijd in het begin dat hij al zijn mannen kende. Hij kende de meesten van hen bij naam, op papier, maar hij herkende er nu nauwelijks meer een paar. Zijn organisatie was de afgelopen twee jaar in omvang verdubbeld, en hij had bijna zelfmoord gepleegd om zijn strenge normen voor training en ontwikkeling te kunnen handhaven.

De Ravenshadow Group, LLC. telde nu bijna driehonderd man, allemaal in opleiding door zijn 'gauntlet' van aanwervingsoefeningen of behorend tot zijn actieve paramilitaire troepen. De helft van die mannen was nog steeds in de VS, werkend aan enkele van Garza's bestaande contracten.

De rest, inclusief deze jongeman, was hier.

"Mijn naam is soldaat Miller, sir."

"Heel goed, Miller. Dank u voor uw verslag. Als dat alles is, dan..."

"Eigenlijk, meneer," zei Miller, zijn stem haperend. "Er is... iets anders."

Garza trok een wenkbrauw op.

"Uw, uh, koper. De deal - in de stad?"

Garza knikte en spoorde de jonge soldaat stilletjes aan om het uit te spugen. In de stad' betekende in dit geval 'Lima'. Hoewel Lima op anderhalf uur vliegen van het dichtstbijzijnde vliegveld lag, was het de enige andere stad in Peru die enige betekenis had voor Garza, en dus voor Ravenshadow. Zijn mannen waren allemaal door Lima gekomen voordat ze in de regio landden, dus het was in feite hun 'stad' geworden.

"Wat is daarmee?"

"Er is... een tegenslag geweest."

Garza verstijfde. Zijn tijdschema was uiterst strak. De levering van zijn product moest precies op tijd gebeuren anders zou de deal niet doorgaan. Elke vertraging aan beide kanten zou een ramp betekenen.

En elke ramp zou Garza *veel* geld kosten.

"Wat voor tegenslag, Miller?"

"Nou, meneer, de koper heeft... vragen gesteld."

Garza schudde zijn hoofd. *Idioten. Ik wist dat ze dit hele proces anders hadden moeten aanpakken.* Hij verachtte politiek, en speelde het spel alleen mee als hij er voordeel bij had. En zelfs dan was hij er niet erg goed in. Deze hele deal hing af van het feit of de andere partijen het politieke spel meespeelden, en of ze dat goed genoeg deden zodat de wereld een oogje dicht zou knijpen voor Garza en Ravenshadow.

Het risico was groot, maar de beloning was potentieel het grootst.

Garza was nogal risicomijdend, maar in dit geval had hij zijn gok gewaagd.

"Wat vragen ze?"

"Ik, uh, ben niet helemaal zeker van de details van de transactie, meneer," zei Miller. "Uiteraard. Maar ik heb gehoord dat ze aarzelen."

"Om de deal te sluiten? De deal is zo goed als rond, we hadden alleen een persoonlijke ontmoeting nodig."

"Juist," zei Miller. "Ze zijn gewoon... bang aan het worden."

"Wisten ze van Beale's team?"

Miller keek zichtbaar geschokt. "Nee, meneer - natuurlijk niet. *We* hadden geen idee dat ze hier waren tot een uur geleden."

"Oké, prima." Garza stond op, ten teken dat deze ontmoeting voorbij was. Miller zou geen informatie meer hebben die nuttig voor hem zou zijn. De deal zou gesloten worden, met of zonder de 'aarzelende' partij. Het was jammer, en het zou de aard van de politieke gevolgen die betrokken zouden zijn veranderen, maar de deal zou worden gesloten. "Zeg je team te activeren. Mijn orders. Drie eenheden op actieve patrouille, de rest zoals gewoonlijk, maar in hoogste staat van paraatheid."

"Yessir."

"Het CSO team is *niet* zo burgerlijk als hun naam doet vermoeden, Miller. Ik verwacht dat je die informatie ook mee terug neemt naar je team."

Miller fronste zijn wenkbrauwen, en Garza kon zijn gedachten bijna horen. *Maar ze zijn maar met z'n vieren. En ze hebben geen militaire training als een eenheid.*

"Miller," zei hij, zijn stem een paar tonen lager. "Ik meen het. Dit team is volledig in staat om een kwart van onze troepen uit te schakelen als ze niet voorbereid zijn. Ze zullen deze berg niet levend verlaten, maar ik wil zo weinig mogelijk Ravenshadow-ers verliezen."

Miller knikte. "Ja, sir. Ik begrijp het, sir."

Miller wachtte niet op zijn ontslag. Hij draaide zich om en verliet de kamer. Garza wachtte tot hij de laarzen van de soldaat in de gang hoorde, toen ging hij terug naar zijn computer.

BEN

"WE MOETEN HIER WEG," zei Ben. "Nu."

Reggie knikte, maar Mrs. E en Julie leken in trance te zijn.

"Jules," zei hij weer. "Kom op."

Ben begon naar de deur te lopen toen Julie hem tegenhield. "Ben," zei ze. "Wacht."

"We kunnen het ons niet veroorloven te wachten," zei Reggie. "We moeten weg -"

"*Hoe* eruit komen?" Julie schoot terug. "We komen er niet uit langs de weg waar we binnenkwamen - er zullen nu wel Ravenshadow-jongens over die toegangstunnel *kruipen*. En er is geen manier om door die 'demonstratievloer' te komen, of hoe Garza het ook noemde."

"Dus wat stel je voor?"

"Ik stel voor dat jullie de deur bewaken, althans voor een minuut. Laat mij en Mevr. E kijken of we in het computer systeem kunnen komen."

Ben zuchtte, maar Julie wachtte niet op een antwoord. *Ze weet wat ze doet,* zei hij tegen zichzelf. Hij liep met Reggie naar de deur en waagde toen een blik in de gang. *Leeg.*

"Hoe lang denk je dat het gaat duren?" vroeg Reggie aan Julie.

"Om door de encryptie te komen die ze hebben? Geen idee. Maar het is niet zo dat we het risico lopen dat ze onze aanwezigheid merken. Daar zijn we al voorbij."

"Ja," zei Ben, "daarom moeten we *hier weg*. We zijn schietschijven hier, en -"

"Hou je mond en laat me werken," antwoordde ze.

Ben keek toe hoe de twee vrouwen bezig waren terwijl hij en Reggie in de deuropening van de stenen kamer stonden. Hij voelde de druk van angst zijn systemen overspoelen; de adrenaline bouwde zich op maar kon nergens heen. Hij had geprobeerd zichzelf te trainen om die gevoelens weg te duwen, maar hij wist dat het chemische reacties waren - er was weinig wat hij kon doen om ze naar zijn hand te zetten, behalve ze uit te oefenen.

"Het lijkt erop dat ze hun diepere systemen goed beveiligd hebben," hoorde Ben Julie tegen mevrouw E zeggen, terwijl het tweetal door het computerstation bladerde. "Wachtwoord beveiligd, zelfs netvlies scan voor sommige van deze mappen."

"Daar," hoorde hij mevrouw E zeggen. "We hebben geen wachtwoord nodig voor dat bestand."

Julie dubbelklikte op iets en een enorm raster flitste op de schermen boven het station. Een afbeelding van een labyrintisch tunnelsysteem, een tekening van een kunstenaar, verscheen.

"Het is een kaart," zei Julie. "Van deze plaats."

Ze klikte opnieuw en het beeld verschoof, leek zijwaarts te vallen in de 3D-ruimte en daarna in zichzelf in te storten. "Het lijkt erop dat dit de niveaus zijn," zei ze. "Het pakhuis - demonstratievloer - moet hier zijn, precies in het midden. De oude mijnschachten doorsnijden de ruimtes langs de buitenmuren, maar de meeste van Garza's nieuwere opgravingen en bouwwerken zijn gericht op die centrale ruimte."

Ben en Reggie liepen er weer heen. Ben wilde alles goed bekijken, proberen de ruimtes en gangen te onthouden. Het was een hele opgave, maar hij hoopte dat ze met z'n vieren een realistische indruk konden krijgen van het interieur van de berg.

Vooral de uitgangen.

"Zie je een uitweg?" vroeg hij.

Julie zette het beeld terug naar de top-down weergave die ze eerder hadden gezien, en Ben zag nu dat de Ravenshadow basis uit vier verschillende niveaus bestond. Het pakhuis waar ze hadden gezien hoe Beale's team werd afgeslacht, nam een centrale plaats in op de bovenste drie. Het laagste niveau, alleen gelabeld met de letter "X", strekte zich uit langs de zijkanten van de kaart en buiten het scherm. Julie klikte op het niveau net daarboven, met het label "Niveau 1," en wees toen naar twee lange rechthoekige gangen die aftakten van het centrale gebied.

"Hier," zei ze. "Een die naar het westen gaat en een andere die naar het noorden schiet."

"Ja," voegde Reggie eraan toe. "Dat is alles wat ik zie, ook. Verdomme."

"Er moet iets anders zijn," zei Ben.

"Waarom?" vroeg Reggie als antwoord. "Het is al moeilijk genoeg om een mijn te bouwen, en Garza is niet echt het gastvrije type. Hij wil geen gezelschap, en als hij dat wel wil, wil hij ze waarschijnlijk op een plek houden waar hij ze kan zien."

"Juist," zei Julie. "Hij zal de in- en uitgangen willen kunnen controleren, dus met slechts twee - of drie, als je de weg meerekent waarlangs we binnenkwamen - is het veel beter beheersbaar."

"Oké," zei Ben. "Goed. Maar twee echte uitgangen. Ze zullen bewaakt worden, en er is geen manier om ons er door te vechten."

"Vooral niet tegen wat die Exosuit-dingen ook zijn," zei Reggie.

"Dus wat doen we?" vroeg Mevr. E.

"Hetzelfde als we altijd van plan waren," zei Julie. Ze vergrootte een deel van de kaart met behulp van het scrollwieltje op de muis. Ben zag dat het gebied dat ze had uitvergroot, gevuld met vierkante kamers en ruimtes, was gelabeld met de letter O. "Kantoren. Dit is waar Garza zal zijn."

"Gaan we nog steeds door met het plan?" vroeg Reggie.

Ze wierp hem een blik toe die Ben alles vertelde wat hij moest weten.

"Waarom zouden we niet?" zei ze. "Als we Garza uitschakelen, dan wordt alles - ook hier levend wegkomen - makkelijker."

Ben knikte. "Ze heeft een punt. Zijn leger zal nog steeds boos zijn en waarschijnlijk een gevecht leveren, maar zonder hun leider zal hun organisatie afbrokkelen."

"Oké," zei Reggie, terwijl hij het magazijn van zijn aanvalsgeweer dichtklapte. "Laten we erheen gaan. Twee trappen af en we worden in de kantoren gedumpt? Niets aan."

Mrs. E en Julie stonden op en liepen naar Reggie en Ben bij de deur.

Niets aan, dacht Ben. *Was het maar zo makkelijk.*

Hij wilde weggaan, maar stopte toen bij de deur.

Hij realiseerde zich dat hij en Reggie de deur niet hadden bewaakt.

"Wat de..."

"Wat is er?" vroeg Julie.

"Niet *wat. Wie.*"

Hij draaide zich opzij, en onthulde de persoon die voor de deur stond.

Victoria Reyes.

VADER EDMUND CANISIUS sloeg de hoorn van de telefoon neer. *Dit is een schande,* dacht hij.

Hij stond en liep door de kamer, in zichzelf pratend. "Zijn alle vluchten vol?" zei hij tegen niemand. "Zelfs geen vlucht naar een andere stad."

De conferentie zou over een dag afgelopen zijn, en het leek erop dat iedereen van plan was om op precies hetzelfde tijdstip de stad te verlaten. Hij had niet eerder een vlucht geboekt vanwege de aard van zijn werk hier. Namelijk omdat hij *geen idee* had wat dat werk eigenlijk inhield.

Hij haalde een paar keer adem om zichzelf te kalmeren. *Overdrijf niet, Edmund. Er is gewoon een misverstand geweest.*

Hij wist dat hij nog steeds gefrustreerd was over zijn collega's en superieuren in het Vaticaan - zij hadden hem op deze vruchteloze zoektocht gestuurd om... iets te doen. In een vreemd land waar hij niemand kende, en om een deal te sluiten waarvan hij niet begreep wat die moest opleveren. Zeker, zijn kant zorgde voor de financiering, maar hij was nog steeds niet zeker van wat de Orland Groep zou leveren.

Rebecca St. Clair was cryptisch, maar aardig genoeg. Ze was een gepolijste bureaucraat, een getrainde leidinggevende, een rol waarvoor acteren een groot pluspunt zou zijn. Het was dus heel goed mogelijk dat ze gewoon met hem gespeeld had, tegen zijn emoties en verwarring in om hem iets af te troggelen.

Maar... wat?

Hij kon er niet achter komen welk spel er gespeeld werd - in welk schaakspel hij als pion fungeerde. Hij wist dat hij er een was, hij wist alleen niet wie de andere stukken waren. Was St. Clair de Koningin? Of de Koning?

Of was zij een van de *spelers*?

Het telefoontje met de receptie van het hotel stelde weinig voor om zijn zenuwen te kalmeren. De stem van de vrouw was weliswaar kalmerend, maar doorspekt van uitputting, en hij wist dat hij de zaken alleen maar erger maakte door steeds maar weer te vragen of ze een vlucht voor hem terug naar Rome kon boeken. Het was een ouderwetse manier van doen, maar Edmund kende geen andere manier. Zijn assistenten deden dat soort dingen meestal thuis en hij kreeg gewoon de routebeschrijving.

Het werd hem steeds duidelijker dat hij hier in Peru was omdat hij iemand in het Vaticaan op het verkeerde been had gezet. Dat was niet ongewoon, maar om hem te dwingen de wereld rond te reizen, met de opdracht een deal te ondertekenen die al bijna rond was, zonder de middelen om hulp te zoeken bij iemand in zijn omgeving, was iets heel anders.

Hij had iemand boos gemaakt, maar hij wist niet zeker wie. Noch wist hij wat hij precies had gedaan. Was hij hier om de spot met zichzelf te drijven? Om de wereld te laten zien hoe weinig hij *van* de wereld begreep? Hij was een man van het priesterschap, en hij nam zijn geloof serieus, maar hij kon niet begrijpen wat God op dit moment van hem zou vragen.

Hij richtte zich weer tot de telefoon en nam het nummer dat hij een paar dagen geleden haastig op een notitieblaadje had gekrabbeld.

Hij pakte de telefoon, wachtte op de kiestoon en draaide toen het nummer. Hij verwachtte niet dat er iemand zou opnemen, maar bij het derde belsignaal hoorde hij de verbinding.

"Hallo, dit is Rebecca St. Clair."

"Hallo, uh - Mevrouw St. Clair? Dit is Vader..."

"Edmund!" de vrouw aan de andere kant leek positief blij om van hem te horen. *Ze is net een politicus,* dacht hij. *Probeert me goed te laten voelen.*

"Ja, hallo," ging hij verder. "Ik vroeg me af of u de transactie heeft ontvangen?"

"Inderdaad, Vader. Dank u. Alles is goed."

"Prachtig. In dat geval, hoopte ik dat we dit konden afronden..."

"We moeten de papieren tekenen, Vader. Weet u nog? Het contract is nog niet getekend, en we moeten elkaar over een dag ontmoeten."

Hij wist het. Morgenavond, om precies te zijn. In hetzelfde restaurant waar ze elkaar eerder hadden ontmoet. Maar hij wist niet *waarom* ze zo lang moesten wachten. *Kunnen we niet gewoon het contract tekenen en er dan klaar mee zijn?*

"Ik weet dat u graag terug wilt naar het Vaticaan,' zei Rebecca. *"En ik verontschuldig me voor de fanfare en de charade, maar het is van cruciaal belang dat we ons aan de tijdlijn houden."*

Vader Canisius verzamelde een klein beetje moed ergens binnenin. "Waarom?"

Het kwam er bot uit, en, naar hij dacht, nogal onbeleefd.

"Nou, Vader, omdat dat is wat onze belanghebbenden en investeerders hebben gevraagd."

Hij knikte in zichzelf. *Een bot antwoord op een botte vraag.* Het beantwoordde niets, echt niet, en dat wisten ze allebei.

"En ik ben blij dat je belde - je moet de bijgewerkte instructies van je superieuren hebben ontvangen?"

Canisius fronste zijn wenkbrauwen. *Bijgewerkte instructies?* En wie waren deze *superieuren?* Hij werkte met een bureau van kardinalen en bisschoppen, maar ook met assistenten en programmadirecteuren uit de lekensector. Iemand trok aan de touwtjes - *zijn* touwtjes - en dat zat hem niet lekker.

Hij schraapte zijn keel en probeerde te veinzen dat hij wist waar ze het over had. Hij wenste op dat moment dat hij net zo handig was met technologie als met geschriften. Hij had een manier moeten hebben om emails te checken, of het nu met een mobiele telefoon was of met een laptop. Hij had zich voorgenomen om op weg naar het diner naar het business center van het hotel te gaan om in te loggen bij zijn Vaticaanse kantoor, maar dat had hij nog niet gedaan.

"Ik, uh, verontschuldig me," zei hij uiteindelijk. "Dat heb ik niet."

Er was een pauze aan de andere kant, en hij hoorde het gedempte geluid van St. Clair die met iemand anders sprak.

"Ik geloof dat het mijn beurt is om mij te verontschuldigen, Vader," zei ze. *"Ik heb vanmorgen vernomen dat uw aanwezigheid vereist is bij de aankoop.*

"Ik weet niet eens wat we kopen."

"Natuurlijk," zei ze. *"Maar dat is wat er in de bijgewerkte routebeschrijving staat. De partijen hebben persoonlijk om uw aanwezigheid gevraagd."*

Hij kneep het gebied boven zijn neus. *Tot zover het halen van een vroege vlucht naar huis.* "En waar gaat deze transactie plaats vinden?"

Hij was niet van plan zo geïrriteerd te klinken, maar hij wist dat het geen geheim was dat hij gefrustreerd was. St. Clair speelde misschien niet met hem, maar iemand anders wel. En wie het ook was - wie er ook de lakens uitdeelde in het Vaticaan - zou een lang gesprek met Edmund hebben als hij terugkwam.

"Het spijt me, maar ik moet gaan. Alle informatie die u nodig heeft staat in de route update, en ik heb vernomen dat u persoonlijk bent gemaild met het verzoek."

Hij bedankte St. Clair en hing de telefoon op.

Hij moest zijn hoofd leegmaken, proberen hier wijs uit te worden. Iemand wilde dat hij in Peru was, maar wilde niet dat hij wist *waarom* hij daar was. Hij hield er niet van een pion te zijn in het spel van iemand anders, noch hield hij van de implicaties dat hij wegwerpbaar was.

Hij besloot een wandeling te maken. Op weg naar buiten kon hij inloggen op de computer van het hotel, en misschien zou de e-mail met de routebeschrijving hem meer informatie geven. Hij was er niet zeker van dat hij iets met die informatie zou kunnen *doen*, maar het was toch informatie.

JULIE HAASTTE ZICH naar voren en omhelsde Victoria. "Oh, mijn God," zei ze. "Ik dacht dat je - ik wist niet dat je nog leefde."

Victoria stond rechtop, zonder Julie te omhelzen. Toen Julie haar losliet, leek de vrouw zich wat te ontspannen en uit te ademen, hoewel haar ogen dwars door haar heen leken te kijken.

Raar.

"Volg mij," zei Victoria.

Julie draaide zich naar Ben en wachtte op zijn reactie. Haar man bewoog eerst niet, en Julie vroeg zich af of hij haar wel gehoord had. Julie wilde Ben net een duwtje geven toen hij zich naar haar omdraaide. "Wat denk je ervan?" vroeg hij.

Voordat ze kon antwoorden, sprong Reggie ertussen. "Weet jij een weg naar beneden? Behalve de trap? Ergens waar geen leger-mensen van je vader rondkruipen?"

Victoria knikte.

"Geweldig - laten we gaan."

"Reggie," zei Julie, haar stem aarzelend.

Maar hij was al weg. Victoria leidde Reggie en Mrs. E de kamer uit, naar rechts.

Julie pakte Ben's arm voordat ze weggingen. "Ben," fluisterde ze. "Er klopt iets niet."

"Ja," zei hij. "We zitten in een oude mijn, worden achtervolgd door gemuteerde machines, en..."

"Nee," zei ze. "Daar heb ik het niet over. Ik heb het over *haar*. Victoria."

Ben fronste zijn wenkbrauwen. "Wat bedoel je?"

"Ze is... niet goed. Iets aan haar lijkt vreemd."

Ben pauzeerde even en keek toen op Julie neer. "Zij is onze beste optie, Jules. Tenminste voor nu. Laten we proberen te zien wat zij weet - zij is hier al langer dan wij."

"Dat is precies mijn -"

Ben trok Julie de kamer uit, in de richting waarin ze Victoria en de anderen hadden zien gaan. Julie was ervan uitgegaan dat de gang daar eindigde, in de donkere en schaduwrijke hoek van de bergbasis, maar ze merkte dat Victoria haar hand tegen de muur drukte, en de muur zelf leek te bewegen.

Het danste en zwaaide, en toen stapte Victoria *er doorheen*. Reggie en Mrs. E volgden op de voet.

"Wat krijgen we nou? Zei Ben. "Hoe heeft ze..."

"Het is een gordijn," zei Julie. "We moeten het gemist hebben."

Julie stapte naar voren en drukte haar eigen hand ertegen. Wat zij dacht dat een stenen muur was, was niets meer dan een zwaar stuk jute, in dezelfde grijsachtige kleur als de rest van de muren. In het lage licht van de communicatie- en videoruimte die ze net verlaten hadden, was de stoffen muur identiek aan de andere muren.

"Trippy," zei Ben terwijl hij naast Julie ging staan.

Zij bevonden zich in een andere gang, deze was donkerder dan de gang die zij zojuist hadden verlaten, maar Victoria had een zaklantaarn uit haar zak gehaald en richtte deze op de tunnel. Julie zag dat de steen hier leek op de toegangstunnel die ze waren opgeklommen, degene die de afvoerschacht had verbonden met de rest van Garza's basis.

De steen leek verweerd, en het had een lichtere, meer bruine kleur. Zij wilde het met haar duiklamp onderzoeken, maar Victoria leidde hen snel door de licht dalende gang naar wat een kruispunt leek te zijn.

"Ik heb hier niets van op de kaart gezien," fluisterde Ben.

Julie schudde haar hoofd. "Ik ook niet. Ik denk dat het een deel van de oorspronkelijke mijn is."

"Ja, wat hebben ze hier eigenlijk gedolven?"

"Geen idee. Beale's mannen zeiden dat ze het niet zeker wisten - er zijn geen officiële gegevens van wat *voor soort* mijn dit was, maar gezien de andere in de buurt dachten ze dat het zilver of koper was."

"Hmm. Ja, ik zie alleen geen 'mijn'-achtig spul, zoals sporen. Of mijnkarren."

"Of trollen of dwergen," zei Julie grinnikend. "Het is niet zo dat wij mijnexperts zijn, Ben. Het is niet omdat we geen stereotype mijn-bouwtoestellen zien, dat er hier nooit iets van die dingen geweest is."

"Dat is waar," zei hij. "Maar ik heb het gevoel dat we *het zouden weten* als we in een mijn waren, weet je?"

"Misschien. Hoe dan ook, deze muren zijn zoals die andere die we zagen. Zoals een ander soort steen of zoiets."

"Ouder," zei Ben. "*Veel* ouder. We zitten in een van de oorspron-kelijke schachten. Het gesteente kan zelfs van een andere samenstel-ling zijn, of het heeft meer of minder contact gehad met natuurlijk ondergronds water, dus er is hier een heel andere stijl van afzettingen."

"Wat het ook is, het *voelt* anders. En dat brengt me terug bij Victoria. Ze is gewoon... weg."

"Ze gedraagt zich vreemd sinds ons huwelijk."

Julie dacht hier even over na terwijl de groep zich langs de schacht haastte. "Ja, dat is eerlijk. Maar het lijkt erop dat we nog iets missen."

"We missen *altijd* iets anders," zei Ben. "Tenminste, zo voelt het. We zitten er altijd tot over onze oren in met dit soort dingen, en uiteindelijk moeten we alles inhalen."

"We leven tenminste nog."

Victoria draaide zich om en ging een kamer aan de rechterkant binnen - een kamer waar een deur ruw aan bevestigd was. Julie meende te zien dat de vrouw beide kanten op keek voordat ze naar binnen ging, ongetwijfeld op zoek naar een van de Ravenshadow mannen die in deze vergeten gangen patrouilleerden.

Ze begeleidde Reggie, Mrs. E en Ben de kamer in, die allemaal hun wapens in de aanslag hadden, wachtend op elk teken van een Ravenshadow hinderlaag. Julie had een pistool, maar dat zat nog in haar holster. Toen ze haar vriendin passeerde, flitste Julie met het duiklampje in haar ogen.

"Ben je in orde, Victoria?" vroeg Julie.

Victoria leek verward. Haar ogen flitsten heel snel naar links en rechts, heel lichtjes, maar ze leken niet aangetast door het licht dat in hen scheen. Zelfs haar houding was een oxymoron. Ze leek een beetje uit balans, als een stenen standbeeld op een oneffen ondergrond. Haar handen waren stabiel, net als haar ogen, maar ze waren bijna *te* stabiel.

"Victoria," zei ze weer. "Ben je..."

Victoria duwde Julie een stukje de kamer in, en sloeg toen de deur dicht.

"Wat -"

"Oh, voor de liefde van God," hoorde ze Reggie van achter haar roepen.

Ik wist het, dacht ze. *Ik* wist *het.*

Julie greep naar een handvat, maar besefte dat de binnenkant van de deur er geen had. Haar handen gleden tegen het ruwe oppervlak van de gammele houten deur, op zoek naar houvast.

"Duw het terug open!" schreeuwde Reggie. Hij en mevrouw E haastten zich naar voren.

Julie hoorde een geluid dat ze onmiddellijk herkende. *Een slot.*

"Victoria!" schreeuwde ze.

Maar in plaats van een reactie, hoorde ze een ander geluid. Een dieper, *zwaarder* geluid. Het klonk als metaal op metaal.

Of...

Metaal op steen.

"Ze sleept iets voor de deur!" riep Julie. "Schiet op!"

Ben en Mrs. E keken de kamer rond, gebruik makend van hun lichten om te zoeken naar iets waarmee ze de deur weer open konden duwen. Julie wist dat ze niets zouden vinden. Zij en Reggie begonnen lukraak tegen de deur te schoppen tot Reggie haar zachtjes wegtrok.

"We moeten om de beurt gaan. Mik op het midden van de deur, net naast waar de hendel zou moeten zijn. Dat is het structurele deel, en als we daar doorheen kunnen schoppen, dan..."

Ze liet hem niet uitpraten. Ze deinsde achteruit en sloeg haar laars, nog een beetje doorweekt van hun duikvlucht, tegen het grootste deel van de deur. Die bewoog niet.

Het geluid van slepend metaal buiten hield op, en Julie kon bijna het gewicht voelen van het voorwerp dat voor de deur was geplaatst.

Zeker, haar tweede trap leek te landen op pure steen. Het voelde als schoppen tegen een rotsblok; de impact van haar laars - zelfs die van Reggie, toen hij het probeerde - galmde nauwelijks door de kamer. Hun schoppen waren niet meer dan doffe dreunen, de zware rubberen zolen niets tegen de massieve wrijving van het obstakel.

"We zijn ingesloten," zei Reggie. "Shit!"

"Ze heeft ons bedrogen," zei Ben, zijn stem laag en zijn ademhaling zwaar. "Je had gelijk, Julie."

Maar Julie luisterde nauwelijks. Ze ijsbeerde door de kamer in de duisternis, probeerde de stukjes op hun plaats te krijgen.

Ze had al enkele theorieën gehad, maar ze was niet in staat geweest een samenhangende hypothese te formuleren.

Tot nu.

Haar gedachten raasden - wat ze wist van Victoria, wat ze zich herinnerde van hun vroegere ontmoetingen, haar eigen herinneringen.

En wat ze wist van Victoria's vader.

"Het was Victoria niet," zei ze uiteindelijk.

Iedereen stopte met praten en draaide zich om naar haar. "Waar heb je het over, Jules?" Vroeg Reggie. "Ik *zag* haar - ze is net buiten -"

"Nee, nee. Ik weet dat *zij het is*. Maar *zij is* niet degene die dit gedaan heeft."

"Is ze dat niet?"

"Ik begin uit te zoeken wat er hier precies aan de hand is. En nee, het was Victoria helemaal niet."

Ze draaide een volledige cirkel, en ontmoette ieders ogen.

"Het was haar vader."

"WAAR HEB JE HET OVER, JULES?" vroeg Ben. Hij had meer dan een minuut naar Julie staan kijken, maar was naar de kant van de gesloten deur gegaan, waar hij nu tegen de koele stenen muur geleund stond.

Hij was ziedend. Boos, zelfs. Kwaad op zichzelf, omdat hij niet naar Julie had geluisterd toen ze hem vertelde dat er iets aan de hand was met Victoria. Boos op Reggie en Mrs E, omdat ze haar blindelings volgden, en boos op Victoria voor... wat er ook aan de hand was.

"Ik zeg dat haar vader haar hiertoe dwong."

"Heeft Garza haar te pakken gekregen?" Vroeg Reggie. "Denk je dat hij haar overtuigd heeft ons te verraden? En ons dan hierheen te leiden om te wachten tot zijn mannen ons vermoorden?"

Julie schudde haar hoofd. Alle drie hun duiklampen waren aan en gericht op Julie, en hoewel haar gezicht verlicht werd met een oranje gloed, deed het weinig om de kamer om hen heen te verlichten. Ze hadden de kamer grondig onderzocht en niets gevonden. Geen banken of stoelen, geen elektriciteit of lichtknopjes, geen stoffen muren meer.

De kamer was koud, donker en benauwend. In Ben's gedachten, was het een perfecte weerspiegeling van hun ontvoerder.

"Nee," zei ze, haar stem lager. "Denk er eens over na. Herinner je je Philadelphia? Zijn experimenten met die drug?"

"Scopolamine," zei Reggie. "De 'date-verkrachtingsdrug'. Smerig spul."

Ben realiseerde zich plotseling wat Julie bedoelde. "Hij had het moeten perfectioneren - toen was het niet veel meer dan een 'zombie' drug. Het sloeg mensen bewusteloos, ook al waren ze aan het slaapwandelen."

"En slaap *doden*," zei Julie. Hij hoorde haar adem stokken in haar keel, en hij hoefde niet herinnerd te worden aan de nachtmerrie waar ze het over had.

Voor hun eerste reis naar Peru, een paar maanden geleden, had Julie Ben verteld dat ze vreselijke nachtmerries had.

Helaas, zoals Ben en de anderen wisten, was de nachtmerrie geen manifestatie van haar onderbewustzijn. Het was een *herinnering*, een waar ze allemaal aan deelnamen.

Hij herinnerde zich de gebeurtenis alsof het gisteren was geweest. Het verlies van hun leider en goede vriend, Joshua Jefferson.

Zijn geest viel terug in de scène, vechtend tegen zijn eigen oordeel.

Julie.

Hij wilde naar haar roepen, om te zien of zijn woorden waren teruggekeerd. Hij opende zijn mond en voelde de duizeligheid weer toenemen.

Julie.

Ze was daar, de man genaamd The Hawk stond naast haar. Hij had net een naald in haar arm gestoken...

Ben werd gespannen, ook nieuwsgierig naar de drug die Vicente Garza in haar had gestopt. Wat zou het doen? Hoe lang zou het duren?

En, het belangrijkste, wat waren de bijwerkingen?

Ben probeerde de herinnering weg te schudden, een van de top drie ergste gebeurtenissen die hij ooit had meegemaakt.

Julie's hoofd viel achterover, haar ogen wijd open. Ze begon te mompelen, luid, en Ben kon het horen vanuit zijn positie tegen de achterwand.

De soldaat voor hem bewoog niet, wendde zijn blik niet af van Ben.

Julie's hoofd schoot weer naar voren, en ze keek Ben recht aan.

Hij herkende de blik nu. De licht dronken blik, de verdwaasde uitdrukking van de dode ogen.

Victoria had dezelfde blik, besefte hij. Het was veel subtieler - Victoria was in staat geweest om rond te kijken, om te antwoorden op hun vragen, zij het op een geforceerde manier.

De herinnering ging verder.

Hij keek naar haar gezicht, probeerde te bepalen of de vrouw van wie hij hield wist wie hij op dat moment was. Of ze hem kon zien. Haar ogen flitsten een keer heen en weer en namen snel de rest van de kamer in zich op. Op dit moment was er niemand achter Julie. Ze zat in het midden van de gymzaal, met haar rug naar de tegenoverliggende deuren, en alle Ravenshadow-mannen en ook The Hawk en Daris Johansson stonden of zaten in een wijde boog om Julie heen.

Hij, Reggie, Joshua en Derrick stonden allen met hun rug tegen de muur voor Julie, maar ze hadden elk een soldaat, met getrokken wapen, die hen bewaakte.

Julies gezicht scande dat van Ben, maar er kwam geen reactie. Ze was leeg, leeg.

"Ms. Richardson," zei de havik. *Zijn stem was veranderd. Hij was niet langer de zelfverzekerde leider, de intimiderende machtsfiguur voor zijn mannen. Zijn stem was kalm, bijna zacht, en toen hij Julie aansprak, vroeg Ben zich af of de stem van de man deel uitmaakte van de test - misschien had de toon van de stem van de man Julie op een of andere manier beïnvloed.*

Ze draaide zich om naar de havik te kijken.

"Nogmaals hallo, Ms. Richardson. Ik ben blij dat we konden praten in het bijzijn van de rest van deze mensen. Ms. Richardson, ziet u deze mensen?"

De Havik maakte er een punt van om met zijn open handpalm een wijde halve cirkel te trekken, die Julie de kamer liet zien.

"Ik wel," zei Julie.

Ben's hart ging tekeer. Hij had Julie's stem niet meer gehoord sinds...

Sinds voor het telefoontje.

Hij had haar horen schreeuwen, roepen, smeken, maar hij had haar al zo lang niet meer gehoord. Haar normale, dagelijkse stem.

Hij hoorde het nu.

Wat er ook met Julie aan de hand was, ze was volledig ontspannen, op haar gemak. Ze voelde geen strijd, geen pijn, en ze trok zich niets aan van de vier mannen - vier vrienden - die haar onder schot hielden.

Wat Julie toen had aangedaan, had nu invloed op Victoria. En Ben wist dat het daar niet ophield. Hij vocht om de drug te begrijpen, om zich te herinneren wat hij er van wist.

"Ms. Richardson, neem dit wapen."

Julie reikte omhoog en pakte het wapen.

"Ms. Richardson, je weet hoe je met dit wapen moet omgaan, correct?"

Ze knikte. "Dat doe ik."

"Goed."

De havik liep een paar passen naar voren, in de richting van Bens muur.

"Ms. Richardson, volgt u mij alstublieft.

Julie stond op en liep achter de havik aan. Toen Garza de zijkant van de gymzaal had bereikt waar Ben stond, stopte hij. Hij bewoog zich zijwaarts naar de soldaat die voor Joshua stond, en stopte toen weer. Julie volgde, en stond nu naast Garza.

"Ms. Richardson, wie is deze man?"

"Joshua Jefferson."

"En ken je hem goed."

"Redelijk goed. We zijn vrienden."

"Ik begrijp het. En hoe lang kent u Mr. Jefferson?"

Julie dacht even na. "Waarschijnlijk zes, zeven maanden."

"En hou je van deze man?"

Ze knikte. "Ik mag hem. Hij is een goede vriend, en een goede leider."

Zijn hart zonk.

Ben wilde zich de rest niet meer herinneren. De nachtmerrie die *heel echt bleek* te zijn. Het was geëindigd op de slechtst mogelijke manier.

Zijn geest had echter andere plannen.

"Ms. Richardson, schiet alstublieft Joshua Jefferson in het hoofd."

Julie voldeed onmiddellijk, haar arm kwam snel omhoog. Ze richtte, en Ben zag hoe Reggie voorover deinsde en zijn soldaat verraste. Julie stond nu achter Reggie en de soldaat, en Ben kon haar of Joshua niet zien.

Maar hij hoorde het geweerschot.

BEN HUIVERDE. De nachtmerrie zat voor altijd vast in zijn onderbewustzijn, klaar om op te duiken net toen hij dacht dat hij veilig was. Hij was gewend aan kwelling, aan persoonlijke demonen en duistere verledens, maar hij had hard gewerkt - lange tijd - om die demonen te comprimeren in een eindige ruimte in een donker hoekje van zijn geest.

In zijn onvermogen om hen volledig te zuiveren, had Ben een gevangenisachtige kluis voor hen gecreëerd. Een plaats waar ze konden leven en bestaan en niets gevaarlijks konden doen, maar hij stond erop hun toegang tot de rest van zijn geest te controleren.

Zijn systeem was, duidelijk, niet perfect.

Julie stapte naar voren. "Ben," zei ze. "Ben je in orde?"

Hij slikte, een harde brok die er langer over deed dan normaal om naar beneden te gaan. Hij had het gevoel dat hij wilde huilen, maar hij snoof een scherpe hap lucht naar binnen en keek omlaag in haar ogen. *Welke demonen ik ook onder ogen zie, zij ziet ze nog meer onder ogen.*

Ze had de trekker overgehaald.

"Ben, hij heeft me gedrogeerd," zei Julie. "En ik denk dat hij hetzelfde heeft gedaan bij Victoria. Bij zijn eigen dochter."

Reggie knikte. "Hij is het aan het testen. Sinds we in zijn gymlokaal in Philly zijn binnengestruikeld. Hij is het *aan het perfectioneren.*"

"En die Exo dingen," zei Ben. "Weet je nog dat we niet eens wisten dat er mensen in zaten tot ze begonnen te bewegen?"

"Ze waren in trance," zei mevrouw E. "Deze 'zombie'-toestand die u noemt, lijkt medisch te zijn opgewekt, zoals u zegt, maar hoe houdt Garza hen dan in bedwang?"

"Het is geen pure scopolamine," zei Reggie. "In tegenstelling tot scopolamine, dat in kleinere doses een anti-emetische werking heeft en je in grotere hoeveelheden bewusteloos slaat, heeft Garza een of meer andere chemicaliën bedacht om ermee te combineren. In Philly was het gewoon de borrachero, dat is de plant waar scopolamine vandaan komt. Het komt oorspronkelijk uit Peru, maar ik denk dat hij niet *alleen* de borrachero heeft gewonnen."

"Zeker niet," zei Julie. "En het is absoluut door zijn labo's gehaald. Niets in de natuur kan zo'n soort verdoving veroorzaken en *dan* gebruikt worden om iemand te dwingen te doen wat jij wilt."

"En alleen wat *hij* wil," zei Ben. "Ze zou niet naar *ons luisteren.*"

"Dat is waar," zei Reggie. "En dat is een grote zaak. Er is iets diepers mee aan de hand dat het 'geactiveerd' wordt, of wat er ook gebeurt, door alleen Garza's stem."

"Is het zijn stem?"

Reggie dacht er even over na. "Geen idee. Ik kan me gewoon niet bedenken wat het anders *zou kunnen* zijn. Ik bedoel, dat is het enige dat uniek is voor Garza, toch? Niemand van ons klinkt zoals hij."

Ben schudde zijn hoofd. "Maar om een drug te maken die *precies* op dat hout en die stemfrequentie reageert? Reggie, jij en ik hebben een stem die zo diep is dat die drug denkt dat we Garza zijn. Het zou Victoria enigszins in de war moeten hebben gebracht."

Reggie knikte. "Ja, waar. Toch is het vreemd. Ik heb nog nooit zoiets gezien."

"Vreemd" is een understatement. We moeten onze ogen open houden. Omdat hij ons hier bracht, wil hij ons waarschijnlijk niet alleen doden, anders had hij het al gedaan. Dat betekent dat er een goede kans is dat wij de volgende zijn die zijn proefkonijnen worden.

"Klinkt leuk," zei Reggie, terwijl hij met zijn arm in de lucht zwaaide. "Ik heb in het verleden wel eens van zijn experimenten geprofiteerd..."

Julie wierp hem een lelijke blik toe. "Niet grappig."

Reggie haalde zijn schouders op. "Een beetje grappig. Hoe dan ook, wat is het plan *nu*? Ik heb het gevoel dat we niet veel tijd zullen hebben voordat -"

Het reusachtige metaalschrapende geluid keerde terug, en alle vier de teamleden werden tot zwijgen gebracht.

"Ze zijn hier," zei Reggie. Hij stapte achteruit en verdween in de schaduw naast de deur. Ben en Julie sloten zich naast elkaar op, Ben sloeg zijn arm om zijn nieuwe vrouw. Elk van hen hield zijn geweer vast, maar er leek een gedeelde afspraak te zijn dat ze de indringers niet zouden aanvallen.

Het zou Victoria kunnen zijn, dacht Ben. *Misschien is de injectie uitgewerkt, en komt ze ons helpen.*

Hij zei dit niet tegen Julie, maar hij kon bijna voelen dat zij hetzelfde voelde. Julies ademhaling was gelijkmatig, langzaam en gelijkmatig. Ze was geconcentreerd. Nerveus, maar verwachtingsvol. Hij hoopte dat het vruchten zou afwerpen - dat hij gelijk had dat het Victoria was aan de andere kant van de deur.

Hij had het mis.

Twee Ravenshadow mannen verschenen in de deuropening, beiden met een gemeen modern aanvalsgeweer, een soort dat Ben niet herkende. Ze hadden zaklantaarns vastgemaakt, en het schijnsel van de lichten drong door Bens ogen en verblindde hem.

Hij gooide onmiddellijk zijn handen in de lucht en liet zijn aanvalsgeweer langs zijn zij vallen, nog steeds vastgemaakt over zijn schouder. Het zwaaide naar achteren, uit de weg. Julie deed hetzelfde, en de eerste van de mannen kwam de kamer binnen.

"Ga op de grond liggen!" schreeuwde hij.

De tweede man stond in de deuropening, maar Ben zag dat zijn ogen op Reggie waren gericht. De twee soldaten waren in een stil gevecht verwikkeld, geen van beiden wilde de eerste stap zetten uit angst dat hun partner gedood zou worden. Reggie gaf uiteindelijk toe en stak ook zijn armen omhoog.

Ben en Julie gingen langzaam op hun knieën zitten, hun handen nog steeds in de lucht. Ben kon de koude, meedogenloze stenen vloer door zijn broekspijpen voelen. Zijn knieën deden nu al pijn, en hij hoopte dat de Ravenshadow soldaten snel werk zouden maken van wat hen ook bevolen was te doen.

"Doe uw wapen weg," zei de man. De loop van zijn geweer was recht op Bens gezicht gericht. Ben wist dat hij niet van plan was hem neer te schieten, maar het was toch een beetje zenuwslopend. Hij begon langzaam de riem van zijn geweer over zijn schouder te schuiven. Vanuit zijn ooghoeken keek hij naar de impasse tussen Reggie en de soldaat in de deuropening. Hij vroeg zich af of zijn beste vriend nog trucjes achter de hand had.

Ze zaten midden in een discussie over een mogelijk plan toen de Ravenshadow-mannen binnenstormden, dus Ben was er niet helemaal zeker van waar Reggie dacht dat ze de dingen hadden gelaten. Hij wist dat Reggie niet het type man was dat zomaar op Ben's bevelen wachtte, maar Ben wist ook dat hij het leven van zijn vrienden niet zou riskeren.

Het bleek dat Reggie helemaal geen plan nodig had. Voordat Ben wist wat er gebeurde, hoorde hij een lage grom uit de ruimte *achter* de deur, in de uiterste hoek van de kamer. Een enorme schaduw trok en kroop over het plafond, gevolgd door een nog donkerder, onheilspellender gedaante.

Mrs. E.

CHAPTER 47
EDMUND

EEN UUR EERDER was hij teruggekeerd van zijn wandeling, stopte bij het business center van het hotel, en logde in op zijn Vaticaanse e-mail account. Hij was nooit goed geweest met computers, maar zelfs hij verbaasde zich over de snelheid waarmee hij verbinding kon maken. *Ik word vast jonger*, dacht hij verlegen.

Toen hij de e-mail zag - het retouradres was op de een of andere manier vervormd tot een onherkenbare afzender - had hij bijna hardop gezucht. Hij twijfelde er niet aan dat de e-mail afkomstig was van het bedrijf dat bemiddelde bij de deal tussen St. Clair en de Orland Group.

Het was in het Engels geschreven, maar Engels was een taal waar hij veel ervaring mee had. Het kostte hem luttele seconden langer om het briefje te lezen dan wanneer het in zijn moedertaal Spaans was geschreven.

Pater Canisius, wij waarderen uw bereidheid om door zoveel hoepels te springen, en om dezelfde reden moet ik mij verontschuldigen. U hebt zonder twijfel de gevoeligheid van de situatie begrepen, zo niet de volledige redenen ervoor. Ik verzeker u echter, dat het voor alle betrokken partijen van het grootste belang is deze zaken en onze handelwijze buiten het zicht van het publiek te houden.

Ik hoop dat u me nog één laatste verzoek in deze transactie wilt geven. Ik begrijp dat u met mevrouw St. Clair hebt gesproken en dat u de deal wilt afronden en naar huis wilt gaan. Ik moet vragen dat deze laatste fase in persoon wordt uitgevoerd, maar uit het zicht van nieuwsgierige ogen.

Canisius was niet erg enthousiast over het voorstel om de verkoper en de makelaar persoonlijk te ontmoeten, maar dat had hem niet moeten verbazen. Tijdens zijn jaren in dienst van het Vaticaan was hij op de hoogte geweest van vele deals zoals deze - deals waarvan de Kerk vond dat ze een beetje onsmakelijk overkwamen bij het grote publiek. Hij wist dat de Kerk net zo goed als ieder ander behoeften had aan wereldse zaken, en daarom had hij zijn handtekening gezet onder vergaderverzoeken die het aankoopproces van wapens voor de Vaticaanse politieagenten en de Zwitserse Garde in hun gebied op gang zouden brengen.

Bij een andere onwaarschijnlijke aankoop had het Vaticaan een telescoop gekocht bij het observatorium op Mount Graham, in Arizona. Hoewel niemand twijfelde aan de belangstelling van de Kerk voor de studie van de hemel en de hemellichamen daarin, was dit dezelfde kerk die mensen vervolgde en terechtstelde omdat zij geloofden dat de sterren in feite andere zonnen waren.

Dus Canisius' gevoelens over zijn tijd in Peru waren er een van gedempte aanvaarding geweest. Hij *wilde* hier niet zijn, maar hij begreep eindelijk *waarom* hij hier was. Deze deal zou het begin zijn van een nieuw tijdperk voor het Vaticaan, en een die het Vaticaan weer relevant zou maken. Daar had hij het grootste deel van zijn bijna zeventigjarige leven op gehoopt en voor gebeden.

Als zijn superieuren thuis wilden dat hij hier was, besloot hij dat hij hier moest zijn. Hij was klaar met hen in twijfel te trekken. Als de deal moest worden uitgevoerd met de grootst mogelijke geheimhouding, om welke reden dan ook, dan des te beter hadden ze hem gekozen. Hij was een bekende kardinaal, maar hij was een professional, en hij liet zich niet beïnvloeden door politiek of pers.

Hij stond op het punt uit te loggen toen hij merkte dat een

tijdje eerder een andere e-mail op zijn account was binnengekomen. Hij fronste zijn wenkbrauwen toen hij de naam van de
afzender las.

Broeder Archibald Quinones.

Hij herkende de naam niet, maar omdat hij een Jezuïet was, betekende dat nog niet dat hij alle andere 16.000 Jezuïeten in hun orde
moest kennen.

Hij ontving geen mail van het grote publiek, aangezien zijn e-
mailadres uitsluitend voor zijn werk was bestemd en hij het adres
nooit met iemand anders had gedeeld. Toch leek het niet op een valse
afzender, of een junk bericht. Hij opende de e-mail.

Pater Canisius, ik probeer u al een tijdje te bereiken, begon de e-
mail. Canisius leunde achterover in de stoel in het business center
van het hotel. Hij ging verder met lezen.

*Mijn naam is Archibald Quinones, en ik werk voor een Ameri-
kaanse groep waar je misschien van gehoord hebt, de Civilian Special
Operations.*

Canisius sprong bijna op. *De CSO?* Dacht hij. Dezelfde *groep die
eerder dit jaar illegaal infiltreerde in het Vaticaan en ons bijna een
fortuin kostte aan herplaatsingen in de beveiliging?*

De email was kort, to the point: Quinones wilde dat Canisius
hem zou bellen, zodra hij de e-mail had ontvangen. De man had een
telefoonnummer achtergelaten en vertelde Canisius dat ook hij in
Peru was, hoewel hij niet specificeerde waar.

Canisius wist dat er een telefooncel in de buurt was, maar hij was
er niet zeker van dat hij munten had, en zeker geen in Peruaanse
coupures. Bovendien wist hij niet eens zeker of telefooncellen nog
ergens mee verbonden waren - misschien stonden ze er als een soort
nostalgische decoratie; hij had in Rome vreemdere avant-garde kunst-
tentoonstellingen gezien.

Hij schreef het telefoonnummer op een indexkaart die hij vond
in een stapel naast het computerstation, en ging toen terug naar de
balie, waar hij de conciërge opspoorde en stelde wat hij dacht dat een
eenvoudige vraag was.

"Excuseer me - heeft u toevallig een mobiele telefoon die ik kan lenen?"

"Zoals... voor hoelang?" vroeg de jonge vrouw.

"Ik ben niet zeker. Ik heb ook een taxi nodig - een taxi - kan ik die hier krijgen?"

De vrouw glimlachte en greep toen in haar zak. Ze haalde een telefoon tevoorschijn en opende hem met het kiesschijfje, toen keek ze Canisius weer aan. "Ik kan het voor u draaien."

"Oh," zei hij. "Ik - het spijt me. Ik hoopte dat ik het kon lenen voor een korte reis. Er is... ergens waar ik moet zijn."

De vrouw scheen deze reactie niet te waarderen, maar het siert haar dat ze bleef glimlachen. "Het spijt me, ik kan het je echt niet laten nemen." Haar ogen lichtten op. "Maar we verkopen telefoons in de cadeauwinkel! U kunt een vast aantal minuten kopen, dat moet meer dan genoeg zijn voor een uitgaand gesprek."

Canisius volgde haar wijzende vinger en zag de cadeauwinkel, net voorbij een stel dubbele deuren. Hij bedankte haar, vroeg nog eens naar de taxi en liep toen naar de winkel.

Na de aankoop van wat de kassier beschreef als een "burner" telefoon, keerde hij terug naar de lobby om te wachten op de auto die de vrouw had besteld, waarna hij de telefoon aanzette, zag dat er een behoorlijke lading was, en het nummer draaide.

Hij ging drie keer over voor de diepe, krachtige stem van een man antwoordde.

"Dit is Archibald Quinones."

CHAPTER 48

JULIE

JULIE WAS MEVR. E helemaal vergeten, en het leek erop dat iedereen in de kamer dat ook was. De grote vrouw stormde nu op haar en Ben af, en ze ging *snel*.

Mevrouw E was groot, maar ze had haar gestalte verfijnd tot een stevige spiermassa en functionele kracht door jaren van hand-tot-hand gevechtstraining, waaronder een meester in Krav Maga.

Julie dook uit de weg, maar daar was geen reden toe. De Ravenshadow-soldaat stond tussen hen en mevrouw E, en het was op deze man dat de massieve vrouw afvloog, haar hoofd opgetrokken en gericht op de borst van de man.

De klap zo dicht bij Julies oren was bijna oorverdovend. Ze hoorde - en *voelde* - het misselijkmakende gekraak toen het borstbeen van de man in elkaar zakte, en Ben had nauwelijks genoeg tijd om uit de weg te duiken voordat de man op en over hem heen stortte. Mevrouw E was nog steeds in beweging, haar dikke benen pompten met meer kracht dan snelheid, en de man struikelde over Bens verlengde laars en zeilde over zijn hoofd tegen de achtermuur.

Een ander krakend geluid maakte een eind aan het leven van de man, maar Mrs. E was nog niet klaar. Ze bracht de kolf van haar geweer naar beneden op het hoofd van de man en bezegelde de deal.

Aan de andere kant van de kamer, in de deuropening, had Reggie ook zijn zet gedaan. Hij stootte met zijn kunstledemaat omhoog en liet het geweer van de andere soldaat tegen het plafond kletteren. Hij volgde die stoot met een stevige linkse hoek met zijn *echte* hand, die zeker niet van een metaallegering was gemaakt, maar desalniettemin keihard was.

De Ravenshadow man bij de deur gromde van de pijn, maar stak, tot zijn eer, zijn armen omhoog om een nieuwe aanval af te slaan.

Reggie was sneller. Hij had zijn prothese opgetild, zijn bovenarm uitgestoken en zijn elleboog en onderarm evenwijdig aan de grond, en hij *sloeg* eenvoudig op het gezicht van de man alsof het een meloen was. Julie keek vol ongeloof naar het tafereel, alsof ze naar een verontrustende sciencefictionfilm zat te kijken.

Maar het was het echte leven, en dat leven, voor beide Ravenshadow mannen, was nu voorbij.

Julie stond langzaam op, wachtend op de reactie van de rest van de groep, en wachtend op enig teken van leven van de twee neergeschoten soldaten.

Niets.

Reggie grijnsde, draaide de pols van zijn prothese rond en bekeek hem. "Verdomme," zei hij. "Geen schrammetje."

"Is *dat* waar je je zorgen over maakt?"

"Hé, het is net een gloednieuwe truck," antwoordde hij. "Je wilt de eerste zijn die hem bekrast, niet een of andere Ravenshadow klootzak."

Mevrouw E veegde haar broekspijpen af alsof ze gewoon in het vuil was gevallen, en stond toen op haar meer dan 1,80 meter en schudde zich uit.

"Nou, je zult waarschijnlijk nog genoeg kansen krijgen om het uit te testen," zei Ben, kreunend terwijl hij ook overeind kwam. "Er zijn nog veel meer van die kerels, en ze zullen geen tijd verspillen met op ons te schieten als ze ons daarbuiten betrappen."

"Goed punt," zei Reggie. "Het is ironisch."

"Wat is er?" vroeg Julie.

"We hebben zo hard gewerkt om hier te komen," zei hij. "En het was gemakkelijk. De uitdaging is om er weer uit te komen."

"Ja, dat is waar. Vooral omdat Garza weet dat we hier zijn." Julie stopte zichzelf en dacht even na. "Denk je dat er meer van die geheime gangen zijn?"

"Het gordijn, bedoel je? Dat stuk stof dat naar deze kamer leidde?"

"Ja, precies. Het is een deel van het oudere mijnenstelsel, niet een nieuwere Ravenshadow ontwikkeling. En, tenzij ik me vergis, stond het niet op de kaart."

"Dat was het zeker niet," zei Ben. "En ja, er zijn er waarschijnlijk meer van hen. Misschien dachten ze dat de tunnels onstabiel waren of zo. Wilden ze geen instorting riskeren?"

"Misschien," zei Reggie. "Of, misschien was dit Garza's plan al die tijd."

"Om ons hier in de val te lokken?"

"Hij wist dat we kwamen, toch? Hoe had hij anders mannen kunnen sturen *naar* de plek waar we de rivier in gingen, en ons dan door de afvalschacht kunnen laten? Hij deed verrast over de intercom, maar dit is Vicente Garza waar we het over hebben. De Havik."

"En hij *houdt* ons in *de gaten* sinds we hier zijn."

"En dat hele gedoe met Victoria," zei Ben. "Het was allemaal gepland. In scène gezet, alsof hij het allemaal georkestreerd had. We speelden hem recht in de kaart."

"Dus Beale was er ook bij betrokken?" vroeg Julie.

"Echt niet," zei Reggie. "Ze waren krom, maar ze zaten niet in hetzelfde team als Garza. Hij was ook verbaasd dat ze er waren. Hij verwachtte *ons* misschien, maar hen niet. Daarom heeft hij ze allemaal vermoord."

"Op een manier die bedoeld was om zijn macht te tonen," voegde Mevr. E eraan toe. "En ik geloof dat het werkte."

"Dat geloof ik ook," zei Ben. "Die... *dingen*... de exosuits? Ze zijn ongelooflijk. Allemaal bestuurd door een menselijke operator -

iemand onder de betovering van Garza. Hij kan er een heel leger mee uitschakelen."

Julie knikte. "Dat betekent dat we niet bij ze in de buurt kunnen komen. Eén schot van die geschutskoepels en we zijn er geweest."

"Meer als Zwitserse kaas," zei Reggie.

"Dus we moeten een andere uitweg vinden,' zei Ben. "Maar op de kaart die we zagen, stonden tunnels en gangen die allemaal naar die demonstratieverdieping leidden, waar de machines stonden. Het krioelt hier ook van de Ravenshadow mannen."

"Dus laten we hopen dat er nog een stel van deze tunnels is, dan?" vroeg Julie.

"Ja, en laten we hopen dat ze ergens anders heen leiden dan terug naar de monsters."

Ze werden onderbroken door het geluid van stemmen die van buiten in de gang de kamer binnenkwamen. Mannenstemmen, laag en duidelijk aan het bespreken hoe ze de kamer gingen binnendringen.

"Ze zijn hier," zei Ben. "Julie, pak het wapen van die vent. De rest van jullie, ga in een hoek staan. We willen ons eruit vechten, maar we willen elkaar niet raken. "

Julie deed dat, en het gewicht van het geweer gaf haar een moment van opluchting. Ze voelde zich niet langer naakt, kwetsbaar.

Ze was weer gewapend, en ze zou zich een weg uit deze hel vechten.

DE EXO'S waren in beweging gekomen. Ben wist dat omdat hij het vage geluid kon horen van de hoge pieptoon terwijl de machines door de basis bewogen. Het geluid leek meer op een doordringende, schrille *por* - een lichamelijke sensatie - dan dat het een geluid was. Het was logisch voor Ben, want hij wist dat geluid letterlijk een drukgolf was. De Exo's maakten geluid als ze opgestart werden, en het was genoeg geluid dat ze hun locatie uitzonden als ze bewogen.

Niet echt stealth, dacht Ben. Misschien was dat de reden waarom Garza nog steeds met hen bezig was? Waarom Beale - en zijn baas, Sturdivant - een update wilden? Misschien kon Garza er niet achter komen hoe hij het zeurderige geluid uit de modus operandi van de Exos kon krijgen. Hoewel Ben nauwelijks dacht dat de Exo's bedoeld waren als stealth-infiltranten - hun logge, monsterlijke machinelichamen denderden rond en verhinderden elke hoop om zich onherkenbaar te bewegen - wist Ben dat een hoog geluid op dat decibelniveau *enorme* afstanden zou afleggen, waardoor vijanden al lang voordat ze binnen schootsafstand waren, op hun locatie zouden worden geattendeerd.

Een van de Exo's was door de hal gemarcheerd en langs de CSO groep, hen ternauwernood ontwijkend. Ze hadden zich verborgen door op de grond te glijden, plat te liggen en te hopen dat de Exo alleen patrouilleerde en hen niet actief achtervolgde. Ze waren weggekomen zonder gezien te worden. Blijkbaar waren de pakken niet in staat om vijandelijke locaties te bepalen zonder een behoorlijke hoeveelheid licht, en de menselijke gastheer aan boord was niet in staat om zijn eigen zintuigen voor dat doel te gebruiken.

Ben had het goed bekeken toen het voorbij kwam, nam het in zich op, onthield wat hij kon. De gestroomlijnde aluminium beugels rond de verticale pootschachten schitterden tegen het zwakke licht van zijn eigen zaklamp, die op de tegenoverliggende schouder was gemonteerd, net als de geschutskoepel van het ding. Ben zag een batterijpak ter grootte van zijn romp vastgebonden aan het aluminium frame, waar ook een paar bussen waren waarvan hij aannam dat ze een soort hydraulische apparatuur of munitie bevatten.

De voeten van het ding waren ruitvormige kussentjes, horizontaal doormidden gedeeld, waardoor de "tenen" konden buigen. De armen waren gemonteerd op kogelgewrichten, en hij zag dat ze aan de uiteinden klauwvormige grepen hadden, verlengstukken die konden worden gebruikt om stenen, takken en andere voorwerpen vast te grijpen.

En hij twijfelde er niet aan dat het ding vijftig manieren kende om een man te doden. Ze hadden niet eens wapens nodig, besefte Ben toen het voorbijging. Ze konden gewoon *door* een mens *heen* lopen en hem in het vuil rond zijn voeten slaan. De vice-grip handen konden waarschijnlijk een menselijke schedel verbrijzelen zonder veel moeite. Alles bij elkaar was het een tank op twee benen, in staat om ze neer te halen en te doden zonder extra acculading te verbruiken.

Ben's groep was door de gang gerend nadat ze de stenen kamer hadden verlaten waarin Victoria hen had opgesloten, tegen de richting in van waaruit ze waren gekomen. Ze hadden besloten dat rennen *in de richting van* waar zij dachten dat het centrum van de basis was, hen naar een andere uitgang zou leiden.

Het was een risico, maar Ben wist dat het tijd was om te handelen. Ze waren hier vastgepind, in het Ravenshadow hoofdkwartier. Garza wist dat ze hier waren, en hoe langer ze in de basis waren, hoe groter de kans dat ze hier de eeuwigheid zouden doorbrengen.

En Ben was geen fan van die optie.

Beale's groep had dat lot meegemaakt, en het was niet goed afgelopen.

Maar Ben wilde *ook* doorgaan met hun missie. Terwijl Beale hen had verraden, wilde Ben hun dood goedmaken. Hij voegde die van hen toe aan zijn lijst van redenen om wraak te nemen.

Het was allemaal begonnen met Joshua Jefferson, en bij uitbreiding Julie, en zij had hen allemaal hierheen geleid. Maar Garza had vele anderen gedood en ontvoerd, en er waren er waarschijnlijk nog veel meer waar ze nooit iets van zouden weten.

Garza en zijn mannen waren een plaag, een virus, één die Ben hoopte uit te roeien. Beale's team van professionele soldaten had gefaald, maar ze waren de strijd ingegaan met andere verwachtingen. Ben zou niet dezelfde fout maken. Garza was bereid ze te doden. Allemaal. En Ben zou de kans om op hem te schieten niet missen.

Hij wist dat de anderen er ook zo over dachten.

Reggie, die de groep door het doolhof van tunnels leidde, stopte bij een ander t-kruispunt.

"Welke kant op?" vroeg Ben.

"Ik denk dat we naar rechts moeten gaan," antwoordde Reggie. "Maar dat is niet waarom ik stopte."

Ben remde af en ging naast zijn vriend staan. "What's up? Hoor jij iets?"

Reggie schudde zijn hoofd. "Nee, godzijdank. Die monsterrobotdingen zijn luidruchtig, gelukkig. Dus we zullen ze niet missen. De Ravenshadow-mannen zullen ook rennen, dus we moeten in staat zijn ze uit te schakelen als we ze horen." Reggie draaide zich om en voelde aan de muur, toen sprak hij weer. "Herinner je je de briefing? Beale zei dat deze plek een mijn was."

"Ja," zei Ben. "De lokale bevolking heeft het honderd jaar geleden gedolven."

"Ze *zeiden dat* de lokale bevolking het heeft gedolven. En ik heb het opgezocht - dat is wat de algemene consensus zegt, in ieder geval. Dat deze berg een soort mijn was, uitgehakt in de rots meer dan honderd of tweehonderd jaar geleden. "

"Wat is het nut?" vroeg Ben. Hij voelde zich ongeduldig, wetende dat om elke hoek een uitgang kon zijn - of een groep Exos die klaar stonden om hen te doden. Hij wilde eruit. Hij wilde naar huis.

"Het punt is dat ik denk dat deze plek *nooit* een mijn was."

"Jij niet?" vroeg Julie.

"Ik weet het niet. Deze muren - ze werden gesneden, maar dan *gladgestreken.* "

"Het kan water geweest zijn, gedurende duizenden jaren."

"Dan was het *zeker* geen mijn," zei Reggie. "Als water er al een rol in speelde, dan moet het al lang voor de beschaafde mens met mijnbouw begonnen zijn."

Julie leek net zo ongeduldig te zijn als Ben. "Oké, dan..."

Ze stopte zichzelf, keek toen naar Ben en Reggie, toen naar Mrs. E.

"Je denkt toch niet..."

"Dat moet wel, Julie. We *wisten dat* ze hier waren."

Ben knikte. *De oorspronkelijke afstammelingen. De Chachapoyas. De stam met de 'lichte huid' die zomaar in de jungle was verschenen, hun beschaving compleet en in een oogwenk bestaand.*

"Ze waren hier," ging Reggie verder. "We zagen hun tempels en hun geschriften." Ben dacht terug aan de Chachapoyas-vallei, net aan de andere kant van deze berg, waar ze de gigantische soldaten waren tegengekomen die Garza had proberen te bouwen en de Gilde Rite, de oude broederlijke orde die banden had met de vrijmetselarij. "Zij waren *in* deze berg. Nadat ze hun vorige thuis ontvluchtten, vestigden ze zich hier."

"Die tempels buiten," zei Ben. "Denk je dat ze alleen dat waren? Tempels?"

"Ik wel. Het is nu logisch - ze *woonden* daar niet. Ze *aanbaden* daar."

"Omdat ze *hier* woonden," zei Julie, zijn gedachte afmakend.

"Precies. Kijk rond - deze plek was nooit een mijn. Zeker, het heeft lange, rechte tunnels en schachten, maar er zijn *kamers*, grote ruimtes in de muren uitgehakt die geordend en georganiseerd zijn. Niet zoals een mijn."

"Als een stad," zei Ben.

"Als een stad." Reggie streek met zijn hand langs de muur. "De Peruanen hier verzonnen verhalen en mythen over deze plek, over de bewoners, en ze namen gewoon aan dat het een mijn was. Dat hun voorgangers het gebouwd hebben."

"Ze zouden niet geweten hebben dat hun voorgangers het gebouwd *hebben*," zei mevrouw E. "Maar dat het niet één generatie voor hen gebouwd is, maar *vele* generaties voor hen."

"Ja," zei Reggie. "Het is het enige dat logisch is. Toen Ravenshadow hier kwam, was dat uit noodzaak. Garza had een plek nodig om te werken, weg van nieuwsgierige ogen."

"En omdat we nu weten dat Beale hier was om te spioneren, wilden ze waarschijnlijk ook een plaats die niet van bovenaf gezien kon worden. Per satelliet."

"Reggie," vroeg Julie. "Zeg je wat ik denk dat je zegt? Dat dit niet alleen de verloren stad van de Chachapoyas is, maar ook hun *oorspronkelijke* doel? De reden waarom ze hier kwamen?"

Reggie knikte plechtig. "Dat stel ik voor. Ik geloof dat deze plek het thuis was van de nakomelingen die we achterna zaten. De verloren beschaving van Atlantis. De overlevenden vluchtten van hun huizen op hun eiland natie na de catastrofe 11.000 jaar geleden. Ze verspreidden zich over de wereld, bouwden monumenten voor hun goden en leerden de onbeschaafde wereld over landbouw, landbouw, filosofie.

"Ze bouwden de piramiden, en het originele beeldhouwwerk dat uiteindelijk de Grote Sfinx werd. Toen verhuisden ze weer - waarschijnlijk verdreven door strijdende partijen. "

"En ze eindigden hier."

"Ja," zei hij. "Ze zijn *hier terechtgekomen*. Maar dat is niet alles -

ze zouden hun collectie platen hebben meegenomen. Ze zouden ze hebben meegenomen om ze te beschermen, en dit zou de perfecte plek zijn geweest om ze op te slaan - net als Garza zouden ze ze uit het zicht hebben willen houden van nieuwsgierige ogen, van vijanden die er misbruik van zouden maken.

"Ik geloof dat ergens in deze berg de verloren Atlantische Zaal der Records is."

"HALLO, MR. QUINONES," begon Canisius.

"Noem me alsjeblieft Archie," zei de stem terug in perfect Spaans.

Canisius voelde zich opgelucht, en voelde zich meteen meer thuis. "Heel goed, Archie. Ik hoop dat ik je niet op een slecht moment heb getroffen." Hij wist niet zeker wat hij had moeten zeggen, en hij wist niet eens zeker of wat hij had gezegd wel gepast was. *Te laat.*

"Onzin, ik waardeer het dat u de tijd neemt om contact met me op te nemen. Ik hoop dat het goed met u gaat, en ik hoop dat u me mijn inbreuk op de privacy vergeeft, maar ik heb een zaak bij te wonen die naar mijn mening van het grootste belang is."

"En wat maakt dat uit?"

"Zoals ik in mijn e-mail vermeldde, doe ik wat werk met de Civilian Special Operations. Ze zijn momenteel hier in Peru, om een bedrijf te onderzoeken waarvan wij denken dat ze betrokken zijn bij de moord op en ontvoering van onschuldige burgers."

Canisius hapte naar adem. Hij had nog nooit aan zoiets deelgenomen, en hij had zeker geen idee hoe hij ermee om moest gaan, of hoe hij moest reageren. "Het - het spijt me dat te horen."

"Wees gerust, ik beschuldig u nergens van, Vader. Ik wil alleen uw hulp."

Canisius wachtte.

"Ik weet dat u in Peru bent voor de conventie, maar het is een beetje vreemd waarom uw kantoor zo'n hooggeplaatste kardinaal zou sturen.

"En ik dacht dat ik nergens van werd beschuldigd, Archie?"

"Nee, natuurlijk niet. Ik vraag me alleen af of u in Peru was voor een andere reden. Een reden die te maken heeft met het kopen en verkopen van activa?"

Hoe wist hij dat? Edmund Canisius voelde het bloed in hem koud worden. *Nee,* dacht hij. *Hij kan het niet weten. Hij kan het niet weten - zowel de koper als de makelaar hebben over deze zaak gezwegen.*

Hij ontspande zich een beetje. Archie's woorden hadden niets verdachts onthuld, hoewel ze dicht bij het doel waren geweest.

"Ik kan bevestigen dat ik nog meer zaken moet afhandelen terwijl ik hier ben."

"Goed dan. Begrijp alstublieft dat ik niet probeer om de details van die deal te onthullen. Maar ik ben bang dat er meer op het spel staat dan een simpele transactie."

"Kunt u wat specifieker zijn?" vroeg Canisius.

"Bent u op de hoogte van de recente geschiedenis van de zaken van uw kantoor in het gebied?"

"Ik... kan niet zeggen dat ik dat ben."

"De Gilde Rite, een oude sekte vergelijkbaar met de Vrijmetselarij, en een sekte binnen de Jezuïeten Orde, vochten onlangs om de controle over land in de buurt van de Chachapoyas regio van Peru."

"Dat is... zeker nieuwe informatie voor mij," zei Canisius, nu nog meer in de war. "Maar ik begrijp niet wat dat te maken heeft met -"

"Bij de deal waaraan u deelneemt zijn enkele van dezelfde groepen betrokken die belangstelling hadden voor het land in dat gebied. Wij - de CSO - willen voorkomen dat een van die groepen die deal afrondt."

"Nou, dan lijkt het erop dat onze belangen niet op één lijn liggen, Archie. Ik ben *zeer* geïnteresseerd in het voltooien van deze deal - wat het ook mag zijn - en terug naar huis te gaan."

"Dat geloof ik graag," zei Archie. *"Maar nogmaals, ik ben bang dat er hier meer op het spel staat dan ons eigen comfort. Ik begrijp uw hachelijke situatie, maar ik kan niet genoeg uitdrukken hoe..."*

"Je kunt mijn 'hachelijke situatie' niet begrijpen, Archie, want *ik* begrijp het niet. Ik ben hier al dagen, wachtend op vergaderingen die doorspekt zijn met cryptische vaagheden, berichten die altijd een air van urgentie hebben, en levend in voortdurende angst en verwarring over waar dit nu precies over gaat.

"Ik ben hierheen gestuurd door mijn kantoor om een deal te sluiten waar ik niets van weet, om redenen die ik niet eens begin te begrijpen."

Er was een pauze. *"Ja, ik begrijp het,"* zei Archie uiteindelijk. *"Ik bied u mijn verontschuldigingen aan. Alstublieft, ik probeer uw tijd niet te verspillen. Integendeel, ik ben ervan overtuigd dat als we de koppen bij elkaar steken, we hier iets uit kunnen halen."*

Vader Canisius was nog steeds geïrriteerd, maar Archie's woorden hadden zijn interesse gewekt. "Ik zou graag wat verstand hebben, al is het maar een beetje."

"Goed dan. Ik heb u zo'n beetje alles verteld, maar ik zal u nog één ding vertellen, in de hoop dat u op uw beurt iets zult vertellen waarmee ik mijn eigen team kan helpen."

"En wat is dit ding?"

"Ik geloof niet dat de katholieke kerk - uw werkgever - geïnteresseerd is in wat er ook gekocht wordt. Sterker nog, ik denk dat de prijs die zij zullen betalen aanzienlijk lager zal zijn dan de werkelijke kosten van het goed."

Canisius dacht hier nog even over na. "Dat is jouw mening, Archie, maar je hebt me geen details gegeven. Waarom zou ik je geloven - en waarom zou dat iets veranderen aan wat ik hier doe?"

"Ik wil niets veranderen. Ik geloof dat uw rol hier moet worden vervuld zoals zij hebben gevraagd. Maar ik denk dat de kerk iets verbergt wat ze verborgen willen houden."

Deze uitspraak voelde als een persoonlijke aanval, en Canisius bedwong zich en haalde adem alvorens te antwoorden. *"Wat is het dat ze proberen te verbergen?"*

Archie zuchtte. *"Daar moet ik het bij laten. Als ik je zou vertellen wat ik weet, zou je me niet geloven."*

"Dan zijn we hier klaar." *Ik laat me niet voor gek zetten,* dacht hij. *En ik zal geen informatie vrijgeven die ik niet eens heb.*

Canisius trok de telefoon weg van zijn oor en stond op het punt op te hangen toen hij Archie's stem weer hoorde door de kleine luidspreker.

"Deze deal - heb je reden om te geloven dat het voor een soort van defensie technologie is?"

Vader Edmund Canisius keek omhoog naar de wolken die voorbij trokken. Hij haalde diep adem.

Ik kan zo niet doorgaan. Hij wilde schoon schip maken, alles vertellen. Het probleem was dat hij *niets* wist. Niets van belang.

"Ja. Dat geloof ik, Archie."

"Zoals ik al vermoedde. En een van de partijen bij de deal, toevallig, een bedrijf genaamd de Orland Group?"

Canisius slikte. *Dit staat op het punt om aanzienlijk ingewikkelder te worden.*

CHAPTER 51

JULIE

JULIE'S GEDACHTEN RACETEN. Ze werd in twee gesplitst - de ene kant wilde zo snel mogelijk ontsnappen, weg van Garza en de vreemde mechanisch-menselijke hybriden die Beale's strijdkrachten hadden uitgeschakeld zonder er ook maar een seconde bij na te denken. De andere kant wilde nog meer wraak dan voorheen. Ze wilde Garza doden, hem een langzame, gruwelijke dood zien sterven, een dood die alleen hij verdiende.

En ze wilde Victoria redden. Ze was gedrogeerd, met hetzelfde soort chemicaliën dat Garza bij Julie in Philadelphia had gebruikt.

En er waren ook anderen. Ze herinnerde zich wat Archie aan Ben en Reggie had verteld over de lokale stam die was vermoord. De Ravenshadow mannen, die hun aanwezigheid en werk hier onbekend wilden houden, hadden een heel dorp van mannen, vrouwen en kinderen uitgeroeid.

Nooit in Julie's leven had ze zo sterk de drang naar wraak gevoeld. Het stroomde door haar bloed, duwde haar vooruit, over-spoelde haar geest. Het duwde het gezonde verstand weg - de veilige kant die wilde vluchten had geen kans.

Ze liepen naar een andere deuropening aan het eind van de hal, deze was aan de andere kant van de basis. Julie vermoedde dat het een hoek was die de rand markeerde van Garza's toevoegingen aan de oorspronkelijke ruimte. Ze probeerde zich de foto van de kaart te herinneren die ze hadden gevonden. Als haar veronderstelling juist was, vormden de twee gangen die ze zojuist hadden doorlopen, de grens rond de grotere centrale ruimte waar de Exo's hadden gezeten.

Was geweest.

Ze hadden al een van de exoskelet soldaten gezien, en ze wist dat er meer waren. Garza speelde zijn kaarten dicht tegen zijn borst - hij wist duidelijk waar ze waren, want hij had hen opgeroepen in de communicatiekamer waar ze eerst waren geweest. Of hij had ze zien binnenkomen, of hij had gezien dat ze enkele monitoren hadden aangezet.

Het feit dat hij niet zijn hele leger van Ravenshadow-soldaten en Exos naar hun locatie had gestuurd, betekende dat hij op veilig speelde. Of hij had minder mannen dan ze dachten, of hij was gewoon niet bezorgd over hen.

Het was niets voor Garza om hen te onderschatten, dus Julie moest aannemen dat er een andere reden was waarom hij nog geen overweldigende troepenmacht had gestuurd om hen uit te roeien. *Misschien maakte Beale's groep hem bang,* dacht ze. Misschien was hij bang dat Beale's team slechts een voorhoede was, die betekende dat er meer Amerikaanse soldaten onderweg waren?

Ze bleef er niet bij stilstaan. Reggie gooide de zware deur open - alweer, hij was niet op slot - en ze renden de trap af. Er was geen reden voor heimelijkheid; hun laarzen bonkten tegen het metalen frame met klinkende *dreunen,* luid genoeg dat iedereen die meeluisterde in staat zou zijn om ze te horen komen van ten minste twee verdiepingen lager.

Ze bereikten de onderste verdieping - de verdieping die ze het meest geschikt achtten om een andere uitgang te vinden. Ze hoopte dat ze gelijk hadden. Als de Hall of Records hier ergens was, dan hadden de oorspronkelijke makers van deze bergstad meerdere in- en uitgangen gemaakt. Ze had het in Egypte gezien, en ook op andere historische plaatsen. Zo'n grootse hal zou de *eerste* reden zijn om in de berg te bouwen. De stad zou van secundair belang zijn. En de stad zou gemaakt zijn voor de inwoners, terwijl de Hall of Records alleen gebouwd zou zijn voor de meest waardige individuen.

Met andere woorden, het zou een geheim zijn geweest. Alleen de elite zou ervan weten, en hoe het te vinden. Dat betekende dat er een weg naar binnen zou zijn, en een weg naar buiten, die de hele stad omzeilde. Garza had dezelfde ruimte ingenomen die de oorspronkelijke stad had ingenomen, dus hoopten ze dat er nog een ruimte zou zijn - en nog een uitgang - een die nog ergens achter deze muren verborgen was.

Toen Reggie en Mrs. E de overloop onderaan de trap bereikten, wachtten ze even tot Ben en Julie hen hadden ingehaald. Als ze gezien zouden worden, zou het hier zijn, toen ze de gang ingingen op de verdieping waarvan ze dachten dat het de eerste verdieping was voor Garza's mannen.

Reggie probeerde de hendel. Het was niet op slot. Hij schoof het naar beneden en drukte zachtjes tot het klikte met een bijna onhoorbaar geluid. Toen duwde hij de deur op een kier en zwaaide tegelijkertijd zijn geweer omhoog en uit het nieuw gevormde gat.

Hij pauzeerde daar. Julie kende de oefening van zijn training. *Leid met wat schiet, niet met waar op geschoten wordt. Met* andere woorden, steek je wapen uit het gat *voordat* je je hoofd eruit steekt.

Het idee was dat als iemand zou schieten, ze dat zouden doen zodra ze de barst in de deur zagen. En aangezien iedereen die *terugschoot* gegarandeerd een vijand was, kon het geen kwaad om blindelings terug te schieten.

Maar niemand vuurde, en Reggie deed de deur op een kier. Julie luisterde en leunde naar de opening. Ben en Mevr. E stonden nu op een afstand, maar beiden hielden hun geweren stevig vast, zich voorbereidend op een aanval.

Toen er niemand kwam, gleed Reggie naar buiten, de gang in.

Julie kon hem horen fluisteren terwijl hij dat deed. "Het is een hoek, dus we hebben twee fronten om voor uit te kijken. En het is hier niet zo donker, maar het is ook niet helder; de armaturen zijn felle lampen, om de vijftig of zo."

Ze knikte toen Ben haar naar voren duwde. Het was algemeen bekend dat zij de beste schutter van de groep was, naast Reggie, die voor zijn ontslag als sluipschutter in het leger had gediend. Ze oefende evenveel als Ben en de anderen, maar ze had het snel onder de knie en was, volgens Reggie, een natuurtalent.

Ze genoot van de lof, maar op momenten als deze wenste ze dat ze niet zo goed was met een geweer. Ze ging de hal binnen waar ze wist dat er veel vijandelijke troepen waren die, zo goed getraind als zij, een kogel door haar schedel wilden jagen.

Reggie nam de rechterkant van de deur, Julie viel naar links. Ze keek de gang in, niet eens de moeite nemend om naar rechts te kijken. Reggie zou het onder controle hebben, en het zou maar een paar seconden duren voordat Ben en mevrouw E ook de gang waren binnengekomen.

Mrs. E ving de deur achter zich en schoof hem geruisloos dicht.

En wat nu? vroeg Julie zich af. Hoewel ze goed was met een wapen, liet ze het aan Reggie over om te beslissen welke kant ze op zouden gaan.

"Ik denk dat dat de demonstratieverdieping is, waar Beale en zijn mannen in het nauw gedreven werden," zei Reggie, wijzend naar de muur recht tegenover hun hoek.

Dat was ook Julie's indruk - de hoek voor haar vormde twee randen van de grote open ruimte waar de Exo's woonden.

"Laten we deze kant op gaan," vervolgde hij, wijzend naar de gang. "Er is niet echt harde informatie die het suggereert, maar het lijkt erop dat de basis van links naar rechts is ingedeeld, dus deze kant op zou in de richting van de 'voorkant' gaan."

Op hetzelfde moment dat Reggie klaar was met spreken, hoorde Julie het geluid van een andere Exo die vanuit de andere gang op hen afkwam. Hij begon net de hoek om te gaan, en ze voelde de trillingen van elke stap onder haar voeten.

"Laten we ook niet voor dat ding gaan staan," zei Reggie.

"Werkt voor mij," zei Ben.

"Hetzelfde," zei mevrouw E. Ze gingen op weg, naast elkaar lopend, en Ben en Julie volgden op de voet.

DE GANG WAAR ze doorheen liepen was groter, en het was Julie duidelijk dat dit het hoofdniveau van de Ravenshadow basis was. Kamers en zijkamers waren uitgehakt in de stenen wanden van de tunnel, de hele ruimte was gebeeldhouwd uit het binnenste van de bergbasis. De Ravenshadow mannen en hun aannemers hadden waarschijnlijk maar een paar dingen gedaan: elektriciteit en water uit de bron van de berg toegevoegd, het meubilair neergezet, de trappen uitgehakt en de deuren gemonteerd.

Al het andere leek origineel. Julie zag dat deze wanden, hoewel niet zo glad en goed gevormd als de kleinere tunnelschacht die ze eerder hadden gevonden, met de hand waren uitgesneden, met de precisie en zorg van een meester-vakman.

Hoewel Garza's soldaten heel goed waren in wat ze deden, wist ze dat geen van hen de training of het geduld had gehad om een prestatie als deze te leveren. Om het binnenste van een berg volledig uit te hakken en er een werkende en leefbare stad van te maken, was zelfs voor Vicente Garza onbegonnen werk.

"Het is ongelooflijk," fluisterde ze tegen zichzelf. Sinds ze het erover eens waren dat deze plek het oorspronkelijke thuis moest zijn van de Chachapoya's, afstammend van de oude antediluviaanse

Atlantiërs, begonnen de tekenen voor haar ogen te verschijnen, alsof haar onderbewustzijn ze eindelijk had geregistreerd. De muren, glad gesneden, ontmoetten de plafonds en vloeren met een afgeschuinde rand. De gangen leken dezelfde afmetingen te hebben als die zij in Egypte hadden gevonden, en de afzonderlijke kamers en vertrekken dezelfde stijl als die zij onder de Sfinx van Gizeh hadden gezien.

Het was, zonder twijfel, een structuur gerelateerd aan het verloren Atlantische ras. Maar betekende dat dat Garza de Hall of Records had gevonden? Had hij het leeggehaald? Verkocht?

Dat was onmogelijk te zeggen zonder precies te weten waar de werkelijke Hall of Records was - en helaas hadden ze dringender zaken aan hun hoofd, zoals hier levend wegkomen. Als ze konden, zouden ze Victoria en haar vader vinden, maar Julie begon te denken dat die doelen opzij moesten worden gezet.

Ze liepen in een val, en werden er bijna door gedood. Als Beale's team hen niet had verraden en voor dood had achtergelaten, zouden ze nu dood *zijn*.

Reggie stak een hand op, en Julie en de anderen stopten. Ze waren aan het andere eind van de gang gekomen, en Reggie wilde net naar links gaan toen hij stopte.

"Heb een paar Ravenshadow jongens," fluisterde hij.

"Kunnen we ze meenemen?" vroeg Ben.

"Tuurlijk," zei Reggie. "Vier tegen drie. Maar het zijn de twee Exo's achter hen waar ik me zorgen om maak."

Julie hoefde ze niet zelf te zien. Zodra Reggie de woorden uitsprak, begon ze de hoge tonen van de Exo's te horen. Ze draaide zich onmiddellijk om en wierp een blik in de andere richting. "De Exo die van de andere kant kwam, is ook nog achter ons. Ik kan het horen, en het wordt luider."

"We zullen tussen hen in zitten," zei Reggie. "En dat is geen gevecht waar ik deel van wil uitmaken."

"Er was een deur ongeveer halverwege terug," zei Julie. "Een grote. Alle andere deuren waren niet op slot, dus misschien deze ook wel. Maar..."

"Laten we gaan," zei Reggie, haar onderbrekend.

Ze stond op het punt om te discussiëren, maar besloot het niet te doen. *Beter dan tegen drie van hen te vechten op twee fronten.*

Misschien.

Reggie liep weer voorop en zij liep achter de massieve man aan en dook onwillekeurig achter zijn lange gestalte. Ze wist dat het niets zou uithalen als de Exo de gang zou omzeilen voor ze binnen waren. Het op de schouder gemonteerde machinegeweer van de machine zou Reggie in mootjes hakken - en zij zou ongeveer drie milliseconden later hetzelfde lot ondergaan.

Reggie bereikte de deur net toen de Exo de hoek om ging. Hij begon te schieten nog voor hij de hoek om was, en Julie voelde de inslagen van de kogels tegen de oude muren aan de andere kant van de gang. Ze bukte, net als Ben en Mevr. E.

Toen ze weer opkeek, keek ze de andere kant op, en ze zag nu de andere twee Exo's en hun Ravenshadow begeleiders aan het andere eind van de gang. Ze hieven hun wapens om te vuren, en ze sloot haar ogen, wachtend tot de eerste schoten zouden inslaan.

"Julie, vooruit!"

Ben's stem drong door haar hoofd, en ze kwam weer in actie. Ze greep naar haar geweer, trok het omhoog en maakte zich klaar om te richten...

"Julie, *ga!* "Ze keek Ben aan, net toen de eerste schoten van de andere twee Exo's en de soldaten vielen. Ze bestookten de muur boven haar hoofd.

Niet genoeg tijd.

Ze realiseerde zich wat Ben haar aan het vertellen was. *Ga weg van hier. Niet genoeg tijd om terug te vechten.*

Ze moesten naar binnen.

De soldaten rukten op, hun aanvallen en herladen perfect synchroon zodat er een constant spervuur van vuur was. De Exo's vochten op dezelfde manier, hun geschutskoepels schoten stukken steen en muur weg, en vermaalden het in zand dat Julie's blootgestelde huid blesseerde.

Het zou nog maar een seconde duren en...

De soldaten waren gestopt met bewegen. Ze vuurden nog steeds, maar ze *misten* nog steeds.

Ze kroop op haar handen en knieën de rest van de weg. Niet genoeg tijd om zich te concentreren op de Ravenshadow mannen en hun machinepakken.

De deur die ze had gezien, zat ongeveer 15 cm in de muur verzonken. Niet genoeg om hen volledig te verbergen, maar genoeg om zich veiliger te voelen dan wanneer ze in het midden van de gang stond te wachten.

De Exo die alleen aan zijn kant van de gang stond, vuurde nu op volle snelheid, en het lawaai was oorverdovend. Het raakte nog steeds de muur recht tegenover het CSO team, en het leek niet te werken om zijn doel bij te stellen.

Ben duwde haar voorbij, en mevrouw E sloot zich achter hem aan. Reggie bewoog om de deur open te duwen.

Het vuren stopte abrupt, maar ze draaide zich om en sprong toch door de open deur naar binnen, de donkere, open kamer in. Ze wist meteen dat ze in een veel grotere ruimte was, toen haar handpalmen tegen de stenen vloer sloegen en weerklonken in de pikzwarte ruimte.

Ze stond, en voelde de anderen om haar heen staan. Reggie was als laatste door de deur, bewoog zijn mond alsof hij zijn oren wilde laten klapperen.

"Verdomme dat was *hard*," zei hij.

"Reggie," zei Julie. "Ze schoten niet op ons."

Dat waren ze zeker niet!" zei Reggie, bijna schreeuwend. "Ze hadden ons bijna te pakken, en als die Exo's nog dichterbij waren -"

"Ze heeft gelijk," zei Ben. "Ze schoten niet *op* ons. Ze *dreven* ons in het nauw."

"Ze waren wat?"

"Ze dreven ons bijeen, als vee."

De blik op Reggie's gezicht zei meer dan hij met woorden kon zeggen. Julie wist de waarheid, en nu wist hij het ook.

Ze aarzelde om deze kamer binnen te gaan, omdat ze wist wat het was.

Ze wisten allemaal wat het was.

In een oogwenk floepten de lichten aan. Julie's ogen stonden versteld, maar herstelden zich snel. Haar ergste vrees werd bewaarheid.

Voor haar stonden stapels houten kratten en dozen, en vlak daarachter zag ze de hoofden van rijen Exosuits, zonder hoofd, in de houding. Er ontbraken een paar rijen, en de Exos in de rij die vlak daarachter stond waren leeg, hun menselijke bedieners nergens te bekennen.

"Oh, shit," zei Reggie.

"Ja," zei Ben. "Dat wilde ik net zeggen."

Julie hoorde een ploppend geluid, als van een kurk die uit een fles champagne wordt geschoten, en toen hoorde ze het stijgende, hoge geluid in haar oren. Deze keer was het niet in de verte. Deze keer raakte het haar, hard, alsof het een golf water was, die met volle kracht tegen haar en het team sloeg.

Ze waren op de demonstratievloer, en Julie had het gevoel dat er weer een demonstratie zou komen.

DE DEUR ACHTER hen sloeg dicht, en onmiddellijk hielden de schoten van de drie Exos en de drie soldaten op.

Bens ogen trilden toen hij op de koude stenen demonstratievloer stond, waarschijnlijk een reactie op de plotselinge verandering in druk van het betreden van de enorme pakhuisachtige ruimte. Zijn kleren waren nu droog, maar hij dacht dat hij de rivier nog kon voelen, de vochtigheid van het water dat van zijn huid droop. Het was een combinatie van zweet en vochtigheid, de klamheid van een uur eerder nog kletsnat te zijn geweest.

Hij schoof op zijn voeten en keek om zich heen. Het was de demonstratieverdieping, de plek die hij had gezien vanuit de observatieruimte boven. Hij wist dat de Rangers hier waren neergehaald, en hij wist dat dit ook het eindspel voor zijn team zou worden.

Ze waren hier bijeengedreven als koeien die naar de slachtbank werden geleid.

Ben voelde de vochtigheid in de kamer weer stijgen, alsof iemand het niveau opvoerde door waterdamp naar binnen te blazen. Het was een vreemde gewaarwording - de rest van de bergbasis was kurkdroog geweest, afgezien van de kleine verbindingstunnel waar ze in waren geweest nadat ze uit de waterafvoergoot waren gekomen.

Hij snoof, probeerde te plaatsen wat er anders was aan deze kamer.

"Ben," fluisterde Reggie. "Hierheen."

Ben wierp zijn ogen op de plek waar zijn vriend achter een stapel houten kratten stond. De kisten reikten bijna tot halverwege het plafond, dat zich ver genoeg boven hun hoofden bevond in de verduisterde ruimte dat Ben het nauwelijks kon zien.

"Wat is er?" vroeg hij.

"We zijn..." Reggie's stem viel weg.

Ben liep naar de plek waar hij stond en zag Julie en mevrouw E zich verschuilen achter een andere stapel kratten in de buurt van Reggie.

"We zijn precies waar ze waren," zei Julie zacht.

Ben concentreerde zich plotseling opnieuw, alsof zijn geest de realiteit van hun situatie had geblokkeerd. Hij keek naar de vloer, vlakbij waar hij had gestaan. Een paar benen strekten zich uit achter een krat, levenloos en boven op een plas donkere vloeistof.

Een meter of tien verder zag hij het hoofd en de armen van een andere soldaat, maar hij kon zijn gezicht niet goed genoeg zien om te weten wie het was, want het was verwrongen en verborgen achter een glanzende zwarte stof. Misschien Lang. Hij leunde een beetje voorover en zag dat zijn hoofd en armen verbonden waren met zijn torso, maar dat torso was verbonden met... niets.

De man was doormidden gebeten door het geweervuur van de Exo.

De enige *Exo die geactiveerd was.*

Ben veegde wat zweet van zijn voorhoofd en wendde zich toen tot de anderen. "Zachtjes praten. We worden bijna zeker in de gaten gehouden. Dit is een soort spelletje voor Garza."

"Lijkt me niet zo leuk," schoot Reggie terug.

"Hij wil deze dingen testen. De Exos. Daar kwam Beale's team hier voor. Wat hun baas, Sturdivant, in handen wil krijgen."

"Ik weet zeker dat hij blij zal zijn te horen dat ze *prima* werken, in dat geval,' zei Reggie.

"Nog niet," zei Julie, starend naar de afgeslachte lichamen die in wanorde om hen heen lagen. "Ze maken te veel lawaai. Dat hoge krijsende geluid dat we steeds horen voor de Exo's arriveren."

"Ja, waar," zei Ben. "Misschien heeft Garza ze daarom nog niet aan de hoogste bieder verkocht. En waarom Sturdivant zo ongeduldig werd."

"Nou, dat is allemaal leuk om te weten," zei Reggie. "Maar hoe komen we uit deze kleine 'demonstratie'?"

Ben keek om zich heen. "Ik heb geen idee. Maar ze hebben ons absoluut hierheen gelokt. Garza heeft de hele tijd met ons gespeeld. Speelde, leidde ons hierheen. Jullie hebben die dingen allemaal gezien. Elk van hen had ons in tweeën kunnen snijden." Hij had meteen spijt van zijn woordkeuze toen hij Lang nog eens bekeek. Dat *maakt het nog niet onwaar,* dacht hij. "Waarom ons niet eerder gedood? Toen we ons in die kamer verschansten?"

"Omdat hij ons nodig heeft voor een demonstratie."

"Maar *waarom?*" Zei Julie. "We hebben al gezien dat ze werken. Garza weet dat. Waarom zou hij zich specifiek om ons bekommeren? Als we alleen maar voer zijn voor zijn vleesmolen, waarom dan al die tijd en energie verspillen om ons hier weer beneden te krijgen?"

Ben hoorde een kuchje. Alle vier de teamleden hurkten achter de dichtstbijzijnde krat die ze konden vinden. Ben stapte langzaam uit en bewoog zich in de richting van het kuchje met getrokken pistool.

Hij overwoog te fluisteren en de persoon te vragen zijn naam te noemen, maar besloot dat niet te doen. Wie ze ook waren, ze wisten al dat Ben en de anderen er waren. Ze hadden gehoest, wat niet bepaald het meest heimelijke geluid was om te maken.

Hij ging de hoek om achter een andere krat en keek naar beneden, net toen de persoon weer hoestte. De long van de man maakte een afschuwelijk gorgelend geluid, daarna een piepende ademhaling en toen een bijna stille, scherpe ademhaling.

"Jeffers," fluisterde Ben. Hij knielde neer. "Ben je..."

Hij stopte zichzelf voordat hij de vraag kon afmaken. Deze man was duidelijk stervende, en het was een wonder dat hij nog niet was omgekomen. Er zat een gat in zijn nek, aan de zijkant maar dicht genoeg bij het midden dat Ben zich afvroeg hoe het zijn halsslagader niet had doorgesneden. Een ander gat, waarschijnlijk een gat dat helemaal door hem heen ging, zat midden in Jeffers maag. Hij had zijn enorme handen het gat laten bedekken, maar het bloed sijpelde gemakkelijk rond zijn vingers omhoog. De zwarte handen van de man hadden een donkerder kleur gekregen, de vloeistof was alleen kastanjebruin als het in contact kwam met het schemerige, glinsterende licht.

"Hé, hé," zei Ben, terwijl hij zijn hand op de schouder van de man legde. "Niet bewegen, niet praten. Het is oké. We zijn...

Wat? Ga ik je hieruit halen? Je leven redden? Ben dacht na over hoe de vraag te beëindigen, en sprak toen opnieuw. "Wij zitten hier ook vast."

Nauwkeuriger.

Jeffers probeerde een grijns te forceren, maar in plaats daarvan hoestte hij weer. Bloed spatte over de hele ruimte naar een andere kist vlakbij. De anderen voegden zich bij Ben, en ze hurkten aan alle kanten om Jeffers heen. Mevrouw E begon de benen van de man te controleren op meer wonden, maar stopte toen Reggie een hand op haar arm legde. Hij schudde zijn hoofd, heel lichtjes.

Jeffers mond sperde een beetje open en er viel een enkel woord uit. "St - Sturdi..."

"Sturdivant," zei Ben. "Je baas, toch?"

Jeffers knikte.

"Hij wil weten waar Garza aan gewerkt heeft? De Exo's?"

Nogmaals, een knikje.

"Gaat hij ze kopen?"

Jeffers pauzeerde, schudde toen zijn hoofd. "Nee."

Ben en Julie fronsten hun wenkbrauwen. Reggie staarde naar de man die aan hun kant had gestaan, en daarna naar het team dat hen had verraden. Ben vroeg zich af wat hij dacht. Reggie had in hetzelfde leger gediend als deze man, had dezelfde Ranger training gehad. Hij was een heel andere soldaat geworden dan Jeffers. Veel andere loyaliteiten.

"Sturdivant wil deze dingen niet kopen?"

"Nee," zei Jeffers weer. Hij gromde. "Andere koper."

"Wat wil Sturdivant? Waarom heeft hij je hierheen gestuurd?"

Jeffers schudde opnieuw zijn hoofd, een klein beetje maar. "Te... laat."

"Help ons, Jeffers," zei Ben. Hij wilde eraan toevoegen, *omdat je hier hoe dan ook zult sterven.* Hij deed het niet. "Help ons uit te vinden wat je baas wil zodat we dit kunnen beëindigen."

Opnieuw. "Te laat."

"*Wat is* te laat?" vroeg Reggie.

"Alles... alles te laat. Hij - hij zal het allemaal naar beneden brengen. Bovenop ons."

Ben's bloed werd koud. *Hij zal het allemaal op ons laten neerkomen? Wat betekent dat in godsnaam?* "Wil je zeggen... dat het Sturdivant niet meer kan schelen? Dat dit alles - al deze *dingen* - zijn zorg niet meer zijn ?"

"Precies," zei Jeffers. "Precies. ...niet langer... bezorgd."

"Waarom? Hoe?" Ben wist dat ze allemaal worstelden om het te begrijpen. Om het te begrijpen. Om uit te zoeken waarom Sturdivant een elite team soldaten stuurde om een investering te controleren, en dan -

"Het is een noodoplossing," zei Reggie.

"Een wat?"

Jeffers knikte, één keer, klein genoeg dat Ben het bijna miste.

"Een noodstop. Een dodemansknop. Toen de missie faalde, heeft Beale Strudivant op een of andere manier gesignaleerd. RF dat misschien een relais bereikte, en dan een 'mislukt' bericht naar een satelliet schoot."

"Dus er was iets verbonden met Beale's puls dat het signaal blokkeerde?" vroeg Julie. "En toen hij stierf, stopte de puls, zodat het signaal doorkwam?"

"Zo doen ze het in films, zeker," zei Reggie. Maar de dingen zijn veel simpeler dan dat. Dit was een team, niet slechts één man. Dus... Reggie reikte naar voren en pakte Jeffers' pols, trok hem opzij en draaide hem toen.

De hand van de man viel van zijn buik, waardoor een kleverige rivier van bloed vrijkwam. Reggie legde zijn hand terug op de wond maar wreef met zijn shirt tegen Jeffers horloge. Ben leunde voorover.

Cijfers flitsten op de wijzerplaat.

Ik tel af.

Ben zag vier secties van twee cijfers, elk gescheiden door een dubbele punt. *Uren, minuten, seconden, milliseconden.* Een typisch klokscherm.

De nummers helemaal links waren nullen.

47 minuten, negenendertig seconden.

"Het is een aftelling," zei Reggie. "Dat is de noodstop. Jeffers - of een van hen, voordat ze stierven - stuurde het 'fail' signaal toen ze werden neergemaaid. Als Sturdivant het ontvangt, weet hij dat zijn team is uitgeschakeld.

"Kunnen we een bericht sturen dat zegt 'laat maar zitten... vals alarm?" vroeg Ben, die het antwoord al wist.

Reggie schudde zijn hoofd. "Nee. Deze jongens waren geen Rangers. Of in ieder geval niet *gewoon* Rangers. Hun vliegtuig, hun hele werkwijze, alles. Ze waren een elite-eenheid, waarschijnlijk een die al samenwerkt *sinds* hun Ranger dagen. Sturdivant heeft ze waarschijnlijk in het groot gekocht en ze naar een geheime sector overgeplaatst die hij met genoeg papierwerk kon afschuiven."

Ben schudde zijn hoofd. "Dus wat betekent dat?"

"Precies wat hij zei," antwoordde Reggie, terwijl hij Ben in de ogen keek. "Sturdivant's team is weg. Zijn missie is mislukt. Hij heeft nog maar één optie, en die gaat hij absoluut gebruiken."

Ben keek op, toen naar mevrouw E, die Jeffers recht aankeek. Zij was de eerste die sprak. "Hij gaat het allemaal boven op ons gooien."

HET AFTELLEN OP Jeffers horloge pulseerde in Julie's zicht. Het was alles wat ze kon zien. Haar perifere zicht was afgestorven, en ze kon haar ogen niet afwenden.

Zevenenveertig minuten, dacht ze. *Totdat alles letterlijk in elkaar stort.*

Ze keek toe hoe Reggie het horloge van Jeffers pols haalde en het om zijn eigen pols plaatste, net boven Reggie's duikershorloge.

"Wat nu, baas?" vroeg Reggie. Zijn stem was kalm, vast, en hintte naar humor, alsof ze niet gewoon in het midden van een met doden gevulde opslagplaats in het hart van een vijandelijke basis stonden. "We hebben iets meer dan 47 minuten om uit te zoeken wat te doen - ik stel voor dat we aan de slag gaan?"

"Het is niet de Exos," zei Ben.

Julie keek haar man aan. "Wat?"

"Jeffers zei dat. Sturdivant heeft ze niet gestuurd om de status van de exoskeletpakken te controleren, weet je nog?"

Jeffers hoestte zachtjes, maar antwoordde niet. Julie wist dat hij aan het wegkwijnen was. Ze had genoeg doden gezien om te weten dat je niet terug kon komen van een verwonding als deze. Ze was verbaasd over Jeffers vermogen om vol te houden. Hij was een massieve man in perfecte vorm, maar zelfs hij zou deze niet overleven. Ze voelde een gevoel van spijt toen ze op hem neerkeek.

Hij was een goede man, in welk team hij ook had gezeten. Julie had het gevoel dat ze mensen begreep, en ze zag Jeffers als een van de goeden.

We proberen allemaal te doen wat juist is, zei ze tegen zichzelf. *We proberen allemaal te overleven.*

"Dus wat wil hij?" vroeg Mevr. E. Haar woorden waren stroef, een lichte zweem van het Russische accent sloop terug in haar stem. Julie wist dat de vrouw gestrest was, van streek. Mevrouw E zou haar kalmte bewaren, maar hun zenuwen begonnen allemaal te wankelen.

"Ik weet het niet," zei Ben. "Maar het is het ontbrekende stuk. Als we daar achter komen, dan..."

Zijn stem werd onderbroken door het hoge gejank, eerst zacht, daarna steeds harder in haar oren naarmate het volume toenam.

"Shit!" Zei Reggie. "Ze worden wakker!"

Julie draaide zich om en keek naar de machinemonsters op de demonstratievloer. Het viel haar op dat de kist waarachter ze zich verborg een paar gaten had. *Helemaal* er doorheen. Haar schuilplaats was niet meer dan dat - het zou haar geen enkele bescherming bieden.

Ze slikte een brok in haar keel weg en voelde hoe haar lichaam begon te smelten in een automatische modus van adrenaline en dopamine. Ze greep naar haar wapen, trok het omhoog en richtte op...

De pakken op de eerste rij waren leeg. Het was haar niet eerder opgevallen, maar de mensen die zij van boven in de Exos had gezien, zaten niet in deze pakken. Er was een hele rij die leeg op de grond stond te wachten.

"Ze zijn... leeg," zei ze.

"En ze bewegen niet," voegde Reggie eraan toe. "Dat betekent dat ze van achter ons komen! Iedereen de wapens op de deuren - sta klaar!"

Een stem onderbrak hun voorbereidingen.

"Nogmaals hallo, CSO team."

Het hoge gejank steeg naar een hoger volumeniveau.

Julie voelde hoe haar geest in beslag werd genomen, haar gedachten tot stilstand kwamen, haar keel dichtgeknepen werd. Het was alsof ze op de demonstratievloer aan haar plaats was vastgeschroefd, plotseling in een verbijsterd onvermogen om te bewegen.

Ze probeerde haar voet naar voren te duwen. Het lukte, maar niet goed. Haar voet kwam een paar centimeter omhoog, stopte, en sloeg toen weer neer. Hij landde maar een paar millimeter voor waar hij eerst had gestaan. De inspanning die nodig was om het voor elkaar te krijgen was ongelooflijk, en ze voelde zichzelf onwillekeurig diep inademen.

De rest van haar team stond ook stokstijf, op hun plaats gehouden door de onzichtbare kracht. Het greep hen, had hen allemaal op precies hetzelfde moment gegrepen. Niemand bewoog, en zelfs Bens ogen - de enige die haar aankeken - keken haar onverstoorbaar aan.

Wat gebeurt er in godsnaam?

Haar vermogen om te denken kwam terug. Haar lichaam was nog steeds op zijn plaats, maar haar hersenen begonnen in overdrive te draaien, berekenend waar ze was en wat er gebeurd was en hoe ze haar eruit konden krijgen en -

Herinneringen.

Haar hersenen hadden ook herinneringen opgehaald, alsof het een supercomputer was die miljoenen bestanden tegelijk doorspitte om het bestand te vinden dat zou kunnen dienen als herinnering aan wat hier gebeurde.

Ze vond *één* herinnering, waarvan ze niet wist dat ze die nog had. Ze wist precies waar ze was, wat ze aan het doen was.

Met een pistool.

Richt het pistool.

Haar geest herinnerde zich de gebeurtenissen die daaraan voorafgingen vanuit het perspectief van een onbetrouwbare verteller. Ze was niet helemaal zeker van de juistheid van de gebeurtenissen, maar er was er een - helemaal aan het begin van de herinnering - die ze begreep.

Haar lichaam zat vast op zijn plaats, onbeweeglijk. Ze kon het niet bewegen, en ze probeerde het.

Ze herinnerde zich hoe ze op het punt was gekomen dat ze het pistool vasthield. Het op het hoofd van haar vriendin richten.

De injectie. Het ding waar hij je mee heeft gestoken. Het ding waar Garza *je mee gestoken heeft.*

De chemische stof.

Ze was verlamd, net als in Philadelphia, in Ravenshadow's gym. Ze kon zich niet bewegen, niet reageren, niets doen behalve voor zich uit staren. Haar geest ging tekeer, maar kon geen oplossing bedenken.

Het goede nieuws was dat ze ook niet in paniek kon raken. Ze staarde recht voor zich uit, dacht snel na maar bewoog trager dan ze ooit had gedaan. Ze probeerde het opnieuw, deze keer met een hand, maar duizend verlammende speldenprikken verstikten haar. Het voelde alsof haar arm in slaap was gevallen, maar dan over haar hele lichaam. Een pijnlijke situatie als ze probeerde te bewegen, een draaglijker situatie als ze zo stil mogelijk bleef liggen.

Hij deed het weer was haar volgende gedachte. *Hij injecteerde ons op een of andere manier met -*

Nee.

Geen injectie.

Julie dacht hard na, probeerde te begrijpen wat er gebeurd was. Ze zou het geweten hebben als ze met iets geïnjecteerd waren. Het moest genoeg van de chemische verbinding zijn dat het hun hele lichaam onbruikbaar zou maken, maar één van hen zou het al lang gemerkt hebben.

"Als je het je afvraagt," zei de stem weer, de stem van Garza, die van bovenaf door onzichtbare luidsprekers werd doorgegeven. *"Het was in de lucht. Het is net een gaskamer. Makkelijk te onderhouden, en we kunnen de damp naar de bodem van de kamer richten, om de kracht van de chemische stof te behouden."*

Natuurlijk, dacht ze. Zodra ze de demonstratieruimte waren binnengegaan - naar binnen waren *geleid* - had ze een lichte verandering in de lucht gevoeld. Vochtiger, een beetje koeler, alsof ze door een lichte wolk liepen.

Ze had er niet veel over nagedacht, maar de anderen hadden het ook gemerkt. Bens voorhoofd was bedekt met vochtdruppels en mevrouw E wreef voortdurend met haar handpalmen tegen haar broekspijpen.

Het was vochtigheid, realiseerde ze zich. *Het was geen* waterdamp. Garza had haar in Philadelphia geïnjecteerd met een chemische verbinding, gebaseerd op de drug scopolamine, en hij had uitgevonden hoe het vrij te laten via een voertuig in de lucht.

Een veel schonere, efficiëntere methode, om zeker te zijn.

En een manier om de chemische stof bij *veel* mensen tegelijk te krijgen.

Haar gedachten dwaalden af naar de mensen in de Exos. Het waren geen Ravenshadow mannen.

Het dorp.

Er was een mysterieuze verdwijning van de inwoners van een nabijgelegen dorp. Iedere man, vrouw en kind was gewoon verdwenen.

Zij wist wat er gebeurd was. Alsof er een lampje was gaan branden, had ze de antwoorden die ze zich hadden afgevraagd.

Garza *had* z'n eigen soldaten niet in de pakken hoeven te zetten. Hij hoefde ze niet te trainen om de Exo's te besturen.

Hij had een heel ander personeelsbestand gevonden, en het was er een die hij niet langer hoefde op te leiden.

"Ik hoop dat jullie opgewonden zijn over de volgende demonstratie," vervolgde Garza. *"Ik kan in ieder geval niet wachten. Deze technologie heeft me* ontelbare *uren experimenteren gekost, en* een hoop *geld. Maar ik moet jullie zeggen - zonder* jullie allemaal, *was dit nooit mogelijk geweest. Juliette, jouw hulp in Philadelphia heeft direct tot deze demonstratie geleid. Deze* laatste *demonstratie."*

Julie wilde schreeuwen, huilen, wegrennen, *wat dan ook* doen. In plaats daarvan stond ze vastgeklonken aan de vloer, gedwongen om niets anders te doen dan luisteren naar Garza's woorden en het vreemd genoeg rustgevende geluid van het hoge, jankende geluid.

"Nu, laten we beginnen. CSO team, draai je om en kijk naar het midden van de kamer."

Julie voelde haar benen bewegen, haar voeten verschoven. In een paar seconden stond ze in het midden van de kamer, de rijen Exo's keken haar wezenloos en levenloos aan.

"Heel goed. Nu, CSO team, loop naar de eerste rij Exos."

Julie deed wat haar gezegd werd.

"Loop naar de achterkant van de dichtstbijzijnde Exo en trek aan de grote blauwe hendel. Het luik van de batterij zal opengaan en een kleine ladder onthullen."

Julie's armen begonnen te werken, haar handen vonden onmiddellijk de hendel van het luik en trokken het omhoog. Het interieur van de Exo was groter dan ze had verwacht, en ze zag een paar knoppen en beeldschermen op borsthoogte aan de voorkant van het pak.

"Als laatste, CSO team, wilt u de ladder opklimmen en in het pak gaan. Het luik zal zich automatisch achter jullie sluiten.

"Oh, en maak het je gemakkelijk - dit zal de laatste plek zijn die je ooit zult zien."

AKTE 4

IK HOOP DAT *dit allemaal snel voorbij is,* dacht Edmund. Hij zat op de achterbank van een auto die de stad uitreed. Een "Uber," had de conciërge hem genoemd. Een vreemde naam voor een taxi, maar pater Canisius was niet van plan te klagen toen de conciërge aanbood het allemaal te regelen. Ze had zelfs aangeboden om te betalen en het bedrag op zijn hotelrekening te zetten.

Hij was in de Uber gestapt en had de chauffeur de locatie doorgegeven, waarna hij op de achterbank plaatsnam en een last van zijn schouders viel. *Ik ben hier omdat God het wil,* zei hij tegen zichzelf. *Heb een beetje vertrouwen, Edmund. Je bent de juiste man voor deze baan.*

Het deed er niet toe dat hij niet wist wat die baan inhield - het deed er niet toe dat hij verward, gefrustreerd, moe was. Het deed er niet toe dat deze nieuwkomer, Archibald Quinones, er meer van leek te weten dan hij. Niets van dat alles deed er toe. *Wat een kleine beproeving om te doorstaan vergeleken met die van Job.*

Dit was niets. Hij kon het aan.

En het beste van alles was dat hij het gevoel had dat hij antwoorden zou krijgen. St. Clair had ook een beetje verbaasd geklonken toen hij met haar aan de telefoon had gesproken. Hij nam aan dat het ontvangen van de e-mail van de makelaar, wie het ook waren, voor haar net zo onverwacht was geweest als voor hem. Zij, die uiterst professioneel was, had nauwelijks blijk gegeven van enige verrassing die ze had ervaren.

Archie's telefoontje was verontrustender. Hier was een derde groep - of vierde, of vijfde, hij kon het niet eens bijhouden - geïnteresseerd in de deal waar hij nu middenin zat. Archie wist dat het de Orland Groep was, en hij wist dat de activa die werden overgedragen een soort defensietechnologie waren.

Het was vreemd, de katholieke kerk betrokken bij de tussenhandel in wapens en munitie, als het dat was. Maar Canisius wist het niet - voor zover hij wist van technologie, kon het een eenvoudig computersysteem zijn.

Dat is het, dacht hij. *Dat moet het zijn.* Archie en zijn CSO-team waren betrokken geweest bij de inbraak in het Vaticaan, die had geleid tot een complete revisie van personeel en systeemtraining voor het beveiligingspersoneel. *Orland Group* moet ons een nieuw computersysteem verkopen, dat ons in de toekomst met dit soort zaken zal helpen.

Het was een onschuldige aankoop, maar de identiteit van de hoofdrolspelers openbaar maken zou op zijn best afschrikwekkend zijn, en op zijn slechtst schadelijk voor zijn organisatie. De Paus zou zwaar onder de loep genomen worden - defensiesystemen kopen van een defensie conglomeraat? De vragen zouden eindeloos zijn, en de kosten om de pers op afstand te houden zouden enorm zijn.

Toch zou er gepraat worden. Geruchten zouden er in overvloed zijn, en ze zouden bijzonder moeilijk te ontkennen zijn omdat ze op waarheid zouden berusten.

Dat moet het zijn. Ze hadden Canisius nodig omdat hij niets te maken had met computersystemen en defensiebeveiliging, maar hij zat hoog genoeg in de organisatie om zijn goedkeuring te waarderen.

Hij had het door. Tevreden liet hij zijn gedachten een beetje afdwalen, stond zichzelf zelfs toe te ontspannen in de auto.

Hij leunde achterover in de zetel, voelde uitputting en verrassing en opwinding tegelijk, en hoopte opnieuw dat dit snel voorbij zou zijn. Hij droomde van zijn eigen bed in het Vaticaan, in zijn huis. Hij sloot zijn ogen. Hoe ver hij was gekomen, rondtrekkend door de landen van Zuid-Amerika als jonge priester, zich opwerkend op de ladder van de Katholieke Kerk, totdat God hem naar Rome had geroepen.

Deze plaats, ooit veel dichter bij zijn huis, voelde niet meer vertrouwd. Hij was gewend geraakt aan de drukte van Rome, de straten en lanen van Italië, het bruisende leven van Rome. Hij was losgegroeid van deze plek, en het verbaasde hem dat hij hem niet zo miste.

Hij was blijkbaar in slaap gevallen, want even later remde de chauffeur af en draaide zich om in de stoel, terwijl hij op kalmerende toon in snel Spaans tegen hem sprak.

"Sir," zei hij. "We zijn er. We zijn aangekomen."

Edmund keek om zich heen. *Waar zijn we?* Hij had niet de moeite genomen om de locatie te controleren met een kaartprogramma toen hij achter de computer zat, en hij had geen telefoon om het nu nog eens te controleren.

Toen hij zich volledig omdraaide, zag hij door de ramen dat ze zich in een dicht woud bevonden, met overal donkere tinten groen en bruin. Het leek wel het Amazonegebied - een heel verschil met waar ze in de stad waren geweest. Stenen en rotsblokken waren aan de kant gestrooid om de onverharde weg vrij te maken, en voor de chauffeur was die weg verbreed tot een open terrein ter grootte van een parkeerplaats.

Net daarachter, achter een enorme betonnen muur van bijna 2 meter hoog, strekte zich een nog massiever bouwwerk uit, ditmaal niet door mensenhanden gemaakt.

Zij bevonden zich aan de voet van een berg, die aan alle kanten recht omhoog leek te rijzen, een torenspits die de omgeving bewaakte. Een wachttoren, die het hele land overziet.

Canisius fronste zijn wenkbrauwen en vroeg in het Spaans waar ze waren.

"De berg," zei de chauffeur schouderophalend. Hij tilde een stuk papier op - hetzelfde dat Edmund hem had gegeven toen hij in het voertuig stapte. "U hebt me deze locatie gegeven, en de conciërge van het hotel ook."

Edmund zag twee mannen naar de auto rennen, allebei met een geweer in hun hand.

Edmund keek terug naar de chauffeur. "Nee," zei hij, slikkend, "het lijkt erop dat dit de juiste locatie is. Dank u."

Hij greep in een zak naar zijn portemonnee, maar zag dat de chauffeur op het scherm van zijn telefoon aan het klikken en vegen was, en toen zag hij het totaalbedrag, en een "betaald"-sticker die er digitaal op was geplakt.

Technologie, dacht hij. *Hoe ver zijn we gekomen*. Hij glimlachte binnensmonds. Hoe *ver* iedereen al is *gekomen*. Hij wist dat hij niet verder was gekomen dan het kunnen checken van e-mail, zolang het maar op een computer was met een groot, duidelijk pictogram op het bureaublad waar hij niet op kon dubbelklikken.

De twee mannen, die een zwart harnas droegen over een zwarte broek en laarzen, bereikten de auto. Eén aan elke kant, en meteen stapten ze naar de achterdeuren. Beide werden gelijktijdig geopend, en Edmund trok zichzelf naar buiten.

De man aan zijn kant van het voertuig stak een hand uit en hield Edmunds arm vast. Zijn greep was stevig, onbeweeglijk, en Edmund zag dat de man erg jong was - mogelijk begin twintig.

"Mijn naam is Quinones," zei de jongen. "Welkom in Ravenshadow. Alstublieft, deze kant op. Onze directeur wacht op u."

BEN KON NIET geloven wat er gebeurd was. Hoe ze in de demonstratieruimte waren gebracht, een minuut de tijd hadden gekregen om de chemische stof in hun systeem te laten trekken en hen volledig te omhullen, en toen waren geactiveerd.

Toen ze hier kwamen, hadden ze een gevecht gepland - een traditionele uitwisseling van geweervuur - en ze hadden zich voorbereid op een zware strijd, een strijd tegen de berg op. Ze hadden geen leger van Ravenshadow mannen *en* een leger van mech suit wandelende tanks verwacht.

Maar ze hadden *echt* niet verwacht dat ze zonder slag of stoot ten onder zouden gaan. Om gewoon "geactiveerd" te worden en verteld te worden wat te doen door een operator op afstand. Om in de pakken gestopt te worden waar ze zo verbaasd over waren geweest toen ze ze zagen.

Helaas was het Ben allemaal duidelijk geworden *nadat* hij op zijn plaats was opgesloten op de vloer van de demonstratiezaal. Het was allemaal op hem neergekomen toen Garza sprak. De vermiste dorpelingen. De lege rij Exo's. Het gevecht in de gang, waar de Exo's en de Ravenshadow mannen hen *opzettelijk hadden* gemist, in plaats van hen in deze kamer te dwingen.

En de chemicaliën. Sturdivant wilde de *pakken* niet. Het was zeer waarschijnlijk dat hij er zelfs niet van wist. De militaire leider wilde weten hoever Garza was met de chemische *stof*. De scopolamine-achtige verbinding die Garza voor het eerst had gebruikt in Philadelphia. De verbinding die gebaseerd was op een plant *uit Peru*.

Hij was de Verenigde Staten ontvlucht om mannen als Sturdivant te ontvluchten, mannen die wilden profiteren van Garza's technologie. In de Verenigde Staten zou Garza een zware juridische strijd hebben gevoerd om zijn uitvinding uit de handen van de overheid te krijgen, maar niet hier. In Peru had hij bijna onbeperkte toegang tot zowel de middelen - bescheiden dorpelingen, de borrachero-plant, goedkoop ongebruikt land - *als* een regering die gemakkelijk kon worden omgekocht.

Sturdivant had genoeg geweten over de chemicaliën en Garza's doelen dat hij jaloers was geworden, Garza onder de duim had willen houden. Ben kende mannen als hij, en hij wist ook dat mannen als Sturdivant waarschijnlijk de reden waren dat mannen als Garza niet vrij rond mochten lopen.

Het was een strijd tussen de grootste van twee kwaden, en tot nu toe had Garza gewonnen.

Ben stond half, zat half in het midden van zijn Exo-pak, analyseerde en dacht na en probeerde tevergeefs zijn ledematen in beweging te krijgen. Het geluid van de hoge toon leek nu minder hard, waarschijnlijk een effect van de chemische stof die Bens zintuigen had gedempt. Maar hij voelde zich scherp, alsof hij *dacht dat* hij net zo snel kon reageren als normaal, maar *dat niet kon* als hij het echt probeerde.

Het was te vergelijken met teveel alcohol op hebben. Hij had het gevoel dat zijn gedachten en uitdrukkingen niet geremd waren, maar zijn stem en bewegingen werkten gewoon niet. Het was als dronken zijn zonder de hoofdpijn en zonder de uiterlijke signalen.

In één woord, het was ongelooflijk. Ben was niet blij om aan deze kant van de testmuur te staan, maar hij moest toegeven dat Garza op een goudmijn zat. De verkoop van deze technologie zou Garza verzekeren van een onbeperkte voorraad Ravenshadow-troepen, waarschijnlijk ook een levenslange cashflow. Er was geen regering op deze planeet die niet haar hele BBP zou geven om het in handen te krijgen.

Waarom burgers overhalen zich aan te passen als je ze ook kunt *dwingen* gehoorzaam te zijn?

Dus dat was het eindspel, maar wie, realistisch gezien, zou de koper zijn? Ben wilde alles weten, maar eerst moest hij uitzoeken hoe te overleven wat er ook stond te gebeuren.

En natuurlijk moest hij dat in minder dan vijfenveertig minuten uitzoeken.

Garza's stem scheurde door de lucht. *"CSO team, activeer je Exo door op de rode knop bij je rechterhand te drukken.*

Ben deed het, en de Exo kwam tot leven. De benen van de machine verstijfden, Ben's eigen benen iets strakker gedrukt door de kevlar bekleding in het binnenste van het pak. De armen, waar ze met de romp van het pak verbonden waren, draaiden en kwamen in een gereedstaande positie, licht gebogen bij de ellebogen, de "handen" rustend net iets voor de schouder.

Ben merkte ook dat het hoge geluid toch niet het geluid van de Exo was. De machine was volkomen levenloos geweest, dood voor de wereld, op het vergrendelingsmechanisme na dat automatisch was geactiveerd nadat hij was binnengegaan.

Dat betekende dat het geluid ergens anders vandaan kwam.

Toen hoorde Ben het. Rechts en links van hem zaten kleine luidsprekers in het pak, en toen hij het had geactiveerd, waren die ook aangegaan, en het geluid - het geloei dat hij had gehoord - klonk nog luider door die luidsprekers.

Dus het kwam uit het pak. Hij kon niet fronsen, want dat was een fysieke inspanning waar hij geen controle over had, maar in zijn hoofd probeerde hij het in elkaar te passen. Het team had de Exo's horen aankomen voordat ze hen konden zien, wat impliceerde dat de doordringende hoge toon inderdaad van de pakken afkomstig was, maar deze pakken waren gedeactiveerd *voordat* Ben en de anderen waren binnengekomen, en het geluid was duidelijk nog hoorbaar geweest.

Betekende dat, dat er veel meer Exo's, nog steeds geactiveerd, in de buurt waren?

Nee. Ben wist dat de schrille toon afkomstig was van een grotere bron, vergelijkbaar met de bron waar Garza's eigen stem vandaan kwam.

Hij voert het in, besefte Ben. Het geluid dat ze allemaal hadden gehoord - het geluid dat ze met de Exo's associeerden - was ook versterkt en werd afgespeeld via de hoofdluidsprekers van de demonstratieruimte.

Voordat *we in de pakken kwamen,* dacht Ben. *Dat betekent dat het geluid echt hielp* om *de pakken te activeren.*

Het klonk niet logisch. Werden de Exo's aangedreven door geluid? Waarom zou Garza de moeite doen om luidsprekers in elk pak te bouwen die, als ze aan staan, hetzelfde hoge signaal versterken en uitzenden *als* het niets met de Exo's te maken heeft?

"*Dank u, CSO team. Nu, draai je om en loop naar de tegenovergestelde hoeken van de kamer.*"

Ben voelde dat hij meewerkte voordat hij er erg in had. Hij draaide in het Exo-pak en vond het vrij eenvoudig te besturen - twee joystickachtige hendels regelden de richting en snelheid, terwijl het aanspannen van de spieren in zijn dijen tegen de met kevlar bedekte poten van het pak drukte, wat hielp bij de nuance en de wendbaarheid. Het was intuïtief - zoals het spelen van een modern first-person-shooter videospel. Wat voor spel het ook was, de besturing was over het algemeen hetzelfde: de triggers vuurden of lanceerden bepaalde wapens, de knoppen van de joystick bewogen en draaiden de speler.

De combinatie van de drug, de intuïtiviteit van de besturing, de mogelijkheden en wendbaarheid van het pak zelf - het klikte allemaal op zijn plaats toen Ben bewoog. Hij begreep wat er gebeurde.

Garza's project waren niet de *pakken,* de Exos. Het was niet het ongelooflijke medicijn dat op een of andere manier alle vrijwillige functies wegnam en fysieke beweging in zijn gastheren verbood.

Het was *beide*.

Het was de *combinatie* van de twee. Het ultieme militaire wapen, het meest geavanceerde wapen ooit gemaakt: geen mens, geen machine, maar een beetje van allebei.

En het beste van alles, het was volledig en volkomen *bestuurbaar*. Een commandant aan het roer van een leger Exos en hun inzittenden zou de commandant zijn van een real-life versie van een top-down tactisch real-time strategiespel. Hij kon zijn bevelen letterlijk in een microfoon uitspreken en zijn wil zou op het slagveld worden uitgevoerd. De soldaten zelf - de menselijke factor - zou worden gereduceerd tot de rol van bestuurder.

Geen angst, aarzeling of aarzeling zou bestaan. Geen ongehoorzaamheid. Geen ondermijning of twijfel aan het gezag.

Een perfecte werkkracht. Een perfect leger.

Ben wist dat er nadelen waren, natuurlijk - mensen waren nog steeds een integraal onderdeel van elk modern leger omdat legers zich snel moesten kunnen aanpassen, om een soort van individualiteit te kunnen behouden. Maar de voordelen waren enorm - een leger van wandelende tanks, wendbaar en snel, zou een beslissende factor zijn in zowat elke veldslag.

En hij had het gevoel dat hij die premisse zou gaan testen.

"Dank u, team. Nu jullie met z'n vieren in één van de vier hoeken van de zaal zijn, wil ik jullie aandacht vragen voor de andere Exo's op de demonstratievloer."

Bens ogen schoten omhoog en hij zag inderdaad een twintigtal Exo's rechtop staan, zwijgend, voor hem.

"Er zijn nog zesentwintig eenheden. Elk van hen heeft een operator, en elk van hen zal binnenkort worden geactiveerd. Zij zijn het vorige model van Exosuits, die zullen worden vervangen door uw eigen. Maar de demonstratievideo's die onze kopers voor deze proofs-of-concept hebben gevraagd, vereisen helaas dat we het vermogen van alle mogelijke gevechtsscenario's bewijzen. Zij hebben ons laten weten dat computergegenereerde modellen of verbeteringen niet zullen

volstaan, en zijn bereid twee keer te betalen voor een nieuwe, herbouwde strijdmacht.

"Het is jullie taak, CSO team, om zoveel mogelijk van deze vijandelijke agenten te elimineren, totdat jullie zelf geëlimineerd zijn.

Ben wilde slikken. Van schrik slikken. Hij kon geen van beide doen. Hij kon absoluut niets anders doen dan luisteren naar Garza's woorden. En erop reageren.

"U mag beginnen."

JULIE LUISTERDE VERSCHRIKT TOE. Het jammerende geluid werd afgespeeld door kleine luidsprekers in het interieur van het Exosuit, maar ze kon Garza's stem nog steeds perfect horen door de grotere luidsprekers aan het plafond.

"U mag beginnen."

Ze keek diagonaal door de kamer en stond in haar Exo in wat zij dacht dat de zuidoostelijke hoek van de kamer was. Ben stond in het zuidwesten, mevrouw E tegenover haar in het noordwesten, en Reggie en zijn Exo stonden rechts van haar in de noordoostelijke hoek. Recht voor haar stond de rest van de dertig Exo's - de zesentwintig geschikte dorpelingen die uit hun huizen waren ontvoerd en waren veranderd in Garza's persoonlijke wetenschappelijke experiment.

En ze begonnen te bewegen.

De Exo's in het midden van de kamer draaiden zich in een nauwkeurig gecoördineerde beweging om, de Exo's het dichtst bij Julie draaiden zich om en keken haar aan, de andere drie kwadranten van Exo's draaiden zich om naar respectievelijk Ben, Mevr. E, en Reggie.

Shit.

Garza had gezegd dat zijn koper bewijs wilde dat deze machines werkten - maar ook videobewijs dat ze met elkaar konden vechten. Het was waarschijnlijk een verstandige zet; als Garza in staat was deze gedrochten te maken, waren zeker andere regeringen of particuliere defensie-aannemers met dezelfde problemen bezig.

Een mech-op-mech gevecht zou niet alleen snel mogelijk zijn, het was bijna gegarandeerd. De koper was gewoon hun basis aan het indekken, hun onderzoek aan het doen.

En Garza had hen verteld dat de 26 Exo's waar ze tegenover stonden van het oudere model waren - die waar Julie en de anderen in zaten waren van het nieuwere type.

Hopelijk, dacht ze, betekende dat dat hun pakken betere soldaten en strijders waren. Elk lid van de CSO zou bijna zeven tegen één krijgen.

Ze voelde haar armen op natuurlijke wijze over de besturing bewegen. Haar rechterpols draaide een beetje en de hele bovenhelft van de romp van de Exo verschoof en draaide mee. Haar linkerpols ging naar achteren en de op haar schouder gemonteerde geschutskoepel aan haar rechterzijde vloog in positie.

De Exo's die haar aanstaarden hadden soortgelijke wapens, maar ze kon zien dat hun geschutskoepels wat kleiner waren, terwijl de pakken op hun rug - de batterijen, dacht ze - groter waren. Dat betekende dat ze zwaarder waren, en mogelijk minder wendbaar, en ook minder krachtig.

Kon ik maar uitzoeken hoe ik dat in mijn voordeel kon gebruiken. Haar handen en armen reageerden alsof zij er nog controle over had, maar toen zij probeerde ze van de bediening af te halen, voelde zij dezelfde kriebelende verlamming over hen komen. Het was alsof de machine een deel van haar was, en zij het mocht controleren, en alleen zij.

"Je hebt een flinke dosis van de scopolamineverbinding gekregen waar mijn wetenschappers al meer dan een jaar aan werken,' zei Garza's stem. Het kwam nu alleen door haar luidsprekers, en ze nam aan dat dat betekende dat Garza alleen met haar en haar team wilde praten, niet met de andere Exo's. *"Die chemische stof is geactiveerd,*

maar ik heb het blootstellingsniveau verlaagd zodat je de basisfuncties van de motor in het pak kunt gebruiken."

Geactiveerd? vroeg Julie zich af. *Ik dacht dat de chemische stof de verlamming veroorzaakte?* Hoe kon het sluimerend zijn, en dan -

Ze realiseerde zich wat er gebeurd was. Ze waren gedoseerd met Garza's mengsel zodra ze de demonstratie verdieping betraden. De chemische stof was de hele tijd in de kamer geweest, en ze hadden het allemaal ingeademd en laten doorsijpelen.

Garza hield ons de hele tijd in de gaten toen we met Jeffers praatten, realiseerde ze zich. *Om er zeker van te zijn dat we niet weggingen. Ervoor zorgen dat we daar lang genoeg waren om de chemicaliën in ons systeem te krijgen.*

En toen hij sprak...

Het hoge gejank was er de hele tijd geweest, herinnerde ze zich, maar het was in volume *toegenomen* net toen Garza klaar was met praten.

Dat geluid moet op een of andere manier de chemische stof geactiveerd hebben. Het was een trigger, een op geluid gebaseerde schakelaar die de chemische stof aanzette. Ze had gehoord van een nieuw medisch gebied dat niet-invasieve neuromodulatie heette, waar artsen en wetenschappers samenwerkten om geluidsgolven te gebruiken om bepaalde zeer gerichte neuronen te controleren - in plaats van ze te beschadigen - zodat ze niet meer kunnen vuren. Het beheersen van deze hersengolven zou hypothetisch de pijn van migraine kunnen helpen voorkomen en mogelijk een deel van de schade van de ziekte van Alzheimer of Parkinson ongedaan kunnen maken.

Garza moet op een soort evenwicht zijn gestuit tussen de chemische verbinding die ze hadden ingenomen *en* de geluidsgolven - dat misschien in plaats van de neuronen in haar hersenen te controleren, het geluid in plaats daarvan die chemische verbinding controleerde.

Ze was al eens eerder in de ban geweest van Garza's behandeling met scopolamine, maar daarvoor had hij het rechtstreeks in haar systeem moeten injecteren met een injectiespuit, en toen was ze helemaal niet in staat geweest te bewegen zonder zijn dwang. Nu bewoog ze een beetje en kon ze haar handen en armen naar believen gebruiken, zolang ze maar zijn algemene instructies opvolgde.

Het was fascinerend - de man moet in staat zijn geweest om een bepaald gebied van hun hersenen te blokkeren dat haar vrij gevormde gedachten verbond met het fysiek handelen. Haar lichaam reageerde niet langer op *haar* gedachten, maar op die van Garza. Haar lichaam had nog steeds stimulans nodig, vrijwillige sturing, maar het was niet in staat die van Julie te ontvangen.

Garza's stem brak weer door. *"Je zult merken dat de vorige generatie Exo's naar je toe manoeuvreren. Ze zijn geprogrammeerd met een basale, puberale AI, dus een aanwijzing als 'engage' betekent maar één ding: loop vooruit tot ze besluiten dat ze binnen aanvalsafstand zijn.*

"Hun operators gebruiken ook een veel hogere dosis van het medicijn, dus hun reactietijd en reactievermogen zijn sterk verminderd. De nieuwere pakken waarin je zit hebben niet alleen een veel geavanceerdere AI, ze stellen je in staat je Exo te leiden door onwillekeurige reacties - met andere woorden, ze laten je veel sneller reageren op bedreigingen."

Als op het juiste moment hief de Exo die het dichtst bij Julie was zijn arm en schoot een kanon op haar af.

DE ZWARE KOGEL suisde langs de plek waar het hoofd van haar Exo zou zijn geweest - slechts enkele centimeters boven haar eigen hoofd - en sloeg tegen de stenen muur achter haar. Stukjes steen en stof vlogen tegen de achterkant van het pak van de Exo, het metaalachtige pingelende geluid galmde door het binnenste.

Maar voor ze besefte wat er gebeurde was Julie in beweging. Iets diep in haar, op een instinctief niveau, kwam in actie. Ze - door de verhoogde reactietijd van het Exo-pak - sprong zijwaarts en *rolde* naar een groep kratten. Ze voelde nauwelijks dat ze ondersteboven was tijdens de rol, en de Exo herstelde zich perfect en kwam tot stilstand in een gehurkte positie.

Toen hief ze de linker hendel op en de Exo vuurde een tegenaanval af vanuit zijn eigen arm, die de mindere Exo recht in de borst trof. De Exo viel achterover, maar leek niet beschadigd te zijn.

Dit is absoluut belachelijk, dacht Julie. *Ik zit in een mechpak en vecht met andere mechs.*

Vechtend voor mijn leven.

"Goed gedaan, Mrs. Bennett. Ik wist dat u het eerder onder de knie zou krijgen dan de anderen. Dit is tenslotte niet uw eerste ervaring met de chemische verbinding."

Julie voelde woede, maar die kon zich op geen enkele manier uiten. Zij staarde slechts wezenloos naar de tegenstribbelende Exo, die nu hersteld was en zijn opmars naar haar voortzette.

Ze zag de ogen van de persoon binnenin, diep en leeg en naar haar starend. Ze vroeg zich even af wat ze dachten. Garza zei dat ze meer last hadden van de chemische stof, maar ze had geen idee of dat betekende dat hun onwillekeurige controle en vermogen om te denken was belemmerd.

Maar het deed er niet toe. Ze kon denken en zich afvragen wat ze wilde, maar ook zij was betoverd. Ze kwam overeind, de Exo bewoog soepel en moeiteloos, en ze wipte met haar pols omhoog en hoorde het zacht zoemende geluid van de geschutskoepel op haar schouder die omhoog draaide. Nog een zwaai met haar pols en honderden kogels leken de koepel in een keer te verlaten.

Elk van de kogels was veel kleiner dan het kanon dat ze eerder had afgevuurd, maar het waren er zoveel meer dat de schade ongelooflijk was. Enkele tientallen vonden de pantsering op de borst van de Exo die al eerder beschadigd was, en de inslagen boorden kleine gaatjes door het pak.

Iets in het pak functioneerde niet goed, en Julie zag de ogen van de bediener schijnbaar verwijd en weer samentrekken, alsof de chemische stof per ongeluk een kort moment van verbazing had uitgestraald. Het pak vonkte en rookte, en de linkerpoot van de Exo zakte onder zichzelf in elkaar. Dat bracht zijn eigen geschutskoepel, die net was begonnen terug te vuren, rond en door de bovenkant van de stapel kratten waar Julies zich achter verschool.

Het was dan wel een kleiner geschutskoepel met minder vermogen, maar het wapen van de Exo versplinterde de kist in duizend stukjes, en zaagsel en brokstukken regenden neer op Julie's blootgestelde hoofd. De Exo bleef vallen en kwam uiteindelijk op zijn kant tot stilstand.

...net toen een andere Exo naar voren kwam en zijn massieve platte, diamantvormige voet op de Exo en zijn inzittende neerplofte. De tweede Exo bleef in beweging terwijl de eerste lag te sterven, vonken en rook gulpten uit het samengedrukte gat waar voorheen het intacte hoofd van de inzittende had gezeten.

Julie wilde reageren, huiveren of het uitschreeuwen van verbazing, maar in plaats daarvan draaide ze rustig en boog haar polsen, zodat haar pak nu tegenover de tweede indringer stond. Ze vuurde drie kanonschoten achter elkaar af, zo snel als het pak het toeliet, en schakelde de tweede Exo met gemak uit.

Ik ben mensen aan het doden, dacht ze. Dan, onmiddellijk daarna, *volg ik bevelen op die ik niet kan weerleggen. Zelfs als ik het zou proberen.*

"Heel goed, Julie. Het lijkt erop dat jullie allemaal in staat zijn deze machines te besturen. Reggie is bij zijn derde Exo, en Mrs. E en Ben hebben er ook elk een neergehaald."

Julie probeerde haar Exo te verplaatsen om de anderen te zien, maar ze had zichzelf per ongeluk vastgepind tussen twee stapels kratten en de zuidelijke muur. Ze kon de rest van haar team niet zien, maar ze hoorde de vernieling en chaos vanuit elk van de drie andere hoeken.

Zij hoopte dat het goed met hen ging, maar opnieuw kon zij geen ander instinct volgen dan zichzelf en haar Exo te beschermen.

Ze draaide haar torso om de volgende twee aanvallers aan te kunnen, die van een beetje uit het midden aan haar linker- en rechterkant kwamen. Ze wilde proberen de bedreigingen tegelijk uit te schakelen, om te zien of ze de ene met haar kanon en de andere met haar geschutskoepel kon raken.

Een snelle berekening en een snelle beweging van haar polsen later, ondertussen druk uitoefenend op de benen van het Exosuit van binnenuit, en zij had haar antwoord.

De twee Exo's vielen op een hoop en voegden nog meer bloed aan het wrak toe dat voor haar lag.

"Heel *indrukwekkend, Mrs. Bennett,"* zei Garza's stem. *"Maar u stond tegenover één en twee Exo's tegelijk. Laten we dit wat leuker maken, zullen we?*

Zijn stem klonk over de hoofdluidsprekers in de demonstratiezaal. *"Alle overgebleven Exo's, convergeer onmiddellijk naar jullie doelen. Spaar geen munitie."*

DE BLIK VAN ONTZETTING, van volslagen mislukking, op het gezicht van de man vertelde Vicente Garza alles wat hij moest weten. *Ik heb al gewonnen,* dacht hij. *En ik heb niet eens mijn troefkaart gespeeld.*

De man zag er zichtbaar ziek uit. Zijn gezicht was verkleurd toen hij de observatieruimte binnenkwam, toen hij voorbij Garza de enorme, schemerig verlichte demonstratievloer zag. Bij het zien van de Exo's.

De verbijsterde pater Edmund Canisius, geflankeerd door twee Ravenshadow-soldaten, stond in verbijsterde stilte toen hij de kamer binnenkwam. Garza had de Exo's het bevel gegeven om hun bloedige vertoning te beginnen, terwijl ze werden gefilmd en geobserveerd door de zeven mannen in de observatieruimte.

Garza had Canisius toegestaan gewoon toe te kijken, hem te laten nadenken over de repercussies van wat hij zag, te overwegen *waarom* Garza hem hier had uitgenodigd.

Hem hierheen *dwingen* was waarschijnlijk een betere verklaring.

Garza nipte aan zijn koffie en keek vol bewondering toe hoe zijn creaties met elkaar streden. Het was een schande om zoveel volledig werkende prototypes te verliezen, ook al waren ze van de eerste en tweede generatie. Zijn eerste generatie Exo's was bijna twee keer zo geavanceerd als het op één na beste dat in de wereldverdedigingsgemeenschap was geproduceerd.

Zijn tweede generatie pakken, degene die het CSO team droeg, was bijna tien keer zo geavanceerd. Sneller, lichter, krachtiger, beter uitgerust - zo'n beetje elke maatstaf die voor de eindgebruiker van belang was, was drastisch verbeterd. De optelsom van de verbeteringen maakte zijn tweede generatie Exos tot een eenmansleger dat de wereld nog nooit had gezien.

En zijn team was al bezig met plannen voor de derde generatie. Ze hadden gewerkt aan het verminderen van de belasting van de batterij, het gebruik van meer luchtinlaatmodules rond het pak om het te koelen, en ze hadden gewerkt met grafietprofielen die het pak veel sterker en lichter zouden maken - en dus sneller.

Hij wilde dat de derde generatie Exo kon rennen, bukken en kruipen, net als een menselijke soldaat. De AI zou dezelfde zijn, maar als de vooruitgang die hij verwachtte volgens plan verliep, zou het pak tegen de tijd dat hij een model van de vierde en vijfde generatie had, niet alleen binnen een fractie van een seconde op de instructies van de operator kunnen reageren, maar ook *op* hun instructies kunnen *anticiperen*.

Hij wilde een pak dat gebruiker en machine verbond alsof het één organisme was. Hij wist dat ze al dicht bij elkaar stonden, maar er waren nog problemen met het verhinderen dat de gebruiker toegang had tot zijn eigen vrijwillige functies. Hij wilde een echte symbiotische relatie - een exoskelet dat niet alleen met de gebruiker samenwerkte, maar er ook *in gedijde*.

Garza kon niet anders dan glimlachen. Alles kwam op zijn pootjes terecht. Alles verliep zoals gepland, met uitzondering van de inval van Beale's Groene Baretten.

Maar ze waren afgehandeld, en hij had niet eens een pak of operator verspild aan de klus.

Het CSO-team was met hen meegeslopen en had iets beter

gepresteerd dan de Groene Baretten, maar zoals Garza nu kon zien, zou hun uiteindelijke lot niet anders zijn dan dat van Beale.

Een passend einde voor zo'n wilskrachtig team. Vechtend als een team. Stervend als een team. Allemaal in de naam van wetenschappelijke vooruitgang.

Hij wou dat hij Harvey Bennett en zijn nieuwe vrouw Juliette nog eens had kunnen confronteren, maar hij was niet het type man om onnodige risico's te nemen. Hij moest een video opnemen voor zijn koper, een laatste bewijs dat hij had wat hij zei dat hij had.

Wat is een betere manier om dat te doen dan de CSO crew te gebruiken als de operators in zijn nieuwste generatie van technologie? Wat is een betere manier om zijn koper te bewijzen dat aan hun verwachtingen zou worden voldaan en deze zelfs overtroffen?

"Waar kijken we naar?"

Garza draaide zich om en keek Canisius aan, nam nog een slok koffie voor hij antwoordde. "Dit, Vader, is wat uw organisatie koopt."

"De katholieke kerk of het Vaticaan heeft *absoluut geen behoefte* aan iets... van... zoiets..."

"Wat dan? " vroeg Garza. "Vernietiging? Zo'n overweldigende *kracht?*"

Canisius slikte en keek opzij. Er waren twee stoelen in de buurt, maar de soldaten die op enkele centimeters afstand van hem stonden, verstrakten. *Goed,* dacht Garza. *Als je gaat zitten, mis je misschien iets.*

"Dit is onverantwoordelijk. Het is *zondig.* Zoveel onnodige doden hebben deze wereld al geteisterd, en -"

"*En* hoeveel van dat moorden is door toedoen van de kerk gebeurd? Hoeveel van die moorden zijn door de kerk *in stand gehouden* ? Door *uw* kerk, Vader Canisius."

Er verscheen een flits van woede op Canisius' gezicht, maar de man slikte het in en staarde Garza uitdagend aan.

"Ik verzoek u dringend te kijken wat uw organisatie heeft gekocht, vader. Deze vertoning wordt opgenomen, natuurlijk, maar..."

"Mijn organisatie heeft hier *niets* mee te maken."

"Ah, dat is waar je het mis hebt."

"Ze zouden zoiets *nooit* kopen. Ongeacht de potentiële voordelen die hen misschien zijn verkocht. Dit zijn *doodsmachines*, en... *wat?* Je verwacht dat ik geloof dat ze *machines* willen? Waarvoor? Om de bewakers te vervangen? Om aan de voet van de Basiliek te staan?"

Garza glimlachte. *Goed. Wind je meer op. Begin het weer te voelen, vader. Net zoals ik het gevoeld heb.*

"Nee," zei Garza. "Nee, helemaal niet." Hij lachte. "Ik zie de verwarring. Natuurlijk. Ik ben niet helemaal eerlijk tegen je geweest. Ik verontschuldig me."

Hij knipte met zijn vingers, en een van de zittende Ravenshadow mannen stond op en knikte.

"Haal Victoria," zei hij. De man draaide zich onmiddellijk om en verliet de kamer.

BEN HOORDE GARZA'S stem terwijl hij zijn eigen Exo rond manoeuvreerde in de hoek van de kamer. Hij was verbaasd hoe gemakkelijk zijn pak te besturen was, maar hij wist dat Garza tot zulke wonderbaarlijke prestaties in staat was - er was niets technologisch mogelijk dat buiten het bereik van de man lag. Hij had onbeperkte financiële middelen, en het was duidelijk waarom: hij was in staat geweest om iets te produceren wat geen enkele andere regering of corporatie kon. De Exo's waren niet perfect, maar ze waren zo goed als alles wat op de markt was gekomen. Hij wist dat de koper ze daarom wilde, ze waren bijna perfect. Ravenshadow had ontdekt dat een goed getrainde soldaat *of* een mooi, technologisch geavanceerd exoskeletpak niet het verschil zou maken.

Het was beide - of liever, het was een pak en een soldaat die niet getraind hoefde te worden.

De drie pakken voor hem rukten op, hun korte, donkergekleurde bedienden staarden hem net zo wezenloos aan als hijzelf. Ze hieven allemaal hun wapens - de op hun arm gemonteerde kanonnen - en vuurden.

Hij voelde zijn Exosuit reageren voor hij besefte dat hij het bevel had gegeven. Hij rende zijwaarts, zijn bovenlichaam nog steeds naar hen gericht, en vuurde met zijn geschutskoepel. De lichtere kogels scheurden honderden kleine gaatjes door de oprukkende Exo's, lieten er een vallen en stopten de voorwaartse beweging van de andere twee.

Ze hadden een seconde langer nodig om zich aan te passen en van vuurfocus te veranderen, en Ben profiteerde daar optimaal van. Hij stapte naar voren, kwam uit de relatieve veiligheid van de zware krat en vuurde opnieuw, dit keer met zijn kanon erbij. De ontploffing raakte de middelste Exo vol in het gezicht en gooide hem op zijn rug. Een andere, die zijn aandacht op mevrouw E had gericht, struikelde erover, maar draaide zich toen om naar Ben.

Verdorie, dacht hij. *Een neer, een meer neemt zijn plaats in.*

Zijn acties wankelden nooit. Hij aanvaardde de toevoeging van de nieuwkomer, vuurde een kanonschot af om te voorkomen dat deze overijverig zou worden, en draaide zich toen weer om naar de derde Exo in de vorige golf.

Maar die Exo was naar Bens flank gemanoeuvreerd, en hij voelde de inslag van het kanon voordat hij merkte dat het nog steeds op hem vuurde. Zijn eigen instincten, of de ingebouwde kunstmatige intelligentie van zijn Exo - hij wist het niet zeker - draaide het kanon van de toren en schoot een spervuur van kleine kogeltjes op hem af.

De nieuwe oprukkende Exo vuurde op hetzelfde moment. Kogels uit de kanonnen van beide Exo's raakten Bens zij en borst, en hij wankelde. Hij gromde, en de Exo waarin hij stond viel op zijn knieën. Hij worstelde met de besturing, en had het gevoel dat het vreemd was. Hij was niet langer synchroon met de machine en hij vroeg zich af of er een manier was om...

Daar.

Hij drukte zijn voeten naar beneden in het pak, om de beweging van het opstaan te simuleren. De Exo reageerde onmiddellijk, en hij voelde de hydraulische liften in de benen omhoog drukken. De Exo stond, en viel toen weer. Bens linkerbeen schreeuwde het uit van de pijn - het pak was op zijn linkerbeen geraakt, en toen het weer terugviel was Bens been erin vast komen te zitten.

Hij kon niet zien of het was verpletterd of zwaar gekneusd, maar hij had geen tijd om zich daar zorgen over te maken. Noch had hij een manier om te reageren als het gewond was. Zijn lichaam ging gewoon verder, alsof het het verlies had genoteerd en bezig was zijn strategie aan te passen.

Het probleem was dat Ben geen idee had *wat* die strategie zou moeten zijn - hij lag bijna op zijn zij op de grond, zijn Exo niet in staat om te blijven staan. Hij vuurde terug op de oprukkende Exo's, maar nu waren er nog twee bijgekomen. Ze waren bezig zich te verspreiden, om Ben's aanval op meer dan één van hen tegelijk onmogelijk te maken. De torso's van de Exo's konden snel ronddraaien, maar ze hadden een grens.

Ben bewoog zijn polsen heen en weer en op en neer, terwijl hij de besturing bediende alsof hij ermee in zijn handen geboren was. Hij bewoog de wapens van de Exo van links naar rechts en vuurde als hij wist dat er een open schot was. De AI werkte ook om de dreiging te verminderen en nam de controle over van het wapen dat Ben op dat moment niet gebruikte, en samen vochten mens en machine om in leven te blijven.

Maar zonder de mogelijkheid om te bewegen, wist Ben dat het een onmogelijke taak was. Elke seconde kwamen er meer Exo's bij, en hij vroeg zich af of ze zich misschien bij het gevecht aansloten omdat een of meer van zijn teamgenoten waren vernietigd. *Was mevrouw E gevallen?* De vrouw was een geweldige *vechter*, maar Ben had geen idee hoe comfortabel ze zich voelde achter de besturing van een *vechtmachine*.

Ze was ook de sterkste van allemaal - ze kon alles overleven. Reggie had haar ooit de 'kakkerlak van de CSO' genoemd, een term die ze niet leuk leek te vinden.

Misschien waren Reggie of Julie gedood? Misschien hadden de Exo's hun positie ingenomen, vurend en onophoudelijk oprukkend tot zij, net als Ben, gereduceerd waren tot een hoop wapens en metaal, en toen...

Nee. Hij stond zichzelf niet toe dat te denken. Als zijn gedachten het laatste waren waar hij controle over had, zou hij ze constructief gebruiken, tot het bittere eind.

In dat geval, dacht hij, *laten we uitzoeken hoe we uit deze dingen kunnen komen.*

Hij wist dat het pak hun beste bescherming was, maar het was ook hun beste kans op de dood. De Exo's hadden het bevel gekregen om *elkaar te bevechten,* de operators binnenin deden gewoon mee, niet in staat om zichzelf uit de machines te verwijderen. Hij wist niet of ze direct op hem zouden gaan schieten als hij zichzelf uit zijn pak kon krijgen, maar hij vond het een kans die hij moest wagen.

Maar hoe doe je dat?

Het CSO-team, en ook de andere Exo-operators op de demonstratievloer, waren allemaal in de ban van Garza's chemische verbinding. Hij wist dat er niets was wat hij kon doen om het te doorbreken, niet in zijn eentje.

Maar...

Er *moest* een manier zijn. Hij wist het. Hij had genoeg moeilijke situaties meegemaakt om zeker te weten dat er *iets* was wat hij kon doen om zich te bevrijden. Iets wat hij kon doen om de betovering te verbreken, om de...

Dat is het. Hij hoefde de *chemische stof niet uit* zijn lichaam te krijgen. Hij moest *uitschakelen* wat het controleerde.

En hij had zich net gerealiseerd dat de chemische stof - en zijn geest, daardoor - werd beheerst door het geluid. Het hoge geluid.

WAAR ZE OOK WAREN GEWEEST, het hoge geluid had de komst van vijandelijke Exo's gesignaleerd. De enkele toonhoogte, bijna onhoorbaar voor hen, was de hele tijd dat ze op de demonstratievloer waren een speldenprik in zijn trommelvlies geweest, en Garza had er een punt van gemaakt om het geluid nooit te laten uitdoven - zelfs door het te laten doorklinken via de luidsprekers *terwijl* hij er overheen praatte.

Het geluid activeerde de chemische stof, die zijn geest zo beheerste dat hij niet meer uit vrije wil kon handelen.

Hij wist niet hoe het werkte, en het kon hem ook niet schelen. Hij had nu een missie.

En als er iets was dat hij van *zichzelf* wist, dan was het wel dat hij zijn koppigheid mee het graf in zou nemen. Als hij een doel had, een missie die hij duidelijk voor ogen had, zou hij niet stoppen tot hij die volbracht had. Hij *kon niet* stoppen.

En zijn missie was duidelijk: uitzoeken hoe hij het geluid kon uitzetten.

Het probleem was echter nog steeds aanwezig in zijn gezichtsveld. Zijn ogen kwamen nauwelijks boven de bovenrand van het pak uit, maar omdat hij schuin op de grond lag, lager dan zijn aanvallers, kon hij ze allemaal zien.

Ze waren met z'n zessen, en ze drongen nog steeds naar voren. Hij kon zijn hoofd of ogen niet bewegen om achter zich te kijken, maar hij wist dat de achterwand van de demonstratievloer maar een paar meter achter hem was. Links van hem stonden de kratten hoog opgestapeld, de meeste aan flarden. Als hij doorzette, kon hij ze verwijderen en zich bevrijden, maar dan had hij een paar kostbare seconden verloren aan de machines die hem probeerden te verschalken.

Rechts van hem was het pad vrij.

Dat was zijn doel, nu: *er geraken.*

Daarna, wist hij het niet meer.

Hij probeerde de Exo zover te krijgen dat hij het plan begreep, om uit te leggen dat hij niet beide benen *nodig had* om te bewegen. Het duurde anderhalve seconde - een ongelofelijk lange tijd in het rijk van menselijk denken en kunstmatige intelligentie, maar het werkte.

De Exo gehoorzaamde, liet zijn linker "arm" op de grond vallen en trok zich voorwaarts. Ben kon het schrapen van zijn gebroken linkerbeen voelen, maar hij bleef in beweging. Het kanon op de rechterarm vuurde nog steeds, de op de schouder gemonteerde geschutskoepel deed zijn werk om onmiddellijke dood te voorkomen. Dankzij de superieure vuurkracht van zijn Exo en zijn snelheid met zijn wapens, werd de aanval genoeg onderdrukt voor Ben om de machine naar rechts te verplaatsen, rond de volgende stapel kratten.

Maar de Exo was te traag. De schade was aangericht, en zonder een been om te bewegen, was het pak hulpeloos bij de volgende aanval.

Het kwam in de vorm van zeven kanonschoten, razendsnel, allemaal gericht op de rug van de Exos.

De batterijbehuizing werd onmiddellijk geraakt, een kapje of metalen afdekking aan de bovenkant vloog eraf en haalde bijna Bens hoofd eraf.

De andere kogels bestookten de achterkant van het pak, waarbij genoeg onderdelen werden uitgeschakeld dat zelfs Ben's zachte porren en aansporen de Exo er niet van konden overtuigen om zichzelf weer omhoog te duwen. Een tandwiel rolde weg van het pak, dat nu plat op zijn buik lag.

Ben wist dat het einde naderde. Hij wist niet hoe goed hij zich tegen het spervuur zou verweren, maar hij wist dat er geen metaal was dat niet doorboord kon worden - de vijandelijke Exo's zouden hoe dan ook doorbreken. Het was slechts een kwestie van tijd.

Een paar seconden, misschien? Misschien een minuut? De Exo was neer, maar de anderen stopten niet. De kanonnen schoten verschillende stukken van het pak af. Het hele rechterbeen, de voet van het linker, nog een paar tandwielen en een lange lijn vol donkere vloeistof.

Ben zuchtte. *Dit is het einde.* Hij haalde zijn rechterhand van de besturing en probeerde zichzelf omhoog te duwen, weg van de voorkant van het pak. Hij kon nu het gewicht van het pak op hem voelen, alsof...

Wacht eens even. Hij had net *bewogen.* Hij had zijn hand bewogen, en hij had zichzelf opgetild van de voorkant van het pak.

Wat krijgen we nou?

Hij fronste, weer merkend dat de gedachte zich had vertaald in een actie. Een actie *die hij* had geïnitieerd.

Hij lachte. *Geen idee wat er aan de hand is, maar ik maak er gebruik van.*

Hij trok zich naar voren - uit de bovenkant van het pak - en in de richting van de twee kratten die voor hem en links van hem lagen. Daar lag ook een andere dode Exo, een teken dat hij misschien iets meer bescherming had dan alleen maar een paar dunne planken hout.

Hij bereikte de neergehaalde Exo en zag dat de andere Exo's nog steeds op zijn *oude* pak vuurden. *Goed,* dacht hij. *Ze moeten bezig zijn om de* Exo's *uit te schakelen, niet noodzakelijkerwijs de* mensen *binnenin.* Zijn theorie was tot nu toe waar gebleken, maar hij wilde niet wachten om het uit te testen.

Hij kroop nog een paar centimeter naar voren, en plotseling verloor zijn geest de verbinding met zijn lichaam.

Nogmaals, hij was volledig immobiel.

WAT IS ER *aan de hand?* Ben vroeg het zich af. *Hoe was ik in staat om te bewegen?*

Hij besefte dat het dreunende gezoem in volume was afgenomen. Hij had het op dat moment niet gemerkt, maar het had wel degelijk effect gehad: toen de hoge toon weg was, kon hij zich bewegen.

Terwijl hij zich weer opgesloten voelde, zijn beweging belemmerd, hoorde hij het geluid weer in zijn geest binnensluipen, de leegte opvullend die het eerder had achtergelaten.

Nu lag hij op de grond, net buiten bereik van zijn Exo-pak. Niet dat hij het zou kunnen pakken, als hij dat zou willen. Hij kon zijn hoofd optillen, en hij was dankbaar dat hij opzij had gekeken, gericht op de oprukkende vijandelijke Exo's, toen hij weer bevroren was. Zijn handen lagen roerloos op zijn zij, een van zijn benen was gebogen en de andere was recht.

Is dit de positie waarin ik ga sterven? dacht hij. *Word ik verpletterd of doodgetrapt? Of zullen de Exo's me gewoon negeren zodat Garza me daarna kan doden?*

Hij vroeg zich af hoeveel tijd er nog op Jeffers horloge stond. Het moest nu minder dan dertig minuten zijn. En wat zou er gebeuren als het nul werd? Jeffers had hen verteld dat Sturdivant van plan was "alles op hen te laten neerkomen," maar wat betekende dat precies?

Het maakte nu niet meer uit, dacht Ben. Hij lag als een halfdode slang op de stenen vloer en hoorde de geluiden van de strijd die om hem heen woedde. De Exo's achter hem beukten op zijn gevallen pak, blijkbaar niet tevreden met het feit dat de operator ontsnapte en het pak nutteloos op de grond achterliet. Ze wilden de deal bezegelen.

Hij hoorde nog een explosie toen een onderdeel van een Exo in de buurt ontplofte, en hij voelde de trillingen door zijn lichaam toen het op centimeters van zijn hoofd landde.

Voeg: dood door brandende raket toe aan de lijst van mogelijkheden, dacht hij.

Uit zijn ooghoeken zag hij nog twee kanonskogels tegen zijn gevallen Exo smakken en hem naar zich toe duwen. De schouderkoepel van zijn pak knalde tegen zijn been en boog het naar binnen en omhoog. Ben kon het niet voelen, maar het leek geen schade te hebben aangericht.

En toen... bewoog hij het. Zijn been boog en boog weer, zijn andere been strekte zich uit, nu volledig gestrekt. Hij testte zijn armen, toen zijn handen, en ontdekte dat ook zij konden bewegen. Zijn hoofd was nog steeds op zijn plaats geklonken, alsof het bovenste deel van zijn lichaam inert was gemaakt.

Hij trok zich met handen en voeten naar achteren en gleed langzaam naar zijn neergeslagen Exo. De chemische stof liet abrupt zijn greep op zijn hoofd los, en hij werkte zijn kaak een paar keer open en dicht, om de knikken en slaperigheid eruit te werken.

Oké, dacht hij. *Tijd om dit uit te zoeken.*

Zoals voorheen was het geluid uit de luidsprekers boven grotendeels verstomd, alleen de lichte druk van het lawaai was in zijn achterhoofd te horen. Hij spande zijn oren, maar kon de toonhoogte niet horen boven het lawaai van het gevecht.

Het gevecht!

Hij was zijn kameraden bijna vergeten, en hij nam een kostbare seconde om links en rechts te kijken, op zoek naar zijn teamleden. Hij zag Julie en Mevr. E vechten, zij aan zij tegen hun respectievelijke muren, elk vechtend tegen een handvol tragere, zwaardere Exo's.

Hij kon Reggie niet zien, maar hij had geen tijd om te controleren, en hij wist dat het het risico niet waard was. De laatste keer dat hij was bevrijd uit de greep van de scopolamine, was hij in de buurt van zijn pak geweest. Toen hij wegkroop, was het rigor mortis effect onmiddellijk ingetreden.

Het effect had iets te maken met zijn nabijheid tot het Exo-pak - *zijn* Exo-pak. Maar wat? Hij kon er niet achter komen waarom zijn pak - vroeger zijn eigen gevangenis - nu datgene was dat hem zijn vrijheid gaf.

Tenzij...

Ben draaide zich om en keek nu naar het hoofd van het gevallen exosuit, de schade bestuderend. Pas *nadat* het was geraakt, bijna vernietigd, had het Garza's geluid "uitgezet".

Hij onderzocht alles wat hij kon zien vanaf dit uitkijkpunt. Hij was geen ingenieur of monteur, en zelfs dan waren deze technisch veel geavanceerder dan alles wat hij eerder had geïnspecteerd. Hij wist niet eens waar hij naar zocht, maar hij dacht dat hij het zou weten als hij het zag.

Zijn ogen volgden de omtrek van de Exo, tot aan de achterkant die tegen de muur stond. Waar de armen met elkaar verbonden waren - één ontbrak er nu volledig - waar de batterij had gezeten...

Daar.

Een paneel dat een deel van het rechterbovenlichaam van de Exo bedekte, net onder de schouderpartij aan de achterkant, was verdwenen. Er waren ontploffingssporen rond het rechthoekige deel, die Ben een aanwijzing gaven over wat er gebeurd was. Hij stak zijn hand naar binnen en trok een wirwar van bedrading en kabels naar buiten, waarbij hij erop lette geen stekkers los te trekken.

De Exo's die zijn neergehaalde pak hadden aangevallen hadden hun interesse verloren, kennelijk tevreden dat het pak effectief uitgeschakeld was. Ben nam ook aan dat Garza hem op dit moment niet kon zien - als hij dat wel had gedaan, had Ben er niet aan getwijfeld dat de andere Exo's in de kamer plotseling nieuwe orders zouden hebben gekregen, en Bens leven zou een paar seconden later zijn beëindigd.

Op dit moment leefde Ben nog en was niemand wijzer. Hij hoopte dat hij dat zo kon houden. Hij schoof gebonden en met ritsen vastgebonden kabels opzij en vond een klein, rechthoekig voorwerp, hangend aan de bovenkant van het interieur van de Exo.

Hij trok het eruit. Hij wist precies wat het was, want het was een van de weinige dingen in een voertuig waar hij *wel* iets van wist.

Een versterker.

Het kleine apparaatje was misschien half zo groot als de apparaten die hij eerder had gezien. Hij had er een ingebouwd in zijn oude tweedehands Corolla op de middelbare school, zijn eerste auto. Zijn vader had de auto gekocht van een vriend van zijn werk, en hij had Ben uitgelegd hoe hij de oude auto moest onderhouden. Bougies vervangen, olie verversen en ruitensproeiervloeistof bijvullen was ongeveer alles wat Ben zich herinnerde.

Maar hij wist *wel het* een en ander van autoradio's. Hij had zijn geld gespaard met bijbaantjes tot hij genoeg had om een enorme subwoofer te kopen voor in de kofferbak van de Corolla. Hij had toen ontdekt dat zijn nieuwe subwoofer een versterker nodig had om de enorme luidspreker van stroom te voorzien, dus, gefrustreerd, had hij nog eens drie maanden gespaard en een goedkope versterker gekocht in een grote elektronicawinkel.

Een van de vele kleine knopjes en schakelaars op de versterker had het label "fase". Het was een bipolaire schakelaar en had twee standen: 0 graden en 180 graden.

Dat was waar hij nu naar keek - een kleine versterker met een knop voor volume, een knop voor pan, een knop en wat getallen voor iets dat "crossover" heette, - en een faseschakelaar.

Hij durfde de faseschakelaar niet om te zetten, maar hij onderzocht het apparaat en liet de hypothese door zijn hoofd gaan. Hij wenste dat hij beter had opgelet op school, toen zijn natuurkundeles een kort overzicht had gekregen van akoestiek.

Maar hij kende de grondbeginselen: geluid is een drukgolf, letterlijk een fysieke "golf" die door de lucht beweegt. Hoe luider het geluid, hoe "hoger" de golf zich boven en onder de basislijnas beweegt. Hoe lager de toonhoogte, hoe langer de afstand tussen de pieken en dalen, en het omgekeerde gold voor hoe hoger de toonhoogte.

En *fase* was een concept dat inhield dat twee of meer geluiden tegelijk klonken - wanneer elk van de golfvormen op één lijn lag, zei men dat die geluiden "in fase" waren. Het waren in wezen kopieën van hetzelfde geluid, die op precies hetzelfde moment werden afgespeeld.

Maar wanneer twee geluiden "uit fase" waren, waren hun golfvormen precies tegengesteld aan elkaar: wanneer de ene golfvorm omhoog ging, ging de andere omlaag.

Het resultaat? Hij herinnerde zich vaag zijn natuurkundeleraar, een product van dansmuziek uit de jaren '80 en een wannabe-toetsenist, die twee sinusgolven speelde op twee identieke toetsenborden, waarvan de ene in fasen tegenover de andere stond:

Toen de leraar de twee noten speelde, was er helemaal geen geluid.

In de auto-audio komt het voor dat een luidspreker verkeerd is aangesloten, of dat de polariteit is omgekeerd, met als gevolg dat een andere luidspreker die precies dezelfde muziek speelt, "uit fase" is met de andere luidsprekers - hetgeen afbreuk doet aan de geluidskwaliteit.

Ben overwoog dat allemaal terwijl hij naar de versterker in zijn hand staarde. Hij wist dat dit het antwoord moest zijn: alle stukjes op een rij.

Een enkel sinusachtig geluid werd via luidsprekers van bovenaf *en* via de twee luidsprekers in het Exo-pak naar binnen geleid. Omdat het geluid moest worden versterkt, hadden de Ravenshadow-ingenieurs goedkope versterkers gekocht die waren ontworpen voor kleine autoradiosystemen, en die werden standaard geleverd met een faseschakelaar.

Toen Bens Exo stukje bij beetje werd vernietigd, had een van de inslagen de versterker losgerukt en de faseschakelaar geraakt, waardoor de luidsprekers in het pak - degenen die hun signaal nog uitzonden - hun polariteit omdraaiden.

Het geluid van de luidsprekers in omgekeerde fase was perfect tegengesteld aan het geluid van de andere luidsprekers in de kamer, en wanneer Ben dicht genoeg bij de luidsprekers van de Exo was, annuleerden zij het hoge geluid.

Het was een mooi ongeluk, en het had Ben bevrijd.

Het enige probleem was dat hij moest uitzoeken hoe hij het moest gebruiken om alle anderen te bevrijden.

JULIE'S EXO had zich bijna helemaal langs de muur gemanoeuvreerd, en ze kon Ben in de verte zien, verborgen achter een gevallen Exo.

Het kostte haar nog een seconde om te beseffen dat hij *buiten* zijn pak was.

Hoe is hij eruit gekomen? vroeg ze zich af. *Werd hij gegooid?*

En toen, kon ze het niet helpen: *hij moet dood zijn.*

Ze wilde die waarheid *voelen*, zelf beslissen of ze echt was, maar de chemische stof liet haar dat niet toe. Het blokkeerde haar gedachten niet, maar het blokkeerde de mogelijkheid om haar motoriek te controleren.

Ze keek naar Ben terwijl haar handen en polsen de Exo bestuurden. Het was nu haar tweede natuur, en omdat de AI van het pak bijna in staat was het pak zelf te besturen, kon ze haar gedachten vrijmaken om aan andere dingen te denken. Een paar schoten uit haar geschutskoepel, gevolgd door een paar kanonschoten, schakelden een andere Exo uit die van voor en links van haar oprukte.

Al die tijd keek ze naar Ben.

Nee, ze zag het, *hij is niet dood.* Hij was springlevend, en hij leek in orde te zijn. Maar hoe bewoog hij? Ze kon zien dat hij achter het pak met iets zat te rommelen, zijn voeten en benen waren nog net zichtbaar van achter een krat.

Hoe is hij eruit gekomen?

Ze keek toe hoe haar Exo vocht, en na een paar seconden zag ze Ben iets van achter het pak tevoorschijn halen. Het was te klein om het goed te kunnen zien, maar het leek op een soort doosje. Ze keek toe hoe Ben iets bewoog op het oppervlak, als een knop of een schakelaar. Hij keek op en om zich heen, naar de andere Exo's.

Plotseling verschoof een van de Exo's die zich het dichtst bij Ben bevond op onnatuurlijke wijze, sprong opzij en draaide half in het rond. Ze was geïntrigeerd door de beweging, en een paar seconden later zag ze de operator - een magere vrouw van middelbare leeftijd. Ze staarde Julie recht aan, en knipperde met haar ogen.

Oh mijn God, dacht Julie. *Hij heeft een manier gevonden om ons eruit te krijgen.*

De vrouw knipperde weer, bewoog haar hoofd van links naar rechts alsof ze de theorie uittestte dat ze nu misschien vrij was, en toen deed ze iets verbazingwekkends.

De vrouw draaide zich om in het Exo-pak en *stapte* gewoon *uit.* Ze gooide het achterste luik open en stapte naar buiten, daalde toen de kleine ladder af en landde op haar voeten. De vrouw stond daar een paar seconden te wiebelen, maar vond toen haar kracht terug en begon te rennen.

Julie zag haar bestemming. Er was een enkele kleine deur in het midden van de lange muur, geverfd om bij de stenen eromheen te passen. Alleen de klink en een vage omtrek van het kozijn maakten het zichtbaar, maar de vrouw ging er recht op af.

Maar ze heeft het nooit gehaald.

Julie keek vol afschuw toe hoe de vrouw halverwege de pas *bevroor.* Ze kwam tot stilstand, alsof ze net in een vat beton was gelopen. Haar voeten werkten niet meer, en haar handen en armen smolten terug naar haar zij en kwamen dan tot stilstand.

Wat gebeurt er? De vrouw had haar Exosuit verlaten en begon te rennen, en toen ze ver genoeg weg was, was ze weer in de ban van Garza's drug geraakt.

Ben zat nog steeds geknield achter zijn eigen pak, het kleine apparaat bedienend.

Was dat het? vroeg Julie zich af. *Heeft hij op de een of andere manier controle over haar?*

Nee - dat had geen zin. Het moest eenvoudiger zijn. Ben was naast zijn pak, en hij kon zich vrij bewegen. De vrouw kon zich ook bewegen, *zolang ze in de buurt van haar pak was.*

Het was een nabijheidsding, besefte Julie. Ben had uitgevonden hoe hij het geluid dat Garza de kamer en hun pakken in stuurde kon dempen, en hij had hetzelfde kunnen doen voor de vrouw. Toen de vrouw het gebied rond haar eigen pak had verlaten, had ze de cirkel van bescherming verlaten.

Julie's gedachten raasden. Ze wist dat ze niet alleen dichter bij Ben kon komen - dat zou een directe overtreding van haar bevelen zijn - maar ze zag een paar Exo's in de buurt van het pak van de vrouw, elk in tegenovergestelde richting kijkend, misschien op zoek naar een nieuw doelwit.

Ik zal je doelwit zijn, dacht ze. Ze hoefde niet veel te doen - haar Exo leek de nieuwe coördinaten te accepteren zodra ze de besturing aanraakte, en ze draaide zich om en richtte ze op het midden van de kamer.

Ben zag haar aankomen. Hij zwaaide even met zijn pols, maar het was genoeg voor Julie om te weten dat hij haar zag. *Hij weet dat ik eraan kom,* dacht ze. *Maar hij probeert verborgen te blijven.*

Dat betekende dat hij een enorm risico zou nemen door naar haar toe te komen - hij zou zich niet alleen blootgeven aan Garza, die bijna zonder twijfel nog steeds ergens van boven toekeek, maar Ben zou ook het risico lopen de veiligheid van de omtrek van zijn pak te verlaten.

Ze verschoof naar links, dichter naar Ben's gevallen Exo. Het was een beweging die ervoor zorgde dat ze door een paar kratten aan het zicht werd onttrokken, maar het was ook een slimme strategische zet om van alle kanten uit het vuur te zijn, dus de Exo liet het toe. Het duurde een halve minuut om daar te komen, want ze moesten de gevallen pakken en wrakstukken van het gevecht ontwijken, en over of door beschadigde kratten stappen, maar ze haalde het. Ze was nog geen meter van Ben verwijderd toen hij aan kwam lopen.

"Kom dichterbij!" schreeuwde hij. Dat deed ze.

Ze was nu ongeveer 2 meter weg, en het effect was onmiddellijk.

CHAPTER 64

GARZA

GARZA WACHTTE GEDULDIG terwijl de vernieling doorging. Hij maakte een paar opmerkingen via de microfoon in de cabine en prees Julie voor haar optreden. Hij kon slechts twee van de CSO teamleden zien vanuit zijn positie in de cabine, maar hij wist dat de anderen op de opname zouden staan, die hij wilde bekijken en helpen bewerken voordat hij hem naar de koper zou sturen.

Victoria verscheen een minuut later in de deuropening.

"Ah, Victoria," zei hij. "Alsjeblieft, kom binnen."

Ze liep naar binnen. Haar ogen bewogen nauwelijks, maar hij wist dat ze pater Canisius in de hoek van de kamer had opgemerkt. Ze liep naar het midden van de kamer en staarde recht voor zich uit naar Garza.

"Alsjeblieft Victoria, draai je om en begroet onze gast."

Ze draaide zich naar links. "Hallo," zei ze. Haar stem was zacht, zachtmoedig.

"Vader Canisius," vervolgde Garza. "Ik heb u gezegd dat ik niet helemaal eerlijk tegen u ben geweest. Ik begrijp dat uw reis naar Peru nogal frustrerend is geweest. U bent in de war over uw reden om hier te zijn?"

"Ik... was. En toen besloot ik dat de kerk technologie wilde kopen, alleen werd die technologie verkocht door een bekende wapenhandelaar. Legaal of niet, het zou een smet werpen op het karakter van de kerk. Door iemand van mijn statuur binnen de organisatie de procedure te laten bijwonen, zou het voor beide partijen de geldigheid bewijzen. En toch zou niemand in de internationale gemeenschap iemand als ik ervan beschuldigen iets van technologie af te weten."

Canisius probeerde een verlegen glimlach, maar die verdween bijna zodra hij zijn wangen bereikte.

"Dat is... een scherpzinnige observatie, Vader. En toch is het jammerlijk verkeerd."

Canisius' ogen vielen neer.

"Er is, in feite, een deal die wordt afgerond. En er komt een uitwisseling van geld - veel geld - en activa, tussen uw kerk en mijn bedrijf. Maar dat geld zal niet dienen voor de aankoop van de *machines* die u hier ziet. Niet *alleen* de machines."

Canisius fronste zijn wenkbrauwen. "En wat gaan we dan kopen?"

Garza nipte van zijn koffie, wuifde toen met een hand in de richting van Victoria. "Dit."

"Deze vrouw?"

Garza glimlachte weer. "De *drug* die in deze vrouw zit." Hij draaide zich om en keek Victoria aan. "Alsjeblieft, Victoria. Neem mijn koffie en zet het op het bureau."

Onmiddellijk gaf Victoria toe.

"Dank u. Zoals u kunt zien, doet ze precies wat haar gezegd wordt."

Canisius leek niet overtuigd. Achter Garza schoten explosies van kanonnen en geschutskoepels van de Exos door de lucht en bereikten zijn oren door het kogelvrije glas.

"Pater Canisius, ik weet dat het een beetje moeilijk is om zoiets te bewijzen, maar ik neem ook aan dat u niet het soort man bent dat geïnteresseerd zou zijn in het testen van de bereidheid van deze vrouw om te voldoen aan een verzoek - welk verzoek dan ook - dat u zou kunnen hebben?"

Hij bewoog niet. Garza knikte naar hem en ging verder. "In dat geval, kijk nog eens naar de demonstratievloer. Je zult zien dat elk pak een operator in zich heeft, die zowel de bediening doet en als het centrale zenuwstelsel van het pak fungeert."

Canisius wel.

"Hoe denk je dat we elk van die operatoren overtuigd hebben om in hun pak te gaan?"

Opnieuw keek Canisius toe.

"Bekwame operators vinden is het gemakkelijke deel. *Gewillige soldaten* vinden is een heel ander verhaal. In mijn zoektocht naar een oplossing voor het probleem van de insubordinatie van soldaten, stuitte ik op een chemische stof van een plant die inheems is in dit land. Hij groeit hier in overvloed, en alleen hier.

"Van die chemische stof heb ik een samenstelling gemaakt die precies doet wat u in Victoria ziet, en wat u ziet bij deze mannen en vrouwen op de demonstratievloer."

"Je hebt een *hersenspoelende* drug gemaakt?"

"In zekere zin, ja," zei Garza. "En *dat* is de technologie waarin mijn koper geïnteresseerd is."

"Wat kan de Kerk *in vredesnaam* willen met een hersenspoelende drug?" vroeg Canisius.

"Kies uw woorden wijs, Vader, of u begint ironisch te klinken." Garza snoof. "Hoe dan ook, om eerlijk te zijn - de kerk wil het medicijn *niet*. Het enige waar ze in geïnteresseerd zijn is mij geld geven.

"Jou geven - waarvoor?"

"Want als ze een reden hebben om geld uit te geven in de regio, kunnen ze ontkennen dat ze de rotzooi van een paar maanden geleden moeten opruimen. Net achter deze berg, in de Chachapoyas Vallei."

Natuurlijk. Archie had dit gezegd, en Pater Canisius wist dat het het meest logisch was. *De kerk moest hun zaken hier verdoezelen, om het onmogelijk te maken de gebeurtenissen van een paar maanden geleden op hen terug te voeren.*

"Als ze *me* geld geven, hebben ze een geloofwaardige keten van transacties geopend, die uiteindelijk kan eindigen met hun vrijstelling. En ze kunnen zich omdraaien en mijn technologie aan de *echte* koper verkopen, waardoor ze meer geld verdienen *en* mijn technologie bij de mensen krijgen die het altijd al wilden hebben."

"En... wie is de koper?"

"Vader, wees niet naïef."

Canisius keek verbaasd, toen verslagen. "De Verenigde Staten."

"*Natuurlijk*," zei Garza. "Ze hebben me er de hele tijd voor achtervolgd. Zelfs *na* het sluiten van deze deal en het beloven van updates, heeft iemand van het leger een infiltratie operatie opgezet om mijn vorderingen te controleren. Hoewel het nauwelijks tijd of moeite kostte om de infiltratie te stoppen, *irriteerde* het me enorm. Ik ben tenslotte een zakenman. En ik ben niet vriendelijk tegen versluierde dreigementen van usurpatie."

Canisius schudde zijn hoofd en negeerde het bloedbad dat aan de andere kant van het glas plaatsvond. "Maar, ik begrijp het nog steeds niet. Waarom ben *ik* hier? Als dit gewoon een deal is die u van plan bent te sluiten met de Verenigde Staten, waarom laat u de Kerk dan überhaupt een tussenpersoon zijn? Waarom hen dwingen om iemand als ik hierheen te sturen om een pion in uw spel te spelen?"

Garza leunde met zijn hoofd achterover en keek naar Canisius zoals een kraai naar een worm zou kijken. "En eindelijk, Vader, komen we bij het *echte* onderwerp bij de hand. Eindelijk stellen we de *echte* vragen."

Hij liep door de kamer, draaide zich toen om en kwam weer naast Victoria staan, die hij onderzocht terwijl zij onbeweeglijk voor zich uit staarde.

"Vader Canisius, het is al vele jaren geleden, maar ik ben nog steeds verbaasd dat u ons niet herkent."

CHAPTER 65

JULIE

HET GELUID DAALDE plotseling tot een bijna onhoorbaar niveau. Ze kon bijna de enkele noot voelen die nog uit de luidsprekers van haar Exo galmde, maar het was flauw.

Beter, het geluid was niet meer sterk genoeg om de chemische stof in haar hersenen te activeren.

Ze voelde haar hele lichaam weer tot leven komen, een soort "smeltend" gevoel, en ze schudde haar hoofd en knipperde een paar keer met haar ogen. Ze voelde plotseling haar benen tot moes worden, maar ze sloot haar knieën en wachtte tot de Exo tot stilstand kwam. Ze kon hem nog steeds besturen, maar het voelde meer alsof ze nu twee verschillende wezens waren - haar reacties waren alleen een beetje verward, haar controle over de machine alleen een beetje trager.

Ze wachtte niet. Ze draaide zich om in het pak en ontgrendelde de achterklep, sprong toen uit de Exo en landde een halve meter lager op de grond.

Ben was er. Ze omhelsde hem, maar hij wimpelde haar af.

"Wat is er?" vroeg ze.

"Huh? Oh, sorry - niet genoeg tijd."

Tijd.

Ze was het helemaal vergeten. Alsof die rotzooi met die wandelende tanks nog niet genoeg was, ging Sturdivant *iets* verwoestends doen op de hele basis, in... *wat was het? Vijfentwintig of dertig minuten?* Ze wist het niet - Reggie droeg Jeffers horloge.

Maar als ze Reggie en Mrs E niet uit de greep van de scopolamine bevrijden, maakt het niet uit hoeveel tijd er nog rest. Ze zouden hoe dan ook dood zijn.

Ze zag Ben werken. Hij gebruikte de kolf van zijn geweer en sloeg zo hard als hij kon op de achterkant van het Exo-pak.

"Wat is er?" vroeg Julie. "Hoe je eruit bent gekomen?"

"Ik heb geluk gehad," zei Ben, terwijl hij het geweer opnieuw tegen het schoudergedeelte van de machine smakte. "Maar het zit in dit ding. Hier, help me."

Ben raakte de hoek van een rechthoekig stuk metaal, en de zijkant deukte naar binnen, waardoor ze een klein houvast kreeg. Ze liep erheen en hielp Ben door aan het rechthoekige stuk metaal te trekken, het opzij te wrikken toen het brak van de bovenste klinknagels, en toen helemaal loskwam.

"Het is een zwakke plek in het harnas," zei Ben, "bedoeld om gemakkelijk toegang te krijgen tot het inwendige." Hij pauzeerde, klom op de ladder van Julie's Exo en leunde vorover naar het nieuwe gat in het pak. Hij reikte naar binnen, bewoog zijn arm omhoog en naar de binnenkant van de schouder van de Exo. "Het is een kleine versterker. Het heeft een schakelaar voor omgekeerde fase polariteit. Ik had er een op mijn auto-versterker, maar ik wist nooit wat het deed."

Hij haalde het apparaat tevoorschijn, dat nog was aangesloten op een paar kabels - één voor stroom, en twee voor de twee luidsprekers, dacht Julie.

"Zie je?" Zei Ben, terwijl hij de schakelaar omdraaide.

Het hoge geluid ging onmiddellijk weg. Julie keek op naar Ben. "Blijkbaar is het om de chemische stoffen die de geest beheersen uit te schakelen als je vecht met gigantische exoskelet gevechtsmechs."

"Ja," zei Ben. "Blijkbaar wel. Wie had gedacht dat ze die in Corollas nodig zouden hebben?"

Julie glimlachte en fronste toen haar wenkbrauwen. "Hoeveel tijd?"

"Waarschijnlijk bijna vijfentwintig minuten over," zei Ben. "Dat geeft ons niet veel tijd."

"Maar we hebben een plan," zei Julie. "Toch?"

"Zoiets."

"Is het 'rondrennen en proberen de polariteit van alle Exo's tussen ons en Reggie en Mrs. E om te draaien?"

"Zoiets."

"Vertel."

"Nou, dat is het, maar ik dacht niet alleen aan Reggie en Mrs. E."

Julie trok een wenkbrauw op.

"Er zijn hier veel onschuldige mensen - niet alleen wij vieren - en we kunnen hulp gebruiken om de basis te verlaten. Misschien kunnen zij ons een handje helpen."

Julie keek omhoog. Er was een toren van kratten die op een of andere manier de strijd hadden overleefd en die hen tegen Garza's zicht beschermden. Ze had het observatiedek gezien - een kogelvrije, in glas gevatte doos die halverwege de muur aan de andere kant van de kamer zweefde - en ze nam aan dat Garza zich daar bevond.

Er waren geen andere camera's in de kamer, dus zolang ze probeerden uit het zicht van het observatiedek te blijven, zou Garza ze niet kunnen zien.

Dat hoopte ze.

"Oké, klinkt goed," zei ze. "Wil je me vertellen wat je gedaan hebt, zodat we uit elkaar kunnen gaan?"

Ben liet het haar zien. "Het is letterlijk zo simpel als het omzetten van een schakelaar. Maar wat het doet is de polariteit omkeren van *precies hetzelfde geluid* door de luidsprekers, dat is hoe het echt werkt - het annuleert in wezen het geluid van de luidsprekers boven je hoofd."

"Zoals een ruisonderdrukkende hoofdtelefoon,' zei Julie. "Dat is precies wat ze doen - ze produceren een geluid dat precies hetzelfde is als de inkomende ruis, dan draaien ze de polariteit om en sturen dat nieuwe signaal ook naar de hoofdtelefoon, waardoor ze elkaar opheffen, en voila. Geen ruis."

Ben staarde haar aan.

"Wat?" vroeg ze. "Ik was een computernerd voor ik jou ontmoette."

"Je bent *nog steeds* een nerd, Jules. Hoe dan ook, zoals ik al eerder bedacht had, is het gebaseerd op nabijheid. Het volume kan maar tot een bepaalde hoogte, dus we moeten de versterker van elke Exo aanzwengelen en dan naar de volgende gaan. Hopelijk kunnen we acht of tien meter per keer haasje-over springen en iedereen eruit krijgen.

"Het hoogtepunt van al deze ompolingsgeluiden zou uiteindelijk een evenwicht moeten bereiken met het volume dat uit de luidsprekers boven ons komt," zei Julie. "Dat betekent dat we ze niet allemaal hoeven te doen. Net genoeg om een luid genoeg omgekeerd signaal te maken."

"Zoals ik al zei, nerd."

Ze glimlachte. "Laten we gaan - ik wil er echt niet achter komen wat Sturdivant hier gepland heeft."

"Ik wil er ook niet achter komen, nerd."

Hij leunde naar haar toe en kuste haar, en trok zich toen terug. Toen ze zich omdraaide om weg te gaan, riep hij over zijn schouder.

"Oh, en als je jezelf doodt, vermoord ik je."

"Genoteerd."

VADER EDMUND CANISIUS staarde wezenloos naar de jongere vrouw die naast de man stond - de leider van de groep die Ravenshadow heette. Hij was niet in staat te verwerken wat de man van hem wilde. Waarom hij hem hier had geroepen, hem had bevolen deel te nemen aan dit... *bloedbad.*

Beneden, in wat de man de "demonstratieverdieping" had genoemd, slingerde een handvol gemechaniseerde robots kogels naar elkaar, vurend op elkaar met een helse woede die zijn bloed koud deed stromen. Nog nooit in zijn leven had hij zoiets meegemaakt, en het pure geweld van dit alles deed hem struikelen over zijn woorden.

"Ik... uh - nee, het spijt me, ik... denk niet dat ik u ken."

Hij keek van de man, naar de vrouw, naar de demonstratievloer. Een robot - een "Exo", had de man hem genoemd - schoot vanaf de andere kant van de kamer op een andere, die hem in de rug ving. Een vage bloedspat vloog naar voren uit de *voorkant* van de Exo, en Canisius wist meteen wat er gebeurd was.

"Weer een mislukte, Garza," zei een van de zittende mannen, niet eens opkijkend van zijn beeldscherm. Hij tikte iets aan op het beeldscherm en veegde het naar links. "Het lijkt op Soldaat 231," ging de man verder. "Dodelijke wond net onder de schedelholte. Schot afgevuurd vanuit..."

Garza. Canisius luisterde naar het gesprek tussen de leider - Garza, blijkbaar - en zijn soldaten.

Hij pauzeerde.

"Wat is er?" vroeg Garza, zijn aandacht richtend op de man aan het werkstation. "Een probleem?"

"Nou, ik - ik weet het niet zeker, meneer. Het schot leek te komen van Soldaat 192."

"En?"

"En soldaat 192 is aan de andere kant van de kamer. En ze dragen een eerste-gen Exo, meneer. Allebei."

Garza fronste zijn wenkbrauwen en Canisius probeerde zijn uitdrukking te lezen. *Is dit slecht nieuws? Goed? Is er iets veranderd?*

En, *wie is die Garza, en waarom denkt hij dat ik hem moet kennen?*

"Was het per ongeluk eigen vuur?"

"Onwaarschijnlijk, meneer," zei een andere technicus. Ook deze man swipete over zijn scherm, waarbij hij zijn vingers uit elkaar trok om een videobeeld te vergroten. De technicus speelde de video opnieuw af, eerst op volle snelheid, daarna in omgekeerde richting op halve snelheid. Canisius kon niet precies zien wat er op het scherm te zien was, maar hij wist dat het een herhaling was van de moord die zojuist was gepleegd.

De man ging verder. "Alle pakken van de tweede generatie zijn nog actief, en ze zijn allemaal bij de westelijke muur, behalve pak 4, dat dood op de zuidelijke muur ligt."

"En het schot kwam *van* een eerste-gen en *raakte* een eerste-gen, en het was opzettelijk?"

"Ja, sir. Daar lijkt het wel op."

Garza snoof weer, en kauwde toen op zijn lip. "Zoek uit waarom. Hebben we camera's op de zuidelijke muur?"

"Niet de hele muur, sir. Dat is de dode plek direct onder ons."

"Goed. Richt camera's op de tweede-gen pakken en de rest van het CSO team. Ik wil weten wat ze doen, en waarom een van de eerste-genen zijn kameraad raakte. "

De mannen knikten en begonnen woedend te swipen en te klikken op hun touchscreen monitoren.

Canisius draaide zich terug naar Garza. "Garza," zei de man. "Is dat je naam?"

Garza knikte en keek Canisius recht aan. Hij deed een stap naar voren. Victoria bleef stil staan, als een schildwacht in het midden van de kamer, starend naar alles en niets tegelijk.

"Ja, dat is mijn naam. Garza. *Vicente* Garza. Ik ben geboren in Arizona, maar mijn ouders kwamen uit Mexico. Mijn mannen noemen me 'De Havik'. Weet je waarom?" Garza's hoofd viel een beetje opzij, alsof hij Canisius onderzocht. *Hem bekeek.*

Alsof hij een prooi was, en Garza een havik.

"Ik - ik weet het niet."

"In de loop van mijn carrière heb ik professionals zoals ik zien falen omdat hun mannen niet echt het vermogen van hun leider accepteerden om een klus te klaren. Ze *vertrouwden* hen niet. Ze *geloofden niet* echt in hen.

"In de loop van *mijn* carrière ben ik echter tot de conclusie gekomen dat het *nooit, wat er ook gebeurt,* aanvaardbaar is om een kans te missen om een punt te maken. Mijn mannen zijn me daarvoor gaan vertrouwen, en als ik die punten maak zijn ze nog meer bereid me te vertrouwen.

"Een havik is hetzelfde - ze missen nooit een kans. Het zijn *opportunistische* wezens, maar ze zijn ook sluw. Ze plannen, maar ze zullen dat plan terzijde schuiven om voordeel uit een situatie te halen. Ze grijpen elke kans om hun prooi te vangen."

Canisius zoog zijn adem in. Hij mag dan naïef zijn geweest, maar hij was geen idioot. Hij kende zijn positie hier, ook al begreep hij niet *waarom.*

Ik ben de prooi. Garza is de havik.

Maar hij wist niet *waarom.*

"Wie bent u?" vroeg Canisius.

Garza glimlachte en ging weer naast Victoria staan. Hij sloeg zijn arm om haar heen, en op dat moment herkende Canisius de gelijkenissen.

Vader en dochter, dacht hij. Hij kon het nu zien - er was geen twijfel mogelijk.

"Dit is mijn dochter, Victoria," zei Garza. "Victoria *Reyes* nu, hoewel ze niet meer getrouwd is. Ze is zeer intelligent, en is een professor in oude geschiedenis en religie.

"En, je raadt het misschien al, we hebben je allebei al eens ontmoet. Sterker nog, we waren ooit allemaal in dezelfde kamer."

Canisius fronste zijn wenkbrauwen. *Waar heeft hij het over?* Zijn gedachten raasden door de jaren heen, in een poging iets te ontdekken van zijn interactie met deze man en zijn dochter. Hij kon zich niet herinneren hoe of waarom ze elkaar hadden ontmoet, of hoe Canisius hem zo kwaad had kunnen maken dat hij al die moeite had gedaan om hem hierheen te lokken.

Wat is het verband? Canisius vroeg het zich af. *Vicente Garza. Victoria Garza Reyes. Uit de Verenigde Staten, maar zijn ouders zijn geboren in -*

Canisius beet op zijn lip. *Oh, Heer, nee. Nee, dat kan niet zijn -* hij stopte. *Het moet wel.*

"Mexico," fluisterde hij.

"Ja," knikte Garza.

"Je was in Mexico. Je hele familie -" hij stopte kort.

"Dat klopt, vader. Mijn *hele* familie. Ik, mijn dochter, en mijn vrouw."

Canisius slikte.

"En *jij* was daar ook. *Jullie maakten* deel uit van de deal. De dokter en de zakenman, en de plaatselijke kerk."

"Nee, ik -

"De lokale parochie die een jonge priester stuurde om rituelen toe te dienen aan een rouwende familie."

"Dat is niet..."

"Je accepteerde de positie en de rol, en je stak het geld in je zak.

Mijn geld."

"Garza, ik zweer je dat -"

"*Genoeg!*" schreeuwde Garza. "Genoeg. Het zijn leugens - altijd leugens. Alles waar jullie voor staan - alles waar de *kerk* voor staat. *Leugens.*"

Canisius stapte naar voren. "Garza, het is lang geleden. Ik was jong, en ik zweer je - mijn hand op mijn hart, bij de Here God zelf, ik had niets -"

"Het *is* lang geleden, Canisius," zei Garza, en hij begon op een informelere manier te schelden. "Maar het duurt lang voordat wonden genezen zijn. Soms een heel leven. En ik *weet dat* jij erbij betrokken was. Ik heb het opgespit. Ik heb mijn onderzoek gedaan. Zoals ik al zei, ik weiger *nooit* een kans als die zich voordoet."

Canisius voelde zich ziek. Meer knallen van kanonnen en wapens van buiten het glas bereikten zijn oren, maar ze waren flauw naast het bonzen van zijn eigen hart.

Ik was jong, zei hij tegen zichzelf. *Ik nam bevelen aan. Ik had geen idee dat het tot dit zou leiden.*

"Hoeveel geld hebben ze je gegeven? Hoeveel van *mijn* geld?"

"Ik - er was - "

"*Hoeveel?*"

Garza schreeuwde en gooide zijn koffiekopje rechtstreeks naar het hoofd van Canisius. De kogel van een worp was niet te ontwijken, en op Canisius' leeftijd was het beste waar hij op kon hopen dat hij op het laatste moment zijn hoofd kon omdraaien.

Toch spatte de vloeistof binnenin - nog steeds op de een of andere manier zinderend heet - in Canisius' ogen en hij schreeuwde het uit van de pijn. Zijn huid voelde aan alsof ze smolt, en dat was nog voor de hitte echt toesloeg.

Hij kreunde, zakte in elkaar en jammerde toen de gloeiend hete vloeistof over zijn hals en borst vloeide. Hij rook de nootachtig geroosterde bonen en het verschroeide vlees van zijn lippen en wangen. Hij greep zijn gezicht vast met zijn handen en schommelde heen en weer op de vloer.

Hij zag een schaduw over hem heen staan.

Garza. De Havik.

"Je hebt je god verraden, Canisius. Al die jaren geleden heb je vastgesteld wat voor soort persoon *je* bent. Sindsdien lieg je tegen jezelf - en iedereen -."

"Nee..." Canisius kraste.

"Ja," zei Garza. "Ik bracht je hier omdat ik de *kans* had. Ik zag een opening, en die heb ik genomen. Ik had de Church nodig om de deal af te ronden. Toen ik ontdekte dat *jij* daar een topfunctie had, begon ik naar dit moment toe te werken."

Canisius' hart zonk. Op de een of andere manier deed de pijn van de moeite die Garza had gedaan om Canisius hier te krijgen, meer pijn dan de koffie.

"Ik word De Havik genoemd omdat ik kansen benut, maar ook omdat ik *heel* goed ben in het plannen van mijn aanval."

Hij draaide zich om en liep naar Victoria, en Canisius zag door wazige ogen hoe hij haar iets overhandigde.

"Victoria," begon Garza. "Kom alstublieft dichter bij Vader Canisius."

Nee, dacht Canisius. Hij begon te hijgen. Zweet en speeksel verzamelden zich op zijn lippen en hij probeerde het weg te vegen. Het lukte niet, en tranen - zijn eigen - werden aan de mix toegevoegd.

"Meneer," zei een van de mannen. "We hebben een probleem."

Garza negeerde hem.

"*Sir.*"

"Niet nu!" Snauwde Garza.

Toen Garza zich omdraaide om zijn soldaat toe te spreken, zag Canisius eindelijk wat hij zijn dochter had overhandigd. Een enorm pistool, het grootste dat Canisius ooit had gezien. Het leek zwaar in Victoria's handen, maar ze hield het zelfverzekerd vast.

"Ik wilde u bewijzen hoe effectief het medicijn kan zijn. Maar het is ook mogelijk dat het helemaal niet werkt, en mijn dochter zou de dood van haar moeder willen wreken. De *moord* op haar moeder.

"Victoria, executeer deze man alsjeblieft."

CHAPTER 67

GARZA

DE HELDERHEID IN Garza's geest was teruggekeerd. Hij was niet langer in tweestrijd, niet langer de controle kwijt. Hij had niet langer het onvaste gevoel dat hij geen contact had met zijn eigen innerlijke demonen.

Hij haalde diep en lang adem en keek naar het vloeiende spoor van bloed achter het hoofd van pater Canisius. Victoria stond boven hem, het pistool in haar hand rokend. Ook zij was stoïcijns, kalm, maar hij wist dat het om een heel andere reden was.

"Sir," zei de soldaat opnieuw. Hij stond nu en keek neer op zijn tablet. Hij schoof het tablet naar Garza, die terugdeinsde en het bijna wegduwde.

Maar iets op het scherm trok zijn aandacht. De man tikte op de play-knop op het scherm en de video begon. In de verre hoek van het scherm, in wat de zuidoostelijke hoek van de kamer zou worden, zag Garza een flits van kleur, een schaduw. De vorm van een mens.

"Is dat..."

"Het is een van de operators, meneer," zei de man. "Een van de CSO teamleden."

Garza was volledig verrast. "Maar... hoe?"

De man schudde zijn hoofd, de andere soldaat, een jonge technicus, antwoordde. "We lopen het terug, om te zien of we camera's hebben die het oppikken. Maar ze zijn in de dode zone, waar er geen..."

"*Ga* dan naar de dode zone!" snauwde Garza. "Waarom is iemand in godsnaam uit zijn pak?"

"Meneer, nogmaals, we zijn niet in staat -

"Ga *naar binnen,* dan. Waar zijn de dichtstbijzijnde eenheden?"

"We hebben twee dienstdoende patrouilles op dat niveau, en één..."

"Stuur ze naar binnen."

"Meneer?"

"*Stuur ze naar binnen!*" Garza kon zijn woede niet verbergen. Op de een of andere manier was een van de CSO-teamleden erachter gekomen hoe ze het hoge signaal dat ze via de luidsprekers uitzonden konden uitschakelen. Of ze hadden op een of andere manier de scopolamineverbinding overwonnen. Of...

Nee, dacht hij. *Ze kunnen het gewoon niet gedaan hebben.*

De twee technici scharrelden rond en de Ravenshadow soldaten die Canisius de kamer hadden binnengeleid, stonden te wachten op hun bevelen.

"Jullie twee," zei Garza, "ga naar beneden en roep nog twee eenheden op. Haal ze van het tweede niveau als het moet, maar zorg dat ze klaar zijn voor de strijd."

De twee soldaten knikten en renden de kamer uit.

Garza bleef naar de video kijken en probeerde er achter te komen wat hij precies zag. Hij zag duidelijk een arm en een been, maar het hoofd van de persoon was niet te onderscheiden. Een eerste-gen Exo draaide zich om en vuurde op een punt vlakbij de persoon, maar de explosie zorgde er alleen voor dat ze achter een krat wegdoken, uit het zicht.

"Kunnen we de Exo's en hun operators zo configureren dat ze op menselijke doelen vuren in plaats van op andere pakken ?"

"We... hebben het geprobeerd, sir. We weten niet zeker wat er aan de hand is, maar het lijkt erop dat geen van hen reageert."

"Geef me een andere feed," blafte hij. Hij liep naar de computermonitors en zag hoe de technicus een van de beelden manipuleerde tot Garza een breed beeld zag van de hele demonstratievloer, met uitzondering van een ruimte van een meter of tien, vijftien diep langs de zijmuren.

"Daar!" zei de technicus. Garza volgde zijn vinger en zag een man synchroon achter een tweede-gen Exo lopen.

"Is dit live?"

"Yessir."

"Dat is Harvey Bennett," zei Garza. "En wie zit er in die tweede generatie?"

De technicus pauzeerde en bladerde door iets op zijn tablet. "Ik geloof dat dat de vrouw is met wie ze waren."

"Mevrouw E," zei Garza.

"Is ze..."

"Ze heeft het onder controle," zei Garza. "Die Exo is niet langer onder mijn controle."

Hij testte zijn theorie en pakte de microfoon die op een zwanenhals was gemonteerd en aan het bureau was bevestigd. Hij draaide de schakelaar van de omroep aan de basis om.

"Mevrouw E," zei hij, terwijl hij de weerklank van zijn stem hoorde, die net achter het glas werd versterkt. "Stop alstublieft."

De Exo bleef in beweging.

"Mrs. E," zei hij weer. "U stopt, onmiddellijk. Draai uw Exo om en kijk -"

Hij stopte toen hij zag dat de Exo gehoor gaf aan zijn bevel.

"Misschien had ik het mis," fluisterde hij tegen zichzelf.

De Exo van mevrouw E draaide zich om en keek naar de glazen bel waar Garza en zijn mannen zich in bevonden. Even was er een oponthoud toen alles tot stilstand leek te komen. Hij fronste zijn wenkbrauwen.

Is ze echt...

En toen explodeerde zijn wereld.

Het kogelvrije glas was in de cabine geplaatst na een ongeluk met een vroege versie van het controlemiddel, en Garza had niet de moeite genomen het te laten testen. Hij wist dat het stevig genoeg was om te voorkomen dat de revolverwapens van de eerste generatie Exo's doorboord zouden worden, maar hij wist niet hoe het met de meer geavanceerde tweede generatie zou gaan.

En ze hadden het glas nooit getest tegen de nieuwere op de arm gemonteerde kanonnen.

Beide waren, helaas, direct in Garza's gezicht geschoten.

Een deel van het glas hield op te bestaan na de eerste twintig of dertig kogels, en een van de kanonschoten van haar Exo's arm vloog door de open wond.

Het hoofd van de technicus ging eraf en Garza viel achterover met de jongeman, beiden kwamen op hun rug op de grond terecht, naast elkaar, alleen Garza kon reageren. Hij hijgde naar het lijk zonder hoofd toen de volledige inhoud van de bloedsomloop van de man begon leeg te lopen op de vloer.

De schoten gingen door, haalden een rij glas weg en versnipperden het bureau en de computerconsoles. Ergens, hoog boven en buiten zijn oren, hoorde Garza vaag het geluid van het rinkelende geluid, de toonhoogte die de chemische stof in de compound activeerde.

Hoe in godsnaam?

Het geluid was nog steeds actief, maar op een of andere manier had het CSO team het uit kunnen zetten.

Nog steeds gooide de Exo van mevrouw E kogels de kamer in. Velen kwamen terecht in het stenen plafond, zonder schade aan te richten, maar met een regen van steensplinters en stofwolken. Het zicht in de hele kamer nam af tot een paar centimeter, en Garza zwaaide wild met zijn armen terwijl hij probeerde te zien.

Hij trok zich op aan de verminkte resten van een stoel en waagde een blik over en in de demonstratievloer.

Wat hij zag beangstigde hem.

CHAPTER 68

BEN

HET CSO TEAM was voor vijfenzeventig procent bevrijd. Ben naderde nu Reggie's Exosuit, maakte zich klaar om achter hem te bukken en te springen om zijn paneel terug te trekken en de polariteitsschakelaar om te zetten. Hij had bij Mrs E's pak ontdekt dat het gemakkelijker was om het achterste luik van de Exo's te openen, op de ladder te springen en het werk te doen terwijl de Exo nog actief was - de machine kon niets doen om Ben ervan af te halen, noch kon de persoon binnenin dat doen zolang ze in de ban van de samenstelling waren.

Julie deed hetzelfde aan de andere kant van de kamer, en bevrijdde zoveel mogelijk operators uit hun eerste-gen pakken. De operators in de pakken bleven binnen, waarschijnlijk kozen ze voor de relatieve veiligheid van de machines in plaats van de gevaarlijke demonstratievloer. Zelfs de vrouw die ze eerder hadden bevrijd, was teruggevlucht naar haar machine.

De Exo's van de eerste generatie bewogen nog steeds, nu onder controle van hun operators in plaats van Garza, en vanuit Ben's gezichtspunt leek het erop dat er slechts een handjevol werkende Exo's waren die nog bevrijd moesten worden. Helaas zag hij ook bijna vijftien neergehaalde machines, hun operators in verschillende staten van verwonding. Sommigen, wist hij, zouden deze kamer niet levend verlaten.

Hij bevrijdde Reggie en de lange man draaide zich onmiddellijk om en keek Ben aan, met een enorme grijns op zijn gezicht.

"Ben! Deze dingen zijn *geweldig!*"

Ben fronste zijn wenkbrauwen.

"Ik bedoel, uh, bedankt voor het uitzetten van de schakelaar, of wat je ook deed."

Ben vertelde het hem.

"Dus, zoals, noise-cancelling hoofdtelefoon?"

"Dat is precies wat Julie zei. Jullie zijn allebei nerds," zei Ben.

"Het is niet dat het echt gekke technologie is, Ben. Je zou meer moeten lezen."

"Hou je mond en help ons. We zetten een aanval op."

Reggie keek over zijn schouder. "Ja, dat kan ik zien. Mrs. E's scheurt er op los."

"Dat is ze, maar als Garza daar binnen was zal hij proberen weg te komen voordat alles ontploft. Dat betekent dat we hier weg moeten en hem vinden."

"Akkoord. Dus, uh, hoe gaan we dat doen?"

"Julie leidt de andere Exo's naar Mevr. E, waar ze zich concentreren op het uitschakelen van de controlekamer daar. Jij en ik gaan ons omkleden en richten ons op de deuren - ze zijn enorm, maar als we er een deuk in kunnen maken, kunnen we ze misschien open krijgen."

"Of we sluiten ze op en zorgen ervoor dat ze nooit meer open kunnen."

"Ja," zei Ben. "Of dat."

Reggie haalde zijn schouders op. "Eh, wat dan ook. Een goed plan als ieder ander, denk ik. En ik kan dit beest tenminste eindelijk met de hand bedienen." Hij hield zijn kunstarm en -hand omhoog. "Dit ding is nog ongelooflijker dan ik dacht - de ingebouwde technologie is *snel*. Ik hoefde niet eens echt na te denken en mijn hand bewoog al. Richten is ook een tweede natuur."

Ben glimlachte. Hij had Reggie's vermogen om kalm te blijven - zelfs nonchalant - in elke situatie altijd al gewaardeerd, wat er ook gebeurde. Hij wist dat het te danken was aan Reggie's jarenlange oefening in het beheersen van zijn eigen emoties, zijn training om bepaalde dingen uit zijn verleden terug te dringen die hij niet vrij had mogen laten rondlopen.

Het hielp Ben ook te kalmeren, door naar zijn vriend te kijken. *Als hij kalm is, kan ik kalm zijn.*

En hij wist dat die kalmte hem in de komende minuten goed van pas zou komen.

"Hoeveel tijd hebben we nog, trouwens?" vroeg hij.

"Oh, juist - dat was ik vergeten." Reggie keek op het horloge dat hij van Jeffers had gepakt. "Ziet eruit als iets meer dan tien minuten."

Ben's mond viel open. "Shit, Reggie. Dat is niet genoeg tijd."

Weer haalde Reggie zijn schouders op. "Waarom probeer je me dan te vleien? Kom van mijn kont af en laten we deze show op de weg."

Ben wel. Hij sprong op de grond en sloeg het achterluik dicht, rende toen naar mevrouw E. Hij riep naar haar tussen de schoten van haar kanon door. "Reggie is goed! Dat zijn we allemaal."

Ze knikte, zonder haar ogen van het rokershokje aan de tegenoverliggende muur af te wenden. Ze was doorgegaan met het sturen van kogels naar de kapotte studio, maar was aanzienlijk vertraagd, zodat het stof en de rook konden neerdalen, zodat ze in de ruïnes kon kijken.

"Zie je hem daarbinnen?"

Ze schudde haar hoofd. "Negatief," zei ze. "Hij stak eerder zijn hoofd op, maar of ik heb hem toen uitgeschakeld of hij is weg."

Ben wist welke optie waarschijnlijker was. "Blijf waakzaam, en hou het hokje in de gaten. Het is het enige andere open toegangspunt dat we kennen, naast de twee grote deuren aan de zijkant en de kleine aan de achterkant, en we hebben ze allemaal gedekt."

Ze knikte. "Geloof me, als hij - of wie dan ook - zijn hoofd opsteekt, blaas ik ze op."

Ben wilde zich net omdraaien en naar een nieuw Exosuit rennen toen de deur aan de zijkant van de kamer open begon te gaan.

CHAPTER 69

BEN

"GA NAAR DE DEUREN!" schreeuwde Ben. Hij was al begonnen met rennen, zich er terdege van bewust dat hij geen enkel beschermend pak droeg. Hij was een gemakkelijk doelwit voor iedereen aan de andere kant van de deur, en er zou niets tussen hem en het uiteinde van een Ravenshadow geweer staan.

De deur was tot halverwege opengegaan, maar er kwamen al kogels door de opening. Ben bukte en rolde opzij, en landde op een hoopje tussen de bovenste helft van een neergehaalde Exo. Hij sleepte de romp iets opzij, vlak bij een stapel kratten die gesloopt waren, en maakte een provisorische schuilplaats.

De eerste salvo's waren klaar, en de kamer viel in stilte.

Ben keek toe hoe drie Ravenshadow-mannen binnenkwamen, elk een andere weg nemend - links, midden, rechts. Ze zwaaiden met hun geweren, op zoek naar iets om op te richten en te schieten. Ben zag het gezicht van de man die zich het dichtst bij hem bevond, en zag hoe zijn ogen verwijdden en weer vernauwden toen hij het schouwspel voor zich in zich opnam.

Hij sprak in zijn pols, wachtte, knikte toen.

Nog drie Ravenshadow mannen kwamen de kamer binnen. Het was duidelijk aan hun gezichten te zien dat ze in de war waren. De overgebleven Exo's die in gevechtstoestand waren, stonden allemaal in de houding tegen de achtermuur, twee rijen die aan weerszijden van mevrouw E afliepen. Reggie en zijn Exo stonden aan het uiteinde, terwijl die van Julie aan de kant stonden die het dichtst bij Ben stond.

Ben hoorde de man naast hem tegen zijn medesoldaten spreken. "Wat de..."

Voordat hij kon uitpraten, raakte Reggie de besturing aan en zijn Exo kwam weer tot leven, zijn torso vloog in het rond en zijn kanon vond onmiddellijk zijn doel.

De man die vlak bij Ben stond, stond geschokt toen het kanon een gat *door* zijn borst blies. Hij stond een seconde zwijgend met zijn ogen te knipperen en viel toen op een hoop.

De andere soldaten reageerden veel te laat. Ze hieven hun wapens op, maar de Exo's die bij mevr. E stonden, draaiden zich om en regenden de hel op hen neer.

Het was voorbij in ongeveer tien seconden, alle zes de Ravenshadow mannen lagen dood op de koude stenen vloer. Ben keek toe, wachtend op meer, maar er kwam niets. Hij wendde zich tot mevrouw E en de rest van zijn team, evenals de andere operators in hun Exo-pakken.

"Spreekt er iemand Engels?"

Een kleine man naast Reggie stak zijn arm op.

Ben liep naar hem toe en keek naar de Exo en de man binnen. "Mijn naam is Harvey Bennett. Mijn team werd, net als uw mensen, gedwongen deze kamer binnen te komen. Het was nooit onze bedoeling iemand van jullie iets aan te doen. Begrijpen jullie dat?"

De man knikte.

"We blijven en vechten tegen de rest van deze mannen, maar we hebben niet veel tijd meer. Kunt u dat aan uw mensen vertellen?"

De man knikte opnieuw. De andere Exos begonnen zich rond Ben en de man te verzamelen terwijl ze spraken. Ben wist dat er meer Ravenshadow mannen zouden komen, en hij wist dat ze echt geen tijd meer hadden. Wat Sturdivant ook voor hen gepland had, het zou in minder dan tien minuten gebeuren.

"Dan moet je hier weg," zei Ben. "Alsjeblieft, als je hier blijft, zul je sterven. Wij allemaal."

Toen hij zijn zin afmaakte, stormden nog twee groepen Ravenshadow mannen naar binnen.

"Nee," zei de man tegen Ben. "We blijven. We vechten tegen ze."

De soldaten begonnen op de Exo's te schieten, en Ben wierp zich achter Reggie, klom toen op zijn rug.

"Hé maatje," zei Reggie. "Welkom terug."

"Ja, het voelt geweldig om hier te zijn."

"Wat is het plan?" Vroeg Reggie. Hij keek naar Ben.

"Dood de slechteriken, ga door die deur, zoek Garza, dood hem, zoek uit hoe je hier wegkomt, voordat de klok is afgelopen."

"Juist. Enig idee *hoe* we dat doen?"

Ben wees naar de golf van Ravenshadow mannen die nog steeds de kamer binnenstroomden. Hij wees naar hen.

"Een stap tegelijk," zei hij. "Eerst daar doorheen komen."

"Je hebt het, maatje."

Reggie duwde zijn besturing naar voren en de Exo begon naar de deur te marcheren. De anderen volgden, maar het leek alsof een heel leger van tien Exo's niet nodig zou zijn.

Reggie, Julie, en Mrs. E hadden de Ravenshadow mannen neergemaaid voordat ze zelfs de kamer binnen waren gekomen.

"Oké," zei Reggie lachend. "Wat nu?"

"Stap twee: loop door die deur."

Reggie was al in beweging. Zijn Exo stond in het midden van de kamer, en de rij Exo's stroomde achter hem uit, de een na de ander, een ketting van robots marcherend naar hun vrijheid.

Ben zwaaide naar Julie, die het dichtst bij de deur stond. Hij wilde dat zij doorging, om als eerste uit deze hel te komen, maar zij leek tevreden te wachten tot de anderen eerst naar buiten gingen.

Reggie was 20 meter van de deur toen het gebeurde.

Ben voelde de tinteling op hetzelfde moment dat hij de toonhoogteverandering opmerkte - het werd luider, sterker. Opnieuw vulde het zijn hoofd, opnieuw nam het hem over.

Hij bevroor.

Reggie en zijn pak ook.

Over de hele linie bevroren de Exo's, hun bedienden zaten vast in hun eigen lichaam.

Oh, nee, dacht Ben. *Nee, niet weer.*

Hij keek recht voor zich uit, maar Reggie had zijn hand op de rand van het frame van de Exo, niet op de controller. Zijn pols was gekanteld, waardoor Ben een perfect zicht had op zijn horloge.

7:54.

7:53.

Terwijl Ben en zijn team bevroren waren, was de tijd dat niet. Hij tikte weg, de brute seconden bespotten Ben en Reggie, waarschuwden hen elk moment voor hun lot.

Aan de rand van Ben's zicht zag Ben beweging. Iemand liep de kamer binnen.

Garza.

Hij stapte over de lichamen van zijn gevallen mannen, twaalf in totaal. Ben wist dat het niets voor hem was - nauwelijks een verlies.

Maar Garza zou van streek zijn om een veel diepere reden.

Ben had hem bespeeld. Ben had zijn list ontdekt, een manier bedacht om het te omzeilen.

En hij was hier nu om de gunst terug te geven.

Garza liep naar Ben en Reggie. Ben zat nog steeds vast aan de achterkant van Reggie's pak, maar Garza had vrij zicht op hun beider hoofd.

"Hallo, heren. Harvey, Gareth."

Hij liep een volledige cirkel rond hen, inspecterend. Ben wist dat hij het open paneel zou zien. Hij vroeg zich af of hij in staat zou zijn om dingen in elkaar te zetten.

"Mijn mannen hebben het ontdekt," zei Garza, met zijn handen in zijn zakken. "De polariteit van het signaal. De versterkers in mijn pakken hebben faseschakelaars, nietwaar? En jij hebt uitgevonden hoe je het omkeert.

"Het enige probleem met die strategie is dat je de signaalketen niet hebt *geëlimineerd*. Het geluid is *er* nog steeds, nietwaar?"

Ben hoorde het geluid in zijn oren rinkelen, nog steeds van ver weg komend uit de aan het plafond gemonteerde luidsprekers.

"Het omkeren van de polariteit om een signaal op te heffen betekent dat je *twee* signalen nodig hebt - één met een golfvorm die volledig in fase is weggeschakeld van de andere.

"Maar wat gebeurt er als je een van die golfvormen *verwijdert*, Harvey? Wat gebeurt er als ik simpelweg *stop met* het *uitzenden van het signaal via de pakken?*"

Hij draaide zich om en keek naar de luidsprekers. "Er is nog steeds *een* signaal, en het is luid genoeg. Duidelijk."

Hij liep naar de Exo, keek op naar de twee mannen en glimlachte. "Ik ben wel trots op je. Het werd tijd dat je de *kans* nam om iets uit te zoeken, Harvey. Geluk komt toe aan hen die het verdienen, toch?

"Het duurde zo lang om te beseffen: je kunt mannen zoals ik niet verslaan totdat je *denkt* als mannen zoals ik. Dat heb je nooit gewild, Harvey. Je hebt nooit aan jezelf willen toegeven dat je *kon* denken als ik. Dat je diep in je ziel kon graven om uit te zoeken hoe je iemand kon verslaan.

Ben wilde hem in tweeën breken, zijn nek breken en er klaar mee zijn.

Maar hij kon het niet.

En de seconden tikten nog steeds van het horloge af.

6:38.

6:37.

6:36.

JULIE VOELDE HAAR LICHAAM VERSTIJVEN, het gevoel dat haar hele lichaam in slaap viel overviel haar in één keer. De pijn van de kleine speldenprikjes van opgewonden zenuwen, dan het niets van het gevoel te zweven in de ruimte, maar tegelijkertijd stijf verbonden met de grond. Ze zou nooit wennen aan dit gevoel, en dat wilde ze ook niet.

Op een of andere manier had Garza het signaal weer geactiveerd, maar ze was niet dicht genoeg bij Ben en Reggie om zijn uitleg te horen, als hij die al had gegeven.

Nu was ze ongeveer vijf passen verwijderd van de open deur, nog steeds in haar Exosuit. De anderen stonden in een golvende rij achter Ben en Reggie, wachtend op hun beurt om te vertrekken.

Allemaal bevroren, allemaal niet in staat om de uitgang te bereiken die recht voor hen staat.

Ze vroeg zich af hoeveel tijd er nog was. Het moest minder dan tien minuten zijn. Hoe zouden ze het redden? Zelfs als ze zichzelf op de een of andere manier bevrijdden, hoe konden ze het redden tot het volgende niveau naar de uitgang van de basis, *en* wegkomen van wat het ook was dat Sturdivant ging doen?

Zij veronderstelde dat het een soort bunkerbom zou zijn - kleiner dan een kernkop, die ongetwijfeld meer politieke dan fysieke chaos zou veroorzaken - maar ook iets dat de rotsachtige buitenkant van de berg zou kunnen doorboren en datgene wat zich daarbinnen bevond, met wortel en tak zou kunnen uitroeien.

Of, wat waarschijnlijker is, het stort gewoon in elkaar, en dood iedereen binnenin.

Sturdivant zou dan bereid zijn om iedereen te doden die probeert te vertrekken door de uitgangen naar de Ravenshadow basis te blokkeren.

Kortom, ze waren de klos. Minder dan tien minuten was niet genoeg tijd om iets anders te doen dan speculeren over hun lot, en aangezien er letterlijk niets was wat ze toch kon, speculeerde ze maar.

Garza's stem werd luider, en Julie kon zich niet aan de indruk onttrekken dat de man verward klonk. Ze had hem nog nooit zo gehoord - woedend, maniakaal, misschien zelfs bang? Ze probeerde met moeite te horen wat hij zei.

"Het duurde zo lang voor je besefte dat je mannen zoals ik pas kunt verslaan als je *denkt* als mannen zoals ik. Dat heb je nooit gewild, Harvey."

Garza kwam nog dichter bij de twee mannen tot wie hij zich richtte, maar zijn stem ging nog steeds omhoog.

"Je wilde nooit aan jezelf toegeven dat je *kon* denken zoals ik. Dat je tot in het diepst van je ziel kon graven om uit te zoeken hoe je iemand kon verslaan.

En toen, tot Julie's schrik, trok Garza een pistool.

"Het wordt tijd dat ik afmaak wat we in Philadelphia zijn begonnen. Toen zat je achter me aan, en ik had het te druk om me zorgen te maken over jou. Een havik vangt zijn prooi als daar een goede gelegenheid voor is, en ik vond het nooit mijn tijd waard om me met jouw groepje bezig te houden.

"Maar nu, Harvey, kijk rond, met wat je perifere visie toestaat, en zie wat ik heb kunnen bereiken. Zie dat hoewel je werk je hier bracht, om me te bestrijden en om dit te voorkomen, zie dat ik in staat ben geweest om *nog steeds* elk aspect te bereiken van wat ik wilde bereiken.

"Weet dit, Harvey, in je laatste seconden van je leven: weet dat je gefaald hebt. Niet vanwege je fysieke prestaties, je wil of je team-work of een andere moreel rechtschapen mislukking, maar vanwege je *karakter*.

"Je hebt gefaald, Harvey, omdat je *niet genoeg* bent. Je kunt jezelf er niet toe brengen te doen wat nodig is om iemand als mij te verslaan. Je bent gewoon niet toegerust om met de harde realiteit van het leven om te gaan: dat je elke kans moet grijpen, als die zich voordoet."

Garza tilde het pistool op en hield het tegen de zijkant van Ben's hoofd.

"Weet dat je het geprobeerd hebt, Harvey, en dat is niet voor niets. Maar succes is voor hen die het aankunnen, voor hen die niet bang zijn voor wat het brengt. Of wat het kan kosten."

Julie voelde hoe de schreeuw zich in haar opbouwde, de woede, de angst, de woede en het overweldigende verdriet, tot een punt dat ze zich afvroeg of het wel genoeg zou zijn om het chemische middel dat haar tegenhield, te omzeilen.

Helaas was dat niet zo. Ze zat nog steeds op haar plaats, kon zich niet bewegen en kon haar ogen niet afhouden van Garza en haar man, en het pistool dat tegen zijn hoofd werd gehouden.

"Ik wou dat er een manier was om je een laatste woord of twee te geven, Harvey,' zei Garza. "Ik heb altijd je kleine kwinkslagen gewaardeerd."

Hij haalde diep adem, en zelfs van haar afstand kon Julie zien dat hij zachtjes de trekker overhaalde. Het pistool lag tegen Bens slaap, er hard tegenaan gedrukt.

Garza haalde de trekker over.

Julie voelde de schok van waar ze was. Het was als een muur van geluid, die haar lichaam in en uit ging op hetzelfde moment, een drukgolf van epische proporties die haar raakte en terug duwde.

Ze voelde zich alsof ze achterover viel, haar geest tuimelde door de open ruimte, haar ledematen zwaaiden hulpeloos terwijl ze toekeek hoe haar man viel.

MAAR BEN IS NIET *GEVALLEN*.

Hij *bewoog*.

Julie realiseerde zich toen dat de drukgolf precies dat was geweest - maar het was de *afwezigheid* van druk die het effect had veroorzaakt. Het was het *gevoel* van geluid, maar het was eigenlijk geluid dat de ruimte rondom haar verliet dat het had veroorzaakt.

Het geluid, de hoge pieptoon die hen opnieuw in hun gevangenschap had gedreven, vertrok. Het geluid was verdwenen.

Zij had zich ertegen gespannen, wilde dat het zich bewoog, dat het zijn greep op haar losliet, en op het moment dat het wegging, was zij naar voren gesprongen, tegen de besturing van haar Exo duwend, waardoor deze onmiddellijk naar voren schoot.

Ben en Reggie hadden blijkbaar hetzelfde gedaan. Op het moment dat Garza de trekker had overgehaald, was het lawaai verdwenen, en Ben was tegelijkertijd weggevallen, ongetwijfeld ook proberend zich tegen zijn door lawaai veroorzaakte gevangenis te drukken.

Toen Garza het pistool afvuurde, had Ben een ruk naar rechts gemaakt, uit de weg van de kogel en zichzelf - en Garza - verrast.

Reggie had precies zo gereageerd als Julie, door bijna op de voorkant van zijn Exo te vallen en die onbewust naar voren te duwen. In de eerste seconde van hun pas verworven vrijheid ontweek Ben de kogel terwijl Reggie zijn Exo recht in Garza dreef.

Garza strompelde achteruit en viel met zijn rug tegen de stenen vloer, en hij krabbelde weg van de marcherende Exo.

"Dood hem!" schreeuwde Julie. Ze zocht nog steeds haar evenwicht, probeerde wanhopig de controle over zichzelf en haar Exo terug te krijgen.

Ze zag hoe Garza zijn kalmte hervond, het zweet van zijn gezicht veegde met een mouw van zijn shirt, toen opstond en naar de open deur begon te rennen.

"Dood hem!" schreeuwde ze weer.

Zij wist dat de anderen hetzelfde voelden - een licht gedrogeerd bewustzijn dat over een paar seconden zou verdwijnen.

Maar het zou niet genoeg tijd zijn.

Garza was bijna bij de deur. Hij zou verdwijnen in de basis, weer door hun vingers glippen.

Ze keek naar Ben en Reggie, haar ogen zagen dubbel terwijl ze probeerden de beweging van haar hoofd bij te houden.

Nee...

Ze wist dat ze het niet zouden halen. Ze wist dat ze niet op tijd bevrijd zouden zijn, en dat zou in Garza's voordeel zijn.

Deze keer gilde ze wel. Van alle fysieke uitingen van kracht die ze probeerde terug te krijgen, was haar vermogen om te gillen het eerste geweest dat terugkwam. Ze zette alles op alles, schreeuwde en duwde tegen de besturing en schreeuwde meer en uiteindelijk...

De trekker overhalen.

Ze had hem in haar vizier. Het kanon vuurde.

De ontploffing schokte haar tot in haar kern. De Exo deinsde achteruit toen de kogel uit de kamer kwam en naar Garza's rug vloog.

Hij was nu de deur uit, draaide...

En de kogel raakte de muur naast hem.

Het blies een stuk steen van de muur af, waardoor een krater van stoffig gesteente en puin ontstond, maar ze zag Garza door de stof-wolk heen. Ze zag dat hij ongedeerd was.

Ze had gemist.

Ze hoorde zijn laarzen tegen de stenen vloer vallen toen hij de hoek omging.

Ze voelde de tranen opwellen en wist dat ze over een paar seconden vrij zouden vallen.

Garza was nu helemaal weg, helemaal vrij.

Julie liet de tranen komen. Alles wat ze had gevoeld viel uit haar ogen - de woede, de verwarring, de chaos, het verdriet - alles.

Ze hoorde een geweerschot. Het galmde door de gang en in de grote kamer.

Julie spande haar nek om te kijken, net toen de stukjes stof en steen eindelijk op de grond achter de deuropening terechtkwamen.

Garza was daar.

Struikelen, achteruit lopen.

Wat krijgen we nou?

Hij stak zijn hand uit, handpalm omhoog, voor hem. Iets tegen-houden, proberen het te laten stoppen.

Hij deed nog een paar stappen achteruit, nu weer volledig in Julie's zicht.

Ze veegde haar ogen af. Legde haar handen weer op de knoppen. Ze had een vrij schot. Een druk op de trekker, een zwaai met haar pols, en het zou voorbij zijn.

Ze vroeg zich af hoeveel minuten er nog waren voor Sturdivant zijn zet zou doen.

Garza draaide zich om naar haar. Ze hijgde.

Hij had een lange bloederige lijn langs de zijkant van zijn gezicht. Zijn oor was een puinhoop, vernield door een -

Weer een geweerschot. Deze keer werd Garza in de zij geraakt, en doorboorde een plek tussen twee ribben.

Hij maakte een vreemd gorgelend geluid, deels hoog gepiep en deels gekreun. Julie keek toe, gebiologeerd.

Hij struikelde weer en viel, zwaar op zijn schouder en zij terechtkomend. Hij spuugde een brok uit, iets roods. Meer bloed viel er achter vandaan. Hij knipperde twee keer, drie keer, en staarde naar Julie en de anderen.

En dan...

Victoria verscheen. Ze stond boven hem - boven haar vader - en hield een pistool vast. Ze ging naast hem staan, recht boven zijn hoofd, en richtte naar beneden.

Ze keek naar Julie, ontmoette haar ogen, en knikte toen.

En haalde de trekker over.

Deze keer was het schot oorverdovend. Julie's oren voelden de pijn van de brandende klap toen de golf door de kamer schoot. Het pistool moet van Garza geweest zijn - de enorme, 50-kaliber Desert Eagle die ze hem had zien dragen.

Julie opende haar ogen en zag Victoria daar staan, snikkend.

Plotseling stonden Ben en Reggie aan haar zijde. Ben stak zijn hand uit en sprong naar Julie's Exo. Hij legde zijn handen op haar schouders en drukte er zachtjes tegenaan.

"Jules," fluisterde hij. "Julie, we moeten gaan."

Julie knikte en stapte achteruit, zodat Ben haar mee kon trekken en haar uit de Exo kon leiden.

Reggie en mevrouw E, gevolgd door de rest van de dorpelingen - elf in totaal - waren er. Ze stonden allemaal in de buurt, net binnen de deuropening, te staren.

Starend naar de man die dit alles begonnen was.

Starend naar de dochter die het had afgemaakt.

"Kom op, Jules," fluisterde Ben weer. "We hebben misschien niet veel tijd voordat -"

De grond onder Julie's voeten schudde en schokte, en ze voelde zich in Ben's armen geworpen.

"Het gebeurt!" Schreeuwde Reggie. "De tijd is om!"

Ze wist niet wat ze moest doen, maar dat maakte niet uit.

Boven haar, barstte het plafond en stenen rotsblokken begonnen naar beneden te vallen.

Op hun hoofden.

BEN SPRONG NAAR voren en nam Julie met zich mee.

Ga naar de deur.

Hij wist niet waarom die richting nodig leek, juist leek. Hij wist het gewoon.

Hij duwde zijn vrouw naar de uitgang en naar de gang. Reggie was aan zijn zijde, mevrouw E kort achter hem. Ze renden, namen de laatste tien voet ruimte op de demonstratievloer voor de deuropening in drie enorme passen.

Stukken rots raakten hen al, en ze werden steeds groter. Hij had het plafond zien geven, schijnbaar in tweeën scheurend en onmiddellijk duizenden raketten van steenslag op hen neerstortend.

Een rotsblok ter grootte van een hoofd raakte Reggie's schouder, maar hij deinsde nauwelijks terug. Het leek erop dat het snel genoeg was gegaan om een bot te breken, maar Ben hoopte dat de riem die Reggie's prothese vasthield een deel van de klap had opgevangen. Toch was de kans groot dat hij uit de kom was.

Ze bereikten de rand van de deuropening, en toen de gang in. Ze zakten in elkaar op de vloer en lagen languit op de steen naast het verminkte, bloedende lijk van Vicente Garza.

De rotsblokken bleven naar beneden vallen, en Ben duwde ze verder de gang in. Een bijzonder massieve rots verpletterde de andere in de ingang, waardoor de toegang tot de demonstratieverdieping effectief werd afgesloten. Een laatste volley van rotsen en keien sloot de schacht af, een paar van de kleinere vielen naar buiten en bereikten bijna de CSO-groep.

Maar het maakte niet uit. Ze waren veilig.

Voorlopig. Ben wist niet wat Sturdivant had gedaan, maar zijn beste gok was dat hij op een of andere manier de in- en uitgangen van de bergbasis had afgesloten met explosieven.

"Saddamizers," zei Reggie. "Bunker Busters. We ontwikkelden ze in de jaren '90 voor Desert Storm. We noemden ze Saddamizers."

"Sturdivant heeft ons daarmee geraakt?"

"De uitgangen, zeker. Ze zijn niet nucleair, dus onmogelijk op te sporen van verder dan een paar kilometer afstand, maar ze zijn meer dan groot genoeg om de deuren en schachten naar buiten te breken."

"Dus, we zijn er geweest?" Vroeg Ben.

"Ja, sinds we hier zijn, zijn we genaaid," antwoordde Reggie. "Dus zoals ik het zie, *mogen* we blij zijn dat we nog leven."

"Nou, tel je zegeningen niet," zei Julie. "Er zijn hier nog ergens Ravenshadow handlangers, tenzij ze allemaal weggelopen zijn toen het daarbinnen te heet onder de voeten werd."

Die dingen daar... Ben kon niet geloven wat ze net hadden meegemaakt. Hij keek op en zag Victoria naar hem staren.

"Dank u," zei hij.

Ze knikte en veegde toen een traan weg. Haar handen trilden. Ze had het wapen naast haar dode vader neergelegd.

"Je hebt ons leven gered," zei Ben. Hij wendde zich tot de dorpelingen - slechts de helft had het gered door de deuropening voordat de hele zaak instortte. "De meesten van ons, in ieder geval."

"Ik - ik moest het doen," zei ze. "Na wat hij deed. Wat hij me *liet* doen. Ik... Ik kon het niet helpen, maar..."

Ze begon onbedaarlijk te snikken, en Julie stond op en liep naar de vrouw toe. Ze troostte haar, sloeg haar arm om haar heen. Ze fluisterde tegen haar terwijl Ben en de anderen toekeken.

Ze stonden daar een ogenblik, zwijgend de verwoesting, het verlies en de vernietiging in zich opnemend die één man de wereld had aangedaan. Ze zaten hier vast, vast in een kleine bergbasis met al hun mogelijke uitgangen vernietigd.

Tenzij...

Ben keek op naar de anderen. "Denk je dat Sturdivant wist van de afwateringstunnel?"

Reggie glimlachte. Mevrouw E antwoordde hem. "Ik denk dat het de moeite waard is om te controleren. Het zou een makkelijke uitweg kunnen zijn."

Ben had in de loop der tijd de mantra aangenomen dat *er geen gemakkelijke uitweg is,* maar hij besloot dat deze keer voor zichzelf te houden.

"Ik doe mee," zei Julie. Ze keek van Victoria naar Ben en toen weer terug, alsof ze vragen stelde.

Victoria knikte terwijl ze sprak. "Als... als je me wilt hebben, ben jij mijn beste kans om hier levend uit te komen. Ik weet - ik weet dat ik dit alles veroorzaakt heb, en -"

"Onzin," zei Reggie. "Je weet dat Ben ons meer problemen bezorgt dan wie dan ook." Hij knipoogde naar Ben, die alleen maar zijn hoofd schudde. "Hoe dan ook, ja - ik denk dat we allemaal bij elkaar moeten blijven. Er kunnen nog steeds een paar van die Ravenshadow jongens in de buurt zijn."

"Afgesproken," zei mevrouw E. "Ze zullen op zoek gaan naar hun commandant. Maar totdat ze hem dood vinden, zullen ze ons als vijanden behandelen."

Reggie zuchtte. "Jammer dat we geen Exo's over hebben. We zouden geen moeite hebben om hier door te komen met hen."

Ben keek naar het puin dat de gang in kwam vanaf de demonstratievloer. De Exo's en de helft van hun operators waren voor altijd verloren, verzegeld onder een stenen graf. Er zat niets anders op dan eruit te komen, vrij te komen, en de wereld te vertellen wat hier gebeurd was.

Ze zouden gemakkelijk de aandacht van de wereldpers kunnen trekken - Ben en zijn groep waren al een paar keer in het nieuws geweest, voor kleine avontuurtjes en het neerhalen van criminelen over de hele wereld. Hun status was verre van beroemd, maar ze hadden genoeg slagkracht om op zijn minst Garza's nalatenschap voor het gerecht te brengen.

Hij hoopte alleen dat Victoria er niets van zou merken. Ben wilde niets liever dan Garza's naam besmeuren, alleen hem aanwijzen voor de ontvoering en moord op tenminste één heel Peruaans dorp, en ook de internationale oorlogsmisdaden, waaronder het doden van Sturdivant's Groene Baretten.

Maar eerst, natuurlijk, moesten ze eruit.

De afwateringstunnel was hun beste kans, maar zelfs dan zou het een gok zijn - de raketten die de hoofdingangen en -uitgangen hadden uitgeschakeld, hadden genoeg vernieling aangericht om te leiden tot een volledige instorting van de grootste centrale ruimte, de demonstratieverdieping. Wat zou de kans zijn dat de met water gevulde tunnel onbeschadigd was gebleven?

Daar zouden ze zo achter komen. Maar eerst, hadden ze een beetje meer bescherming nodig.

"Garza heeft al onze geweren," zei Ben. "We hebben de Desert Eagle - Reggie, neem dat."

"Moeten we naar wapens zoeken?"

"Nee," zei Ben. "Onze beste kans is om Reggie de leiding te laten nemen -"

"- Menselijk aas," zei Reggie. "Heb het."

"-laat hem voorop gaan zodat hij iedereen kan *doden* die we tegenkomen."

"Zodat we hun wapens kunnen stelen," zei Julie.

"Juist," voegde Reggie eraan toe. "Menselijk aas. Wat dan ook man, ik dacht dat we vrienden waren."

Ben glimlachte, maar schudde toch zijn hoofd. Hoe één man zo veerkrachtig en nonchalant kon blijven in tijden van stress was hem een raadsel, maar hij zwoer dat hij meer op zijn beste vriend zou gaan lijken.

"Oké," zei Ben. "Laten we gaan. Reggie, leid de weg."

ZE LIEPEN TIEN minuten zonder onderbreking, zonder een levende ziel te zien.

Ravenshadow moet weggegaan zijn voor de eerste bom insloeg, dacht Julie. *Terwijl zij werden opgeblazen in de observatieruimte.*

Toen het team de trap had bereikt, pauzeerde Julie.

"Wacht," zei ze. "Er is... water. Het komt van vlakbij de deur."

Ze keken allemaal naar beneden. In het schemerige licht glinsterde het water door de kleine spleet tussen de deur en het stenen frame eromheen. Ze vroeg zich af waar het vandaan kwam, en - nog belangrijker - of er nog meer van was.

Reggie opende de deur, en het druppeltje water veranderde in een iets grotere stroom. Nog steeds niet veel, maar het baarde haar zorgen.

"Laten we hopen dat het gewoon een kapotte pijp is of iets van een hogere verdieping," zei Ben.

Niemand sprak toen ze de trap opliepen. Het water bleef naar beneden stromen, en Julie zag dat het ergens hoog boven vandaan kwam. Ze beklommen de trap naar de tweede van de drie verdiepingen - de verdieping waar ze door naar binnen waren gekomen - en toen ze bij de deuropening kwamen, pauzeerde Reggie opnieuw.

"Het trekt aan," zei hij. "Het waterpeil."

Julie zag dat hij gelijk had. Het water dat van boven hen kwam, stroomde nu in één vloed tegen de muur naar beneden. Druppels raakten haar gezicht, de vochtigheid in het trappenhuis begon al toe te nemen.

Ben turend naar Victoria. "Heeft je vader je hier rondgeleid?"

Ze schudde haar hoofd. "Hij heeft nauwelijks met me gesproken," zei ze. Haar stem trilde nog steeds, nog steeds vol angst. "Het enige wat ik over deze plek hoorde, was dat ze dachten dat het helemaal geen mijn was. Niemand van hen heeft mijnbouwapparatuur gezien, en mijn vader heeft nooit officiële blauwdrukken of gebiedskaarten kunnen vinden die het vermelden."

Julie wist waarom - deze plek *was* geen mijn, noch was het er ooit een geweest.

"Er waren hier vroeger duidelijk geen trappen," zei Victoria. "Mijn vader heeft ze toegevoegd toen ze hier kwamen wonen. Maar de schachten waren er al."

Julie was verbaasd dat te horen. De schachten waren groot, perfect voor de metalen trappen die ze nu vulden, dus het was vreemd dat ze oorspronkelijk niet bedoeld waren geweest voor trappen. Het was het zoveelste bewijs dat deze plek ooit een soort ondergrondse stad was geweest in plaats van een mijn, bewoond door de afstammelingen van de Atlantiërs.

Maar waar waren deze schachten voor? vroeg ze zich af. *Als dit ooit een stad was, hoe kwamen ze dan van het ene niveau naar het andere? Touwen?*

Het leek alsof een trap of ladder ideaal zou zijn geweest, maar het was duidelijk dat er in deze schachten nooit een trap was geweest.

Het water kwam harder binnen toen Reggie de deur naar de tweede verdieping opende. De trappenhuizen op elke verdieping waren verlicht met een enkele, schemerige lamp boven elke deur, en Julie keek omhoog naar de verdieping boven hen. Het was nu duidelijk dat het water van de bovenste verdieping naar binnen stroomde, van ergens voorbij de deur die naar de derde verdieping leidde. Het enige wat nu nog een muur van water tegenhield, leek de deur zelf te zijn.

"We moeten snel weg," zei Reggie, terwijl hij door de deuropening stapte.

Hij deed geen moeite om naar tegenstanders te zoeken - het was nu duidelijk dat de Ravenshadow-basis was ontruimd, of de mannen waren dood. Julie had niet veel meer bewijs gezien van Sturdivants aardbeving die het plafond in de demonstratieverdieping had doen instorten, maar het was ook waar dat ze langs de zuidkant van de basis waren gebleven. De ingangen waar Sturdivant zijn pijlen op gericht zou hebben waren aan de noord- en westkant, volgens Beale's verkenning.

Het was heel goed mogelijk dat ze verzegeld waren in een stenen tombe. Julie negeerde het gevoel en deed het af als een probleem dat later wel opgelost zou worden.

Ze liepen door dezelfde gang waar ze al eerder doorheen waren gelopen, deze keer in de richting van de kleinere aftakking die naar de afwateringstunnel zou leiden. Maar nog voor ze bij de ingang van de schacht waren, kon Julie zien dat er een probleem was.

"Het is geblokkeerd," zei Ben.

De tunnel was ingestort en stukken steen tuimelden de gang in. Het water gutste er omheen, ging de gang in de tegenovergestelde richting in en poelde in de hoeken. En zelfs vanaf hier kon Julie zien dat het hoger werd.

"Shit," zei Reggie. "Onze duikuitrusting ligt aan de andere kant van die schacht."

"Zelfs zonder de uitrusting, is onze *uitweg* aan de andere kant van die schacht," zei Julie.

"We moeten een andere weg vinden," zei Mevr. E. "Maar we zouden alle andere voor de hand liggende uitgangen gezien hebben."

Julie draaide zich om en zag Victoria op gedempte toon praten met enkele Peruaanse dorpelingen. Ze praatten even en keken toen terug naar de CSO groep.

"Ze zeggen dat er andere uitwegen zijn," zei Victoria. "Maar geen van hen weet waar."

"Geweldig," zei Reggie. "Dus... er zijn geen manieren om hier weg te komen waar we vanaf *weten*. Wil iemand van hen een gokje wagen?"

"Ze zeggen dat er luchtschachten zijn, voor ventilatie, die de lokale bevolking in de loop der jaren bij toeval heeft gevonden. Vele zijn geblokkeerd door puin en stenen, maar sommige kunnen toegankelijk zijn."

"Vraag hen of ze groot genoeg zijn voor ons om erin te passen," vroeg Julie.

vroeg Victoria, en de Peruaanse man met wie ze sprak keek Ben aan.

"Hij zegt dat *ze* in de schachten passen."

Julie stapte naar hem toe. "Het is beter dan niets," zei ze. "Laten we er een zoeken, kijken of er iemand in past, en dan kunnen ze om hulp bellen als ze eruit zijn."

Victoria vertaalde mee. Maar toen ze weer naar Julie keek, wist ze dat er iets mis was. "Dat is het nou net," zei Victoria. "Ik heb geen van die schachten *gezien*, en zij ook niet."

"Maar... je zei dat ze bestaan."

"Dat is wat ze me vertelden, maar ze hebben er nooit een gezien van *binnen uit* de berg. Hun dorp kende er twee, maar die waren maar 2 à 3 meter lang voordat de schachten dichtgeslibd werden door rotsen en puin."

"En ze waren door mensen gemaakt?" vroeg Ben.

Victoria vroeg het de man.

"Absoluut," zei ze na een moment. "Ze legden uit dat de schachten vierkant van vorm waren, met kaarsrechte wanden, gebeiteld uit de steen zelf. Ze maakten deel uit van de mythe en de overlevering van de streek; een manier voor de 'bewaarders van de mijn' om toegang te krijgen tot de buitenwereld."

"Oké," zei Reggie. "We moeten een van die kleine schachten vinden. Laten we teruggaan naar de trap, en een niveau hoger gaan."

"Mee eens," zei Ben. "Als die er zijn, zullen ze op het hoogste niveau zijn."

Julie liep weer mee, vroeg zich af of ze wel een uitgang konden vinden en vroeg zich af hoe ze hen in de problemen had gebracht.

Ze bereikten het trappenhuis - opnieuw - en begonnen te klimmen. Julie merkte dat het waterpeil steeg, en dat het tempo van het water toenam.

CHAPTER 74

BEN

OP HET HOOGSTE niveau van de basis keek Ben rond naar iets dat op een mogelijke vrijheid zou kunnen wijzen. Helaas was het precies hetzelfde als toen ze het hadden verlaten - de lange, rechte gang die uitkwam in de kleine videocabine aan het eind van de gang, en de kleinere, oudere schacht afgedekt door een gordijn ernaast. Hij probeerde te zien of er nog iets anders was dat niet op zijn plaats leek, maar de lichten begonnen te flikkeren. Twee lampen bij hem in de buurt waren al uitgegaan, hetzij door de oorspronkelijke explosie en aardbeving, hetzij door kortsluiting door het stromende water.

Hierboven verzamelde zich geen water op de vloer, maar Ben zag het uit het plafond druppelen en langs de muren naar beneden lopen. De kleine scheurtjes in het plafond waren hem niet eerder opgevallen, maar het was bijna alsof de plafondblokken zweefden, niet echt verbonden met de muren. Het was een knap staaltje techniek, maar hij had het al eerder gezien.

Sinds ze hadden vastgesteld dat deze plaats oorspronkelijk toebehoorde aan de Atlantiërs en de Chachapoyas, begonnen de details zich te openbaren. De grootte van de schachten was vergelijkbaar met die van de tunnels die zij in Egypte hadden gevonden, en het ontwerp, de bouwkwaliteit en het vakmanschap waren ook precies hetzelfde.

"Wil je weer naar de video kamer?" vroeg Reggie, die nog steeds de Desert Eagle vasthield.

Ben schudde zijn hoofd. "Ik heb geen idee. Er is hier niets. Het is hetzelfde als we vertrokken -"

Bens voeten vielen onder hem vandaan. Hij voelde zijn knie een beetje overstrekken toen hij er hard op landde, maar hij hervond zijn evenwicht. Julie en Reggie stortten voor hem op de grond, terwijl mevrouw E achter haar tegen de muur stuiterde.

"Wat was dat in godsnaam?" vroeg Reggie.

"Naschok," antwoordde Ben. "De berg is aan het verschuiven."

"Je denkt toch niet dat Sturdivant ons weer geslagen heeft?" vroeg Julie.

"Niet nodig," zei Ben. "De uitgangen zijn waarschijnlijk geblokkeerd tijdens de eerste explosie, en hij heeft waarschijnlijk mannen op de grond om iedereen uit te schakelen die verder dan dat is gekomen."

"Met andere woorden," zei Reggie. "De berg komt op ons af."

"Net zoals Jeffers zei. "

Om te antwoorden, het water kolkte en steeg, voortgestuwd door een ruimte buiten Ben's zicht. Het krulde en golft tegen zijn laarzen, eerst bij de enkel, dan tot aan zijn kuiten.

"Het water komt er nu snel aan," zei Reggie. "We moeten dit *nu uitzoeken*, jongens."

Ben dacht hetzelfde. Ze waren op het hoogste niveau van de basis, en waar eerder geen stilstaand water op de vloeren was geweest, was nu een rivier.

En die rivier steeg - snel.

Twee van de Peruanen, een man en een vrouw, begonnen snel te ademen. Ben draaide zich om naar hen toen Victoria vertaalde.

"Ze kunnen niet zwemmen," zei ze. "Ze zijn bang."

"We zijn allemaal bang," antwoordde hij. "Maar ze zullen moeten leren zwemmen, en stat."

"Daarginds," zei mevrouw E. "Het lijkt erop dat het water uit die tunnel komt."

Het was de tunnel waar Victoria hen doorheen had geleid, de tunnel die aan het zicht was onttrokken door het gordijn. Ze sjokten er naar toe.

"Waarom verborg je vader deze tunnel achter het gordijn?" vroeg Ben.

"Hij wilde het alleen moeilijker maken om de verhoorkamer te vinden," antwoordde ze. Ben bespeurde een vleugje spijt in haar stem. "Jullie waren niet de eersten bij wie hij het gebruikte."

Ben knikte. "Behalve dat hij deze kant van de bovenverdieping verbindt met de trap aan de andere kant, gaat hij ergens heen?"

Ze schudde haar hoofd. "Niet dat ik weet."

"Het is gegradeerd," zei Reggie. "Het water komt deze kant op omdat het lichtjes bergafwaarts loopt vanaf het beginpunt."

Terwijl hij sprak, kwam het water in de tunnel tot Ben's knieën. Het begon te schuimen en te schuimen, miniatuur wildwaterbaan rond hun benen.

"Laten we naar boven gaan," zei Ben. "We hebben geen betere optie. De lagere niveaus zullen nog meer overstroomd zijn dan deze."

Niemand sprak terwijl ze voorwaarts gleden. Ben wachtte tot de vier dorpelingen voorbij waren en ging achteraan staan, voor het geval iemand zou uitglijden. Hij was niet van plan om nog iemand te laten sterven tijdens zijn wacht.

De drie mannen en één vrouw van de groep dorpelingen waren verrassend sterk als groep. Hun voeten stonden stevig op de stenen vloer, hoewel die met de seconde glibberiger werd. Ze hielden elkaars handen vast en trokken elkaar voort, stap voor stap.

Tegen de tijd dat het water Ben's middel bereikte, hadden ze het einde van de smalle schacht bereikt. Hij kon de bron van het water nauwelijks zien in het dovende licht. Het stroomde uit een kleine, rechthoekige spleet in het plafond, die naar boven in de rots verdween.

"Heb je dit eerder gezien?" schreeuwde Ben. Het water stortte met een razende kracht uit het gat, en hij wist dat ze nog maar enkele minuten hadden voordat het de schacht helemaal zou opslokken.

"Nee," zei ze. "Maar ik heb er niet veel van gezien. Hij liet me alleen een paar van de belangrijkste kamers zien voordat hij..."

Voordat hij haar geest overnam, dacht Ben, en maakte de zin voor haar af. *Voordat hij de geest van zijn eigen dochter overnam en er zijn slaaf van maakte.*

Ben wendde zich tot de rest van de groep en riep boven het kabaal van het stromende water uit. "Ik denk dat we nog een minuut hebben voordat deze hele plek een onderwatergraf is. Dat betekent dat we niet terug kunnen via de weg die we kwamen - die is al onder water.

"En we kunnen nergens anders heen, tenzij het omhoog is."

"Maar dat betekent -"

"Dat betekent dat we moeten wachten tot het water uit deze schacht is, en er dan in zwemmen."

"En we zullen de hele tijd onze adem inhouden."

Ben knikte. "En we moeten onze adem inhouden."

Een van de Peruaanse mannen in hun groep sprak met Victoria. Ze stemde af op Ben. "Hoe weten we dat er daarboven open lucht is?"

Ben keek om zich heen, net toen het water tot zijn schouders steeg. De stroming was vertraagd, zodat hij betrekkelijk gemakkelijk zijn evenwicht kon bewaren. De Peruaanse vrouw, een hele kop kleiner dan Ben, was aan het watertrappelen en hield zich vast aan de schouders van de man naast haar.

"Jongens - we weten het niet. We weten helemaal niets. We hopen nu alleen maar, dat is alles. Deze kleine ventilatieschacht - wat het ook is - is misschien onze enige uitweg."

Hij pauzeerde, keek om zich heen naar zijn team en de dorpelingen die ze onderweg hadden opgepikt, zich afvragend of dit de laatste keer zou zijn dat hij ze zag.

"Of het kan het einde zijn."

HET WATER HAD Ben's ogen bereikt. De Peruaanse mannen en vrouwen waren aan het watertrappelen, hun lippen samengeknepen en naar boven gericht terwijl hun hoofden nauwelijks boven water kwamen. Julie was ook aan het watertrappelen, maar Reggie en Mevr. E konden de grond nog raken.

"Julie, jij gaat eerst met twee van de dorpelingen," riep Ben. "Dan mevrouw E en de andere twee. Jullie twee zijn hun reddingslijnen - begrepen?"

Julie en mevrouw E knikten. "Hou ze voor je, en duw ze als het nodig is. Denk eraan, Reggie en ik zijn als laatste, dus wij houden het langst onze adem in."

Julie zwom naar Ben toe.

"Ben," zei ze, zachtjes, in zijn oor sprekend zodat de anderen het niet konden horen. "Laat me als laatste gaan. Ik kan mijn adem inhouden -"

"Nee."

Hij ging niet in discussie, hij keek niet eens naar haar.

"Ben..."

Hij pakte haar hand onder water en trok haar dichter naar zich toe. "Ik hou van je, Jules. Ik ga niet redetwisten. Haal deze mensen eruit, en wacht op mij."

Ze knikte. Het leek alsof er een traan over haar gezicht viel, maar hun gezichten waren allemaal bedekt met spetters water.

"Dertig seconden!" schreeuwde Reggie. Victoria vertaalde, vroeg de dorpelingen of ze nog andere instructies nodig hadden. Ze schudden hun hoofd.

Plotseling stond het water aan het plafond. Ben duwde zijn longen vrij, liet alle lucht eruit lopen en zoog toen zo diep mogelijk in. Naast hem deden Julie en Reggie hetzelfde.

Nog voor hij zijn hoofd helemaal onder water had getrokken, duwde mevrouw E zich vooruit en wierp de eerste twee dorpelingen bijna in de rechthoekige ventilatieschacht. Met geweld schopte en duwde ze de drie tegen de vertragende stroom in.

In een paar seconden was ze weg en Julie was in haar plaats om de twee overgebleven dorpelingen in positie te brengen. Ze zwom met hen mee en had het gemakkelijker, omdat het water eindelijk ophield tegen hen te duwen en deze twee dorpelingen in staat waren zichzelf voort te trekken.

En toen ging Reggie.

Ben's adem zat nog in zijn longen, maar het begon hem te vergiftigen. Hij voelde de brandende steek van de lucht verzuren, zijn lichaam begon er tegen te vechten, wilde dat hij zijn mond opende, en toen...

Het was zijn beurt.

Reggie's voeten stonden in zijn gezicht, maar Ben was niet van plan nog een seconde te wachten. Hij schopte met alles wat hij had, waarbij hij energie gebruikte die rechtstreeks inwerkte op zijn vermogen om zijn adem in te houden. Hij trok met zijn armen, de rechthoekige spleet niet breed genoeg voor hem om vooruit te komen met zijn armen volledig uitgestrekt, terwijl hij bleef trappen met zijn benen.

Hij boekte vooruitgang, maar het ging te langzaam.

Zijn longen stonden op het punt te barsten, het onvrijwillige verlangen om adem te halen werd even sterk als zijn vrijwillige vermogen om het te voorkomen. Het was een evenwichtsoefening, maar die zou hij uiteindelijk verliezen. Het menselijk lichaam was niet in staat zijn meest elementaire behoeften te voorkomen, en ademhalen stond hoog op de lijst van dingen die nodig waren.

Er was geen licht.

De duisternis van de schacht drong zijn ziel binnen, en het water dat hem verteerde gaf hem het gevoel dat hij gewichtloos was, schuin liggend in het midden van een zwart gat. Hij concentreerde zich op de muren, concentreerde zich op de gladde, met de hand uitgehouwen stenen blokken, de spleten tussen hen bijna onmerkbaar.

Maar het was nog steeds niet genoeg.

De duisternis werd dieper, zijn keel en geest vernauwden zich, en hij wist dat hij het niet zou halen.

Hij reikte naar voren, wetend dat als hij maar even Reggie's laars kon voelen, de enkel van zijn vriend kon vastgrijpen, het genoeg zou zijn. Hij zou daar wat meer kracht en uithoudingsvermogen vinden.

Maar er was geen laars. Er was geen enkel om vast te houden, Reggie was weg.

CHAPTER 76

BEN

BEN WAS NU ALLEEN, zwevend in zijn zwarte gat, vechtend tegen het afglijden naar bewusteloosheid.

Hij had ergens gelezen dat de dood door verdrinking een van de betere manieren was om te gaan - je geest ervaart een toestand van euforie, van een opgetogen gevoel van jezelf. Het probleem was dat hij ook had gelezen dat de momenten *voor* de dood - de periode waarin het lichaam wanhopig probeert in leven te blijven - zeer oncomfortabel zijn. Het lichaam zuigt water naar binnen, schreeuwt wanneer het zich realiseert dat er geen lucht is waarmee het kan ademen, en spartelt dan tevergeefs om aan de oppervlakte te komen.

Ben beleefde dit nu. Belletjes ontsnapten uit zijn mondhoeken, zijn lippen waren nauwelijks sterk genoeg om de laatste levenskrachtige lucht binnen te houden. Hij wist ook dat de levenskrachtige lucht nu voor het grootste deel kooldioxide was, en dat was het dat zijn lichaam probeerde te verdrijven.

Hij zwaaide, voelde de hulpeloosheid en de angst toeslaan.

Ik ga het niet halen.

Ben vocht, hard, tegen de duisternis, maar hij wist niet meer welke kant op was. De muren leken te verdwijnen en daagden hem uit terwijl hij zich inspande om ze te bereiken.

Hij liet nog een uitbarsting van kooldioxide ontsnappen. De bubbels kietelden zijn gezicht, zijn neus. Hij wilde schreeuwen, en dat deed hij dan ook.

De laatste hap lucht verliet zijn mond en werd onmiddellijk vervangen door water. Koude, zoete dood. Het viel in hem, bedekte zijn keel en longen en zijn geest. Overal water, en toch bleef hij schreeuwen, worstelen en vechten tot...

Alles stopte.

Alles viel stil.

Zijn geest voelde de opgetogenheid. De ware euforie van een bijna-dood die intrad. Hij zag lichten - goud, zilver, groen en blauw - dansend door zijn zicht. Waren zijn ogen wel open?

Hij herinnerde zich iets, iets dat nu ver weg leek. *Zwem naar het licht*, dacht hij. *Was dat alleen maar een gezegde? Iets wat hij eigenlijk zou moeten doen?*

Hij besloot het niet te doen. Alles was perfect hier, alles kalm en stil en perfect. Hij vond het heerlijk. Dit was ware gelukzaligheid, en toch wist hij dat het einde gekomen was. Was dit dan een overgang? Iets dat tot iets anders zou leiden? Of was dit *het*?

Was dit alles wat het was op het einde?

Hij wist het niet. Het kon hem niet schelen. Zijn gedachten raasden door, maar ze waren niet meer van hem. Hij had nergens controle over, en uiteindelijk, kon het hem niet schelen.

Hij liet zich meeslepen door de dood, gunde zichzelf de voldoening dat hij zich geen zorgen meer hoefde te maken - over niets.

Ben glimlachte. Of dacht dat hij dat deed. Hij wist het niet, en het kon hem ook niet schelen. *Dit is het*, dacht hij. *Mijn laatste gedachte. En mijn laatste wens.*

Nee. Er was meer. Hij was nog steeds in het zwarte gat, in de tunnel van lichten, maar nu was er iets anders. *Julie*. Hij voelde haar lippen, voelde haar streling.

Mijn vrouw. Hij droomde van haar, reikte zijn hand naar haar uit.

Julie. Hij wilde haar naam zeggen. Hij wilde haar hand pakken, haar naar zich toe trekken en haar terug kussen, maar hij kon niets doen.

De dood was ingetreden, en hij was nu slechts toeschouwer van zijn eigen einde. Naar welke overgang er ook was. Hij geloofde dat er iets anders was, iets meer, maar hij realiseerde zich dat als er iets anders was, het lang duurde voordat het er was.

Hij voelde zichzelf slikken, toen - er schoot iets uit hem en een deel van de lichten verdween. Het blauw en groen was weg, het goud en zilver nog steeds. De duisternis bedekte nog steeds alles.

Hij dacht dat hij zijn lichaam weer kon voelen, een zacht tintelend gevoel terwijl het bewoog en schudde. Hij voelde Julie's lippen, zacht en warm, een *echt* gevoel.

Ze waren weg, en toen kwamen ze weer terug.

Julie.

Hij probeerde het hardop te zeggen. Dwong alles wat hij had om de woorden te vormen.

"Julie."

Het was een fluistering, maar hij wist dat hij het gehoord had. *Geluid.* Het was echt geweest.

"Julie - lippen."

En toen gingen zijn ogen open. Er was goud en zilver, de lichten die hij had gezien. Blauw en groen veranderden in de vorm van mensen en water en wat er achter hen zat.

En daar, recht voor zijn gezicht, waren lippen.

Hij voelde iets tegen hem duwen, tegen zijn borstkas en longen. Hij kon ademen, maar het deed pijn.

Hij knipperde met zijn ogen, zodat de lippen scherp werden.

Ze waren van Reggie.

Hij lag op zijn rug op de stenen vloer, het water sijpelde uit hem en om hem heen. Hij had het koud. Reggie glimlachte naar hem toen hij stopte met het samendrukken van zijn borstkas.

"Man," zei Reggie. "Ik *wist dat* je iets voor me voelde."

CHAPTER 77

JULIE

JULIE HUILDE, maar probeerde ook te kijken hoe Reggie werkte. Het was een constante strijd tussen tranen wegvegen en proberen te stoppen met trillen. Victoria hield haar vast, en de vier dorpelingen stonden achter hen. De vrouw had haar handen op Julie's schouders.

Mevrouw E van haar kant knielde naast Reggie, klaar om de reanimatie over te nemen zodra Reggie een pauze nodig had. Julie kon door haar eigen tranen het niet goed zien, maar het leek erop dat de andere twee leden van haar groep - de beste vrienden die ze had - ook moeite hadden om zich groot te houden.

En toen, met een sputterende plens water die begon in Ben's mond en eindigde op Reggie's gezicht, kwam Ben weer tot leven.

"Julie - lippen."

"Ik wist dat je altijd al iets voor me voelde," zei Reggie, terwijl hij zijn gezicht met een mouw afveegde.

Ze glimlachte.

Reggie lachte en sprak toen zachtjes tegen Ben. Ze ging naar haar man toe en kuste hem, maar Reggie trok haar zachtjes terug.

"Je kunt beter een stapje terug doen, Jules," zei hij. "Er is meestal een ander -"

Op het juiste moment rolde Ben op zijn zij en hoestte nog een emmer water uit, vermengd met braaksel, spuug en gal. Het spatte tegen haar knieën, maar ze bewoog niet. Ze ging terug naar binnen voor nog een kus.

"Ben," zei ze. "Ik hou van je. Ik hou van je. Ik dacht..."

"Ik was - ik was dood," zei Ben.

"Ja, omdat je een idioot bent," zei Reggie. "Je was drie centimeter van de oppervlakte, maar je zakte steeds weer onder. Ik moest mijn hele bovenlichaam in het gat steken om je te pakken, anders was je teruggezonken naar de andere schacht."

"Th - bedankt, man."

"Eh, maak je geen zorgen over." Hij hield zijn rechterarm omhoog. "Je kunt beter hopen dat dit ding waterdicht is, dat wel. Anders kost het je een andere."

Ben glimlachte. Julie omhelsde hem.

"Wat is er gebeurd?" Vroeg Ben. "Waar zijn we?"

"Nou, we zijn allemaal uitgestapt en hebben gewacht. We zagen je niet helemaal boven komen, maar Reggie dook weer naar binnen en vond je armen."

"Je zou... een beetje een blauwe plek kunnen hebben," zei Reggie. "Je was een beetje glibberig."

Julie zag Ben over zijn pols wrijven waar Reggie zijn prothese omheen had geklemd.

"En om je tweede vraag te beantwoorden," ging Julie verder. "Ik denk dat we ontdekt hebben waar die ventilatieschachten uitkomen."

Julie keek nog eens rond naar de ruimte waarin ze terecht waren gekomen. De schachten die in de loop der eeuwen niet waren opgevuld, zonden speldenprikken van licht naar het midden van de kamer. De ruimte had de vorm van de bovenste helft van een diamant, een zeszijdige piramide. De kamer was uitgehouwen in het binnenste van de bergtop, en elk van de zichtbare schachten leek uit te komen op een ander gezicht van de berg.

Het was wonderbaarlijk - ze hadden een verborgen kamer in de berg gevonden, een kamer die helemaal gevuld was met water, dankzij een natuurlijke bron die langs één wand water naar beneden liet sijpelen.

"Whoa," zei Ben. "Dit is... iets anders."

"Het is de verborgen kamer," zei Julie. "De Hall of Records."

"Het stond helemaal vol met water," zei Reggie. "Toen Sturdivant de uitgangen bombardeerde, veroorzaakte dat hier instabiliteit en brak er iets. Het water viel naar de lagere niveaus."

Ben ging langzaam rechtop zitten. "Waarom was het gevuld met water?" Vroeg Ben.

"Kom hier," zei Julie. Ze hielp hem opstaan, en leidde hem toen een paar meter naar rechts. "Kijk om je heen."

Zij volgde zijn blik en zag zijn uitdrukking toen hij zich realiseerde waar zij waren. De kamer had de vorm van een ruit, maar de vloer waarop ze stonden was rond. Ze stonden op een cirkelvormig stuk steen met een diameter van ongeveer 2 meter. Buiten dat ronde gesteente omringde een ring van water met een diepte van 2,5 centimeter hen, gevolgd door nog twee ringen van steen en water.

Verspreid tussen de concentrische cirkels, op de stenen ringen, waren etsen en gegraveerde geschriften te zien. Ze zagen er bekend uit, en Julie wist dat Ben het schrift herkende als het schrift dat zij hadden ontdekt in de tempels in de vallei even buiten deze berg.

"Het is... Atlantis," zei Ben zachtjes. "Hun stad was gebouwd in concentrische cirkels, waardoor ze beschermd waren tegen indringers."

"Precies," zei Julie. "Het is een replica van hun oorspronkelijke wereld. Hun hele geschiedenis is waarschijnlijk hier, geschreven in steen."

"Iets dat water niet kan vernietigen."

"Iets dat niemand zou vinden, tenzij ze precies wisten waar ze moesten zoeken."

"Hun doel was de wereld opnieuw te zaaien met hun kennis. Na de zondvloed verspreidden ze zich naar alle uithoeken van de wereld en onderwezen beschaving. Ze gaven ons landbouw, kunst en wetten."

"En ze hebben het allemaal hier opgenomen. In hun Hall of Records."

"Julie - jongens - dit is ongelooflijk. Dit is een van de grootste vondsten van de eeuw... van *alle tijden.*"

Julie glimlachte. "Nou, het was jouw idee."

Ben haalde zijn schouders op. "Ik wilde gewoon echt niet sterven."

"En zij ook niet. *Daarom hebben* ze deze plek gebouwd. Ze waren gevlucht uit hun thuisland, maar ze weigerden rustig te gaan. Ze hielpen de wereld weer op gang, wetende dat als ze ooit nog nodig zouden zijn, dat door een grote ramp zou zijn."

Ben keek omhoog naar het plafond, diep in gedachten.

"Wat is er?" vroeg Julie.

"Het is gewoon... waarom zet je je geheime Hall of Records *boven* je stad, en vul je het dan met water? Lijkt dat niet een beetje... masochistisch?"

Reggie liep naar me toe. "Of symbolisch."

"Hoe dat zo?"

"Denk er eens over na - deze jongens werden uit hun thuisland verjaagd door een cataclysmische muur van water, die hun oorspronkelijke stad volledig verdronk. We zagen dat in Santorini. Ze verhuisden naar Egypte, maar daar was altijd onrust en onbehagen, en ook daar werden ze uiteindelijk uit verjaagd.

"Toen vonden ze eindelijk een thuis hier, in de Chachapoyas Vallei van Peru. De 'lichtgekleurde inboorlingen', noemden de Spanjaarden hen. De Spanjaarden waren altijd op zoek naar goud en zilver, en schatten, en vernietigden de Inca's daarvoor."

"Maar *dit* was de schat de hele tijd," zei Ben. "Het *verslag* van hun leven. Wat ze gebruikten als hun bibliotheek, om hun cultuur weer te verspreiden. Ze bereikten de Egyptenaren, de Vikingen, de Indianen, en de Inca's, Azteken, en Maya's hier."

"Het is dus *symbolisch* dat ze alleen toegang tot deze kluis nodig hebben als er iets cataclysmetisch gebeurt. Of, met andere woorden, ze zetten dit op *als* het cataclysme."

"Ze zouden hun huis onder water zetten om weer toegang te krijgen tot de Hall of Records," eindigde Ben.

"En dan ergens anders heen verhuizen, en opnieuw beginnen."

"Precies. Ze zijn altijd onderdrukt geweest. De onbegrepen 'dochters van Kaïn' uit de Schrift, het ras dat leidde tot reuzen, de eerste moorden, en uiteindelijk de zondvloed zelf. Ze zouden afstammen van Kaïn, gefokt met gevallen engelen. Zeker geen bevoorrecht volk in de ogen van God."

"Juist," zei Julie. "Ik herinner me dat. Ze dwaalden af van Gods geboden en zochten andere kennis, net als Eva in de hof van Eden. Dat leidde uiteindelijk tot hun begrip van wiskunde en techniek, wat hen een voorsprong gaf op de rest van de beschaving."

Het was allemaal logisch voor haar. De Dochters van Kaïn, zoals ze soms werden genoemd, werden gezien als de oorspronkelijke groep rebellen waartoe ook de nephilim behoorden, het ras van reuzen waarvan de legendarische Goliath afstamde. Hun neven zouden de titanen zijn die worstelden met de Griekse goden uit de oudheid, het ras van half-god, half-mens reuzen dat heerste over de antediluviaanse wereld.

De Atlantiërs.

"Maar... hoe werkt het allemaal?"

"Ik heb er over nagedacht," zei Reggie. "En het mechanisme zou relatief eenvoudig voor hen zijn. Het waren genieën van techniek, weet je nog? Ze zouden een deur kunnen hebben die alleen open gaat als er genoeg druk op de andere kant staat."

"Zoals waterdruk," zei Julie.

"Precies. Er is hier net genoeg druk van de duizenden tonnen water, en alles wat ze hoeven te doen is die afwateringstunnel - het water ervan, in ieder geval - een minuut of twee hierheen te leiden, en het zou het hele ding omver duwen. De weegschaal zou kantelen, en de deur zou open gaan, en de rest van het water zou vrij komen."

"Het zou hun huizen onder water zetten, maar het zou hun Hall of Records onthullen."

"En als ze het om wat voor reden dan ook niet overleefd hadden, zou hun Hall of Records er nog steeds zijn, letterlijk in steen geschreven."

Reggie knikte.

"Dat is allemaal geweldig en zo," zei Ben. "Maar hoe komen we hier in godsnaam uit?"

"Dat is het beste deel," zei Reggie terwijl hij wees. Julie volgde zijn vinger en zag dat in een van de rechthoekige ventilatieschachten een soort ladder in de muur eronder was geëtst. "Ik denk dat al dat water geen moeite zou hebben om een *tweede* deur te openen - een die mensen in de Hall of Records toelaat.

"Of, in ons geval," zei mevrouw E, terwijl ze zich bij hen voegde. "Ons *eruit* laten."

AFTERWORD

Bedankt voor het lezen! Ik hoop dat je van deze thriller hebt genoten, en ik hoop dat je een eerlijke recensie achterlaat.

Als dank, bezoek nickthacker.com/dutch om een gratis thriller roman te downloaden!

Nick Thacker is een thrillerauteur uit Texas die in Hawaii en Colorado woont. In zijn vrije tijd leest hij graag in een hangmat op het strand, skiet hij, drinkt hij whisky en trekt hij op met zijn mooie vrouw, twee honden en twee dochters.

Voor meer informatie en een lijst van Nick's andere werk, bezoek Nick online: www.nickthacker.com